세계 호러 걸작선 2

옮긴이 **정진영**은 영문학을 전공해 대학원에 진학했으나 공부를 계속할 이유보다 포기할 이유를 더 많이 발견하고서 공부를 그만두었다. 고딕 소설을 즐겨 읽으며 고전적인 공포를 좋아하지만, 때로는 현실이 더 무섭다고 느낄 때가 많다. 국내에 잘 알려지지 않은 작가와 작품을 찾아서 읽으며, 무덤 속의 무명작가를 합당한 위치로 끄집어낼 때 큰 보람을 느낀다. 러브크래프트를 좋아하며 일단 친해지면 공포 소설을 권한다. 《세계 호러 걸작선 1》, 《러브크래프트 선집》 등을 옮겼다.

THE WORLD'S BEST HORROR STORIES

| 세계 호러 걸작선 2 |

초판 1쇄 펴낸날 | 2004년 12월 15일
초판 2쇄 펴낸날 | 2007년 7월 10일

지은이 | 아서 코넌 도일 외
옮긴이 | 정진영
펴낸이 | 김직승
펴낸곳 | 책세상

주소 | 서울시 마포구 신수동 68-7 대영빌딩(121-854)
전화 | 704-1251
팩스 | 719-1258
이메일 | world8@chol.com
홈페이지 | www.bkworld.co.kr

등록 1975. 5. 21 제1-517호

ISBN 978-89-7013-482-6 03800

책값은 뒤표지에 있습니다.
잘못된 책은 바꿔드립니다.

THE WORLD'S BEST HORROR STORIES

세계 호러 걸작선

아서 코넌 도일 외 지음
정진영 옮김

2

책세상

THE WORLD'S BEST HORROR STORIES

| 차 례 |

옮긴이의 글 6

새녹스 사건 The Case of Lady Sannox(1894) 13
　| 아서 코난 도일 Arthur Conan Doyle |

늙은 보모 이야기 The Old Nurse's Story(1852) 31
　| 엘리자베스 클레그헌 개스켈 Elizabeth Cleghorn Gaskell |

소모된 남자 The Man that was Used Up(1850) 65
　| 에드거 앨런 포 Edgar Allan Poe |

심연의 존재 The People of the Pit(1918) 81
　| 에이브러햄 메릿 Abraham Merritt |

가공할 만한 적 His Unconquerable Enemy(1889) 111
　| 윌리엄 체임버스 모로 William Chambers Morrow |

캔터빌의 유령 The Canterville Ghost(1891) 127
　| 오스카 와일드 Oscar Wilde |

벽 그림자 The Shadows on the Wall(1902) 169
　| 메리 윌킨스 프리먼 Mary Wilkins Freeman |

제루샤 Xelucha(1896) 197
  | 매슈 핍스 실 Matthew Phipps Shiel |

누런 벽지 The Yellow Wallpaper(1899) 215
  | 샬럿 퍼킨스 길먼 Charlotte Perkins Gilman |

솔방울 The Cone(1895) 245
  | 허버트 조지 웰즈 Herbert George Wells |

친구들의 친구들 The Friends of the Friends(1896) 265
  | 헨리 제임스 Henry James |

죽어야 하는 불멸 The Mortal Immortal(1833) 307
  | 메리 셸리 Mary Shelley |

사악한 목소리 A Wicked Voice(1890) 331
  | 버넌 리 Vernon Lee |

손에 대한 고찰 Narrative of the Ghost of a Hand(1863) 371
  | 조셉 셰리든 레퍼뉴 Joseph Sheridan Le Fanu |

| 옮긴이의 글 |

《세계 호러 걸작선》이 독자들의 성원에 힘입어 2편을 내게 되었다. 개인적으로 공포 소설에 대한 체계적인 소개가 미흡하다고 느끼는 국내 출판 현실에서 매우 기쁜 일이다.

전편에서 고딕 소설의 초자연적인 공포, 즉 인간의 감정에 고통이나 혐오감, 위기감을 불러내는 호러horror에 중점을 두었다면, 《세계 호러 걸작선 2》는 숭고한 감정, 경이감을 동반하는 공포, 즉 테러 terror까지를 포함한다. 이와 같은 개념 구분은 그 논의 과정에 비해 피상적이고 단순한 구분인지 모른다. 사실 '호러'와 '테러'의 개념을 구분하려는 시도는 고딕 소설의 출발부터 지금까지 ──대표적인 초기 고딕 작가인 앤 래드클리프 Ann Radcliffe에서 현대의 비평가 에드먼드 버크Edmund Burke를 거치면서── 때로는 소모적이고 때로는 흥미로운 시사점을 주며 논의되어왔기 때문이다. 또한 형식적으로는 전통적인 고딕 소설과 기이한 이야기 Weird Tales, 미스터리, SF 등 장르와의 접점 혹은 경계를 보여주고 싶었다. 공포 자체가 장르적 특성이기에 앞서 인간의 감정이라는 사실을 떠올리면 공포의 다양한 변주는 당연한 것인지도 모른다.

유럽과 미국 문화의 대비를 비롯하여 헨리 제임스Henry James가 천착한 주제와 기법을 감안하면, 작가의 심리주의적 사실주의를 고딕 소설의 전통에서 언급할 때는 신중할 수밖에 없다. 그러나 〈나사의 회전The Turn of The Screw〉이 고딕 소설의 전통에 독특하고 확고한 공헌을 했듯이, 그가 작품에서 고딕 기법을 활용하고 공포를 불러내려는 목적으로 일련의 작품을 쓴 것은 분명하다. 헨리 제임스의 초자연적인 공포 소설은 《헨리 제임스의 유령 이야기The Ghostly Tales of Henry James》에 수록되어 있으며, 〈나사의 회전〉 외에도 〈어느 헌옷에 얽힌 로맨스The Romance of Certain Old Clothes〉, 〈에드먼드 옴 경Sir Edmund Orme〉, 이 책에 실린 〈친구들의 친구들The Friends of the Friends〉을 비롯하여 헨리 제임스 특유의 뛰어난 공포 작품들이 실려 있다. 〈친구들의 친구들〉은 남녀의 때늦은 만남이라는 주제 이면에 헨리 제임스식 공포, 즉 '모호함'의 진수를 보여준다. 조셉 셰리든 레퍼뉴Joseph Sheridan Le Fanu의 〈손에 대한 고찰Narrative of the Ghost of a Hand〉은 몬터규 로즈 제임스Montague Rhodes James와 쌍벽을 이루는 '유령 이야기'의 전범을 선보인다. 이 작품은 레퍼뉴의 다양한 작품 성향에도 불구하고 그가 고딕 소설의 대가로 자리잡은 이유를 설명해준다. 레퍼뉴가 아일랜드의 중요한 고딕 전통에서도 많이 거론되는 작가라는 측면에서 빼놓을 수 없는 또 한 명의 작가가 오스카 와일드Oscar Wilde다. 《도리언 그레이의 초상The Picture of Dorain Gray》에서 오스카 와일드는 고딕 소설의 전통과 멜로드라마를 결합하고, 여기에 작가만의 위트를 절묘하게 섞어놓는다. 오스카 와일드의 대표적인 단편 중 하나인 〈캔터빌의 유령The Canterville Ghost〉은 고딕 전통의 패러디와 유머를 선사한다. 미국화에 대한 영국인의 불안을 근저로, 제대로(?) 대접받지 못하는 유령의 비애는 일반적인 인간의 인식이 뒤틀리는 과정에서 오스카 와일드의 상상력이 어떤 힘을 얻는지 보여준다. 공포와 유머의 결합은 에드거 앨런 포 Edgar Allan Poe의 고딕 소설에서도 분명한 특징이다. 기괴함(그로테스크)과 기이함(아라베스크)의 경계처럼 공포와 추리, 풍자의 경계를 넘나든 대가의 숨결은 〈소모된 남자The Man that was Used Up〉에서도 여전히 소모되지 않고 남아 있다. 《세계 호러 걸작선》 1편에 실린 〈숨막힘Loss of Breath〉처럼 〈소모된 남자〉는 정치적 풍자에 가깝지만, 국내에 소개되지 않은 포의 작품을 알리고 싶다는 바람도 크게 작용했다.

 헨리 제임스, 오스카 와일드와 비견되면서도 국내에서 알려지지 않은 작가가 버넌 리Vernon Lee다. 버넌 리는 기괴함과 낭만성에 이단적 요소까지 포함하는 독특한 문학으로 초자연적인 문학의 이정표라는 평가를 받지만, 제대로 알려지지 않은 진주 같은 존재다. 이 작품집에 소개된 〈사악한 목소리A Wicked Voice〉는 서사의 힘이 다소 떨어짐에도 불구, 작가를 소개하는 가장 좋은 작품 중 하나로 거론된다. 전통적인 고딕 소설과 비교하며 읽는다면 독특한 그녀만의 색깔을 발견할 수 있을 것이다.

 공포 관련 작품집을 구성할 때, 포 외에도 하워드 필립스 러브크래프트Howard Phillips Lovecraft는 늘 매력적인 작가이다. 러브크래프트의 애독자라면 이 작품집에 작가의 작품이 실리지 않았더라도, 그가 최고의 공포 소설이라고 찬사를 보낸 매슈 핍스 실Matthew Phipps Shiel의 〈제루샤Xelucha〉와, 에이브러햄 메릿Abraham Merritt의 〈심연의 존재The People of the Pit〉에서 위안을 찾을지 모른다. 두 작가는 각각 《자줏빛 구름Purple Cloud》과 《문 풀Moon Pool》이라는 희귀한 걸작을 선보였으며, 이 책에 실린 허버트 조지 웰즈Herbert George Wells보다 과학과 호러의 경계를 더 잘 드러내는 작가일지 모른다. 물론 이들이 좀더 제대로 평가되는 영역은 '기이한 이야기'라는 또 다른 공포다. 기이한 이야기가 호러의 또 다른 경계라면 그것은 공포가 중첩되고 배가되는 영역이다. 짧지만 강렬한 공포 소설을 선보인 윌리엄 체임버스 모로William Chambers Morrow도 당연 이 분야에서 두각을 나타내는 작가이다.

《타임머신The Time Machine》, 《우주전쟁The War of the Worlds》 등의 공상 과학 소설로 잘 알려진 허버트 조지 웰즈가 뛰어난 공포 소설을 남겼다는 사실은 그가 초자연적인 공포를 과학적으로 설명하려 했다는 점에서 그리 의외는 아니다. 《모로 박사의 섬The Island of Dr. Moreau》뿐 아니라, 단편집 《서른 편의 기이한 이야기Thirty Strange Stories》에서 웰즈는 초자연적인 공포뿐 아니라 SF와의 접점을 잘 보여준다. 이 작품에 실린 〈솔방울The Cone〉은 보다 공포에 중점을 둔 소설이다. 이에 비해 아서 코넌 도일Arthur Conan Doyle의 공포는 홈즈에 익숙한 셜로키언Sherlockian들에게 훨씬 더 의외로 느껴질 것이다. 코넌 도일이 초자연적인 공포 소설을 썼다는 것이나 그의 소설에서 러브크래프트의 숨결을 느낀다면 꽤 당혹스럽기 때문이지만, 실제로 그는 초자연적인 공포를 다룬 소설집을 따로 출간했다. 이 책에 실린 〈새녹스 사건The Case of Lady Sannox〉은 초자연적인 요소보다는 홈즈에 가깝지만(도입부만 그렇다), 마지막 반전은 오롯이 공포를 위한 것이다. 홈즈의 팬이라면 크게 이질적이지 않으면서도 아서 코넌 도일의 공포를 느낄 수 있는 최적의 작품으로 보인다.

오늘날 고딕 소설이 부흥하는 이유 중 하나는 페미니즘 연구라는 문학적 방법론과 밀접한 관련이 있다. 1편에 비해 이런 작가들을 전면에 배치한 것도 이 작품집의 특징이다. 샬럿 퍼킨스 길먼Charlotte Perkins Gilman의 〈누런 벽지The Yellow Wallpaper〉는 호러 소설에서 가장 각광받는 작품 중 하나이자 페미니즘 연구에서도 똑같이 조명을 받고 있다. 공포의 근원이 여성의 정체성과 성의 억압에 있으며, 공포를 여성의 이중적 글쓰기 전략이라고 볼 때, 고딕 소설의 해석 가능성은 훨씬 풍요로워진다. 〈누런 벽지〉가 바로 좋은 예일 것이다. 엘리자베스 클레그헌 개스켈Elizabeth Cleghorn Gaskell의 작품도 페미니즘 연구의 연장선상에 있으며, 그녀의 단편 중에서 〈늙은 보모 이야기The Old Nurse's Story〉는 화려한 수사가 없는 대신, 고딕성과 대치되는 으스스한 집과 점증적인 공포의 접근 방식에서 고딕 소설의 뛰어난 양식을 보여준다. 물론 페미니즘 연구에서 메리 셸리Mary Shelley를 빼놓기는 힘들다. 《프랑켄슈타인Frankenstein》이 이미 페미니즘 연구의 새로운 조명을 받았다면, 이 책에 실린 〈죽어야 하는 불멸The Mortal Immortal〉은 국내에 소개가 미진한 그녀의 단편 중 가장 뛰어난 것 중 하나로 꼽힌다.

《세계 호러 걸작선 2》는 1편에 비해 내용과 형식 면에서 다양함을 주기 위해, 포를 제외하고는 전편과 다른 작가들로 구성하되 역시 국내에 소개되지 않은 작품을 우선적으로 고려했다. 국내에서 공포 소설에 대한 평가는 여전히 제대로 이루어지지 않고 있다. 외국뿐 아니라 국내에도 우리만의 독특한 공포 세계를 그리기 위해 노력하는 작가들이 적지 않고, 앞으로는 더 많아질 것이다. 이들이 제대로 평가받기를 바란다. 그래서 공포 소설에 관심을 갖고 출판을 결정해준 책세상에 대한 고마움은 남다르다.

2004년 겨울, 정진영

새녹스 사건

The Case of Lady Sannox(1894)

아서 코넌 도일
Arthur Conan Doyle

아서 코넌 도일Arthur Conan Doyle(1859~1930)은 영국 에든버러의 가톨릭 집안에서 태어났다. 공무원이었던 아버지 찰스는 간질 환자이면서 알코올 중독자였다. 예수회 학교에서 교육받았는데, 훗날 셜록 홈즈 이야기에 등장하는 많은 인물들은 이 학교 시절의 교사와 친구들에게서 영감을 얻어 형성된 것이다. 1884년 루이스 호킨스와 결혼했으며, 1885년 에든버러 대학을 졸업한 뒤 햄프셔에서 안과의로 개업했다. 1887년 첫 소설 《주홍색 연구A Study in Scarlet》를 출간했고 1891년부터 〈셜록 홈즈의 모험The Adventures of Sherlock Holmes〉을 《스트랜드 매거진Strand Magazine》에 연재하기 시작했다. 도일의 작품들은 곧 대중적인 호응을 얻었고 그는 1920년대에 세계에서 가장 비싼 고료를 받는 작가 중 한 명이 되었다. 그러나 홈즈 소설에 염증을 느끼게 되어 《마지막 사건The Final Problem》에서 주인공을 죽임으로써 시리즈를 끝내버렸다. 남아프리카 전쟁(1899~1902)에 야전병원의 군의관으로 복무했는데, 그동안 《위대한 보어 전쟁The Great Boer War》을 써서 조국의 입장을 방어하기도 했다. 전쟁이 끝난 뒤 영국으로 돌아와 기사 작위를 수여받았다. 그 후 《빈집The Empty House》에서 오래전 죽은 홈즈를 교묘한 방법으로 다시 살려냄으로써 홈즈 시리즈를 재개했다. 1906년 하원의원에 출마했으나 낙선했다. 다음 해 아내가 지병으로 사망했으며, 얼마 지나지 않아 진 레키와 재혼했다. 1차 대전에서 아들이 죽자, 남은 생애 동안 심령술 연구에 빠져 지냈다. 1927년 그의 마지막 책 《셜록 홈즈의 사건집The Casebook of Sherlock Holmes》이 출간되었고, 1930년 심장병으로 사망했다.

저명한 더글러스 스톤이 회원으로 있는 과학 협회뿐 아니라 악명 높은 새녹스 부인이 재기발랄한 구성원으로 있는 사교계 쪽에도 두 사람의 관계가 파다하게 소문났다. 사정이 이렇다 보니, 어느 날 아침 새녹스 부인이 영원한 은둔자가 되어 다시는 세상에 나타나지 않을 거라는 소식이 전해졌을 때 세간의 이목이 집중된 것은 당연했다. 그 소문에 꼬리를 물고, 강심장을 소유한 저명한 외과 의사가 침대 한쪽에서 한쪽 엉덩이로 두 다리를 살포시 깔고 앉아 머리에 커다란 모자를 쓴 채 달콤한 미소를 머금고 있더라는 그 집 심부름꾼의 말이 전해지면서 신경이 닳고 닳은 사람들도 감당하지 못할 만큼 일대 센세이션이 일었다.

한창때의 더글러스 스톤은 영국에서 가장 주목받는 남자 중 한 사람이었다. 사실 소동이 벌어졌을 당시 그의 나이가 서른아홉이었음을 감안할 때 제대로 전성기를 누리지도 못했다고 해야 옳을 것이다.

그를 가장 잘 아는 사람들은, 그가 대단한 명성을 누리고 있는 외과의사라는 직업 외에 다른 어떤 분야를 택했더라도 대단한 성공을 거두었을 거라고 장담했다. 군인, 탐험가, 법조인, 돌과 쇠를 다루는 기술자, 그 분야가 무엇이든 그는 최고의 역량을 발휘하고 명성을 얻었을 거란 얘기였다. 다른 사람이 감히 할 수 없는 것을 계획하고, 다른 사람이 감히 계획할 수 없는 것을 해냈으므로, 타고날 때부터 그는 위대한 인물이었다. 의사로서 그와 견줄 수 있는 사람은 아무도 없었다. 그의 담력과 판단력, 직관은 독특했다. 간호사들이 환자처럼 하얗게 질릴 때에도 그의 칼은 계속해서 죽음을 잘라냈으며 그 과정에서 생명력이 불붙었다.

그의 악덕은 미덕만큼 컸으며 훨씬 도드라졌다. 런던의 직장인 중에서 세 번째로 많은 수입을 벌어들이고 있었지만 그의 사치스러운 생활을 감당하기에는 턱없이 모자랐다. 복잡한 본성 깊숙이, 그가 살아가는 목적의 전부라고 할 만한 도락의 어딘가에 육욕의 기질이 넘쳤다. 시각, 청각, 촉각, 미각, 그는 모든 감각을 완벽히 지배했다. 농익은 포도주와 매우 이국적인 향기, 가장 우아한 유럽 도자기의 곡선과 색조는 그의 감각 앞에서 단번에 연금술사의 황금이 되어 번뜩였다. 그리고 단 한 차례의 만남에서 두 번의 도전적인 눈길과 한 마디의 속삭임 때문에 그는 새녹스 부인을 향한 갑작스럽고 맹목적인 열정에 타올랐다. 그녀는 영국에서 가장 아름다운 여성이었으며 그에게 유일한 여자였다. 그는 영국에서 가장 잘생긴 남자였지만 그녀에게 유일한 남자는 아니었다. 그녀는 늘 새로운 경험을 즐겼으며 자신에게 구애하는 대부분의 남자들에게 상냥했다. 그것이 원인이었는지 아니면 그 결과였는지는 모르겠지만, 서른여섯 살의 새녹스 경은 쉰 살로 보였다.

차분하고 조용하고 온화한 성품에 얇은 입술과 나른한 눈꺼풀을 지닌 새녹스 경은 정원을 손질하는 데 많은 시간을 보내는 안락한 생활이 전부인 인물이었다. 그는 한때 연극에 빠져서 런던의 한 극장을 운영하기도 했는데, 그때 메리언 도슨 양에게 첫눈에 반해 그녀에게 도움의 손길과 귀족의 직위와 영지의 삼분의 일을 바쳤다. 결혼한 후 그는 예전의 취미에 염증을 느꼈다. 그가 종종 보여주었던 연극에 대한 재능을 묵히지 말라는 주변의 설득도 더 이상 통하지 않았다. 연극을 할 때보다 호미와 물뿌리개를 들고 난초와 국화 속에 있을 때 그는 더 행복했다.

그가 완전히 무감각해진 것인지, 아니면 심각할 정도로 기력을 잃은 것인지가 사람들 사이에서 초미의 관심사였다. 그가 아내의 행실을 알고 나무라기는 할까, 아니면 그저 사랑에 눈먼 맹목적인 바보인가? 그 문제를 놓고 작고 아늑한 응접실의 찻잔 사이에서, 혹은 시가 연기 자욱한 클럽 회관의 창가에서 토론이 벌어졌다. 남자들은 대체로 새녹스 경에 대해 신랄하고 노골적인 평가를 내렸으며, 그를 편드는 사람은 아무도 없었다. 그는 어느새 클럽 흡연실에서 가장 과묵한 사람이 되어 있었다.

그러나 더글러스 스톤이 최고의 화제로 떠오르면서, 새녹스 경이 아내의 행실을 알고 있는가 하는 의문은 세인의 관심 밖으로 완전히 밀려났다. 스톤에 관해서는 쓸데없는 말들이 오가지 않았다. 그는 문제가 불거질 때마다 고압적이고 맹렬한 기세로 대단히 신중하고 분별력 있게 대처했다. 그들의 추문은 널리 알려졌다. 어느 명망 있는 학자는 학회의 임원 명단에서 그가 빠졌다는 사실을 넌지시 알려주었고, 친구 두 명은 의사로서의 평판을 고려하라고 진심 어린 충고를 아끼지 않았다. 그러나 그는 그들을 매몰차게 대했고, 새녹스 부인에게 줄 팔찌를 사는 데 사십 기니를 썼다. 그는 매일 저녁 그녀의 집을 방문했고, 그녀는 오후마다 그의 마차에 올랐다. 그들은 자신들의 관계를 숨기려고 애쓰지 않았다. 그러나 마침내 그들을 방해하는 사건이 벌어지고 말았다.

거센 바람이 굴뚝 속에서 비명을 지르고 창문을 후려치던, 몹시 춥고 음산한 겨울밤이었다. 돌풍이 불 때마다 유리창에 후드득 흩어지던 빗방울은 잠시 꼴꼴 잠기는 소리를 내다가 처마에서 흘러내렸다. 저녁 식사를 마친 더글러스 스톤은 서재의 난롯가에 앉아, 포도주 잔이 놓인 공작석 테이블에 팔꿈치를 기대고 있었다. 그는 포도주를 마시려다가 멈칫하더니 램프 빛에 유리잔을 비추고는 감식가의 예리한 눈빛으로 진홍빛 술 위에 떠 있는 얇은 막을 바라보았다. 조각처럼 매끄러운 얼굴과 크게 열린 잿빛 눈동자, 부드러우면서도 단호한 입술, 굵고 반듯한 턱에서는, 일렁이는 난롯불이 드리우는 변덕스러운 불빛을 따라 로마인의 힘과 동물성이 드러나고 있었다. 그는 고급스러운 의자에 깊숙이 몸을 기댄 채 이따금씩 미소를 머금었다. 그날 있었던 두 번의 수술 결과가 더없이 훌륭했으므로, 여섯 명이나 되는 친구들이 충고를 했음에도 불구하고 그는 아주 유쾌해질 권리가 있었다. 런던에서 그처럼 대담하게 수술을 집도할 의지와 실력을 갖춘 사람은 없었다.

그는 그날 저녁 새녹스 부인을 만나기로 했고, 시간은 어느새 여덟 시 삼십 분이 되어 있었다. 그가 마차를 준비시키기 위해 벨을 향해 손을 뻗는 순간, 둔중한 노크 소리가 들려왔다. 곧바로 홀을 스치는 발소리에 이어 쾅 하고 문이 닫혔다.

"어떤 분이 진찰실에서 선생님을 뵙고자 합니다." 집사가 말했다.

"환자 본인인가?"

"아닙니다. 선생님을 모시러 온 모양입니다."

"너무 늦었잖아." 더글러스 스톤은 퉁명스럽게 소리쳤다. "안 가겠네."

"여기, 그분이 주신 명함입니다."

집사는 금속 쟁반에 놓인 명함을 내밀었다. 그 쟁반은 국무총리의 아내가 스톤에게 선물한 것이었다.

"'서머나의 하밀 알리.' 흠! 터키 사람인가 보군."

"예, 선생님. 외지에서 온 것 같습니다. 몰골이 말이 아닙니다."

"쯧쯧! 나는 선약이 있네. 다른 곳에 가봐야 해. 하지만 그 사람을 만나보지. 이리로 데려오게, 핌."

잠시 후 집사가 문을 열고, 키가 작고 노쇠한 남자를 들여보냈다. 고개를 쭉 빼든 남자는 지독한 근시 때문에 눈을 깜빡거리며 구부정한 모습으로 걸었다. 가무잡잡한 얼굴에, 머리칼과 수염은 온통 새카맸다.

그는 한쪽 손에 붉은 줄무늬가 있는 흰색 모슬린 터번을, 다른 쪽 손에는 조그마한 섀미 가죽 주머니를 들고 있었다.

"안녕하세요." 집사가 문을 닫자 더글러스 스톤이 말했다. "아마도 영어를 할 수는 있겠죠?"

"예, 선생님. 저는 소아시아 출신이지만, 느리게만 말하면 영어로 대화할 수 있습니다."

"왕진을 원하셨다고요?"

"예, 선생님. 제 아내 좀 꼭 진찰해주십시오."

"내일 아침에라면 괜찮지만, 오늘 밤은 선약이 있어서 어렵습니다."

터키인의 반응은 아주 독특했다. 그는 가죽 주머니의 끈을 풀더니 탁자에 황금 덩어리를 쏟아놓았다.

"집에 백 파운드가 더 있습니다. 한 시간도 걸리지 않으리라 장담합니다. 문 앞에 마차를 대기시켜 놓았습니다."

더글러스는 시계를 흘깃거렸다. 한 시간이면 새녹스 부인을 찾아가기에 그다지 늦지는 않을 것이다. 그보다 더 늦은 시간에도 그녀를 찾아가곤 했으니까. 게다가 진찰료가 엄청나다. 최근 빚쟁이의 독촉을 받고 있는 형편이니 이런 기회를 놓칠 수는 없었다. 그는 가기로 마음먹었다.

"환자는 어떤 상태인가요?"

"오, 너무도 애처룹지요! 참으로 애처로워요! 혹시 알모하드의 단검에 대해 들어보셨습니까?"

"아니오."

"아, 아주 오래되고 특별한 동양의 단검으로, 손잡이가 등자(鐙子)와 비슷한 재질로 만들어져 있지요. 저는 골동품 상인입니다. 그래서 서머나에서 영국으로 온 겁니다. 그러나 다음 주에 한 번 더 서머나로

가야 합니다. 많은 물건을 가져왔지만, 아직 그곳에 남겨 놓고 온 것이 많은데, 그 중에는 제가 말씀드린 단검도 몇 자루 더 있지요."

"제게 선약이 있다는 점 잊지 마세요." 의사는 약간 짜증을 내며 말했다. "필요한 말씀만 하세요."

"필요한 말이라는 걸 곧 아시게 될 겁니다. 오늘 제가 골동품을 살피고 있는데 아내가 정신을 잃고 쓰러졌습니다. 그 저주받은 알모하드의 단검에 아랫입술을 벤 겁니다."

"그렇군요." 더글러스 스톤은 일어서며 말했다. "상처를 치료해달라는 말씀이군요?"

"아니, 아닙니다. 그보다 더 심각한 상태입니다."

"뭐가 심각하다는 거죠?"

"단검에는 독이 묻어 있었습니다."

"독!"

"예. 게다가 동서양을 막론하고 그 독의 정체와 치료법을 아는 사람은 없습니다. 그게 제가 아는 전부이고, 그마저 저처럼 장사를 하신 아버님께 전해 들은 겁니다. 그래서 그 독검을 다루기란 무척 까다로운 일이죠."

"증상은 어떤가요?"

"깊이 잠들었다가 서른 시간이 지나면 죽습니다."

"치료법이 없다고 하셨죠. 그런데 왜 제게 많은 돈을 지불하려는 겁니까?"

"약으로 치료할 수 없고, 칼로는 가능할지 모릅니다."

"어떻게요?"

"그 독은 천천히 퍼집니다. 그래서 몇 시간 동안은 상처 부위에 남아 있을 겁니다."

"그렇다면 소독을 하면 되겠군요?"

"뱀에게 물린 것과는 다르죠. 훨씬 미묘하고, 훨씬 치명적입니다."

"그렇다면 상처를 잘라내야겠군요?"

"그겁니다. 그 독이 손가락에 묻었다면, 손가락을 잘라야 합니다. 저희 아버님은 늘 그렇게 말씀하셨지요. 하지만 제가 지금 말씀드리는 상처가 어디에 있는지, 게다가 그 사람이 제 아내라는 점을 생각해 보세요. 정말 끔찍한 일입니다!"

그런 끔찍한 일에 익숙한 사람이라면 동정심이 약간은 무더지는 법이다. 더글러스 스톤은 이미 그것을 흥미로운 증상의 하나로 받아들였으므로 환자의 남편으로서 겪어야 하는 고충까지 들어줄 생각이 없었다.

"별 문제도 아닌 것 같군요." 그는 무뚝뚝하게 말했다. "목숨보다는 입술을 잃는 게 낫지요."

"아, 그렇습니다. 선생님 말씀이 옳습니다. 그, 그게 숙명이지요. 받아들일 수밖에요. 마차가 기다리고 있으니, 저와 함께 가서서 치료해 주십시오."

더글러스 스톤은 서랍에서 외과용 메스 상자를 꺼내 붕대와 함께 린트 천에 싸서 주머니에 넣었다. 새녹스 부인을 만날 생각이라면 더 이상 시간을 지체하지 말아야 했다.

"다 됐어요." 그는 외투를 집어 들며 말했다. "날씨가 몹시 추운데, 나가기 전에 포도주라도 한 잔 하시겠어요?"

터키인은 거절하듯 손을 들어 올리며 물러섰다.

"제가 이슬람교도라는 걸 잊으셨군요. 저는 마호메트의 독실한 추종자입니다." 그는 말했다. "그런데, 지금 주머니에 넣으신 녹색 병에는 무엇이 들어 있는지요?"

"마취제입니다."

"아니, 그것 역시 저희에게는 금물입니다. 그 역시 독주나 마찬가지고, 우린 그런 것을 사용하지 않습니다."

"뭐요! 그러면 마취도 하지 않고 아내에게 수술을 하라는 말씀인가요?"

"아! 그 가엾은 여자는 아무것도 느끼지 못할 겁니다. 이미 첫 번째 증상대로 깊은 잠에 빠져 있으니까요. 게다가 제가 서머나 아편까지 먹였습니다. 어서 가시지요, 선생님. 벌써 한 시간이 지났습니다."

어두운 바깥으로 나왔을 때, 빗줄기가 한차례 그들의 얼굴에 쏟아졌고, 대리석 여상주에 매달려 대롱거리던 등불도 훅 꺼져버렸다. 집사 핌이 돌풍에 맞서 육중한 문을 어깨로 밀치는 동안, 두 명의 사내는 대기 중인 마차의 누런 불빛을 향해 주춤주춤 걸어갔다. 잠시 후 그들은 덜컥거리는 마차에 앉아 있었다.

"여기서 먼가요?" 더글러스 스톤이 물었다.

"이런, 아닙니다. 주스턴 거리에서 조금만 더 가면 됩니다."

의사는 십오 분마다 시간을 반복해서 알려주는 시계의 스프링을 누르고 몇 시인지 귀를 기울였다. 아홉 시 십오 분이었다. 그는 거리를 가늠하고, 지극히 사소한 수술에 걸리는 최단 시간을 계산했다. 열 시까지는 새녹스 부인에게 가야 했다. 그는 김 서린 창문을 통해 흔들리며 지나가는 희미한 가스등과 이따금씩 어느 상점 앞에서 좀더 밝게 빛나는 불빛을 바라보았다. 마차의 가죽 지붕 위로 작은 빗방울이 떨어졌고, 웅덩이와 진창을 지날 때마다 바퀴에서 첨벙거리는 소리가 들려왔다. 맞은편에 앉아 있는 터키인의 흰색 터번이 어둠 속에서 희미하게 빛났다. 도착했을 때 시간을 아낄 생각으로 스톤은 주머니에 손을 넣고 주삿바늘과 봉합사, 안전 핀을 정돈했다. 그는 초조하게 손을 비비면서 마차 바닥에 발을 굴렀다.

이윽고 마차가 속력을 줄이더니 멈춰 섰다. 더글러스 스톤은 곧장 마차에서 내렸고, 서머나의 상인도 그 뒤를 따랐다.

"기다리게." 상인은 마차꾼에게 말했다.

지저분하고 비좁은 거리에 있는 초라한 집이었다. 런던의 지리에 밝았던 의사는 재빨리 어둠 속을 훑어보았다. 상점이나 인기척은 전혀 없었으며, 두 줄로 늘어선 멋없는 주택가와 역시 두 줄로 깔린 판석이 가로등에 비쳤고, 도랑을 따라 거센 물살이 휘돌며 요란하게 하수구로 흘러가고 있을 뿐이었다. 얼룩지고 칠이 벗겨진 문 하나가 그들 앞에 나타났고, 부채꼴 모양의 이층 창문에서 새어나오는 희미한 불빛이 유리창에 덧쌓인 먼지와 오물을 드러내 보여주었다.

침실 창문 중 한 곳에서 누런빛이 뿌옇게 빛났다. 상인이 소란스레 문을 두드리며 침실 창문을 바라보았을 때, 더글러스 스톤은 터키인의 검은 얼굴에서 불안하게 일그러지는 표정을 볼 수 있었다. 빗장이 풀리자 초를 든 늙은 여자가 옹이 진 손으로 촛불을 감싼 채 문가에 나타났다.

"아무 일 없지?" 상인이 숨을 몰아쉬며 말했다.

"나가실 때와 똑같은 상태예요."

"아무 말도 없던가?"

"예, 깊이 잠들어 계세요."

상인은 문을 닫았고 더글러스 스톤은 주변을 흘깃거리며, 그런 자신의 모습에 흠칫 놀라면서 비좁은 복도를 걸어갔다. 리놀륨 바닥도, 매트도, 모자걸이도 없었다. 보이는 것이라고는 두터운 잿빛 먼지와 빼곡한 거미줄이 다였다. 노파를 따라 구불구불한 계단을 오르는 동안, 그가 내딛는 강한 발소리에 조용한 집이 거칠게 뒤흔들렸다. 카펫조차 없었다.

침실은 두 번째 층계참에 있었다. 더글러스 스톤은 늙은 간호사를 따라 그곳으로 들어갔고, 터키 상인이 그 뒤를 따랐다. 적어도 그곳에는 드물기는 해도 가구가 있었다. 바닥은 어지러웠고, 구석에는 터키산 장식장과 쇠미늘 갑옷, 이상하게 생긴 파이프, 기괴한 무기들이 쌓여 있었다. 하나뿐인 작은 램프가 선반 위에서 타고 있었다. 더글러스 스톤은 그 램프를 집어 들고 잡동사니 사이를 지나 한쪽 구석에 있는 침대로 걸어갔다. 그곳에는 터키 옷을 입은 여자가 이중 베일과 차양을 쓰고 누워 있었다. 아랫입술의 윤곽을 따라 지그재그로 베일이 오려져 있어서 얼굴 아랫부분만 겨우 드러나 있었다.

"베일은 양해해주세요." 터키인이 말했다. "우리의 여성관을 아실 겁니다."

그러나 의사는 이중 베일 따위는 안중에도 없었다. 그녀는 그에게 더 이상 여자가 아니었다. 한 명의 환자에 불과했다. 그는 상체를 구부리고 상처를 유심히 살펴보았다.

"아직 아무런 증상이 없군요. 국부 증상이 나타날 때까지 수술을 미뤄야겠어요."

남편은 동요를 숨기지 못하고 두 손을 비틀어 쥐었다.

"이런! 선생님, 선생님." 그는 소리쳤다. "쉽게 생각하지 마십시오. 아직 모르시는군요. 아주 치명적입니다. 분명히 말씀드리는데, 수술을 꼭 해야 합니다. 칼을 대야만 아내를 살릴 수 있습니다."

"그래도 저는 기다릴 생각입니다." 더글러스 스톤이 말했다.

"기다릴 만큼 기다렸습니다." 터키인은 격분해서 외쳤다. "경각이 달린 문제입니다. 이렇게 서서 아내가 죽어가는 걸 지켜볼 수는 없습니다. 이제 남은 방법은 여기까지 와주신 선생께 감사드리고, 더 늦기 전에 다른 의사를 찾아볼 수밖에요."

더글러스 스톤은 멈칫했다. 수백 파운드의 빚을 갚는다는 게 쉬운 일은 아니었다. 게다가 그 환자를 포기해버린다면 미리 받은 황금도 돌려주어야 했다. 만약 터키인의 말대로 당장 수술을 하지 않아서 여자가 죽는다면, 가뜩이나 궁지에 몰려 있는 그로서는 심각한 상황에 처할 게 뻔했다.

"전에도 이런 일을 겪어본 적이 있나요?" 그가 물었다.

"그렇소."

"그래서 당장 수술을 해야 한다고 말씀하신 거군요."

"내가 숭배하는 모든 걸 걸고 그렇다고 맹세합니다."

"수술을 하면 보기 흉해질 겁니다."

"물론, 키스를 하기엔 좀 그렇겠지요."

더글러스 스톤은 매섭게 남자를 노려보았다. 남자의 말은 매우 잔인한 것이었다. 그러나 터키인은 그들만의 말투와 사고방식이 있을 것이고, 그런 문제를 놓고 말다툼을 벌일 시간도 없었다. 더글러스 스톤은 상자에서 메스를 꺼내 들고 집게손가락으로 칼날의 예리함을 확인해보았다. 그러고는 램프를 침대 가까이 끌어당겼다. 이중 베일의 틈새로 그를 바라보는 두 개의 검은 눈동자가 있었다. 홍채만 있을 뿐 동공은 거의 보이지 않았다.

"아편을 너무 많이 썼군요."

"예, 그렇습니다."

그는 자신을 똑바로 응시하고 있는 검은 눈동자를 다시 한번 살펴보았다. 탁하고 생기 없는 눈이었지만, 그가 바라보고 있는 동안에도 미약하게나마 눈빛이 번뜩였고 입술이 떨렸다.

"완전히 의식을 잃지는 않았군요." 그는 말했다.

"고통만 없다면 수술을 하는 데 오히려 낫지 않겠습니까?"

의사의 머릿속에도 그와 똑같은 생각이 스쳤다. 그는 핀셋으로 상처가 난 입술을 붙잡고, 상처 부위를 브이 자 모양으로 신속하게 잘라냈다. 여자는 숨넘어가듯 끔찍한 비명을 지르며 벌떡 상체를 일으켰다. 그때 여자의 얼굴에서 베일이 벗겨졌다. 아는 얼굴이었다. 튀어나온 윗입술과 뚝뚝 떨어지는 핏방울에도 불구하고 그는 그 얼굴을 알아보았고, 여자는 잘린 입술에 손을 올리고 비명을 질렀다. 더글러스 스톤은 칼과 핀셋을 든 채 침대맡에 주저앉았다. 방 안이 빙글빙글 돌아가고, 무언가가 귓바퀴를 찢는 것 같았다. 그 현장을 누군가가 목격했다면, 다른 두 사람보다 스톤의 얼굴이 제일 끔찍했다고 말했을 것이다. 꿈결처럼, 혹은 연극의 한 장면처럼, 그는 터키인의 머리칼과 수염이 탁자에 올려지고, 새녹스 경이 옆구리에 손을 얹고 벽에 기대서서 소리 없이 웃는 모습을 보았다. 여자는 이제 비명을 멈추고 볼썽사나운 머리를 베개에 떨구었지만, 더글러스 스톤은 여전히 꼼짝도 하지 않았고, 새녹스 경은 여전히 소리 죽여 킬킬거리고 있었다.

"메리언에게 꼭 필요한 일이었소. 이번 수술 말이오." 그는 말했다. "육체가 아니라 윤리적으로 말이오. 윤리, 그게 무슨 뜻인지는 선생도 알 거요."

더글러스 스톤은 비틀거리며 침대보의 가장자리를 만지작거리기 시작했다. 외과용 메스를 바닥에 떨어뜨렸지만, 여전히 핀셋과 또 다른 무언가를 움켜쥔 상태였다.

"어쨌든 당신은 약속을 지킨 셈이군." 새녹스 경이 말했다.

그때 더글러스 스톤이 웃음을 터뜨렸다. 그는 오랫동안 큰 소리로 웃었다. 그러나 새녹스 경은 이제 웃지 않았다. 공포와도 비슷한 감정을 느낀 듯 그는 차갑게 얼어붙은 모습이었다. 그는 방을 나가 발소리를 죽이며 걸어갔다. 노파가 바깥에서 기다리고 있었다.

"아내가 깨어나면 보살펴주게." 새녹스 경은 말했다.

그는 밖으로 나갔다. 대기 중인 마차의 마차꾼이 모자를 고쳐 썼다.

"존." 새녹스 경은 말했다. "먼저, 의사 선생을 집에 모셔다 드리게. 아마 집 안까지 부축해야 할 걸세. 그 집 집사에게는 수술을 하느라 선생이 무리를 했다고 전하게."

"잘 알겠습니다. 주인어른."

"그리고 자네가 아내의 집을 지켜주게."

"주인어른은 어쩌시려고요?"

"음, 앞으로 몇 달간은 베니스에 있는 로마 호텔에 묵을 걸세. 집으로 오는 편지만 잘 확인하게. 그리고 다음 주 월요일에 붉은 국화를 모조리 품평회에 출품하라고 스티븐슨에게 이르고, 그 결과를 전보로 알려주게."

늙은 보모 이야기
The Old Nurse's Story (1852)

엘리자베스 클레그헌 개스켈
Elizabeth Cleghorn Gaskell

엘리자베스 클레그헌 개스켈Elizabeth Cleghorn Gaskell(1810~1865)은 런던에서 유니테리언파 목사의 딸로 태어났다. 어머니가 죽은 뒤로는 너츠퍼드의 체서에 살고 있던 이모에게 맡겨졌다. 아버지와 마찬가지로 독실한 유니테리언파 신도였으므로 젊은 시절에는 지역의 교회에 나가 주일학교 교사로도 일했다. 1832년 역시 유니테리언파 목사인 윌리엄 개스켈William Gaskell과 결혼해서 맨체스터에 정착했는데, 그곳에서 남편의 교구민이었던 방직 노동자들의 빈곤 상태를 보고 큰 충격을 받았다. 1848년 아들의 죽음으로 인한 슬픔을 잊기 위해 쓰기 시작한 《메리 바턴Mary Barton》으로 중년의 나이에 소설가가 되었다. 급진적이라기보다 계급 간의 대화와 이해를 추구했던 개혁적 성향의 인물이었지만, 그녀의 소설은 도시의 빈곤, 차티즘, 노동조합 운동과 같은 민감한 사회적 이슈들을 담고 있었다. 이 작품은 찰스 디킨스, 샬럿 브론테, 조지 엘리엇 등의 작가들에게 크게 환영받았으며, 특히 디킨스는 자신이 편집하던 《하우스홀드 워즈Household Words》지에 그녀의 다음 작품인 《크렌퍼드Cranford》를 연재했다. 이는 너츠퍼드에서 보낸 소녀 시절을 배경으로 보다 순탄한 시기의 사회사를 그리고 있다. 초기의 이 두 작품은 개스켈이 빅토리아 사회에 대해 품고 있던 이중적인 태도를 반영하고 있다. 또한 개스켈은 영국에서는 처음으로 매춘부를 주인공으로 한 소설 《루스Ruth》를 썼는데, 순회도서관들에서 금지당하고 난폭한 독자들에 의해 불태워졌지만, 동시대 여성 작가들에게서는 오히려 충분치 못하다는 불평을 들었다. 동료 작가이자 절친한 친구였던 샬럿 브론테가 죽은 뒤에 쓴 《샬럿 브론테의 생애The Life of Charlotte Bronte》도 문학성을 인정받는 대표적 저작이다.

애야, 너도 알다시피, 네 어머니는 고아에다 외동딸이셨지. 네 할아버지가 내가 태어난 웨스트멀랜드의 교구 목사를 지내셨다는 것도 알고 있을 게다. 나는 마을 학교에 다니는 소녀에 불과했는데, 어느 날 네 할머니께서 오셔서 학생 중에서 보모를 구할 수 없느냐고 선생님께 물으셨지. 선생님이 나를 불러 바느질에 능할 뿐 아니라 침착하고 정직한 아이며, 양친은 가난하지만 매우 훌륭한 분들이라고 말했을 때, 내가 얼마나 자랑스러웠는지 모른단다. 곧 아이가 태어날 것이고, 내가 무슨 일을 해야 하는지 전해 듣는 동안, 나처럼 볼이 발그레한 아기씨를 돌보는 것보다 세상에 더 좋은 일은 없을 거라는 생각이 들더구나. 하지만 앞으로 하려는 이야기를 떠올리며 너는 시답잖은 내 개인사에는 그리 관심이 없을 테니, 곧바로 본론으로 들어가야겠구나. 로자몬드 아가씨(내가 보살필 아기씨이자 너의 어머니)가 태어나기 전에 나는 보모로 고용되어 사제관에 묵게 되었지. 사실, 아기씨가 태어났을 때는 엄마 품을 떠나지 않았고, 밤에는 줄곧 잠을 자는 바람에 내가 할 일은 거의 없었단다. 이따금씩 부인께서 아기씨를 내게 맡길 때마다 얼마나 우쭐한 기분이 들던지. 나중에 아주 어여쁜 네가 또 태어났지만, 네 어머니 같은 아기는 이제나저제나 다시는 없을 거야. 아기씨는 천상 숙녀였던 어머니를 빼닮았더구나. 네 할머니이신 퍼니벌 부인은 노섬벌랜드 퍼니벌 경의 손녀딸이셨거든. 무남독녀였던 할머니는 칼라일 출신의 상인 집안의 아들이자 목사였던 ──하지만 영민하시고 더없이 신사다우셨던── 할아버지와 결혼할 때까지 친척의 손에서 자라셨지. 할아버지가 맡으신 교구는 아주 넓은데다 웨스트멀랜드 전역에 흩어져 있어서 일이 몹시 고되셨단다. 네 어머니 로자몬드 아기씨가 네댓 살쯤 되었을 때, 보름 동안에 연이어 양친을 잃으셨어. 아! 참으로 슬픈 시간이었단다. 아름답고 젊으셨던 부인과 나는 두 번째 아기씨의 탄생을 앞두고 있었는데, 주인어른께서 어느 날 멀리까지 가셨다가 흠뻑 젖은 피곤한 모습으로 돌아오신 뒤 열병에 걸려 돌아가시고 말았지. 고개를 가눌 힘조차 없던 부인은 결국 사산이 된 아기씨를 가슴에 묻고 마지막 생의 자락을 놓아버리셨어. 부인은 임종의 순간에 로자몬드 아기씨의 곁을 떠나지 말라고 내게 부탁하셨지. 설령 부인께서 한마디 말씀이 없으셨다 해도, 나는 그 어린 아기와 세상 끝까지 함께 갈 생각이었단다.

슬픔을 채 삭이기도 전에 유언 집행인과 후견인이 일을 마무리 짓기 위해 찾아왔단다. 가엾은 부인의 사촌인 퍼니벌 경과 주인어른의 형제로 맨체스터에서 상점을 운영하는 에스트와이트 씨가 그들이었지. 에스트와이트 씨는 당시 좋지 않은 형편에 대가족까지 부양해야 하는 형편이었어. 글쎄! 그것이 그들의 결정이었는지, 아니면 부인께서 병상에서 사촌에게 보낸 편지 때문이었는지는 모르겠지만, 어쨌든 로자몬드 아기씨와 나는 노섬벌랜드의 퍼니벌 저택으로 가게 되었단다. 퍼니벌 경은 마치 부인의 유언인 양 로자몬드 아기씨가 그의 가족과 살아야 한다고 말했고, 워낙 대가족이어서 한두 사람 더 들어간다고 해서 표도 나지 않을 테니 본인도 굳이 반대하지 않는다는 말투였지. 나는 영민하고 아름다운 —— 어느 가문에서 태어났어도 눈부시고 당당했을 —— 우리 아기씨의 앞날을 그런 식으로 말하는 것이 싫었단다. 그럼에도 데일의 모든 사람들이 내가 어린 아기씨의 하녀로 퍼니벌 저택에 간다는 사실을 알고는 놀라고 부러워할 생각을 하니 솔직히 무척 기뻤단다.

그러나 우리가 가게 될 저택이 퍼니벌 경이 사는 곳이라는 내 생각은 틀렸어. 알고 보니 퍼니벌 가족이 그 저택을 떠난 지 오십 년이 넘었더구나. 가엾은 부인이 친척과 함께 자랐다곤 하지만, 그 저택에는 한 번도 가 본 일이 없으셨던 게야. 그래서 어머니가 자란 곳에서 로자몬드 아기씨의 유년 시절을 보내게 하고 싶었던 나로서는 아쉬움이 컸단다.

내가 용기를 내어 이것저것 묻자, 저택은 컴벌랜드 언덕 기슭에 있으며 아주 웅장한 곳이라고 퍼니벌 경의 심부름꾼이 말해주었지. 퍼니벌 경의 종조모이신 퍼니벌 양이 몇몇 하인과 함께 살고 있다고 말이다. 그러나 건강에는 아주 좋은 곳으로, 퍼니벌 경은 로자몬드 아기씨가 몇 년을 보내기에 안성맞춤이고, 종조모도 아기씨를 보고 적적함을 덜 수 있으리라 여기시는 모양이라고.

퍼니벌 경은 하루 동안 로자몬드 아기씨가 떠날 채비를 끝내라고 내게 분부하셨단다. 퍼니벌 가문은 전부 그렇다는 사람들의 말처럼, 그분도 엄격하고 자부심이 강하셨지. 필요한 말씀 외에는 한마디도 하지 않으셨으니까. 그분이 돌아가신 부인을 사모하셨다는 풍문이 있었단다. 아버지께서 반대하실 것을 잘 알았던 부인은 그분의 청을 뿌리치고 에스트와이트 씨와 결혼했다고 말이지. 그러나 그것이 사실인지 아닌지는 모르겠구나. 어쨌든 퍼니벌 경은 그때까지 결혼을 하지 않으셨어. 그러나 로자몬드 아기씨에 대해서는 그리 관심이 없으셨지. 그분이 돌아가신 부인을 진정 사랑했다면 그 따님도 그럴 거라고 나는 생각했거든. 퍼니벌 경은 심부름꾼 헨리 씨에게 우리를 저택으로 데려다준 다음 그날 저녁 뉴캐슬로 오라고 말씀하셨어. 상황이 그렇다 보니 헨리 씨가 우리와 헤어지기 전에 많은 것을 알려주기에는 시간이 촉박했단다. 그렇게 두 명의 어린아이(나는 열여덟 살이 채 되지 않았으니까)는 유서 깊은 대저택을 향해 떠났어. 그곳으로 마차를 타고 가던 때가 엊그제 같구나. 우리는 정든 사제관을 뒤로 하고 아침 일찍 출발했고, 낯선 사람의 마차를 탄 것도 아닌데 가슴이 복받쳐 한동안 서럽게 울었단다. 벌써 오래전에 흘러가버린 구월의 어느 오후, 우리는 석탄선과 광부로 가득한 어느 아담하고 연기 자욱한 마을에서 마지막으로 마차의 말을 교체했지. 헨리 씨는 오르막길을 오르는 동안 공원과 저택을 구경하는 게 좋겠다며 잠든 로자몬드 아기씨를 깨우라고 말했는데, 나는 그러기가 안쓰러웠단다. 그러나 혹시 퍼니벌 경에게 좋지 않은 말을 할까 불안해서 그가 시키는 대로 아기씨를 깨웠지. 어느새 도시의 흔적도, 아니 시골의 모습마저 완전히 사라졌고, 커다랗고 황량한 공원의 문 안으로 들어섰어. 여기 북부에 있는 공원과는 달리, 바위투성이에 물소리가 요란하게 들려왔고, 흰색의 옹이 진 가시나무와 늙은 참나무는 풍파에 시달려 껍질이 벗겨져 있었지.

삼 킬로미터 정도 올라갔을 때 크고 위엄 있는 저택이 나타났는데, 그 주변을 에워싼 무수한 나무들은 저택과의 거리가 너무 가까워서 바람이 불면 가지가 벽에 끌리기도 하고, 저들끼리 부러져 축 늘어졌단다. 나무를 베거나, 지붕이 이끼로 뒤덮인 마차들을 가지런히 놓아둘 만큼 저택을 돌보는 이도 없는 것 같았어. 오로지 저택 정면만 깨끗이 치워져 있었지. 타원형의 널찍한 길에는 잡초 하나 없었고, 창문이 많고 기다란 건물의 정면 어디에도 나무나 덩굴은 보이지 않았단다. 건물 양쪽에 튀어나와 있는 익벽의 정면도 마찬가지였어. 저택은 몹시 황량했지만, 내가 생각한 것보다 훨씬 웅장했단다. 저택 뒤편에 솟아 있는 언덕도 헐벗은 모습이었지. 네가 지금 정면으로 보고 있을 저택의 왼쪽에 아담하고 예스러운 화단이 있다는 걸 나중에 알게 됐지. 화단은 서쪽 현관에 있는 문과 연결이 되어 있었어. 나이 지긋한 퍼니벌 가의 부인들을 위해 빽빽한 검은 숲을 파낸 곳이지만, 끝없이 자라는 거대한 삼림수가 다시 그곳에 짙은 그늘을 드리우는 바람에 당시 화단에는 꽃이 거의 없었단다.

커다란 현관문에 도착해 홀 안으로 들어갔을 때, 길을 잃을지 모른다는 생각이 들었단다. 그 정도로 홀이 크고 넓고 웅장했거든. 천장 한복판에는 청동 샹들리에가 매달려 있었어. 한 번도 본 적이 없는 것이라 나는 깜짝 놀라 샹들리에를 바라보았단다. 홀의 한쪽 끝에 있던 벽난로는 우리 마을의 웬만한 집 담장만큼 컸고, 육중한 받침대에는 장작이 올려져 있었지. 그 옆에 구식의 묵직한 소파들이 놓여 있었어. 네가 지금 출입하는 왼쪽, 그러니까 서쪽으로, 홀의 맞은편 벽에 설치된 오르간은 그 벽면의 대부분을 차지할 만큼 어마어마하게 컸단다.

같은 방향 뒤편으로 문이 하나 있었지. 그리고 맞은편, 난로 양쪽에 동쪽 현관으로 향하는 문들이 있었어. 그러나 내가 그 저택에 머무르는 동안 한 번도 그 문을 사용한 적이 없어서 그쪽에 무엇이 있는지 말해줄 수 없구나.

저물어가는 오후, 아직 불 켜지지 않은 홀은 어둡고 음산해 보였지만 거기서 오래 머물지는 않았단다. 우리를 맞이했던 늙은 하인이 헨리 씨에게 인사를 건네고 커다란 오르간이 있는 쪽 문으로 우리를 안내했지. 몇 개의 작은 홀과 복도를 지나 도착한 곳은 퍼니벌 양이 기다리고 계신다는 서쪽 응접실이었어. 가엾은 로자몬드 아기씨는 그 넓은 곳에서 길을 잃을까봐 무서운지 내 곁에 착 달라붙어 있었지만, 나라고 다르지는 않았지. 내가 보기에 퍼니벌 양은 여든 살에 가까운 노부인이었지만, 정확한 연세는 알 수 없었어. 마르고 키가 컸으며, 얼굴 전체에 바늘로 그린 듯 잔주름이 자글자글했단다. 내가 보기에 두 눈은 경계심이 가득했고, 보청기를 사용해야 할 만큼 귀가 어두우셨어. 그분 옆에서 똑같은 태피스트리를 뜨고 있던 사람은 하녀이자 동료인 스타크 부인으로, 두 분이 동년배로 보일 만큼 나이가 지긋했어. 두 분은 젊은 시절부터 함께 지냈고, 내 생각에 스타크 부인은 하녀라기보다 친구처럼 보였단다. 스타크 부인은 매우 차갑고 음울해 보였는데, 누군가를 사랑하거나 좋아해본 일이 없는, 냉정한 사람 같

앉아. 주인 외에는 아무에게도 관심을 주지 않을 사람 말이지. 그녀는 귀가 너무 어둡다며 퍼니벌 양을 아이처럼 대하더구나. 사랑스러운 우리 로자몬드 아기씨가 내민 손을 모른 척하고 말이지. 그렇게 두 노부인이 안경 너머로 빤히 바라보는 동안 우리는 우두커니 서 있었단다.

  그들이 벨을 울려, 우리가 그 집에서 맨 처음 만난 늙은 하인을 부르고 우리를 방으로 안내하라고 했을 때 나는 정말 기뻤단다. 우리는 그 커다란 응접실에서 나와 또 다른 응접실과 이런저런 곳을 지나 널찍한 계단을 올라간 다음 커다란 회랑 ―― 도서관처럼 한쪽 벽면이 책으로 쌓여 있고, 반대편에는 창문과 간이 탁자가 줄지어 놓여 있는 ―― 을 따라 우리 방에 도착했는데, 그곳이 부엌에서 그리 멀지 않다는 말에 다행이라 여겼어. 왜냐하면 자칫 그 황량한 저택에서 정말 길을 잃을 거라는 생각을 했기 때문이지. 그 낡은 육아실은 아주 오래전 퍼니벌 가문의 아기 영주와 귀부인들이 사용하던 공간으로, 벽난로에서 기분 좋게 불이 타오르고, 벽난로 시렁에서는 찻주전자가 끓고, 탁자 위에 찻잔 한 벌이 놓여 있었지. 그 방을 나가면 육아 침실로, 로자몬드 아기씨를 위한 유아 침대와 내 침대가 가까이 있었어. 제임스는 아내 도로시를 불러 우리에게 인사를 시켰지. 두 사람이 무척 공손하고 친절해서 로자몬드 아기씨와 나는 조금씩 편안한 기분이 되었단다. 차를 다 마셨을 때, 아기씨는 도로시의 무릎에 앉아 그 앙증맞은 혀로 할 수 있는 만큼 빠르게 재잘거렸으니까. 얼마 후 도로시가 웨스트멀랜드 출신으로 나와 동향이라는 것을 알게 되자 우리 두 사람은 더욱 가까워졌어. 제임스와 그의 아내보다 더 친절한 사람을 만날 수 있을 거라는 생각은 아예 들지 않더구나. 제임스는 거의 평생을 퍼니벌 가문에서 보냈고, 그보다 대단한 집안은 없다고 생각하고 있었어. 심지어 아내까지 무시하곤 했는데, 자기와 결혼하기 전까지 도로시는 농가 말고는 살아본 곳이 없다는 이유 때문이었지. 그러나 그는 더없이 아내를 사랑했단다. 그들 밑에 온갖 잡일을 도맡아 하는 하인이 한 명 더 있었지. 이름이 아그네스라고. 그녀와 나, 제임스와 도로시, 퍼니벌 양과 스타크 부인이 한 식구였어. 물론, 사랑스러운 우리 로자몬드 아기씨를 뺄 수는 없지! 집안 사람들이 아기씨를 끔찍이 아끼는 모습을 보면서, 아기씨가 오기 전에는 어찌 살았을까 궁금해지곤 했단다. 부엌과 응접실, 어디에서도 다르지 않았어. 무뚝뚝하고 처량한 퍼니벌 양과 쌀쌀맞은 스타크 부인도 파닥거리는 한 마리 새처럼 뛰놀고 장난치며 끊임없이 쫑알거리고 재잘거리는 아기씨를 볼 때마다 즐거워 보였거든. 아기씨가 부엌으로 쪼르르 달려가버릴 때마다 두 분이 아쉬워하는 빛이 역력했어. 물론, 두 분 모두 워낙 자존심이 강해서 더 있어달라고 청하는 일은 없었고, 스타크 부인의 말에서 느껴지듯 아기씨의 취향에 약간 놀라며 부친의 집안을 들먹이기도 했지만 말이다. 사방으로 뻗어 있는 그 대저택은 로자몬드 아기씨에게는 관광지나 다름없었단다. 아기씨는 나를 졸졸 따라다니며 집안 구석구석을 구경했지. 한 번도 열린 적이 없고, 우리도 굳이 가보려고 하지 않았던 동쪽 익벽만 제외하고 말이지. 저택의 서쪽과 북쪽 부분에 유쾌한 방이 많았어. 많이 보고 들은 사람들에게는 별것 아니겠지만, 우리한테는 그런 방마다 정말 진기한 물건들이 가득했단다. 창문마다 빽빽한 나뭇가지가 그늘을 드리우고 담쟁이덩굴이 무성했지만, 우리는 초록빛 어둠 속에서 오래된 중국 도자기며 상아로 조각된 상자며, 묵직하고 커다란 책, 무엇보다 오래된 그림들을 볼 수 있었단다!

한번은 아기씨가 도로시도 함께 가서 그림 속의 사람들이 누구인지 설명해달라고 한 적이 있단다. 도로시가 이름을 전부 말해줄 순 없어도, 그 그림들은 전부 퍼니벌 가문 사람들이 그려진 초상화였으니까. 우리는 거의 모든 방을 구경하고, 나중에는 홀 너머의 낡은 응접실까지 가게 되었는데, 그곳에서 퍼니벌 양의 초상화를 보았어. 아니, 당시에는 그레이스 양이라고 불렸고, 위로 언니 한 명이 있던 시절의 초상화라고 해야겠지. 젊은 시절의 퍼니벌 양은 얼마나 아름다웠던지! 물론 자존심 강한 표정과, 누가 감히 자신을 스스럼없이 바라보느냐고 반문하듯 약간 치켜세운 눈썹과 아름다운 눈동자에 비친 경멸의 빛은 여전했지만. 게다가 우리가 그곳에서 쳐다보는 걸 책망하듯 우리를 향해 입술을 일그러뜨리고 있더구나. 내가 한 번도 본 적 없는 옷을 입고 계셨지만, 그분이 젊었을 때는 그것이 최신의 유행이었겠지. 흰색의 부드러운 모피 같은 것으로 만든 모자가 이마를 살짝 덮었고, 모자 테두리는 아름다운 깃털로 장식되어 있었어. 파란색 새틴제 겉옷은 안에 받쳐 입은 흰색 스토머커(가슴 장식용 의류 — 옮긴이주)의 복부쯤에서 살짝 벌어져 있었고.

"아, 그분이 확실해요!" 나는 초상화를 빤히 바라보며 말했지. "성경에서도 육체는 풀과 같다고 하잖아요. 하지만 지금의 퍼니벌 양을 본다면, 저렇게 아름다웠다고 누가 상상이나 하겠어요?"

"맞아." 도로시가 말했어. "사람들은 참 처량하게 나이를 먹거든. 하지만 돌아가신 그분의 부친께서 늘 하시던 말씀처럼, 언니였던 퍼니벌 양이 그레이스 양보다 더 미인이었어. 그분의 초상화도 여기 어디에 있을 텐데. 하지만 내가 초상화를 보여주면 누구한테도, 제임스에게조차도 절대 비밀로 해야 해. 저 꼬마 아가씨의 입을 막을 수 있을까?" 그녀가 그렇게 물었단다.

깜찍한 우리 아기씨는 너무 어리고 천진난만해서 뭐든 있는 그대로 말하기 때문에 나는 술래잡기하듯 아기씨를 다른 곳에 숨겨놓고, 도로시를 도와 커다란 그림을 돌려놓았어. 다른 초상화와 달리 그것은 벽 쪽으로 돌려져 있었고, 벽에 걸려 있지도 않았지. 확실히 그레이스 양보다 뛰어난 미인이더군. 경멸에 찬 자부심만큼은 우열을 가리기 어려웠지만, 그것마저 언니가 더 낫다는 생각이 들었단다. 한 시간 정도는 질리지 않고 그 초상화를 구경할 수 있었지만, 내게 그림을 보여준 것 때문에 근심의 빛이 역력하던 도로시가 서둘러 그것을 제자리에 갖다 놓고는 어서 가서 로자몬드 아기씨를 찾아보라고 하더군. 아이들이 이끌리기 쉬운 나쁘고 추한 곳이 저택 주변에 많다면서. 당시 나는 용감하고 진취적인 소녀여서 나이 든 여자의 말을 귀담아 듣지는 않았단다. 나도 고향에 있을 때 여느 아이들 못지않게 술래잡기를 좋아했으니까. 어쨌든 나는 우리 깜찍한 아기씨를 찾기 위해 달려갔단다.

겨울이 가까워지고 해가 짧아질 즈음, 이따금씩 누군가 홀에 있는 커다란 오르간을 연주하는 듯한 소리가 아주 분명하게 들려왔단다. 매일 저녁은 아니지만 나는 분명히 그 소리를 자주 들었어. 대부분 로자몬드 아기씨를 침대에 누이고 그 곁에 앉아 있을 때였는데, 침실은 줄곧 고요한 정적이 흐르고 있었지. 그때마다 멀리서 갑자기 솟구쳤다가 강렬해지는 소리가 들려오곤 했어. 그 소리가 들려온 첫날 밤, 내가 저녁을 먹으러 일층에 내려갔다가 오르간을 연주하는 사람이 누구냐고 도로시에게 물었을 때, 제임스가 나무 사이에서 나는 바람 소리를 음악으로 착각한 것이라고 무척 쌀쌀맞게 말하더구나. 그러나 도로시가 몹시 겁에 질린 표정으로 그를 바라보고, 식모 베시가 숨죽인 소리로 뭔가 중얼거리다가 하얗게 질리는 것을 나는 놓치지 않았지. 그들이 내 질문을 저어하는 것이 분명해서, 나는 도로시에게서 많은 것을 알아낼 수 있다고 믿고 그녀와 단둘이 있게 될 때까지 아무 말도 하지 않았어. 그리고 다음 날, 나는 기회를 엿보다가 오르간을 연주한 사람이 누구냐고 그녀에게 달래듯이 물었단다. 나는 줄곧 조용히 있었으므로 그것이 바람 소리가 아니라 오르간이라는 것쯤은 알 수 있다고 말이지. 그러나 도로시는 그 문제에 대해 단단히 주의를 들은 모양이어서 한 마디도 끌어낼 수 없겠더구나. 그래서 이번에는 베시를 선택했는데, 솔직히 그녀는 아그네스와 비슷한 위치였지만 나는 그녀뿐 아니라 제임스와 도로시까지도 조금 깔보는 경향이 있기는 했어. 베시는 누구에게도 비밀로 해야 한다고 말하더구나. 설령 내가 비밀을 지키지 못하더라도 그녀에게 들었다고는 절대 밝혀서는 안 된다고 말이지. 그녀는 그 기묘하기 짝이 없는 소리를 아주 많이 들었다고 했고, 대부분이 겨울밤, 그것도 폭풍 전야였다고 하더구나. 그리고 소문에 따르면, 그것은 오래전에 돌아가신 영주 중 한 분이 생전에 했던 습관대로 홀에서 거대한 오르간을 연주하는 소리라고 했어. 그러나 그 늙은 영주가 누구인지, 왜 연주를 하는지, 특히 왜 폭풍우가 치는 겨울밤에 그러는지에 대해서는 베시도 모르거나 아니면 내게 말해줄 생각이 없는 것 같더구나. 글쎄! 앞서 말했듯이 나는 용감한 편이었지. 그래서 연주자가 누구든 그처럼 웅장한 음악이 저택에 흐른다면 오히려 유쾌한 일이라고 생각했단다. 거센 돌풍 소리보다 크고, 살아 있는 생물처럼 울부짖고 기뻐 날뛰기도 하다가 어느새 더없이 부드럽게 낮아졌지. 그 소리는 언제나 곡조와 선율로 이루어져 있는데도 그것을 바람 소리라고 하다니 말도 안 되지. 처음에는 베시가 모를 뿐이지, 오르간을 연주하는 사람이 퍼니벌 양이라고 생각했단다. 그러나 어느 날 혼자 홀에 있을 때, 예전에 크로스와이트 교회에서 했듯이, 오르간을 열고 그 안팎을 유심히 살펴보았단다. 그런데 겉보기에는 화려하고 훌륭해 보이는 오르간의 내부가 모조리 깨지고 부서져 있었어. 그때가 한낮이었음에도 소름이 돋은 나는 오르간을 닫고 다급히 환한 육아실로 도망치고 말았지. 그 이후 한동안 나는 제임스와 도로시보다 더 그 음악 소리를 싫어했단다. 한편 로자몬드 아기씨는 날이 갈수록 사랑스러워졌지. 노부인들은 아기씨와 함께 아침 식사하는 걸 좋아하셨어. 제임스는 퍼니벌 양 뒤에, 나는 의기양양하게 로자몬드 아기씨의 뒤에 서 있곤 했단다. 아기씨는 식사가 끝나면, 퍼니벌 양이 잠든 동안 커다란 응접실 한쪽 구석에서 생쥐처럼 조용하게 놀았고, 나는 부엌에서 아침을 먹었단다. 그러다 아기씨는 기쁨에 겨워 육아실로 나를 보러 오셨지. 그러고는 퍼니벌 양은 너무 슬프고, 스타크 부인은 너무 지루하다고 말했지만, 나와 함께 있을 때는 언제나 즐거워하셨단다. 나는 조금씩 그 기이한 음악에 대해서 관심을 잃어갔는데, 그 정체를 알려고 들지 않는다면 해가 될 것도 전혀 없었지.

 그해 겨울은 몹시 추웠단다. 시월 중순에 얼음이 얼기 시작해서 아주 오랫동안 풀리지 않았어. 내 기억에, 어느 날 저녁 식사 때인가 퍼니벌 양이 슬프고 나른한 눈을 들어 올리더니 스타크 부인에게 묘한 말투로 말했지. "올해 겨울이 끔찍할까봐 걱정이야." 그러나 스타크 부인은 못 들은 척하고 아주 큰 소리로 다른 얘기를 늘어놓았어. 우리 꼬마 숙녀와 나는 얼음 따위를 걱정하지 않았단다. 전혀! 날씨만 맑다면 우리는 저택 뒤편의 가파른 언덕을 오르고, 황량하고 헐벗은 언덕 정상까지 올라가 상쾌하고 차가운 공기 속에서 달리기 시합을 했지. 한번은 새로운 길을 따라 언덕에서 내려온 적이 있는데, 저택의 동쪽으로 중간쯤 되는 곳에 비틀린 두 그루의 늙은 호랑가시나무가 서 있었지. 그러나 갈수록 해는 짧아졌고, 늙은 영주(그분이 맞다고 가정할 때)는 더욱더 사납고 구슬프게 커다란 오르간을 연주했단다. 어느 일요일 오후 ──십일월 말 무렵이 틀림없어──나는 도로시에게 퍼니벌 양이 낮잠을 다 주무시고 아기씨가 응접실에서 나오면 나 대신 아기씨를 돌봐달라고 부탁했지. 너무 추워서 교회에 함께 갈 수 없었지만, 나 혼자라도 다녀오고 싶었거든. 도로시는 아주 기뻐하며 평소처럼 끔찍이 보살펴주겠다고 약속했어. 여전히 한밤의 흔적이 완전히 사라지지 않은 것처럼 무겁게 내려앉은 하늘이 하얀 대지에 어둠을 드리우고 공기는 살을 에듯 차가웠지만, 베시와 나는 씩씩하게 교회로 향했단다.

"눈이 올 것 같아." 베시가 내게 말했지. 그녀의 말대로 우리가 교회에 있는 동안에 굵은 눈발이 창문을 거의 막아버릴 정도로 쌓이고 있었어. 교회를 나왔을 때는 눈이 멈춘 후였지만, 부드럽고 두텁게 쌓인 눈을 밟으며 우리는 터벅터벅 저택으로 향했단다. 저택에 도착하기 전에 달이 떴고, 달빛과 눈부시게 희디흰 눈 때문에 우리가 교회로 향했던 오후 두 시에서 세 시 사이보다 오히려 날이 환하게 느껴졌단다. 지금 처음 하는 말인데, 퍼니벌 양과 스타크 부인은 교회에 가는 법이 없었지. 두 분은 아주 음울하게 기도문을 함께 외우고, 분주히 태피스트리 뜨개질에 몰두하지 않으면 일요일이 몹시 길게 느껴지는 모양이었어. 로자몬드 아기씨와 함께 이층으로 올라가기 위해 도로 시가 있는 부엌으로 갔을 때, 내가 응접실에서 예쁘게 놀다가 지치면 언제든지 부엌으로 오라고 일러놓은 것과는 달리 아기씨는 한 번도 부엌에 오지 않았더구나. 나는 아직 노부인들이 데리고 있다는 도로 시의 말을 듣고도 그리 이상하다는 생각은 하지 않았어. 그래서 옷을 갈아입고, 육아실로 데려와 저녁을 먹이기 위해 아기씨를 찾으러 갔단다. 그런데 막상 응접실에 가보니, 노부인 두 분만 이따금씩 한마디씩 던지며 죽은 듯이 조용히 앉아 있을 뿐, 평소 로자몬드 아기씨와 함께 있을 때처럼 활달하고 즐거운 모습이 아니었어. 그래도 아기씨가 어디 숨어 있겠거니 생각했단다. 그게 바로 아기씨만의 깜찍한 놀이 중의 하나였으니까. 아기씨는 자신이 어디 숨었는지 모른 척해달라고 노부인들에게 미리 말해놓았을 거고. 그래서 나는 소파 밑과 의자 뒤를 이리저리 훑어보면서 아기씨를 찾지 못해 몹시 겁에 질린 표정을 지어 보였단다.

"헤스터, 대체 무슨 일이냐?" 스타크 부인이 꼬장꼬장하게 말했지. 퍼니벌 양은 내가 들어온 줄 알기나 하는지, 그저 가만히 앉아서 무기력한 얼굴로 난롯불을 멍하니 응시하고 있었어. "우리 조그만 장미송이를 찾고 있는걸요?" 아기씨를 찾아내진 못했지만, 나는 여전히 그곳 어딘가에 있을 거라고 생각하며 말했지.

"로자몬드 양은 여기 없어." 스타크 부인이 말했어. "도로시한테 간다고 나간 지 한 시간도 넘었다." 그러고는 고개를 돌려 난롯불을 바라보았지.

가슴이 철렁 내려앉은 나는 아기씨와 떨어지지 말았어야 했다고 후회하기 시작했지. 나는 도로시에게 다시 가서 그 사실을 알렸단다. 제임스는 하루 종일 밖에 나가 있었고, 도로시와 나, 베시 셋이서 등잔을 들고 맨 먼저 육아실로 올라가 본 다음에는, 그 커다란 저택을 돌아다니면서 걱정이 되어 죽게 생겼으니 제발 숨어 있는 곳에서 나오라고 로자몬드 아기씨의 이름을 부르며 애원했단다. 그러나 아무 대답도, 아무 소리도 들려오지 않았어.

"제발!" 나는 이윽고 말했지. "혹시 동쪽 익벽에 들어가서 숨어 있지 않을까요?"

그러나 아기씨가 그곳에 가본 적이 없으니 그렇지는 않을 거라고 도로시가 말했단다. 게다가 동쪽 익벽은 언제나 잠겨 있고, 집사가 열쇠를 가지고 있는 것 같지만 그녀와 제임스는 한 번도 그 열쇠를 본 적이 없다면서 말이지. 그래서 나는 혹시 노부인들이 모르는 응접실의 어딘가에 숨어 있는지 다시 가서 살펴보겠다고 말했어. 그리고 만약 응접실에서 아기씨를 찾는다면, 나를 놀래킨 벌로 단단히 혼을 내주겠다고 했어. 그러나 정말 그럴 마음은 없었지. 어쨌든 나는 응접실로 돌아가 스타크 부인에게 아기씨를 찾지 못했다며, 혹시 따뜻한 구석 어딘가에 잠들어 있을지도 모르니 찾는 동안 자리를 조금씩 비켜 달라고 부탁했어. 그러나, 없었어! 퍼니벌 양이 일어서서 온몸을 부들

부들 떨고 있는 동안, 우리는 응접실을 뒤졌지만 아기씨를 찾아내지 못했지. 곧이어 집안의 모든 사람들이 우리가 전에 찾아본 곳을 모조리 다시 한번 확인했지만 아기씨의 모습은 보이지 않았어. 퍼니벌 양이 심하게 몸을 떠는 바람에 스타크 부인은 그녀를 데리고 따뜻한 응접실로 돌아갔단다. 그러나 응접실로 가기에 앞서, 아기씨를 찾으면 꼭 그들에게 데리고 오라며 내게 다짐을 받았지. 아, 어쩜 좋을까! 온통 눈으로 뒤덮인 넓은 앞마당을 내다보다가 그만 아기씨를 영영 찾지 못할 거라는 생각이 들기 시작했어. 나는 이층에서 밖을 내다보고 있었는데, 문득 아주 환한 달빛 아래 또렷이 드러난 두 개의 조그만 발자국이 홀의 현관문에서 동쪽 익벽 모퉁이로 이어져 있는 것을 발견했지. 내가 어떻게 아래층으로 내려갔는지는 모르겠지만, 육중한 현관문을 끌어당기고 겉옷 자락으로 망토처럼 얼굴을 감싸고는 그대로 달려 나갔어. 동쪽 모퉁이를 돌자 어두운 그림자가 눈 위에 드리워져 있었지만, 그곳을 지나 다시 달빛 아래에 서자 작은 발자국은 위쪽으로, 언덕으로 향해 있었어. 지독히도 추운 날씨였지. 달리는 동안 얼굴에서 살갗이 벗겨질 정도로 추웠고, 가엾은 어린 것이 필시 죽었을 거라는 생각에 겁에 질려 울먹였어. 호랑가시나무가 시야에 들어올 즈음, 양치기 한 명이 팔에 담요로 감싼 뭔가를 들고 언덕을 내려오고 있었어. 그가 내게 소리치며 혹시 어린아이를 잃어버렸냐고 물었어. 내가 우느라 아무 말을 못하자, 그는 내게 팔을 내밀었고, 나는 죽은 듯이 하얗게 굳어 있는 아이를 볼 수 있었지. 양치기는 한밤의 혹한이 오기 전에 양을 보려고 언덕에 올랐다가 호랑가시나무 아래쪽(검은 자국이 나 있는 언덕 중턱으로, 주변 수 킬로미터 반경에 다른 관목이라고는 찾아볼 수 없는 곳)에서 아기씨를 발견했다고 말했지. 나의 양, 나의 여왕, 나의 사랑이 차갑게 얼어붙은 채 끔찍한 잠에 빠져 있었던 거지. 아! 아기씨를 다시 내 품에 안았을 때의 그 기쁨과 눈물이란! 양치기에게 맡기지 않겠다며, 담요에 싸인 그대로 아기씨를 받아 들고, 따뜻한 내 목과 가슴 가까이 보듬어 안았을 때, 조그맣고 연약한 몸뚱이에 천천히 생명이 돌아오는 것이 느껴졌어. 그러나 저택에 도착했을 때에도 아기씨는 여전히 의식불명 상태였고, 나는 숨이 차서 한마디 말도 할 수 없었지. 우리는 부엌문을 통해서 안으로 들어갔어.

"탕파(湯婆)를 가져와요." 내가 말했지. 곧바로 아기씨를 이층으로 데려간 다음, 베시가 지펴둔 육아실 난로 옆에서 아기씨의 옷을 벗기기 시작했어. 생각나는 대로 온갖 별명과 애칭으로 아기씨를 부르는 동안에도 흐르는 눈물에 앞이 보이지 않더구나. 오! 마침내, 드디어 아기씨는 커다랗고 파란 눈을 떴단다. 아기씨를 따뜻한 침대에 누이고, 퍼니벌 양에게 가서 괜찮다고 말하도록 도로시에게 부탁했지. 나는 길디긴 밤을 새워 아기씨 곁에 앉아 있을 생각이었어. 귀여운 머리가 베개에 닿자마자 아기씨는 나른한 잠에 빠져들었고, 나는 아침이 밝을 때까지, 아기씨가 맑고 깨끗한 정신으로——처음에는 미심쩍었지만——깨어날 때까지 그 곁을 지켰단다.

노부인이 둘 다 잠이 들고, 응접실에 있기가 너무 지루해져서 도로시에게 갈 생각이었다고 아기씨는 말했어. 그래서 서쪽 로비를 지나다가 높다란 창문을 통해 하얗게 송이송이 떨어지는 눈을 본 거지. 땅바닥에 예쁘고 하얗게 펼쳐진 눈을 보고 싶었던 아기씨는 커다란 홀로 들어갔어. 그곳에서 창문 밖 마찻길에 환하고 부드럽게 쌓이는 눈을 볼 수 있었지. 그런데 그곳에 서 있는 동안, 아기씨의 표현대로라면 '썩 예쁘지는 않지만' 자기 또래의 여자아이가 '밖으로 나오라고 손짓했는데, 어머, 그 모습이 무척이나 귀엽고 깜찍해서 나갈 수밖에 없었다' 고 하더군. 그리고 그 여자아이는 아기씨의 손을 잡고 나란히 동쪽 모퉁이를 돌았어.

"지금 거짓말을 하다니 정말 못된 아이구나. 천국에 계신 엄마는 평생 한 번도 거짓말을 하시지 않았는데, 딸아이가 거짓말하는 소리를 듣고 뭐라고 하실까!"

"정말이야, 헤스터." 아기씨는 흐느꼈단다. "정말이야. 정말이라고."

"거짓말!" 나는 엄하게 말했지. "눈에 찍힌 발자국을 따라가 봤는걸. 발자국은 네 것밖에 없었어. 여자아이와 손을 붙잡고 나란히 언덕까지 걸어갔다면, 발자국도 같이 나 있어야 하잖아?"

"그건 어쩔 수 없잖아, 제발, 헤스터." 아기씨는 울먹이며 말했단다. "발자국이 없는 걸 내가 어쩌란 말이야. 나도 아이의 발을 못 봤어. 하지만 조그만 자기 손으로, 아주, 아주 차가운 손으로 내 손을 꼭 잡았어. 그러고는 나를 데리고 언덕길을 올라 호랑가시나무가 있는 곳까지 갔단 말야. 거기서 어떤 부인이 눈물을 흘리며 울고 있었어. 그런데 나를 보더니 울음을 멈추고 아주 자랑스럽고 멋지게 웃어주었지. 그리고 나를 무릎에 앉히고 자장가를 불러주었어. 그게 다야, 헤스터. 정말이야. 엄마도 아실 거야." 아기씨는 계속 울먹였단다. 그래서 나는 혹시 열에 들뜬 아기씨가 똑같은 이야기를 되풀이하는 과정에서 자기도 정말이라고 착각하는 것은 아닐까 생각했지. 이윽고 도로시가 아기씨의 아침 식사를 가져왔단다. 그리고 노부인들이 내게 할 말이 있다며 식당에서 기다리고 있다고 하더군. 간밤에도 두 분이 육아실을 다녀갔지만, 그때는 로자몬드 아기씨가 잠든 후였지. 그래서 아기씨 얼굴만 들여다봤을 뿐, 내게 아무런 질문도 하지 않으셨어.

"무슨 일인지 알겠어." 나는 북쪽 회랑을 걸어가며 혼자 말했지. '하지만' 방향을 잡으면서 생각했어. '내가 집에 없는 동안은 그분들 책임이잖아. 아기씨가 몰래 빠져나가도록 방치한 책임은 그분들에게 있어.' 그래서 나는 용감하게 식당으로 들어가 내 생각을 말했단다. 그 모든 이야기를 퍼니벌 양의 귀에 대고 악을 쓰며 말한 셈이지. 그런데 눈 속에 있던 여자아이가 아기씨를 밖으로 불러냈고, 호랑가시나무에 있는 어느 도도하고 아름다운 부인에게 데려갔다고 말했을 때, 퍼니벌 양은 두 팔——늙고 시든 그녀의 팔—— 을 치켜들더니 버럭 소리를 질렀단다. "안 돼! 하느님, 부디 용서를! 부디 은혜를!"

스타크 부인이 그녀를, 내 생각에는, 아주 거칠게 붙들었지. 그러나 그녀는 힘에 부친 스타크 부인을 밀치고 경고와 위엄을 실어 두서없이 내게 말했단다.

"헤스터! 그 여자아이를 피해야 한다! 로자몬드를 꾀어 죽이고 말 거야! 사악한 아이다! 로자몬드에게 이르거라, 사악하고 못된 아이라고." 그때 스타크 부인이 서둘러 나를 식당에서 내보냈지. 솔직히 그곳에서 나올 수 있어서 기뻤단다. 그러나 퍼니벌 양은 연신 고함을 질러댔어. "안 돼! 부디 용서를! 끝내 용서하지 않을 작정이구나! 이미 오래전의 일이건만."

그때부터 마음이 편치 않더구나. 로자몬드 아기씨가 또 환영이나 다른 것에 이끌려 밖으로 몰래 빠져나갈까봐 나는 밤낮으로 그 곁을 떠나지 않았단다. 무엇보다 이상한 언행으로 미루어 퍼니벌 양이 미친 거라고 생각했기 때문이지. 그와 똑같은 증세가(너도 알다시피, 그런 병은 유전이 될 수 있잖니) 혹시 아기씨에게도 잠재해 있을까봐 두려웠단다. 당시 지독한 한파가 끊이질 않았어. 여느 때보다 폭풍이 더 거세진 밤이면, 돌풍을 뚫고 바람 소리를 넘어 옛 영주가 연주하는 오르간 소리가 들려왔단다. 그러나 옛 영주든 아니든, 로자몬드 아가씨가 가는 곳이면 나는 어디든 따라갔단다. 그 어여쁘고 가련한 고아에 대한 내 사랑은 웅장하고 끔찍한 소리에 대한 두려움보다 더 강했으니까. 게다가 아기씨가 나이답게 쾌활하고 즐거워야만 내 마음도 편했거든. 그래서 우리는 함께 뛰놀고, 어디든 함께 다녔단다. 그처럼 크고 어지러운 저택에서 또다시 아기씨를 잃어버리고 싶지 않았어. 급기야 그 일이 벌어진 것은, 크리스마스가 멀지 않은 어느 오후, 우리 둘이 커다란 홀의 당구대에서 함께 놀고 있었을 때였지. (우리는 당구를 칠 줄 몰랐지만, 아기씨는 예쁘장한 손으로 매끄러운 아이보리색 당구알을 굴리며 좋아했고, 나는 아기씨가 하는 것이면 다 좋았지.) 탁 트인 바깥은 아직 환했지만, 우리가 눈치 채지 못하는 사이, 조금씩 집 안에 어스름이 깔리고 있었단다. 나는 이제 그만 아기씨를 육아실로 데려가야겠다고 생각했어. 바로 그때, 갑자기 아기씨가 소리를 지른 거야.

"헤스터, 저길 봐! 보란 말야! 저기 눈 속에 가엾은 아이가 있잖아!"

내가 길고 좁다란 창문을 향해 돌아섰을 때, 나는 두 눈으로 똑똑히, 로자몬드 아기씨보다 약간 어려 보이는——그토록 추운 날씨에 허술한 옷차림으로——여자아이가 마치 안으로 들어오려는 듯이 울며 창문을 두드리는 모습을 보았어. 아이는 흐느껴 우는 듯했고 로자몬드 아기씨가 끝내 참지 못하고 문가로 달려간 순간, 느닷없이 천둥처럼 울리는 오르간 소리에 나는 진저리를 치고 말았지. 유령 같은 아이가 온 힘을 다해 유리창을 마구 두드렸음에도, 혹한의 정적 속에서조차 아무 소리도 들리지 않는다는 사실을 깨닫자 더욱 섬뜩해졌단다. 게다가 흐느껴 우는 아이의 모습을 똑똑히 봤는데도, 내 귓가에는 울음의 기운조차 전해지지 않았지. 그 모든 것을 당시에 기억해냈는지는 모르겠구나. 오르간 소리에 너무 놀란 나머지 겁에 질려 있었지만, 단 한 가지, 로자몬드 아기씨가 문을 열기 전에 붙잡아서 발길질하며 울부짖는 아기씨를 환한 부엌으로 데려간 것만은 분명히 기억하고 있단다. 부엌에선 도로시와 아그네스가 분주히 민스 파이를 만들고 있었지.

"우리 예쁜이, 무슨 일이니?" 내가 가슴이 터질 듯 흐느끼는 로자몬드 아기씨를 데리고 들어서자, 도로시가 소리쳤지.

"여자아이가 안으로 들어오려고 하는데 헤스터가 문을 못 열게 했어. 밤새 언덕에 있으면 죽고 말 거야. 독하고 못된 헤스터." 아기씨는 나를 때리며 말했어. 아마 아기씨는 훨씬 더 세게 나를 때렸는지도 모르지. 왜냐하면 도로시의 얼굴에 스치는 오싹한 공포는 내 온몸의 피를 얼어붙게 만들었거든.

"어서 부엌 뒷문을 닫고 빗장을 질러." 그녀는 아그네스에게 말했단다. 그리고 아무 말 없이 로자몬드 아기씨를 진정시킬 만한 건포도와 아몬드를 내게 주었어. 그러나 아기씨는 눈 속에 있는 여자아이 생각에 흐느끼기만 할 뿐, 그 좋아하던 것에 손조차 대지 않았지. 아기씨가 침대에서 울다 잠들었을 때는 잘됐다 싶었단다. 나는 살며시 부엌으로 내려가 도로시에게 내 결심을 말했단다. 애플스와이트에 있는 내 아버지 댁으로 아기씨를 데려가겠다고 말이지. 비록 초라할지언정 평화롭게 살겠다고. 늙은 영주가 연주하는 오르간 소리에 겁이 났던 건 사실이라고 말이지. 그러나 이제는 내 눈으로 직접 흐느끼는 아이를 목격했고, 인근 어디에도 아이가 없는 이곳에서 오른쪽 어깨에 검은 멍이 있는 여자아이가 집 안으로 들어오려고 창문을 마구 두드리는데도 아무런 소리조차 들리지 않아 혼비백산했다고 말했어. 게다가 로자몬드 아기씨는 자신을 죽음으로 이끌지 모르는 그 유령에게 알은체를 했으니(그건 도로시도 봐서 알고 있듯이), 더 이상 참을 수 없다고 말했단다.

도로시의 안색이 한두 차

례 바뀌더구나. 그녀는 내 말을 다 듣고 난 뒤, 로자몬드 아기씨는 퍼니벌 가문의 후견을 받고 있으니 내가 데려가지는 못할 거라고, 그럴 권리가 없을 거라고 말했단다. 그렇다면 결국, 아무 해도 끼치지 않을 뿐 아니라, 집안의 모든 사람들이 익숙해져 있는 소리와 환영 때문에 그토록 애지중지하는 아기씨의 곁을 떠나기라도 할 거냐고 내게 묻더구나. 나는 홧홧한 열기 속에서 전율을 느꼈단다. 말투로 봐서 그 유령과 소리의 정체를 알고 있으며, 그것이 유령 아이가 살아 있을 때와 무슨 관련이 있는 것 아니냐고 이번에는 내가 도로시에게 반문했단다. 나는 비아냥거릴 정도로 다그쳤기 때문에 결국은 그녀가 아는 얘기를 들을 수 있었지. 그러나 전보다 더 두려워졌을 뿐, 차라리 그 얘기를 듣지 않았으면 하고 바랐단다.

그녀는 결혼할 당시 살아 있던 이웃의 노인에게서 그 얘기를 들었다고 했어. 그때에는 인근 지역에 저택의 흉흉한 소문이 나돌기 전으로, 마을 사람들이 저택을 찾아오는 일도 잦았다는구나. 그녀는 그 얘기가 사실일 수도, 아닐 수도 있다고 했어.

늙은 영주는 퍼니벌 양의 아버지였단다. 도로시는 지금의 퍼니벌 양을 그레이스 양으로 불렀는데, 당시에는 언니인 모드 양이 당연히 퍼니벌 양으로 불렸다고 했지. 늙은 영주는 자존심으로 똘똘 뭉친 분이었어. 그렇게 자존심이 강한 사람은 보지도 듣지도 못했을 정도였고, 두 딸은 그런 아버지를 빼닮았지. 선택할 사람은 많았지만, 누구도 그들 자매와 결혼하기에는 부족했단다. 내가 으리으리한 응접실에 있던 초상화에서 본 적이 있듯이, 한창때의 자매는 굉장한 미인들이었거든. 그러나 '교만한 자는 오래 못 간다'는 옛말처럼 거만한 미인 자매는 동시에 한 남자와 사랑에 빠지고 말았단다. 상대 남자는 외국인 음악가에 불과했는데, 그들의 아버지가 함께 음악을 연주하기 위해 영국에서 데려온 사람이었지. 늙은 영주가 자존심 다음으로 아끼는 것이 음악이었기 때문이란다. 그분은 알려진 거의 모든 악기를 연주할 수 있었단다. 음악도 그를 온화하게 만들지는 못했으니 이상한 일이었지. 사람들은 표독스럽고 완고한 그분의 냉혹함 때문에 가엾은 아내가 크게 상심했다고들 말했지. 그는 음악에 미쳐서 돈을 아끼지 않았단다. 그래서 그 외국인을 불러들인 게지. 소문에 따르면, 그 음악가의 아름다운 연주에 나뭇가지의 새들도 노래를 멈추고 귀를 쫑긋했을 정도였다는구나. 그 외국인 신사는 늙은 영주의 마음을 조금씩 사로잡았고, 그저 일 년에 한 번씩 저택에 들르는 것 외에 달리 영주를 위해 해야 할 일도 없었지. 네덜란드에서 커다란 오르간을 가져와 지금의 자리에 설치한 사람도 그 음악가였단다. 그는 늙은 영주에게 오르간 연주를 가르쳤지. 퍼니벌 영주가 오로지 그 훌륭한 오르간과 연주에만 골몰해 있는 동안, 가무잡잡한 피부의 외국인 음악가는 젊은 자매 중 한 사람과 숲속을 거닐곤 했단다. 처음에는 모드 양, 그 다음에는 그레이스 양과 함께.

당시에는 모드 양이 사랑을 쟁취했다는구나. 두 사람은 아무도 몰래 결혼했고, 음악가가 매년 방문을 할 때까지 모드 양은 어린 딸아이를 습지에 있는 한 농가에 숨겨 놓았단다. 그동안 그녀의 아버지와 그레이스 양은 그녀가 동커스터 레이스Doncaster Races (동커스터 경마장에서 벌어지는 유서 깊은 경마 경기—옮긴이주)에 갔다고 생각했지. 그녀는 아내이자 어머니였지만, 온화해지기는커녕 전보다 더 거만하고 격렬해졌단다. 게다가 남편이 호감을 갖고 있다는 이유로——그녀를 맹목적으로 만드는——동생 그레이스 양에 대한 질투도 심해졌어. 그러나 그레이스 양이 모드 양에게 승리를 거둠으로써 모드 양은 동생과 남편에게 더욱더 사나워졌단다. 마음에 들지 않으면 언제든 떨쳐버리고 외국으로 도망쳐버릴 수 있었던 남편은 그 해 여름 예년보다 한 달 빨리 그곳을 떠나면서 다시는 돌아오지 않겠다고 위협조로 말했단다. 한편 여자아이는 농가에 맡겨졌고, 어머니는 딸을 보기 위해 적어도 일주일에 한 번씩은 말을 타고 전속력으로 달려오곤 했단다. 그곳에는 그녀의 사랑이 있고, 증오가 있었지. 늙은 영주는 계속해서 오르간을 연주했단다. 그 아름다운 음악으로, 끔찍한 얘기들이 나돌던(도로시가 그렇게 말했단다) 그분의 고약한 성품이 부드러워졌다고 하인들은 생각했지. 게다가 그는 점점 쇠약해져서 지팡이에 의지해야 했단다. 그분의 아들——현재 퍼니벌 경의 아버지——은 미국에 주둔 중인 군대에 있었고, 또 한 명의 아들은 바다에 있었지. 그래서 모드 양은 마음대로 할 수 있는 여지가 많았고, 그녀와 그레이스 양은 날이 갈수록 서로에게 차갑고 모질게 대했단다. 결국 늙은 영주가 곁에 있지 않으면 서로 말 한마디 안 하게 되었다는구나. 외국인 음악가는 다음 해 여름에 다시 찾아왔지만, 그것이 마지막이었지. 자매의 질시와 열정에 휘둘려 점점 지쳐버린 그는 멀리 떠나버렸고, 다시는 소식을 알 수 없었단다. 부친이 돌아가시면 자신의 결혼 사실을 공개하고 인정을 받으려고 했던 모드 양은 이제 버림받은 아내이자——누구도 그녀의 결혼 사실을 몰랐지——너무도 사랑하지만 떳떳이 데려올 수 없는 한 아이의 어머니로 남겨진 채, 무서운

아버지와 증오스러운 동생과 함께 살아야 했단다. 다음 해 여름이 다 가도록 검은 피부의 외국인 음악가는 모습을 보이지 않았고, 모드 양과 그레이스 양은 점점 음울하고 비참해졌단다. 자매는 어느 때보다 아름다웠지만, 부쩍 야위었지. 그런데 모드 양의 안색이 조금씩 밝아졌단다. 부친이 점점 더 쇠약해지고 음악에만 사로잡혔기 때문이지. 그녀와 그레이스 양은 완전히 동떨어져서 언니는 동쪽──지금은 모두 폐쇄되어 있는──에 동생은 서쪽에서 따로 살게 되었단다. 그래서 그녀는 알고도 감히 발설할 수 없는 사람들 외에는 아무도 모르게 딸아이와 함께 살 수 있을 거라고, 주위에는 농사꾼의 자식이 마음에 들어 데리고 있노라 말하면 될 거라고 생각했단다. 도로시의 말에 따르면, 그 모든 사실은 잘 알려져 있다는구나. 그러나 그 후에 어떤 일이 벌어졌는지는, 그레이스 양과 그녀의 하녀로서 언니보다 더 가까운 친구였던 스타크 부인 외에 아무도 모른다고 했단다. 그러나 떠도는 단편적인 말을 빌려 하인들이 추측한 결과, 모드 양이 그레이스 양에게 검은 외국인은 자신의 남편이며 거짓 사랑으로 동생을 농락한 것이라고 밝힘으로써 승리를 거두었다고 하더구나. 그날 그레이스 양의 뺨과 입술에서 핏기가 싹 가셨고, 조만간 복수하겠다고 수없이 되뇌었다는구나. 스타크 부인은 언제나 동쪽 방들을 염탐하고 다녔고.

새해가 된 직후, 두텁게 쌓인 눈 위로 여전히 앞을 볼 수 없을 정도의 거센 눈발이 내리던 어느 오싹한 밤에 격렬한 소음이 들려왔는데, 그 중에서도 무시무시한 저주와 욕설을 퍼붓는 늙은 영주의 목소리, 어린아이의 자지러지는 울음소리, 맹렬한 여자의 기세등등한 반항,

그리고 한 번의 구타 소리에 이은 쥐죽은 듯한 침묵, 곧이어 신음과 오열이 산허리를 돌아 잦아들었단다! 곧바로 늙은 영주는 하인을 전부 불러 모은 뒤, 서릿발 같은 맹세와 더욱 섬뜩한 말투로 스스로를 욕보인 딸 하나를 집 밖으로 내쳤으니(딸과 그 자식까지), 그들을 도와주거나 음식이나 은신처를 제공하는 자는 누구든 천국에 가지 못하리라 말했단다. 그동안 줄곧 창백한 얼굴로 돌처럼 굳어 아버지 곁에서 있던 그레이스 양은 아버지의 말이 다 끝나자, 아니 그보다는 그녀의 목적이 달성되는 순간, 깊은 한숨을 내쉬었다는구나. 늙은 영주는 그 후 오르간을 건드리지도 않았고, 그해가 가기 전에 세상을 떠났단다. 어쩌면 당연한 일! 그 난폭하고 오싹한 밤이 지난 다음 날, 언덕을 내려오던 양치기들이 호랑가시나무 아래서 완전히 실성한 채 미소를 머금고, 죽은 아이 ──오른쪽 어깨에 흉한 멍이 있던── 를 보듬고 있는 모드 양을 발견했으니까 말이다. "하지만 매를 맞아 죽은 건 아니지" 하고 도로시가 말했단다. "얼어 죽은 거야. 산짐승도 모두 굴에 처박히고, 가축도 모두 축사에서 몸을 포개고 있는 동안 아이와 그 어미는 산을 배회하고 있었다니! 이제 너도 다 알게 됐구나! 이제 무서움이 좀 가셨니?"

나는 어느 때보다 더 무서웠지만 그런 내색은 하지 않았단다. 로자몬드 아기씨와 함께 그 끔찍한 저택에서 영원히 벗어나고 싶었어. 그러나 아기씨를 놔두고 떠날 수도, 그렇다고 내가 감히 데려갈 수도 없었지. 그러나 나는 아기씨를 지키고 보호하려고 얼마나 애썼던가! 우리는 땅거미가 지기 전에 서둘러 문에 빗장을 지르고 창문의 덧문을 닫았으며, 어느 문이든 오 분 이상 열어놓는 법이 없었단다. 그러나 아기씨는 여전히 여자아이의 흐느낌과 슬퍼하는 소리를 들었어. 우리는 여자아이에게 가겠다는 아기씨를 모든 방법을 동원해 막아야 했고, 혹한과 눈에서 멀리 떨어뜨려 놓았단다. 그러는 동안, 나는 가능한 한 퍼니벌 양과 스타크 부인을 피해 다녔단다. 그들이 두려웠거든. 그리고 굳은 잿빛 얼굴과 꿈에 취한 눈으로 소름끼치는 과거의 시간을 반추하고 있을 뿐인 그들에게서 아무런 도움도 받을 수 없음을 잘 알았으니까. 그러나 두려움 속에서도 퍼니벌 양에 대해서만큼은 연민을 느꼈단다. 지옥에 떨어진 사람들도 그녀만큼 절망적인 표정을 하고 있지는 않을 테니까. 마침내 나는 그녀가 안됐다는 생각까지 들었단다. 마음 깊숙이 담아둘 수도, 그렇다고 한마디 말도 할 수 없었던 그녀를 위해 나는 기도했어. 나는 로자몬드 아기씨에게도 끔찍한 죄를 저지른 사람을 위해 기도하라고 가르쳤단다. 그러나 기도를 올리는 동안에도 아기씨는 귀를 기울이다 벌떡 일어서서 말하곤 했단다. "그 여자아이가 무척 슬퍼하며 울고 있어. 앗! 아이를 들여보내 줘. 안 그러면 죽을 거야!"

어느 날 밤——이윽고 새해가 막 지나고, 나의 바람대로 기나긴 겨울이 변화의 길목으로 접어들었을 즈음——서쪽 응접실에서 나를 부르는 세 번의 벨 소리가 들려왔단다. 아기씨는 잠들어 있었지만, 늙은 영주의 오르간 소리가 끝없이 이어졌으므로 도저히 아기씨를 혼자 남겨두고 내려갈 수가 없었지. 잠든 모습을 보며 아닐 거라 생각하면서도 행여 유령의 아이 때문에 잠에서 깰까봐 두려웠지. 그럴 경우를 대비해 이미 창문도 꼭꼭 잠가두긴 했지만. 결국 나는 아기씨를 침대에서 들어 편안한 겉옷으로 감싼 뒤, 노부인들이 여느 때처럼 태피스트리를 짜고 있는 응접실로 그녀를 데리고 갔단다. 내가 들어서자 그들이 올려다보았고, 스타크 부인이 깜짝 놀라 물었지. "따뜻한 침대를 놔두고 왜 아기씨를 데려온 거니?" 나는 조그맣게 말했단다. "제가 없는 동안, 혹시 눈 속의 아이에게 홀릴지도 몰라서요." 스타크 부인은 곧바로 내 말을 제지하고는 (퍼니벌 양을 흘끔거리면서) 퍼니벌 양이 실을 잘못 짰는데 도저히 다시 풀 길이 없다며 도와달라고 말하더구나. 그래서 나는 사랑스러운 아기씨를 소파에 누이고, 그들의 의자옆에 앉았지만, 거세게 울부짖는 바람 소리가 들려올 때마다 그들을 향해 가슴이 싸늘하게 식어가는 걸 어쩌지 못했지.

사나운 바람 소리에도 로자몬드 아기씨는 곤히 잠들었단다. 퍼니벌 양은 한마디 말도 없었고, 시선을 들어 돌풍에 덜컥거리는 창문가를 바라보지도 않았단다. 그런데 돌연 그녀가 상체를 일으키더니 우리에게 귀 기울여보라는 듯이 한쪽 손을 치켜들었어.

"목소리가 들려!" 그녀가 말했지. "오싹한 비명 소리, 아버지의 목소리가 들려!"

바로 그 순간, 아기씨가 깜짝 놀라 잠에서 깨었단다. "내 아가가 울고 있구나. 이런, 어찌 그리 운다니!" 그녀는 일어서서 아기씨에게 가려고 했지만, 발치에 담요가 엉켜 있어서 내가 그녀를 부축해주었단다. 우리는 줄곧 묵묵히 있었으므로, 그때 들려온 소음에 나는 소름이 돋았어. 일이 분이 지났을까, 소음들이 빠르게 섞돌며 우리 귓가를 채웠어. 목소리와 비명 소리, 그것은 더 이상 밖에서 포효하는 겨울의 삭풍이 아니었단다. 스타크 부인이 나를 바라보았고, 나는 그녀를 바라보았지만, 우리는 아무 말도 하지 못했어. 갑자기 퍼니벌 양이 대기실로 통하는 문을 빠져나가 서쪽 로비를 따라 가더니 커다란 홀의 출입문을 열었단다. 스타크 부인이 그 뒤를 따랐고, 나는 겁에 질려 심장이 멎을 것 같았지만 응접실에 그대로 남아 있을 수도 없었어. 나는 아기씨를 품에 꼭 안고 그들을 뒤쫓아 갔단다. 홀에서 비명 소리가 훨씬 더 크게 들려왔지. 동쪽 익벽에서부터 점점 가까워지던 소리는 이윽고 잠긴 문 바로 뒤까지 다가왔어. 홀은 어둠침침했지만 거대한 청동 샹들리에의 불이 모두 켜져 있었고, 온기는 없었지만 커다란 벽난로에서 불길이 이글거렸단다. 나는 무서워 진저리 치며 아기씨를 더욱 꼭 끌어안았단다. 그때 동쪽 문이 흔들리기 시작하자, 아기씨가 갑자기 내 품에서 빠져나오려고 몸부림치며 소리를 질렀지. "헤스터, 가야 해! 아이가 저기 있어. 소리가 들려. 아이가 오고 있단 말야! 헤스터, 놔줘!"

나는 온 힘을 다해 아기씨를 끌어안고, 강한 의지로 그녀를 붙잡고 있었어. 내가 죽는다 해도, 아기씨를 움켜쥔 손만은 놓치지 않으리라 굳게 마음먹었지. 퍼니벌 양은 우두커니 서서 귀를 기울일 뿐, 아기씨에게는 관심조차 없었어. 그때쯤 아기씨는 바닥에 내려섰고, 나는 쪼그리고 앉아 두 손으로 아기씨의 목을 감싸 쥐었지. 아기씨는 여전히 내게서 벗어나려고 몸부림치며 울어댔단다.

갑자기 격렬한 힘에 부서지듯 요란한 소리와 함께 동쪽 문이 열리고, 기이하고 환한 빛이 비치는가 싶더니 키가 큰 노인이 흰 머리칼과 이글거리는 눈동자로 나타났단다. 그는 독기 어린 미모의 여인과 그녀의 옷자락에 매달린 어린아이를 가차 없이 앞으로 끌어냈어.

"오, 헤스터! 헤스터!" 로자몬드 아기씨가 소리쳤지. "그 부인이야!

호랑가시나무 아래 있던. 그리고 그 옆에 여자아이가 있어. 헤스터! 헤스터! 아이한테 가야 해. 나를 부르고 있단 말야. 느낄 수 있어. 느껴져. 가야 한다고!"

또다시 아기씨는 경련에 가까운 몸부림으로 내게서 빠져나가려고 했어. 그러나 아기씨가 다칠까봐 걱정이 될 정도로 나는 붙잡은 손에 더욱 힘을 주었단다. 그 끔찍한 유령들에게 아기씨를 보낸다는 게 더 두려웠으니까. 바람이 먹이를 찾듯 사납게 휘몰아치는 홀의 출입문을 향해 그들은 걸어갔단다. 그런데 문가에 다다르기 전에 부인이 돌아서더구나. 그녀가 표독스럽고 오만하게 노인에게 대드는 것이 분명했어. 그러나 그 순간에는 움찔하면서 노인이 치켜든 지팡이로부터 자신의 어린 딸을 지키기 위해 황망히 두 팔을 뻗었단다.

로자몬드 아기씨는 나보다 더 강한 힘으로 들썩였고, 내 품에서 온몸을 비틀며 흐느껴 울었단다. (가엾은 아기씨는 그쯤 정신을 잃기 직전이었지.)

"언덕으로 나랑 같이 가자고 하는 거야. 나를 부르고 있어. 저 아이! 너한테 갈게. 하지만 독하고 못된 헤스터가 나를 붙들고 있어." 그러나 치켜진 지팡이를 보고 아기씨는 정신을 잃었고, 나는 신에게 오히려 감사를 드렸단다. 그런데, 지옥의 불길처럼 머리칼을 늘어뜨린 키 큰 노인이 자지러지는 어린아이를 향해 지팡이를 휘두르려는 순간, 내 곁에 있던 퍼니벌 양이 소리쳤단다. "제발, 아버지! 아버지! 그 천진한 아이만은 제발!" 그때 나는, 아니 우리 모두는 안개처럼 홀을 가득 채운 파란 불빛에서 나타나는 또 다른 유령의 모습을 보았단다. 그때 처음으로, 노골적인 분노와 의기양양한 경멸의 표정으로 노인 곁에 서 있는 또 한 명의 여자를 볼 수 있었지. 부드러운 흰색 모자에 가려진 도도한 이마와 붉게 일그러진 입술, 그녀는 참으로 아름다웠단다. 앞이 터진 파란색 새틴제 겉옷을 입고 있었어. 예전에 그 모습을 본 적이 있었지. 젊은 시절의 퍼니벌 양을 닮았으니까. 그 끔찍한 유령들의 움직임은 계속되었고, 퍼니벌 양의 거친 애원에도 불구하고 치켜진 지팡이는 어린아이의 오른쪽 어깨로 날아들었단다. 동생으로 보이는 여자는 돌처럼 꼼짝도 않고 무서우리만큼 침착한 얼굴로 그 광경을 지켜보았어. 그러나 그 순간, 희미한 불빛과 온기 없는 난롯불이 저절로 꺼졌고, 퍼니벌 양은 얼어붙은 채 죽음과도 같은 마비 상태에서 우리 발밑에 쓰러졌단다.

그랬지! 그녀는 침대로 옮겨졌지만 다시 일어나지 못했단다. 언제나 벽을 바라보며 낮게 중얼거렸어. "가엾어라! 가엾어! 젊은 시절에 한 일은 늙어서는 되돌릴 수 없나니! 젊은 시절에 한 일은 늙어서는 되돌릴 수 없나니!"

소모된 남자
부가부족과 키카푸족이 벌인 최근의 전투
The Man that was Used Up (1850)
A Tale of the Late Bugaboo and Kickapoo Campaign

에드거 앨런 포
Edgar Allan Poe

에드거 앨런 포Edgar Allan Poe(1809~1849)는 소설가, 시인, 문학 평론가 등으로 다양하게 활동했으며, 그 어느 분야도 뒤떨어지는 것이 없는 천재적인 작가로 평가받고 있다. 처음에는 시인으로 등단하여 이름을 날리다가 이후 최초의 추리소설이라고 할 수 있는 《모르그 가의 살인The Murders in the Rue Morgue》과 후대에 심대한 영향을 끼친 공포 소설의 걸작들(〈검은 고양이The Black Cat〉, 〈적사병 가면The Masque of the Red Death〉 등)을 남긴다. 그는 고흐 못지않은 무지와 편견에 둘러싸여 파란 많은 생애를 보냈으며 그런 고통을 통해 독창적인 작품 세계를 구축하고, 그 영향을 후세에 널리 퍼지게 한 역사적 작가이다. 그는 생전에 미국의 문화적 풍토에서는 인정받지 못하고 오히려 프랑스에서 인정을 받았다. 그에 대한 다양한 당대의 평가는 그에게 두 가지 성격이 공존하고 있다는 것을 지적한다. 그는 자신이 사랑한 사람들에게는 다정하고 헌신적이었다. 그러나 그가 날카롭게 비판한 사람들은 그를 화를 잘 내고 자기중심적이라고 생각했다. 그에게는 《애너벨 리Annabel Lee》와 같은 서정적이고 다정한 면이 있는가 하면 동시에 사악한 것에 대한 낭만적인 관심과 공포가 혼재되어 있다. 따라서 그의 작품들에서는 공포와 슬픔이 병존하는 기이한 느낌을 받게 된다. 그것은 고통스러운 악몽이나 어두운 죄악에 대한 어지러운 정신적 환각 또는 포의 불안정한 상태에서 어렴풋이 보이는 오싹하고 음산한 환상에서 나오는 이중성이었던 듯하다. 그는 빛나는 자신만의 문학 세계를 구축하는 데는 성공했으나 정작 자신의 개인사는 처절한 비극으로 점철되어 술과 아편, 굶주림과 실의에 빠졌다가 동사(凍死)했다.

울어라, 울어라, 눈이여! 철철 울어라!
내 삶의 반이 나머지 반을 죽게 했으니.
— 피에르 코르네유(프랑스의 시인이자 극작가, 《르 시드 *Le Cid*》에서—옮긴이주)

언제 어디서 그토록 잘생긴 존 A. B. C. 스미스라는 퇴역 육군 장군을 처음 만났는지는 기억나지 않는다. 누군가가 그 신사에게 나를 소개해주었는데 —— 분명 모처에서 열린 매우 중요한 공개 석상이었다 ——지금까지 그 이름을 잊고 지냈다니 정말 기이한 일이다. 소개받을 당시 나는 시간과 장소를 정확히 기억할 수 없을 정도로 경황이 없었던 것이 사실이다. 체질적으로 신경이 과민한 것이 집안 내력이니 어쩔 도리가 없다. 특히 조금이라도 수상쩍기만 하면 —— 어느 정도라고 정확히 말하기는 어렵지만 —— 곧바로 비참한 흥분 상태에 빠져든다.

The Man that was Used Up

그 사람의 모든 면면에는 비범한 무엇——내가 생각하는 바를 제대로 전달하기에는 너무 빈약한 표현이지만——이 있었다. 그는 일 미터 팔십 센티미터 정도의 키에 더없이 당당한 풍모를 지녔다. 몸 구석구석에 스며든 기품은 고매한 인품을 말해주며 고귀한 태생을 드러내주었다. 스미스 장군의 용모에 대해 자세히 말하다보면 우울한 만족 같은 것을 느끼게 된다. 고대 로마의 브루투스와 견줄 만한 머리칼은 더없이 풍만했고 눈부시게 빛났다. 기막힌 구레나룻은 칠흑 같은 검은 색 같으면서도, 딱히 뭐라고 표현할 수 없는 색깔이었다. 그의 구레나룻에 내가 얼마나 감격해하는지 누구든 눈치 챌 수 있을 것이다. 지상에서 그처럼 멋들어진 구레나룻은 없다고 해도 과언이 아니다. 여하튼 그 구레나룻에 에워싸여 일부가 그 그늘에 가려진 입도 기막히게 아름다웠다. 그곳에 세상에서 가장 가지런하고 가장 눈부신 희디흰 치아가 있었다. 치아 사이로 매번 적절한 때를 맞춰 지극히 맑고 아름다우며 힘 있는 목소리가 흘러나왔다. 눈 역시 타고났다고 할 수밖에 없다. 일반적인 시각 기관으로서의 가치도 충분했다. 두 눈은 짙은 갈색에 아주 크고 빛났으며, 이따금씩 말을 대신한 모호한 눈빛은 상대방의 흥미를 끌기에 충분했다.

장군의 상반신은 내가 본 사람 중에서 가장 훌륭했다. 누구라도 그 놀라운 균형감에서 흠을 찾아낼 수는 없을 것이다. 훌륭한 상반신은 양어깨를 매우 도드라져 보이게 했는데, 행여 아폴론의 대리석상보다 못하다고 생각하다가는 계면쩍어질지 모른다. 나는 그 어깨에 반했으며, 그때까지 그처럼 완벽하게 조화를 이룬 어깨를 본 적이 없다고 말해도 좋다. 두 팔의 생김새는 감탄을 자아냈다. 하체 역시 결코 뒤

떨어지지 않았다. 실제로 훌륭한 다리의 극치였다. 그 분야의 전문가들 역시 그의 다리를 보고 훌륭하다고 인정했다. 살이 너무 많거나 적지도 않았으며, 너무 단단하거나 약하지도 않았다. 그처럼 우아한 허벅지의 곡선은 본 적이 없으며, 종아리와 살짝 튀어나온 장딴지는 정말 알맞은 조화를 이루고 있었다. 재능 있는 젊은 조각가이자 친구인 치폰치피노 역시 퇴역 육군 장군 존 A. B. C. 스미스의 다리를 봤어야 했다.

그 정도로 탁월한 외모의 남자가 건포도와 검은 딸기만큼 많지는 않겠지만, 여전히 내가 지금 말하려는 탁월한 무엇——그에게서 느껴지는 형언하기 어려운 묘한 분위기——이 타고난 신체적 장점에 완전히 녹아 있는지 아니면 전혀 그렇지 않은지는 솔직히 장담할 수 없다. 어쩌면 그의 태도 때문은 아닐까 하고 생각하지만, 그것 역시 확신하기는 어렵다. 그의 몸가짐은, 말하자면 절도 있는 정확한 몸놀림은 뻣뻣하다기보다 좀더 작은 체구에서 눈에 띄기 쉬운 꼼꼼함에 더 가까운데, 그로 인해 오히려 겉치레, 거드름, 거북함의 기색이라곤 전혀 없는, 명실 공히 신사, 그러니까 과묵하고 오만한 사내와 당당한 풍채의 위엄에 딱 어울리는 느낌을 주기 때문이었다.

그 친절한 친구는 스미스 장군에게 나를 소개해주면서 장군에 대해 몇 마디 속삭였다. 아주 대단한 사람이라고, 이 시대의 뛰어난 사람 중에서도 단연 최고라고 말이다. 명성이 자자한 용맹성 때문에 특히 여자들에게 인기 만점이라고 말이다.

"인기는 타의 추종을 불허하지. 물불 안 가리는 무법자야. 진짜 용사지." 친구는 갑자기 목소리를 죽이고 은밀한 말투로 나를 안달하게 만들었다.

"타고난 용사가 틀림없어. 최근에 멀리 남부에서 부가부족과 키카푸족이 벌인 늪지 대전투에 대해 듣고 나면 무슨 말인지 알게 될 거야." (이 부분에서 친구는 눈을 휘둥그레 치켜떴다.) "아, 그야말로! 그 유혈과 폭력, 말로는 다 못 하지! 그 용맹성 하며! 물론 자네도 들어봤겠지? 저 사람은 말이야……." (부가부족은 포가 만들어낸 허구의 인디언 종족이지만, 키카푸족은 실제 인디언 종족으로 1838년 텍사스 주와 전투를 벌였다. 이 전투는 포가 이 작품을 집필할 때까지 계속되어 집필 동기에 영향을 미쳤다고 알려져 있다—옮긴이주)

"허허, 처음 뵙겠소. 안녕하시오, 만나서 반갑소. 진심으로!" 때마침 끼어든 장군이 친구를 잡아끌며 나를 향해 허리를 약간 숙였는데 뻣뻣하긴 했지만 진심 어린 인사였다. 그 순간 (지금까지도) 그처럼 힘 있는 목소리와 가지런한 치아를 대한 것은 난생 처음이었다. 하지만 친구의 소곤거림과 암시 때문에 부가부족과 키카푸족의 전투 영웅에 대해 한창 흥미가 동하던 터라 하필 그때 그가 끼어든 것이 아쉬웠다.

그러나 퇴역 장군 존 A. B. C. 스미스의 아주 유쾌하고 재치 있는 달변은 나의 아쉬움을 이내 말끔히 사라지게 했다. 친구는 곧 자리를 떴고, 우리는 단둘이 꽤 오랜 시간 이야기를 나눴는데 즐거웠을 뿐 아니라 배울 점이 많았다. 그처럼 언변이 유창하고 박학다식한 사람은 처음이었다. 그는 정도껏 겸손했으며, 당시 내가 가장 알고 싶었던 화제—부가부족 전쟁에 참전하게 된 미묘한 상황—를 얼버무리며 지나갔다. 내가 생각해도 그 말은 꺼내지 않는 편이 좋겠다는 생각이

절로 들긴 했지만, 그렇게 유도한 셈이라고 해야 옳았다. 또한 그 용감한 군인은 철학적인 화제를 더 좋아하고, 특히 급속한 기계의 발명과 발전에 대해 언급하면서 즐거워했다. 실제로 내가 하고 싶은 이야기를 말하다가도 어느 틈엔가는 기계의 발명과 발전이라는 화제로 되돌아왔다.

"이런 일이 또 어디 있겠소. 우리는 놀라운 시대에 살고 있는 놀라운 사람들이란 말이오. 낙하산과 철도, 게다가 사출 장치에 용수철 총까지! 증기선이 바다 구석구석을 누비고, 나소 열기구가 정기적으로 런던과 팀북투를 오가는데 운임이 고작 오 파운드밖에 되지 않소(나소 열기구는 복스홀에서 만든 것으로 실제로 운행을 했다고 한다―옮긴이 주). 또한 사회 생활과 예술, 상업, 문학에 미친 영향을 누가 상상이나 했겠소! 전자기의 위대한 원리가 만들어낸 결과를 목전에 두고 있소. 장담하건대 그게 다가 아니오! 발명의 행진에 끝이란 없소. 덧붙이자면, 성함이 톰, 톰슨 씨, 맞나요? 가장 놀랍고 독창적이며, 가장 유용하고 진정으로 쓸모 있는 기계 장치들이 버섯처럼, 적당한 예일지 모르겠지만, 비유를 하자면, 아, 그래요, 메뚜기, 메뚜기처럼, 톰슨 씨, 우리 주변에, 음, 그래요, 매일매일 생겨나고 있지요!"

내 이름은 분명 톰슨이 아니었다. 그러나 스미스 장군과 헤어질 무렵, 인물 자체와 설득력 있는 그의 고견, 우리가 기계 발명의 시대에 살며 누리는 유용한 특혜에 대해 깊은 관심과 감명을 느꼈음은 두 말할 나위가 없다. 그럼에도 내 호기심은 완전히 충족되지 않아서 곧바로 스미스 장군과 개인적인 왕래가 있는 사람들을 상대로 특히 그가 혁혁한 전과를 거두었다는 부가부족과 키카푸족 전투 당시 벌어진 사건에 대해 자세히 탐문하기 시작했다.

　내가 주저 없이 (전율을 느끼며) 붙잡은 첫 번째 기회는 드럼멈프 박사가 설교하는 교회에서 자연스럽게 찾아왔는데, 어느 일요일 예배에 참석했다가 신도석에, 그것도 바로 옆자리에 믿을 만한 정보통이자 평소 알고 지내던 타비다 T. 양과 앉게 된 것이다. 의외로 일이 잘 풀린 것 같아 속으로 쾌재를 불렀다. 퇴역 장군 존 A. B. C. 스미스에 대해 뭔가 알고 있는 사람이 있다면, 그건 바로 타비다 T.라고 확신했기 때문이다. 우리는 몇 차례 눈짓을 주고받은 뒤, 목소리를 낮추고 밀담을 나누기 시작했다.

　"스미스!" 아주 솔직한 내 질문을 듣고 그녀가 답했다. "스미스! 물론, 존 A. B. C. 장군을 말하는 거겠죠? 어머나, 당신은 이제 그분에 대해 속속들이 알게 됐네요! 이 놀라운 발명의 시대에 말이죠! 얼마나 무시무시한 일이람! 야비하고 잔악한 키카푸 족속들! 영웅처럼 싸운, 완벽한 용사! 그 불멸의 명성. 스미스! 퇴역 장군 존 A. B. C.! 어머, 당신은 알 거예요, 그 사람!"

　"사람." 갑자기 드럼멈프 박사가 설교단을 두드리며 목청껏 소리치는 말이 귓가에 들려왔다. "사람, 여인에게서 태어나 짧은 생을 사신 분. 세상에 나서 한 떨기 꽃처럼 꺾인 분 말입니다!" 나는 신도석 앞쪽을 바라보았고, 우리의 속삭임 때문에 설교에 방해를 받고 격분해 있는 표정을 알아챘다. 나는 무안한 표정을 지어보인 후, 그 중대한 설교에 걸맞게 묵직한 침묵의 수난을 견디며 귀를 기울이는 수밖에 달리 방법이 없었다.

　다음 날 저녁 늦게 나는 궁금증을 풀 수 있으리라 확신하고 랜티폴 극장에 들러, 사근사근함과 박식함의 전형인 애러벨라와 밀랜더 코뇨센티 양이 있는 칸막이 좌석으로 걸어 들어갔다. 훌륭한 비극 배우 클라이맥스가 셰익스피어의 〈오셀로〉에 나오는 이아고 역을 맡아 꽉 들어찬 관중 앞에서 열연을 펼치고 있어서 그들에게 궁금증을 설명하는 데 약간의 어려움이 있었다. 게다가 좌석이 무대의 측면 쪽이라 공연이 눈에 훤히 들어왔다.

"스미스!" 애러벨라 양이 내 질문의 의미를 깨닫고 말했다. "스미스? 물론, 존 A. B. C. 장군을 말하는 거겠죠?"

"스미스!" 밀랜더는 골몰한 표정으로 내게 반문했다. "어머나, 그분보다 훌륭한 사람을 본 적 있어요?"

"그럴 리가 있나요, 부인. 하지만 제게 좀 말해주셨으면……."

"그럼 그분보다 고귀한 분은?"

"없습니다, 맹세코! 하지만 부탁이니, 제게 말씀 좀……."

"무대 효과에 대해서 말인가요?"

"부인!"

"아니면, 셰익스피어의 진정한 아름다움에 대한 좀더 섬세한 느낌? 그야 물론, 그분의 다리를 보는 것처럼 훌륭하죠!"

"빌어먹을!" 나는 그녀의 동생 쪽으로 돌아앉았다.

"스미스!" 그녀는 말했다. "물론 존 A. B. C. 장군을 말씀하시는 거겠죠? 정말 무시무시하지 않나요? 비열한 부가부 족속들, 정말이지 야만스럽죠. 하지만 우리는 이 놀라운 발명의 시대에 살고 있잖아요! 오, 그럼요! 위대한 분이죠! 물불을 안 가리는 무법자, 불멸의 명성, 완벽한 용사! 세상에 단 한 분! (이 대목에서 비명 소리로 넘어갔다.) 어머나! 물론, 그분은…….”

"……합환채를 먹어도,
세상의 어떤 수면제를 먹어도,
어제까지처럼 편안하게 자지는 못할걸!"
(〈오셀로〉 3막 3장에서 이아고가 무어에게 하는 말—옮긴이주)

그때 클라이맥스의 으르렁거림이 내 귓가에 파고들었고, 연신 나를 향해 들썩이는 그의 주먹을 보자 나는 참을 수 없었고 그럴 마음조차 나지 않았다. 자리를 박차고 나와 곧장 무대 뒤로 가서 그 거지 같은 불한당에게 죽는 날까지 실패만 맛보라고 악담을 했다.

저녁 파티에서 아름다운 미망인 캐슬린 오트럼프 부인을 만났을 때, 나는 지금까지의 실망과는 다를 거라고 확신했다. 그래서 주저 없이 그녀와 얼굴을 마주하고 카드놀이용 탁자에 앉자마자 내가 평온해지려면 꼭 해결해야 할 궁금증을 털어놓았다.

"스미스!" 상대방은 말했다. "물론 존 A. B. C. 장군을 말하는 거겠죠? 정말 무시무시하지 않나요? 카드는 다이아몬드 패로 하실 건가요? 정말이지 비열한 족속들이죠, 키카푸족! 괜찮다면 휘스트(브리지와 비슷한 카드놀이의 일종—옮긴이주)를 했으면 좋겠어요, 태틀 씨. 하지만 지금은 발명의 시대, 가장 뛰어난 시대랍니다. 불어 할 줄 아시죠? 오, 정말 영웅이죠. 물불을 안 가리는 무법자! 봐주는 법이 없죠. 안 그래요, 태틀 씨? 도저히 믿을 수 없답니다! 그 불멸의 명성! 완벽한 용사! 세상에 단 한 사람! 어머나, 물론 그 남자는…….”

"맨? 맨 선장 말이죠!"(앞에서 캐슬린 오트럼프 부인이 남자man라고 한 말을 듣고 다른 여성이 '맨' 선장이라는 실존 인물을 떠올린 것. 맨 선장은 실제 이 작품에 언급되는 키카푸족의 전투에 참전했던 인물로 알려져 있다—옮긴이주) 갑자기 맞은편 구석에서 여자의 목소리가 들려왔다. "맨 선장의 싸움 얘기를 하고 있었군요? 오, 잠자코 들을 테니, 얘기 계속 나누세요, 오트럼프 부인. 계속 하시라니까요!" 그래서 오트럼프 부인은 맨 선장이 총살을 당했는지 교수형을 당했는지, 아무튼 둘 중에 하나임이 분명한 이야기를 지껄이기 시작했다. 맙소사! 오트럼프 부인이 계속 그 이야기를 하는 바람에 나는 자리를 떠났다. 그날은 더 이상 퇴역 장군 존 A. B. C. 스미스에 대한 이야기를 들을 기회가 없었다.

그러나 나는 불운이 계속되지는 않으리라 스스로를 위로하며, 매혹적이고 고상한 작은 천사 피루엣 부인에게 단도직입적으로 물어볼 생각이었다.

"스미스!" 나와 함께 파 드 제피르 풍의 춤을 추면서, 피루엣 부인이 말했다. "스미스? 물론 존 A. B. C. 장군을 말하는 거겠죠? 부가부족 전투는 정말 끔찍하지 않나요? 정말 끔찍한 인디언들 같으니! 발끝을 뒤로 빼지 말아요! 춤을 정말 못 추시네요. 위대하고 가련한 분이죠! 하지만 지금은 놀라운 발명의 시대잖아요. 오, 제발, 숨을 못 쉬겠어요. 물불을 안 가리는 무법자, 완벽한 용사, 세상에 단 한 사람! 정말 믿을 수가 없군요. 일단 자리에 앉아서 당신의 무지를 좀 깨우쳐 줘야겠어요. 스미스! 물론, 그 남자는……."

"맨프레드, 그 말이죠!" 내가 피루엣 부인과 함께 자리로 돌아오는

데, 바스블뢰 양이 소리쳤다. "들어보신 분 있어요? 맨프레드 말이에요. 맨프라이데이가 아니라고요." 바스블뢰 양은 안하무인격으로 내게 가까이오라고 손짓 했다. 좋든 싫든 바이런 경이 쓴 극시의 제목을 놓고 결판을 내기 위해 피루엣 부인 곁을 물러나야 했다. 나는 다짜고짜 바른 제목은 맨프레드가 아니라 맨프라이데이라고 쏘아붙이고, 피루엣 부인을 찾아 돌아섰지만 그녀는 보이지 않았다. 결국 나는 바스블뢰 가문에 쓰디쓴 앙심까지 느끼며 그곳에서 나오고 말았다(맨프레드는 바이런의 유명한 극시이고, 맨프라이데이는 다니엘 디포의 〈로빈슨 크루소〉에 등장하는 원주민 노예. 화자는 바스블뢰 양이 끼어든 것이 화가 나 바이런 극시의 제목을 틀리게 알려주었다—옮긴이주).

문제가 심각한 양상으로 바뀌는 것 같아 곧장 특별한 친구 테오도어 시니벳을 찾아갔다. 그 친구에게서라면 적어도 분명한 정보를 얻을 수 있을 거라고 판단했기 때문이다.

"스미스!" 그는 예의 그 독특한 발음으로 말했다. "스미스! 존 A. B. C. 장군을 말하는 거지? 키카포오오스 전투는 정말 격렬했잖나? 어때, 자네 생각은? 물불 안 가리는 무우법자, 정말 안됐어. 존경스러운 분이지! 정말 놀라운 시대! 완벽한 요옹사! 그건 그렇고, 자네, 매애앤 선장에 대해 들어봤나?"

"맨 선장은 주욱었잖아!" 나는 말했다. "제발 얘기 좀 계속 해보게."

"흠! 좋아! 스미스? 퇴역 장군 존 A. B. C. 말이지? (이때 시니벳은 손가락을 코에 대고 생각에 잠겼다.) 자네, 지금 진심으로 양심의 거리낌 없이 나만큼 스미스 씨의 사건을 모르고 있다고 말하는 건가? 맙소사, 그분은 물론……."

"시니벳." 나는 애원조로 말했다. "가면을 쓴 사람인가?"

"아, 아니!" 그는 교활한 표정으로 말했다. "다아알 나라 사람도 아니지."

그 말은 나에게 상당한 모욕을 느끼게 했고 나는 격분한 채 그 집을 빠져나왔다. 나는 앞으로 시니벳을 비열하고 혈통이 나쁜 인간으로 기억하겠다고 굳게 마음먹었다.

반면 내가 원하는 정보를 얻는 데 계속 방해를 받고 있다는 생각은 전혀 하지 못했다. 아직 한 군데 남은 곳이 있기는 했다. 그곳으로 갈 생각이었다. 장군을 직접 만나서 그 지긋지긋한 수수께끼를 풀어달라고 요구할 생각이었다. 이번에는 대충 얼버무리는 일도 없어야 할 것이었다. 부서지기 쉬운 파이 껍질처럼 위태롭게, 타키투스나 몽테스키외처럼 간결하고 단호하고 그리고 분명하게 말할 작정이었다.

나는 이른 시간에 장군을 방문했고, 장군은 옷을 갈아입는 중이었다. 그러나 아주 급한 일이라 당장 침실에서라도 만나야 한다고 늙은 흑인 하인에게 말했다. 침실에 들어갔을 때, 방 안을 둘러보았지만 그를 쉽게 찾을 수 없었다. 발치에 아주 기묘하게 생긴 커다란 꾸러미 같은 것이 놓여 있었는데, 기분이 썩 좋은 상황이 아니었으므로 나는 거치적거리는 그것을 발로 차버렸다.

"흠! 흠! 예의를 좀 지켜야겠소!" 꾸러미에서 소리가 흘러나왔다. 가장 작은, 생쥐 울음인지 새소리인지 분간이 되지 않을 만큼 기이한 소리였으며, 내 평생 그런 소리는 처음이었다.

"에헴! 좀 예의를 지키라고 말했소."

나는 공포에 사로잡혀 비명을 지르며 방 한구석으로 뒷걸음질쳤다.

"허허참, 이봐요, 친구 분!" 꾸러미에서 다시 새된 소리가 흘러나왔다. "대체, 대체, 대체, 뭐가 문제요? 나를 전혀 알아보지 못하는 것 같소만."

대체 내가 무슨 말을 할 수 있었겠는가? 나는 비틀거리며 안락의자에 앉아 휘둥그레진 눈과 벌어진 입으로 그 기이한 상황을 이해하려고 애썼다.

"나를 못 알아보니, 정말 이상한 일 아니오?" 정체불명의 목소리가 다시 물었을 때, 나는 바닥에 놓인 꾸러미에 뜻밖의 변화가 있음을 깨달았다. 꾸러미는 다리와 비슷한 모양으로 변해 있었다. 그러나 겉보기에는 다리 한쪽만 달랑 놓여 있는 것 같았다.

"나를 못 알아보니, 정말 이상한 일 아니오? 폼페이, 다리를 가져다주게!" 폼페이가 이미 옷이 입혀진 코르크 다리를 건네자, 순식간에 나사가 돌아가는 것 같았다. 그러고는 눈앞에 벌떡 뭔가 일어서는 것이었다.

"정말 끔찍한 일이었어." 물체는 혼잣말처럼 말했다. "그러나 누군가는 부가부족, 키카푸족과 싸웠어야 해. 가발에 빗질 좀 해주게, 폼페이. 그리고 (나를 바라보며)

토머스 씨, 저기 있는 팔을 갖다주면 고맙겠소. 코르크 다리에 제격이지. 하지만 친구 분, 나중에 팔이 필요하다면 비숍 제품을 권하겠소." 폼페이는 팔에 나사를 죄고 있었다.

"요즘 날씨가 좀 더운 것 같소. 자, 노인네, 이제는 어깨와 가슴을 살살 끼워주게. 가장 좋은 어깨는 페팃 제품이지만 가슴은 두크로 것을 쓰시오."

"가슴!" 나는 말했다.

"폼페이, 가발은 아직도 준비가 안 됐나? 하긴 가죽 다듬는 일이 어렵긴 하지. 그래도 드 로르메 제품만큼 최고급 가발도 없을 거요."

"가발!"

"자, 검둥이 놈, 이를 줘! 괜찮은 것으로 치아 한 짝 구입하려면 당장 파르밀리 상점으로 가는 게 좋소. 가격은 비싸지만 효능이 그만이오. 부가부족 덩치 한 놈이 개머리판으로 후려치는 바람에 아주 좋은 치아 몇 개를 삼켜버렸다오."

"개머리판! 후려쳤다고요! 이런 세상에!"

"사실이오. 그건 그렇고, 이런 세상에 눈이 여기에 있군. 폼페이, 망나니 같으니, 눈알을 끼워 줘야지! 키카푸족들은 눈알을 후벼 팔 때만큼은 아주 빠른 편이오. 하지만 윌리엄 박사의 솜씨는 기가 막히지. 그 사람이 만든 눈알로 얼마나 잘 볼 수 있는지 아마 당신은 상상도 못할 거요."

나는 그제야 눈앞에 있는 물체가 다름 아닌 퇴역 장군 존 A. B. C. 스미스라는 사실을 분명하게 깨닫기 시작했다. 폼페이가 일을 다 끝내자, 솔직히 말해서, 그는 완전히 다른 사람으로 변해 있었다. 그러나 목소리는 여전히 내게 풀리지 않는 수수께끼였다. 그러나 그 의문도 잠시 후에 말끔히 해결되었다.

"폼페이, 이 검둥이 놈." 장군은 빽 하고 소리를 질렀다. "입천장도 없이 밖에 나가라는 말이냐."

그러자 흑인은 죄송하다고 투덜거리며 기수가 말에게 하듯 척척 알아서 그의 입을 벌리고는 아주 독특하게 생긴 기계를 능숙하게 끼워 넣었지만, 나로서는 도무지 이해할 수 없는 일이었다. 그러나 곧바로 장군의 얼굴 표정이 놀랄 만큼 급변했다. 그가 다시 말을 하자 우리가 처음 만났을 때처럼 아름답고 힘 있는 목소리가 들려왔다.

"불한당 같은 놈들!" 갑자기 변한 맑은 목소리에 나는 깜짝 놀랐다. "불한당 같은 놈들! 놈들은 내 입천장을 짓이기는 것으로도 모자라, 혀를 거의 다 잘라가버렸소. 하지만 미국에서 가장 뛰어나다는 본팬티의 입천장은 말대로 정말 훌륭한 제품이오. 내가 자신 있게 권할 수 있소. (장군은 허리를 약간 굽혔다.) 좋은 걸 권하는 것도 내게는 커다란 즐거움이지요."

나는 최대한 예의를 차려 그의 친절에 감사를 전했다. 그리고 오래도록 나를 괴롭혀온 수수께끼와 사건의 전말을 모두 알아차리고서 곧장 그에게 작별을 고했다. 분명했다. 명백한 일이었다. 퇴역 장군 존 A. B. C. 스미스는 소모(消耗)된 남자였다.

심연의 존재
The People of the Pit(1918)

에이브러햄 메릿
Abraham Merritt

에이브러햄 메릿 Abraham Merritt(1884~1943)은 SF와 판타지 장르에서 그 시대 가장 유명한 작가였다. 1902년 《필라델피아 인콰이어러*Philadelphia Inquirer*》지의 기자로 사회생활을 시작했다. 1911년부터 《아메리칸 위클리*American Weekly*》지의 보조 편집자로 일했으며, 1937년 편집장이 되어서 사망할 때까지 일했다. 그의 소설들은 이처럼 바쁜 언론인 활동의 부업인 셈이었다. 낮에는 편집하고 주로 밤에 소설을 썼기 때문에, 그의 작품 수는 다른 작가에 비해 상대적으로 적을 수밖에 없었다. 다름과 신비에 대한 현실 도피적인 열망을 표현하며 대안적인 세계와 현실을 창조해내는 그의 상상력은 SF와 판타지 문학에 상당한 영향을 끼쳤으며, 심지어 그의 이름을 딴 잡지가 간행되기도 했다. 《심연 속의 얼굴*Face in the Abyss*》과 《이쉬타르의 배*The Ship of Ishtar*》가 가장 널리 알려진 작품이며, 《번, 위치, 번!*Burn, Witch, Burn!*》은 1936년 〈Devil Doll〉이라는 제목으로 영화화되었다. 그는 이국적인 식물 특히, 흔치 않은 독성을 가진 식물들을 아꼈다. 젊은 시절 중앙아메리카 지역을 여행할 때 정글 식물들과 친숙해졌으며, 집의 정원에서 그 식물들을 키우며 식물의 생태에 대한 기사를 쓰기도 했다.

섬광이 북쪽에서 하늘의 절반까지 솟구쳤다. 빛이 나온 곳은, 울퉁불퉁한 산 뒤편으로 우리가 온종일 찾아온 방향이었다. 광선이 관통하여 솟구친 파란 안개 기둥은 적란운에서 비가 쏟아질 때처럼 가장자리가 눈에 선명하게 보였다. 그리고 담청색의 안개 속을 관통하는 탐조등의 섬광처럼 그림자를 드리우지 않았다.

섬광이 위로 솟구치는 동안, 다섯 봉우리는 검은 형체를 또렷하게 드러냈고, 우리는 산 전체가 손처럼 생긴 것을 보았다. 빛이 그 윤곽을 비추자, 봉우리의 커다란 손가락이 쫙 펼쳐지고, 손바닥은 그 자신을 앞으로 밀어내고 있는 것처럼 보였다. 마치 무엇인가를 뒤로 밀어내듯 말이다. 번뜩이는 광선은 잠시 그대로 있다가 작고 무수한 발광구체로 부서져 이리저리 흔들리더니 사뿐히 떨어져 내렸다. 무엇인가를 찾고 있듯이.

숲에는 짙은 정적이 내려앉았다. 살랑이던 나무들이 숨을 참았다.

발치로 개들이 몰려들었다. 개들도 조용했다. 그러나 등을 따라 털이 곤두선 채 온몸을 떨었고, 낙하하는 인광성 불꽃을 바라보는 눈망울마다 공포의 빛이 가득했다.

나는 앤더슨을 바라보았다. 그는 또 한 차례 섬광이 솟구치던 북쪽을 응시하고 있었다.

"산이 정말 손처럼 생겼어!" 나는 입술을 움직이지 않고 말했다. 라오 차이가 내 목구멍에 공포의 가루를 쏟아 부은 것처럼 입이 말라 있었다.

"우리가 찾던 산이야." 그도 나와 비슷한 어투로 말했다.

"그런데 저 빛, 저건 뭐지? 오로라는 분명 아닌데." 나는 말했다. "이맘때 오로라를 본 사람이 있을까?"

그는 내 생각과 똑같은 말을 했다.

"뭔가 저 위까지 쫓기고 있는 것 같아. 저 불빛은 그걸 찾고 있는 거고, 누군가 맹렬하게 사냥을 하나보군. 우리한테도 접근하지 말라고 경고하는 것 같은데."

"광선이 솟구칠 때마다 산이 움직이는 것 같아." 나는 말했다. "스타, 저기엔 무엇이 있을까?"

그는 손을 들어 내 말을 막고 귀를 기울였다.

먼 북쪽 하늘에서 속삭임이 들려왔다. 그것은 오로라가 스치는 소리가 아니었다. 만물을 향해 불어와서 밤의 괴물 릴리트가 은신한 숲 속의 앙상한 잎사귀를 지나는 바람의 유령처럼 격렬하게 휘몰아치는 소리였다. 그 속삭임은 뭔가를 요구하고 있었다. 간절히 바라고 있었다. 우리에게 섬광이 번뜩이는 곳으로 오라며 부르고 있었다. 그것은,

끌어당기고 있었다!

속삭임에서 대단히 집요한 무언가가 느껴졌다. 공포에 물든 수천 개의 작은 손가락이 내 심장을 더듬었고, 곧장 달려가 저 빛 속에 녹아들고 싶다는 강렬한 욕망을 내 안에 채워 넣었다. 오디세우스도 그랬을까? 그래서 자신을 돛대에 묶고 사이렌의 수정처럼 달콤한 목소리를 떨쳐버리려고 발버둥친 건 아닌지.

속삭임은 점점 커졌다.

"개들이 대체 왜 저래?" 앤더슨은 격하게 소리쳤다. "녀석들을 봐!"

개들은 칭얼거리며 빛을 향해 달려가더니 이내 나무 사이로 사라져 버렸다. 그리고 구슬프게 짖는 소리가 들려왔다. 곧이어 개 짖는 소리도 완전히 잦아들고, 위쪽에서 집요하게 속삭이는 소리만이 남았다.

캠프를 친 빈터는 북쪽을 정면으로 바라보는 위치였다. 어림잡아 우리는 유콘 방면 코스코크윔의 첫 번째 굴곡에서 천육백 미터쯤 높은 지점에 올라와 있었다. 우리가 있는 곳이 인적이 닿은 적 없는 황야임에는 분명했다. 우리는 봄이 되자마자 도슨을 출발해 다섯 봉우리 사이로 거침없이 펼쳐진 길을 따라왔다. 아사바스칸의 약제상이 우리에게 말하길, 그 움켜쥔 손 모양의 산봉우리에는 접착제처럼 금맥이 들러붙어 있다고 했다.

우리와 동행하려는 원주민은 아무도 없었다. 그들은 핸드 마운틴이 저주받은 땅이라고 말했다.

우리가 전날 밤 산을 관찰했을 때, 작열하는 빛을 배경으로 들쭉날쭉한 산 정상의 윤곽이 희미하게 드러났었다. 그리고 지금, 우리를 이

끌어온 빛을 보면서 우리가 제대로 방향을 잡아왔음을 알 수 있었다.

앤더슨은 굳어 있었다. 속삭임 사이로 묘하게 쿵쿵거리는 발소리와 부스럭거림이 들려왔다. 마치 작은 곰 한 마리가 우리를 향해 다가오는 것 같았다.

나는 모닥불에 장작 하나를 던져 넣었고, 불길이 확 일어나는 사이 수풀에서 뭔가가 빠져나오는 것을 보았다. 네 발로 기고 있었지만 곰의 움직임은 아니었다. 그 순간 떠오른 것은 계단을 기어오르는 아기의 모습이었다. 그것은 걸음마를 하는 아이처럼, 그러면서도 기괴하게 앞발을 들어올렸다. 기괴하면서도……섬뜩했다. 그것은 점점 우리 쪽으로 다가왔다. 우리는 서둘러 총을 잡았다가 다시 내려놓았다. 기어오는 것은 뜻밖에도 사람이었다!

남자였다. 점점 커지는 발소리를 여전히 억누른 채, 그는 모닥불을 피해 움직였다. 그가 멈추었다.

"안전한 곳이죠." 기어온 남자는 저 위에서 들려오던 속삭임과 똑같은 목소리로 말했다. "여기는 정말 안전해요. 그들은 파란 연기 밖으로 나올 수 없으니까요. 당신들이 그들의 부름에 대답하지 않는다면, 잡히지 않아요."

"미쳤어." 앤더슨은 그렇게 말하고, 형편없는 몰골의 남자를 향해 돌아섰다. "맞아요. 아무도 댁을 쫓아오지 않습니다."

"그들에게 대답하지 마시오." 기어온 남자는 좀 전에 한 말을 되풀이했다. "저 빛 말이오."

"빛이라니," 나는 동정심조차 느끼지 못하고 소리쳤다. "그게 무슨 말입니까?"

"심연의 인간들!" 그는 중얼거렸다.

그는 옆으로 쓰러졌다. 우리는 그에게 달려갔다. 앤더슨이 구부리고 앉았다.

"맙소사! 프랭크, 이걸 봐!"

그는 남자의 손을 가리켰다. 두꺼운 셔츠가 갈가리 찢겨져 넝마처럼 손목을 감싸고 있었다. 그러나 거기에 달려 있는 것은 손이 아니라, 잘리고 뒤엉킨 나무뿌리였다! 곱은 손가락이 손바닥에 박혀 있었고, 찢겨진 살점 사이로 뼈마디가 드러나 있었다. 마치 작고 검은 코끼리의 발 같았다! 나는 남자의 하체를 바라보았다. 그의 허리에는 누런색의 육중한 금속 띠가 둘러져 있었다. 금속 띠에서 늘어진 종 하나와 십여 개의 하얀 사슬이 번뜩이고 있었다.

"대체 누구지? 어디서 온 걸까?" 앤더슨이 말했다. "봐, 벌써 잠들었어. 잠을 자면서도 기어가듯 팔다리를 움직이다니! 게다가 저 무릎, 세상에, 어떻게 저런 상태로 기어 다닌 거지?"

그가 말한 대로였다. 남자는 깊이 잠든 사이에도, 어딘가를 기어오르는 오싹한 동작으로 계속 팔다리를 들썩이고 있었다. 팔다리는 마치 다른 사람의 것인 양, 꼼짝도 않는 몸뚱이와 따로 움직였다. 신호기가 움직이는 것 같았다. 기차의 뒤칸에서 올라갔다 내려갔다 하는 신호기를 본 사람이라면, 내 말을 정확히 이해할 것이다.

위에서 들려오던 속삭임이 갑자기 멈추었다. 섬광은 졌고, 다시 솟구치지 않았다. 기어온 남자의 팔다리도 멈추었다. 부드러운 빛이 주변을 점점 밝혀주었다. 알래스카의 짧은 여름밤이 끝났다. 앤더슨은 눈을 비비며 초췌한 얼굴로 나를 바라보았다.

"야!" 그는 소리쳤다. "너, 무슨 큰 병에라도 걸린 몰골이잖아!"

"스타, 너도 마찬가지야. 정말이지 오싹하군! 너는 무슨 생각했어?"

"유일한 답이 저기 누워 있잖아." 우리가 덮어준 담요 아래 꼼짝없이 누워 있는 형체를 가리키며 그가 말했다. "정체가 무엇이든, 그를 뒤쫓아 온 게 분명해. 그 섬광 주변에 오로라는 없었어, 프랭크. 설교자 나리들이 제대로 겁도 주지 못하면서 늘 얘기하는 지옥이 타올랐는지도 모르지."

"오늘은 더 가지 말자." 나는 말했다. "다섯 손가락 봉우리에 제아무리 황금이 깔려 있다고 해도 저 사람을 깨우진 말자고. 그리고 저 뒤에 있을지 모르는 악마도 말이야."

기어온 남자는 지하 세계를 흐르는 스틱스 강에 빠진 것처럼 깊이 잠들어 있었다. 우리는 남자의 손을 씻기고 붕대를 감았다. 그의 팔다리는 막대기처럼 빳빳하게 굳어 있었다. 우리가 간호하는 동안에도 그는 움직이지 않았다. 두 팔을 약간 세우고, 무릎은 굽힌 자세로 쓰러졌을 때와 똑같이 누워 있을 뿐이었다.

나는 잠든 사내의 허리에 감긴 금속 띠를 잘라냈다. 금으로 만든 것이지만, 한 번도 본 적이 없는 종류의 것이었다. 순금은 부드럽다. 금속 띠 역시 부드러웠지만, 그 자체에 불온하고 끈끈한 생명력을 지니고 있는 것 같았다.

금속 띠는 줄톱에 꽉 달라붙어서, 맹세하건대 내가 자르려고 할 때마다 살아 있는 물체처럼 몸부림쳤다. 나는 금속 띠를 깊숙이 잘라낸 뒤, 남자의 몸에서 벗겨 한쪽으로 던져버렸다. 정말이지 역겨웠다!

남자는 하루 종일 잠을 잤다. 어둠이 찾아왔을 때에도 그는 여전히 잠들어 있었다. 그러나 그날 밤에는 산봉우리 뒤편에서 파란 안개의 광선도, 탐색하는 듯한 발광구체도, 속삭임도 없었다. 공포의 마력이 물러난 것 같았다. 아니, 아직은 아니었다. 앤더슨과 나는 아직 위협이 남아 있음을, 한발 뒤로 물러나서 기다리고 있음을 느끼고 있었다.

기어온 남자가 잠을 깬 것은 다음 날 정오 무렵이었다. 그의 쾌활하고 느릿한 목소리를 듣고 나는 깜짝 놀랐다.

"내가 얼마나 오랫동안 잠을 잤나요?" 그가 말했다. 내가 빤히 바라보자, 푸르스름한 그의 눈동자에 난처해하는 기색이 드러났다.

"하룻밤하고, 거의 이틀이요."

"어젯밤에도 빛이 솟았습니까?" 그는 초조히 북쪽을 바라보았다. "속삭임은요?"

"둘 다 없었어요." 내가 대답했다. 그는 머리를 젖혀 뚫어지게 하늘을 올려다보았다.

"그러면, 그들이 포기한 거군요?" 이윽고 그가 말했다.

"포기를 하다니, 누가요?" 앤더슨이 물었다.

"심연의 존재들!" 하고 기어온 사람이 대답했다.

우리는 그를 물끄러미 바라보았다. 나는 섬광과 함께 전해졌던 그 기이하고 맹렬한 욕구를 다시 한번 어렴풋이 느꼈다.

"심연의 존재들." 그는 같은 말을 되풀이했다. "대홍수 전에 사악한 신들이 만든 존재들, 그리고 선한 신들의 복수를 용케 피한 존재들 말이오. 그들이 나를 부르고 있었소!" 그는 꾸밈없이 덧붙였다.

앤더슨과 나는 서로를 바라보았는데, 우리는 속으로 같은 생각을 하고 있었다.

"아니오." 우리의 속마음을 읽었는지 기어온 남자가 말했다. "나는 미치지 않았소. 마실 것 좀 주시오. 나는 곧 죽을 겁니다. 내가 죽기 전에 되도록 남쪽 멀리까지 나를 데려다 주시겠소? 그리고 장작불을 크게 피워 나를 태워 주시겠소? 그자들의 끔찍한 농간에 내 몸뚱이가 다시 끌려가지 않게 말이오. 내가 그들에 대해 말해주면, 아마 댁들도 그리 해줄 겁니다." 그가 말하는 동안 우리는 망설이고 있었다.

"팔다리가 완전히 끝장난 것 같소." 그가 말했다. "내 목숨도 곧 끝이 나겠지요. 어쨌든, 그들에게 충분히 당한 셈이오. 저기 손 뒤에 무엇이 있는지 지금부터 말하리다.

잘 들어요. 내 이름은 스탠튼, 싱클레어 스탠튼이오. 1900년에 예일대를 졸업했소. 탐험가지요. 으스스한 지역에 손 모양으로 솟아 있는 다섯 봉우리가 있는데, 거기에 황금이 널려 있다는 소문을 듣고 그곳을 찾아 작년에 도슨에서 출발했소. 댁들이 여기 온 목적도 같지요? 내가 보기엔 그런 것 같소만. 지난해 가을이 끝나갈 무렵, 동료가 병에 걸렸지요. 나는 원주민 몇 명과 함께 그를 돌려보냈소. 얼마 후 나와 동행하던 원주민들이 내 목적을 알아차렸소. 그들은 도망쳐버렸소. 나는 포기하지 않을 마음으로, 혼자서 오두막을 짓고 겨울을 나기 위해 식량을 비축했지요. 운이 썩 나쁘진 않았소. 댁들도 기억하겠지만, 지난 겨울은 아주 따뜻했으니까. 봄이 되자 나는 다시 출발했소. 그리고 이주일이 채 지나지 않아 다섯 봉우리를 발견했소. 여기서 반대편이지만, 그리 멀지 않은 곳이오. 브랜디를 조금만 더 주시오. 너무 멀리 돌아갔어요." 그는 계속 말했다. "북쪽으로 너무 멀리 갔지요. 그래서 발길을 돌렸소. 이쪽에서는, 저기 손 기슭 아래까지 쭉 펼쳐져 있는 숲밖에는 볼 수 없어요. 저 반대편에는······.”

그는 잠시 동안 말이 없었다.

“저 뒤에도 숲이 있어요. 그러나 그리 넓지는 않아요, 전혀! 나는 숲을 빠져나갔소. 그러자 앞쪽으로 수 킬로미터쯤 평지가 펼쳐져 있더군요. 바빌론의 폐허를 둘러싼 사막처럼 평원은 오랫동안 풍파에 시달린 것 같았소. 그 끝에 봉우리들이 솟아 있었소. 나와 봉우리 사이에, 아주 멀리 야트막한 둑길 같은 것이 보였소. 나는 그 길을 뛰어서 건너갔소.”

“길!” 앤더슨이 믿을 수 없다는 듯이 소리쳤다.

“그래요, 길이었소.” 기어온 남자가 말했다. “매끄럽게 잘 다듬어진 돌길이었소. 산으로 곧장 뻗어 있었죠. 맞아요, 수천 년 동안 숱한 발에 밟히고 헤진 길 말이오. 길 양쪽으로 모래와 돌무더기가 쌓여 있었소. 시간이 조금 지나자 그 돌이 눈에 자세히 들어왔소. 돌을 깎아 쌓은 모양을 보니 만 년 쯤 전에는 집이 아니었을까 하는 생각이 들었소. 그 정도로 오래된 모습이었지요. 인간의 흔적이 느껴졌고, 태고의 냄새까지 풍겨왔소.

봉우리가 가까워졌소. 폐허 더미가 점점 빽빽해졌지. 왠지 쓸쓸하고 음산한 기운이 폐허 더미 사이에 떠돌고 있었지요. 유령의 유령이라고 할 만큼 너무도 오래된 그 무엇이 내 가슴을 더듬는 것만 같았소. 나는 계속 걸었소.

처음에 봉우리 기슭에 바위가 얕게 늘어서 있는 거라고 생각했던 것은 알고 보니 더 밀집된 폐허 더미였소. 핸드 마운틴은 그보다 훨씬 더 멀리 있었소. 길은 그 폐허 사이를 지나 관문처럼 버티고 선 두 개의 높은 암석 사이로 계속 이어졌소."

기어온 남자는 말을 멈추었다. 그의 손에서 툭툭 하는 기분 나쁜 소리가 났다. 핏빛 땀방울이 그의 이마에 맺혀 있었다. 그러나 잠시 후 그는 조용해졌다. 그는 씩 웃었다.

"관문이었소." 그는 말했다. "그곳까지 갔지요. 그 사이를 지났소. 그리고 나서 나는 두려움에서 벗어나려 땅을 움켜잡으며 고꾸라졌소. 그곳은 널찍한 암석층이었으니까요. 내 앞에, 깎아지르는 낭떠러지가 나타났소! 폭이 그랜드캐니언의 세 배에 이르고, 둥그스름한 형태에 바닥이 쑥 꺼져 있다고 상상해보시오. 내 목적지가 바로 그곳이라는 생각마저 들었소.

마치 행성들이 굴러다니는 깊디깊은 심연으로 가라앉은 어느 세계의 가장자리에서 그 속을 엿보는 느낌이었소. 멀리 다섯 봉우리가 서 있었소. 경고를 하듯 하늘을 향해 곧추선 거대한 손처럼 말이오. 내 양쪽으로 드러난 심연의 입구는 구부러져 있었소.

삼백 미터 정도까지는 내려다볼 수 있었소. 그리고 파란색의 자욱한 안개가 시야를 가렸소. 황혼 무렵에 높은 언덕으로 모여드는 파란 안개를 댁들도 본 적이 있을 겁니다. 그러나 심연은 참으로 장엄했소! 삶과 죽음의 경계에 가라앉아 있으며 오로지 새로이 거듭난 영혼만이 뛰어오를 수 있지만 다시 돌아갈 수는 없다는, 마오리 만의 라나라크처럼 오싹하고 장엄했지요.

나는 가장자리에서 슬그머니 뒤로 물러나 휘청거리며 일어섰소. 그리고 관문처럼 버티고 선 암석 하나에 손을 갖다 댔지요. 그곳에 뭔가 새겨져 있더군요. 선명한 윤곽을 따라 한 남자의 늠름한 모습이 나타났소. 등을 돌린 모습이었지요. 머리 위로 팔을 치켜들고, 태양처럼 생긴 이글거리는 원반을 들고 있었소. 원반에 새겨진 문자는 언뜻 한자를 떠올리게 했지만, 한자는 아니었소. 천만에! 중국인이 시간의 자궁에서 꿈틀거리기도 훨씬 전에 쓰인 문자였으니까.

나는 맞은편 암석도 살펴봤소. 그곳에도 똑같은 조각이 새겨져 있었소. 양쪽 모두에 기이한 머리 장식물이 있었지요. 암석은 둘 다 삼각형 모양이었고, 조각이 새겨진 면은 심연에서 가까운 방향이었소. 두 명의 남자는 뭔가를 제지하고 있는 것 같았소. 나는 좀더 자세히 살펴봤소. 펼쳐진 손과 원반 뒤에 일단의 모호한 형체들과 구체로 보이는 것들이 무수히 그려져 있는 것 같았소.

나는 막연히 그 윤곽을 쫓았소. 그런데 돌연 까닭 모를 욕지기가 솟아올랐소. 눈으로 실제로 보았다고 할 수는 없지만, 뭔가 거대한 덩어리가 똑바로 서 있는 듯한 인상을 받았으니까. 부풀어 오른 형체들이 눈앞에서 사라졌다가 홀연히 나타나더니 다시 사라져버렸소. 또렷하게 보이는 것이라고는 그들 머리 위에 있는 구체뿐이었소. 말로 표현할 수 없을 만큼 소름끼치는 형체 말이오. 나는 불가사의한 기분과 지독한 역겨움에 사로잡혔소. 평평한 돌바닥 너머로 몸을 쭉 내밀어보았소. 그때, 심연으로 내려가는 계단을 보았소!"

"계단!" 우리는 소리쳤다.

"계단." 기어온 남자는 여전히 서두르는 기색 없이 우리의 말을 되뇌었다. "암석을 파낸 것이 아니라 거기에 끼워 넣듯 만든 계단이었소. 발판은 각각 길이 삼 미터, 폭 일 미터 오십 센티미터의 크기였소.

암석층에서 시작되어 파란 안개 속으로 사라졌지요.

"계단이," 앤더슨이 미심쩍어 하며 말했다. "낭떠러지 벽을 따라 끝없는 구덩이 속으로 이어졌다고 하셨는데……."

"끝은 있었소." 기어온 남자가 불쑥 말했다. "바닥이 있었단 말이오. 그래요. 내가 그곳에 내려갔으니까." 그는 다시 말을 멈추었다. "거기 내려갔소." 그는 덤덤하게 말을 이었다. "계단을 따라, 내려갔소."

그는 마음을 다잡는 것 같았다.

"그렇소." 그는 단호히 말했다. "나는 계단을 내려갔소. 그러나 그날 바로 내려간 건 아니오. 관문 뒤편에 천막을 치고 하룻밤을 보냈소. 날이 밝자 배낭에 식량을 넣고, 수통 두 개에 관문 주변에 있는 샘물을 채우고는 조각이 새겨진 돌기둥 사이를 지나 심연의 가장자리까지 걸어갔소.

계단은 사십 도 정도의 경사로 이어져 있었소. 나는 내려가면서 계단을 자세히 살폈소. 구덩이의 벽면은 화강암질의 반암인데 반해 계단은 초록빛이 도는 암석으로 만들어져 있었소. 처음에는 노출된 지층을 이용해 계단을 만들었다고 생각했지요. 그러나 규칙적인 각도를 보니 확신이 서지 않았소.

천 미터쯤 내려갔을까, 층계참이 나타났소. 거기서부터 계단은 좀 전처럼 절벽에 붙어서 똑같은 각도를 유지했지만, 형태는 브이 자로 바뀌기 시작했소. 서너 번 방향을 틀고 나자, 계단이 계속해서 브이 자 형태로 끝없이 이어져 있음을 알게 되었소. 그렇게 규칙적인 지층은 존재할 수 없소. 그것은 결코 인간이 만든 계단이 아니었소! 그렇다면 누가? 무슨 이유로? 그 해답은 입구 주변에 널려 있던 폐허 더미 속에 있겠지만, 내가 그 답을 해독할 수 있을 거란 생각은 들지 않았소.

정오 무렵, 내 시야에서 다섯 봉우리와 심연의 입구가 사라졌소. 위와 아래, 오직 파란 안개만이 있을 뿐이었소. 오래전에 암석의 상당 부분이 역시 파란 안개에 모습을 감추었으므로 내 옆에는 아무것도 없었소. 나는 현기증도, 두려움도 느끼지 않았소. 오로지 호기심에 사로잡혀 있었으니까. 무엇을 발견하게 될까? 극지방이 열대의 정원이었던 시대, 그 시절에 군림했던 불가사의한 고대 문명일까? 아니면 신세계? 인류의 미스터리를 풀어줄 열쇠? 생명의 기운은 없을 테고, 하긴, 살아남기에는 너무도 오랜 세월이지 않소. 그럼에도 계단은, 내가 익히 알고 있는 아주 놀라운 세계로 나를 인도해줄 거라는 확신이 들었소. 그게 무엇일지, 나는 계속 계단을 내려갔소.

일정한 간격으로 작은 동굴의 입구를 지나갔소. 삼천 계단쯤 내려가면 동굴의 입구가 나타나고, 삼천 계단을 더 내려가면 또 다른 동굴의 입구가 나타나는 식이었소. 오후 늦게 나는 어느 동굴 앞에 멈춰 섰소. 오천 미터쯤 내려온 것 같았지만, 각도를 감안하면 내려온 총 길이는 아마 만 육천 미터가 넘었을 것이오. 동굴 양쪽으로 지상의 거대한 관문에 있는 것과 똑같은 형체들이 새겨져 있었소. 다만 얼굴을 정면으로 향하고, 원반을 쥔 손을 뻗어 구덩이 내부의 뭔가를 제지하는 모습이었소. 그런데 그들의 얼굴이 베일로 가려져 있고, 그들 뒤에 있던 오싹한 형체들도 보이지 않았소.

동굴로 들어갔소. 두더지처럼 이십 미터쯤 뒷걸음질쳤소. 동굴 안은 건조하고 매우 밝았소. 동굴 밖에서 보니 파란 안개가 기둥처럼 솟구치고 있었소. 실제로 무섭다는 생각을 한 적은 없지만, 왠지 무척 안전하다는 느낌이 들었지요. 동굴 입구에 새겨진 형체들은 수호자라는 생각이 들었소. 하지만 무엇을 수호하려는 걸까? 지극히 안전하다는 느낌 때문에 그런 의혹도 무디어졌지요.

파란 안개가 더 짙어지더니 희미하게 빛이 나기 시작했소. 하늘에 노을이 졌기 때문이라고 생각했지요. 나는 음식을 조금 먹고 잠을 청했소. 잠에서 깼을 때 파란 안개가 또 빛을 발하고 있어서 새벽이라고 생각했지요. 나는 계속 계단을 내려갔소. 옆에서 입을 벌리고 있는 동굴은 마음에 두지 않았소. 물과 음식을 거의 먹지 않았음에도 조금도 피곤하지 않았고, 허기와 갈증도 느껴지지 않았소. 그날 밤은 또 다른 동굴 안에서 지냈소. 새벽에 나는 다시 계단을 내려갔소.

그날 늦게였소. 내가 그 도시를 본 것은."

그는 잠시 침묵했다.

"도시 말이오." 이윽고 그는 말했다. "심연의 도시! 그러나 그런 도시를 보았거나 말해줄 수 있는 인간은 어디에도 없을 것이오. 그 구덩이의 전체 모양이 마치 병처럼 생겼다는 확신이 들었소. 다섯 봉우리가 버티고 있는 구덩이의 입구는 병의 목 부분이라고 할 수 있지요. 그러나 그 바닥이 얼마나 넓을지는 짐작할 수 없었고, 그저 어마어마할 거란 느낌뿐이었소. 그리고 도시 너머에 무엇이 있을지 역시 알 수 없었지요.

파란 안개 아래 아득히 먼 곳에서 작은 불빛의 반짝임이 보이기 시작했소. 그리고 우듬지처럼 나무의 윗부분이 보였소. 그러나 우리에게 익숙한 나무가 아니라, 불쾌하고 징그러운 파충류 같은 나무였소. 가늘고 높은 줄기가 솟아 있었고, 우듬지를 채운 덩굴손 둥지에는 가느다란 머리, 아니면 뱀의 머리통 같은 작은 잎이 매달려 있었소.

나무의 색은 타들어가듯 눈부신 붉은 색이었소. 여기저기 점점이 빛나는 노란색도 눈에 띄기 시작했소. 그건 물이었소. 노란 반점들이 수면처럼 일렁이며 어떤 물체들을 비추었으니까. 수면을 흔드는 것이 무엇인지는 도저히 볼 수 없었지만, 적어도 물방울과 잔물결은 분명히 봤소.

내 발 아래 도시가 있었소. 그리고 거기에는 수 킬로미터에 걸쳐 빽빽이 들어찬 원통형 구조물들이 내려다보였소. 원통은 열두 개, 다섯 개, 세 개씩 피라미드처럼 겹겹이 가로로 쌓여 있었소. 그 도시의 모습을 정확히 설명하기는 힘드오. 자, 이렇게 생각해봅시다. 꽤 기다란 송수관을 처음에는 세 개 나란히 놓은 다음 그 위에 두 개 또 그 위에 한 개를 올려놓는다고 말이오. 아니면, 다섯 개로 하나의 토대를 만들고, 그 위에 네 개, 그 다음에 세 개, 두 개, 한 개씩 차례로 쌓는다고 생각해볼 수도 있소. 이해하겠소? 도시는 그렇게 생겼소.

그리고 맨 위는 누대와 광탑, 송풍구와 뒤틀린 괴물상으로 덮여 있었소. 그것들은 불그스름한 불빛으로 광택을 낸 것처럼 반짝였소. 그 옆으로 악의에 찬 붉은 나무들이 둥지에서 잠든 화려하고 커다란 벌레를 수호하듯 히드라의 머리처럼 곧추서 있었소!

몇 미터 아래 돌출한 계단이 거대한 아치 길로 이어졌는데, 그것은 지옥으로 가는 길이자 신들의 거주지인 아스가르드로 향하는 다리처럼 섬뜩한 모습이었소. 길은 곡선을 그리며 원통형 구조물의 맨 위까지 곧장 내려가다가 그 사이로 사라져버렸소. 정말이지 오싹하고 흉포하며……."

기어온 사람은 말을 멈추고, 눈을 치켜떴다. 그러고는 진저리를 치고, 팔다리를 들썩이며 고약하게 기어가는 시늉을 하기 시작했다. 입에서 속삭임이 흘러나왔다. 전에 산 높은 곳에서 들려왔던 중얼거림과 닮아 있었다. 나는 손으로 그의 눈을 가렸다. 그는 움직임을 멈추었다.

"저주스러운 것들!" 그는 말했다. "심연의 존재들! 내가 속삭였소? 그랬군요. 하지만 그들은 나를 붙잡을 수 없소. 그럴 수 없어!"

잠시 후 그는 전처럼 차분하게 말하기 시작했다.

"그 길을 따라 내려갔소. 건물 꼭대기에 닿았지요. 파란 어둠이 잠시 수의처럼 나를 뒤덮었고, 계단이 나선형으로 구부러졌다는 느낌이 들었소. 구불구불한 계단을 내려가자, 문득 어디인지 설명하기 힘든 공간에 들어서게 되었소. 굳이 말하자면 방이라고 해야겠지요. 그 누구도 구덩이 속에 무엇이 있는지 상상조차 할 수 없을 겁니다. 점점 커지는 초승달처럼 벽들이 내가 서 있는 곳에서 아래쪽으로 비스듬히 뻗어 있었소. 어마어마한 공간으로, 이상할 정도로 알록달록한 붉은 빛이 사방에 넘실거렸소. 내부에 초록빛과 황금빛 반점이 있는 단백석에서 나는 빛과 같았소. 나선형 계단은 밑으로 계속 이어져 있었소. 나는 마지막 계단을 내려섰소. 앞쪽 멀리에 기둥으로 받쳐져 높이 솟아 있는 제단이 보였소. 기둥에 새겨진 소용돌이 문양은 미친 낙지가 천 개의 발을 흐느적거리는 모습과 흡사할 정도로 기괴하기 짝이 없었소. 기둥은 진홍색 돌로 조각된 형체 없는 괴물이 떠받치고 있었소.

그리고 조각으로 뒤덮인 자주색의 거대한 석판이 제단의 정면을 차지하고 있었소.

조각에 대해서는 도저히 설명할 수가 없소! 어떤 인간도, 어떤 인간의 눈으로도 사차원을 떠도는 그 형체들이 무엇이라고 단정할 수는 없을 테니까. 그저 막연한 느낌이 전부였소. 특별한 모습을 갖추지 않은 혼돈의 형태였지만, 상상을 초월한 괴물들 간의 전쟁을 암시하는 작지만 강렬한 이미지——절대적인 증오——처럼 마음을 짓눌렀다고 할까. 흐릿하고 섬뜩하게 스치는 전장에서의 승리, 더없이 소름끼치는 열망과 이상…….

그렇게 서 있는 동안, 십오 미터 높이의 제단 입구 뒤편에 뭔가가 있다는 느낌이 점점 강하게 들었소. 거기에 뭔가 있다고, 곤두선 내 머리칼과 온몸의 솜털이 알려주고 있었소. 극도로 사악하고, 극도로 소름끼치며, 극도로 오래된 존재. 그것은 뒤에 숨어서 생각에 골몰한 채 나를 바라보며 위협하고 있었지요. 그러나 그것은 보이지 않았소!

내 뒤로 파란빛이 모여들었소. 무엇인가 내게 돌아서라고, 계단을 올라 도망치라고 재촉하고 있었소. 그럴 리가 없겠지요. 아마 제단 뒤의 보이지 않는 존재가 발산하는 공포로 인해, 물살에 휩쓸린 것처럼 도망쳐야 한다는 생각이 들었을 겁니다. 나는 무리지어 있는 파란빛을 지나갔소. 그러자 멀리 원통형 구조물 사이로 펼쳐진 길목에 들어서게 되었소.

여기저기 붉은 나무들이 서 있었는데, 그 나무 사이로 석굴이 나 있었소. 그제야 원통형 구조물이 얼마나 놀라운 장식물로 이루어져 있는지를 깨달았지요. 그 구조물은 껍질이 벗겨져 땅에 떨어진 매끈한 나무줄기처럼 생겼으며, 기막힌 연보라색으로 칠해져 있었소. 그래요. 그게 바로 원통형 구조물의 모양새이며, 아마 그 이상이라고 해야 할 것이오. 그곳의 거주자들은 공룡과도 일전을 벌였을 것이오. 그들은 괴물 같은 존재였을 거요! 그들은 일침처럼 공룡의 눈을 찌르고, 톱날처럼 그 신경을 끊어놓았을 것이오. 그러나 이제 어디에도 생명의 흔적은 보이지도 들리지도 않았소.

내가 빠져나온 '계단의 신전'처럼 원통형 구조물에도 둥그런 입구가 있었소. 그 중 하나에 들어갔소. 둥근 천장 아래 아무런 무늬도 없이 길게 펼쳐진 공간이 드러나더군요. 구부러진 양쪽 벽면은 육 미터 정도의 높이였고, 천장에는 위쪽의 다른 공간으로 통하는 구멍이 뚫려 있었소. 신전에서처럼 역시 알록달록한 붉은빛 외에는 아무것도 없었소.

그때 뭔가가 발부리에 걸렸소. 여전히 아무것도 보이지 않았지만, 살갗이 따끔거리고 심장이 멎는 것 같았소! 내가 서 있는 바닥에 뭔가가 있었소!

나는 상체를 구부리고 손을 뻗었는데, 차갑고 물컹한 것이 만져지는가 싶더니 그 밑에서 뭔가 움직이는 것이었소. 나는 돌아서서 그곳을 뛰쳐나왔소. 광기라고 할까, 나는 그곳에 있는 것이 몹시도 역겨웠소. 나는 주먹을 움켜쥐고 무작정 달리고 또 달렸소. 겁에 질려 흐느끼면서 말이오.

정신을 차리고 보니 여전히 원통형 석조물과 붉은 나무에 둘러싸여 있었소. 내려온 길로 되돌아가기 위해 그 신전을 찾아보려고 애썼지요. 왜냐하면 그쯤에는 공포 이상의 감정에 사로잡혀 있었으니까. 난

생 처음 지독한 공포에 사로잡힌 사람처럼 나 자신이 몹시 낯설었소. 그러나 신전을 찾을 수가 없었소! 게다가 안개는 더욱 짙어지며 빛을 발하기 시작했지요. 원통형 석조물은 더욱 밝게 빛났소.

문득, 내가 아는 지상의 세계에 일몰이 찾아왔고, 짙어진 안개는 정체 모를 심연의 존재들을 깨우는 신호라는 걸 깨달았소.

나는 비틀거리며 석조물의 바깥벽을 기어올랐소. 그리고 뒤엉킨 돌 더미 사이에 몸을 숨겼소. 아마도, 파란빛이 밝아지고 위험이 지나갈 때까지 숨어 있으면 탈출할 수 있다고 생각한 것 같소. 주변에서 웅얼거림이 점점 크게 들려왔소. 사방에서 들려오는 그 소리는 점점 더 커다란 속삭임처럼 변해갔지요. 나는 돌 양쪽에서 길을 엿보았소.

빛이 꼬리를 물고 지나갔소. 더 많은 빛이 원형의 출입구에서 득시글거리며 빠져나와 길가에 모여  들었소. 제일 긴 것은 이 미터 오십 센티미터 정도, 제일 짧은 것은 육십 센티미터 정도 되었소. 그들은 분주히 돌아다니며 웅크렸다가 멈춰 서서 속삭였소. 그런데 그 아래쪽에는 아무것도 없었소!"

"아래에 아무것도 없었다

고요!" 앤더슨이 숨을 몰아쉬었다.

"없었소." 그는 말을 이었다. "없다는 것 자체가 끔찍한 그 형체의 일부분이었소. 몸통 밑에는 아무것도 없었소. 그러나 빛의 형체들이 살아 있는 존재임은 분명했지요. 지능과 의식을 지니고 있었소. 그밖에 또 무엇을 가졌는지는 모르겠지만. 가장 키가 큰 것은 직경이 육십 센티미터를 넘었소. 그 중심에는 빨강, 파랑, 초록의 밝은 핵이 있었소. 핵은 갑자기 어두워지는 대신 차츰차츰 희미한 빛으로 사라졌지요. 마치 아무것도 없는 무형으로 사그라지는 것 같았지만, 그 '없음' 속에는 무언가가 들어 있다고 해야 맞을 것이오.

빛의 혼합체이자 오직 느낄 수만 있는 그 형체를 파악하려고 눈을 부릅떴지만, 소용이 없었소.

돌연 온몸이 굳어버렸소. 채찍처럼 가늘고 차가운 뭔가가 내 얼굴에 닿았기 때문이오. 나는 고개를 돌렸소. 바로 뒤에 세 개의 빛이 있었소. 모두가 옅은 파란색이었소. 그들은 나를 바라보고 있었소. 빛으로 이루어진 눈동자를 상상해보시오.

또 한 차례, 어깨에서 채찍질이 느껴졌소. 가장 가까이에 있던 빛이 날카롭게 속삭였소. 나는 비명을 질렀소. 갑자기 길가에서 들리던 웅성거림이 멈추었소.

나는 눈길을 잡아끄는 그 푸르스름한 구체에서 간신히 시선을 들어 앞쪽을 바라보았소. 길가의 무수한 빛들이 득실거리며 내가 있는 곳으로 올라오고 있었소! 그들은 멈춰 서서 나를 노려보았소. 브로드웨이의 호기심 어린 군중처럼 빛의 형체들은 자기들끼리 밀고 밀치며 몰려들었소.

그것도 역시 그들의 본질 중 일부였지요. 십여 개의 채찍이 한꺼번에 느껴졌소. 나는 또 비명을 질렀소. 곧이어 앞이 컴컴해지더니 거대한 심연 한복판으로 추락하는 느낌이 전해졌소.

정신을 차렸을 때, 나는 거대한 계단의 신전에 있는 제단 바로 밑에 널브러져 있었소. 사방이 쥐 죽은 듯 고요했소. 빛의 형체는 보이지 않았고, 오로지 알록달록한 붉은빛만 있었소.

나는 벌떡 일어서서 계단을 향해 달려갔소. 그러나 획 잡아채는 느낌과 함께 제자리에 주저앉고 말았소. 그제야 누런 금속 띠가 허리에 묶여 있는 걸 알았지요. 금속 띠에서 늘어진 사슬은 높은 선반에까지 연결돼 있었소.

나는 칼을 찾아 금속 띠를 잘라낼 생각으로 주머니를 뒤졌소. 칼이 없었소! 목에 걸어둔 수통 하나만 제외하고 모두 가져가버렸소. 아마 수통은 내 몸의 일부인 줄 알고 남겨둔 것 같았소.

금속 띠를 부숴보려고도 했소. 그러나 그것은 마치 살아 있는 것 같았소. 내 손이 닿으면 몸부림을 치며 더 강하게 허리를 옥죄었으니 말이오!

이번엔 사슬을 잡아당겨 보았소. 움직이지 않았소. 제단 위의 보이지 않는 존재가 나를 압도하고 있는 느낌이 들어서 석판 아래 납작 엎드렸지요. 음산한 고대의 공포와 더불어 기이한 빛에 둘러싸여 홀로 남겨졌다고 생각해 보시오. 상상을 초월하는 불가사의한 존재, 공포를 뿜어내는 보이지 않는 존재 말이오.

잠시 후 나는 마음을 다잡았소. 한쪽 기둥 옆에 누런색 접시가 놓여 있는 것이 눈에 띄었소. 그 안에 걸쭉하고 하얀 액체가 가득 담겨 있었소. 나는 그걸 들이켰소. 설령 그걸 먹고 죽는다 해도 상관없었으니까. 뜻밖에 그 액체는 맛이 좋았고, 먹자마자 곧바로 기력이 되살아나는 것이었소. 나를 굶겨 죽일 생각은 아니라는 게 분명해졌지요. 심연의 존재들, 그들의 정체가 무엇이든, 그들은 인간에게 필요한 것을 알고 있었소.

그리고 다시 한번 불그스름한 빛이 강하게 번쩍이기 시작했소. 밖에서 또 한 번 윙윙거림이 들려왔고, 신전의 원형 출입구를 통해 구체들이 밀려들었소. 신전을 가득 메울 때까지 그들은 스스로 질서정연하게 자리를 잡았소. 그들의 속삭임은 차츰 노래로, 운율이 있는 속삭임의 합창으로 변하더니 높아졌다가 낮아지기를 되풀이했고, 구체들은 그 리듬에 맞춰 떠올랐다가 내려앉았소.

밤새 빛들이 끊임없이 신전을 들락거렸소. 그리고 밤새 그들의 노랫소리가 높아졌다 낮아졌지요. 나중에는 나 자신이 속삭임의 바다 한복판에 남겨진 정신의 알갱이에 불과하다는 생각마저 들더군요. 까닥이는 구체와 함께 떠올랐다가 내려앉는 한 개의 알갱이 말이오.

솔직히 말하자면, 내 심장 박동까지 그들과 하나가 되었다오! 그런데 번쩍이던 붉은빛이 희미해지자, 빛의 형체들이 비명을 질러대기 시작했소. 속삭임도 잦아들었소. 또 다시 홀로 남은 나는 인간 세계의 하루가 다시 밝았음을 알 수 있었소.

나는 잠들었소. 깨어났을 때, 기둥 옆에 흰색 액체가 담겨진 새 접시가 놓여 있었소. 나는 내 육신을 제단에 묶어놓은 사슬을 살펴보았소. 그리고 연결 고리를 문질러 보았소. 몇 시간 동안 그 일을 했다오. 결국 붉은빛이 짙어지기 시작할 즈음에는 고리 사이가 약간 닳아 있었지요. 희망이 솟구쳤소. 탈출할 수 있는 기회가 생길지도 모르니까요.

붉은빛이 강해지면서 빛의 형체들이 다시 몰려들었소. 그날 밤도 역시 쉼 없는 속삭임의 합창이 이어졌고, 구체들이 오르내렸지요. 나는 노랫소리에 사로잡혔소. 내 몸의 온 신경과 근육이 거기에 맞춰 전율할 때까지 노래는 내 안에서 맥동했소. 내 입술이 떨리기 시작했소. 악몽을 꾸며 비명을 지르려는 사람처럼 입술이 달싹거렸지요. 그리고 마침내, 입술은 속삭임을 내놓기 시작했소. 심연의 존재들이 부르는 사악한 노래처럼 내 입술은 속삭이고 있었소. 내 육체는 빛과 하나가 되어 까닥이고 있었지요.

신이여 제게 은총을 내려주시길! 나는 정체 불명의 존재들과 하나가 되어 움직이고 노래했소. 내 영혼은 공포에 짓눌려 움츠러들었을 뿐, 그저 무기력한 상태였지요. 나는 속삭이는 동안, 그들을 보았소!

그 빛의 아랫부분을 보았단 말이오. 달팽이처럼 투명하고 거대한 몸뚱이, 거기서 수십 개의 촉수가 뻗어 나와 있었고, 빛나는 구체 아래에는 작고 동그란 입이 열려 있었소. 믿어지지 않는 흉물스러운 달팽이의 유령이라고 할까! 여전히 까닥이며 속삭이는 그들을 내가 빤히 바라보는 동안 날이 밝았고, 그들은 비명을 지르며 입구로 빠져나갔소. 그들은 기거나 걷지 않았소. 떠다녔소! 그들은 떠서 사라졌소!

나는 잠들지 않았소. 그날은 하루 종일 사슬에 매달렸지요. 붉은빛이 강해질 즈음, 나는 여섯 번에 걸쳐 똑같은 고리를 문지르고 있었소. 그날 밤도 나는 주문에 걸린 채 심연의 존재들과 함께 속삭이고 까닥거리며, 제단에 음울하게 자리 잡은 존재를 향해 찬가를 바쳤소!

다시 붉은빛이 강해졌다가 쇠하는 동안, 나는 노래에 사로잡혔소. 드디어 닷새째 아침, 나는 사슬을 끊었소. 자유의 몸이 되었소! 나는 계단으로 달려갔소. 눈을 질끈 감고 달려서 제단 선반 뒤에 도사린 보이지 않는 공포를 지나 다리에 다다랐소. 다리를 건너고 계단을 오르기 시작했소.

지옥을 뒤로 한 채 지하 세계의 절벽을 기어오르다니, 상상이 갑니까? 아니, 뒤에 있는 것은 지옥보다 더 소름끼쳤고, 나는 공포에 짓눌린 상태였소.

내가 더 이상 올라갈 수 없다는 사실을 미처 깨닫기 전에 심연의 도시는 파란 안개에 파묻혔소. 심장소리가 쇠망치처럼 귓가를 두드려 댔지요. 결국 작은 동굴이 유일한 은신처라고 여기고 그 앞에 주저앉고 말았소. 최대한 동굴 깊숙이 들어가 안개가 짙어지기를 기다렸소. 그런 생각을 하자마자 안개가 자욱해졌고, 저 아래 아득한 곳에서 분노에 찬 중얼거림이 요란하게 들려왔소. 나는 동굴에 웅크린 채 파란 안개를 꿰뚫고 빛이 솟구쳤다가 무수한 구체로 흩어져 떨어지는 광경을 지켜보았소. 너울거리며 심연으로 떨어지는 구체들은 바로 그 존재들의 눈동자였지요. 줄기차게 빛이 일렁였고, 구체가 솟구쳤다가 낙하했소.

그들은 나를 뒤쫓고 있었소! 내가 아직 계단 아니면 어딘가에 숨어서 탈출의 기회를 엿보고 있으리라 간파한 것 같았소. 속삭임이 커지고 더욱 집요해졌소.

신전에서처럼 그들의 속삭임에 동참하고 싶다는 무서운 욕구가 온몸을 사로잡았소. 그렇게 하라고, 동굴 밖으로 뛰쳐나가 이번에는 영원히 신전으로 내려가라고, 하지만 그러면 조각상의 인물들이 더 이상 나를 구해줄 수 없을 거라고 무엇인가 내게 말해주었지요. 나는 이를 악물고 욕구를 참아냈소. 그날 밤 내내 심연을 뚫고 빛이 솟구쳐 올랐고 구체가 너울거렸으며, 속삭임이 들려왔소. 아직은 그들을 막아줄 힘이 남아 있는 동굴의 세력과 조각상의 인물들을 향해 나는 간절히 기도했소."

그는 말을 멈추었다. 기력이 다하고 있었다.

이윽고 거의 속삭이는 목소리가 새어나왔다. "나는 생각했소. 조각상을 남긴 이들은 누구였을까? 그들은 왜 절벽 가에 도시를 세웠고, 왜 지하에 계단을 만들었을까? 그들은 심연에 거주하는 존재들과 어떤 관계였으며, 그들의 주거 지역에 함께 살아야 할 만큼 심연의 존재에게서 얻을 수 있는 이로움은 어떤 것이었을까? 무슨 목적이 있었음에 틀림없소. 그렇지 않다면 계단을 만드는 것처럼 엄청난 공사를 할 이유가 없으니까. 하지만 그 목적이라는 게 무엇일까? 게다가 심연 인근에 살았던 그들은 오래전에 죽은 반면, 심연의 존재들은 어떻게 지금까지 살아 있는 걸까?"

그는 우리를 바라보았다. "나는 해답을 찾을 수 없었소. 죽어 가는 이 순간에도 그 해답을 알고 있는지 자신이 없소. 당시에 나는 그런 의혹을 곱씹고 있었으니까.

그렇게 의혹을 품고 있는 동안 새벽이 왔고, 그와 함께 침묵이 찾아들었소. 나는 수통에 남아 있는 액체를 마시고, 동굴에서 나와 다시 계단을 오르기 시작했소. 오후가 되자 발이 말을 듣지 않았소. 나는 셔츠를 찢어 보호대를 만들어 무릎에 두르고 두 손을 감쌌소. 그리고 기어올랐소. 끝없이 기고 또 기었소. 그러다 동굴로 숨어들어 파란빛이 밝아지기를, 섬광이 그 사이를 뚫고 솟구치기를, 그리고 속삭임이 들려오기를 기다렸소.

그러나 이번에는 속삭임의 분위기가 달랐어요. 더 이상 위협하는 목소리가 아니었소. 나를 부르며 달래는 소리였소. 그것은 나를 유혹하고 있었소.

공포가 엄습했지요. 동굴을 빠져나가 빛이 너울거리는 곳으로 가고 싶다는, 그들이 원하는 대로 몸을 맡기고 그들이 가자는 대로 따라가고 싶다는, 강렬한 욕망에 사로잡혔소. 욕망은 점점 강해졌소. 섬광이 솟구칠 때마다 새로운 자극을 얻었고, 마침내 나는 신전에서 찬가를 부를 때처럼 욕망에 전율을 느꼈소.

내 몸뚱이는 진자였소. 섬광이 솟구치면 몸뚱이도 솟구쳤고, 그들을 향해 흔들거렸소! 그러나 오직 의지만은 변함이 없었소. 동굴 바닥에 몸뚱이를 묶어놓은 것도, 달싹거리는 입술을 억누른 것도 의지였소. 그날 밤도 그 존재들의 주문에 맞서 나는 육체와 입술을 억누르느라 사투를 벌여야 했지요.

또 하루가 밝았소. 나는 동굴에서 기어 나와 계단을 바라보았소. 일어설 수 없었소. 찢겨진 손에서 피가 흘렀고, 무릎에 격렬한 통증이 느껴졌소. 나는 사력을 다해 계단을 하나씩 올라갔소.

잠시 후 손에 감각이 없어졌지만 무릎의 통증은 여전했소. 내 사지는 결국 굳어버렸소. 한 계단씩 나를 끌어올린 것은 의지였소. 시간이 흐를수록 정신을 잃기 일쑤였지만, 깨어나면 변함없이 계단을 기어올랐소.

그리고 동굴에 숨어 수천의 빛이 솟구쳐 나를 부르며 속삭이는 소리를 듣는 동안에도, 문득 잠에서 깨어 내 몸뚱이가 빛의 부름에 이끌려 동굴 입구의 수호자들을 반쯤 지나쳐 있는 것을 발견했을 때조차도, 나는 오로지 끝없이 펼쳐진 계단을 기어오르는 꿈을 꾸었소. 잠들지 않으려고 사투를 벌이는 매 순간에도, 길 잃은 지옥에서 벗어나 푸른 하늘과 탁 트인 천국의 세계로 나가기 위해 무수한 계단을 기고 또 기어올랐소!

마침내, 머리 위로 맑은 하늘과 심연의 입구가 가까워짐을 느낄 수 있었지요. 거대한 암석 관문을 지나 그곳에서 점점 멀어지던 기억이 스치는군요. 얼굴을 가리고, 끝이 뾰족한 기이한 모자를 쓴 거인들이 꿈결처럼 나를 계속 앞으로 떠밀었소. 뱀들이 우글거리는 붉은 나뭇가지들 사이에서 행성들이 꿈틀거리고 있는 심연으로 나를 다시 데려가기 위해 솟구쳐 오른 빛의 무리를 가로막은 것도 그 거인들이었소.

그리고 암석 틈새에서 길디긴 잠에 빠져들었소. 얼마나 오랫동안 잠들어 있었는지, 아마 신만이 알 것이오. 깨어났을 때 멀리 북쪽에서는 여전히 섬광이 솟구쳤다가 떨어졌고, 빛의 무리는 탐색을 멈추지 않고 연신 속삭임으로 나를 부르고 있었지요. 그러나 그들은 더 이상 나를 유혹할 수 없었소.

감각이 없는 사지를 또다시 움직였소. 늙은 선원의 배처럼 나는 무의식적으로 움직이고 있었지요. 그러다 댁들이 지핀 모닥불과 여기 안전한 곳을 발견한 겁니다."

기어온 남자는 잠시 동안 우리를 향해 미소를 머금었고, 곧바로 잠에 빠져들었다.

그날 오후 우리는 천막을 걷고, 기어온 남자를 부축해 남쪽으로 발길을 돌렸다. 우리가 그를 데리고 오는 사흘 동안, 그는 줄곧 잠들어 있었다. 사흘째 되는 날 그는 여전히 잠든 상태에서 숨을 거두었다. 우리는 커다란 모닥불을 지피고 부탁대로 그를 화장한 뒤에, 타고 남은 재와 유골을 섞어 숲에 뿌렸다.

뒤섞인 재에서 그의 유골만을 골라 그가 그토록 저주했던 심연으로 데려간다면, 아마 대단한 마법일 것이다. 나는 심연의 존재들이라고 해도 그런 마법을 부릴 수는 없을 거라고 생각했다. 그럴 수는 없을 것이다.

그러나 앤더슨과 나는 그것을 확인하기 위해 다시 다섯 봉우리를 찾아가지는 않았다. 움켜쥔 주먹에서 솟구친 듯한 핸드 마운틴의 다섯 봉우리에서 황금을 다 캐낸다 해도, 우리 두 사람을 위한 몫 정도는 남을 테니까.

가공할 만한 적
His Unconquerable Enemy (1889)

월리엄 체임버스 모로
William Chambers Morrow

윌리엄 체임버스 모로 William Chambers Morrow(1853~1923)는 19세기 말을 장식한 미국 환상 소설의 주요 작가 중에서 앰브로스 비어스Ambrose Bierce와 자주 비교된다. 다작을 한 작가는 아니지만, 초자연적인 이야기들이 수록된 작품집 《원숭이, 천치 그리고 다른 사람들*The Ape, The Idiot, and Other Peoples*》은 내용의 독특함이나 그 희귀성 때문에 공포 소설 애독자들에게 꾸준히 사랑을 받아왔다. 캘리포니아를 무대로 활동한 작가답게 대부분의 작품은 섬뜩한 공포뿐 아니라 캘리포니아 데카당트 예술의 움직임까지 포착하고 있다. 공포에서 잔혹하게 뒤틀린 과학 지식 등을 주로 다루었다. 널리 알려진 작가는 아니지만, 최근 《괴물 창조자*The Monster Maker and Other Stories*》라는 작품집이 출간되면서 계속적인 관심을 이어가고 있다.

나는 어느 지체 높은 왕족이 거느리고 있는 한 여자에게 고도의 외과 수술을 집도하기 위해 캘커타에서 인도의 중심부로 불려갔다. 왕족은 고귀한 성품이었지만, 나중에 확인하게 되듯이 나태한 기질과는 달리 동방 특유의 냉혹함을 지니고 있었다. 그는 수술이 성공적으로 끝난 것에 크게 기뻐하며 내가 원할 때까지 궁전에 손님으로 남아 있기를 권했고, 나는 감사히 그 청을 받아들였다.

  그곳의 남자 하인 가운데에는 놀라우리만큼 지독한 악의로 인해 내 시선을 잡아끄는 인물이 있었다. 그의 이름은 네라냐로, 나는 그에게 말레이 사람의 피가 많이 섞여 있다고 확신했다. 여느 인도인과는 달리(피부 색깔도 달랐다), 극도로 경계심이 많고 활동적이며 신경질적이고 예민했기 때문이다. 주인을 향한 애정이 그런 성격을 보완해주었다. 한번은 그 폭력적인 성향이 극악한 범죄를 불러왔다. 난쟁이를 칼로 찔러 중상을 입힌 것이다. 왕족은 죄를 범한 네라냐의 오른쪽 팔을 자르라고 명했다. 도끼로 무장한 우스꽝스러운 망나니가 서투른 동작으로 명령을 집행했으며, 외과 의사로서 나는 네라냐의 목숨을 구하기 위해 잘리고 남은 부위를 절단해 나머지 사지에 문제가 없도록 조치해야 했다.

그 일 이후 그의 사악함은 심해졌다. 왕족을 향한 애정은 증오로 바뀌었고 광적인 분노 속에서 분별력은 완전히 팽개쳐져버렸다. 한번은 왕족의 야멸찬 대우에 격분하여 칼을 들고 그에게 돌진했지만, 다행히 그 전에 붙잡혀 칼을 빼앗겼다. 그 일로 혼비백산한 왕족은 그의 남은 팔도 자르라는 벌을 내렸다. 전과 똑같은 방식으로 형이 집행되었다. 그것은 네라냐의 정신을 일시적으로 억제하는 효과를 가져왔다. 아니면 사악함을 겉으로 드러내지 않도록 하는 변화를 가져왔는지도 모른다. 두 팔을 모두 잃은 뒤 처음에는 주변의 도움에 크게 의지해야 했으므로, 그를 보살펴야 하는 내 의무감도 많이 덜해졌다. 나는 기묘하게 뒤틀린 그의 성격에 흥미를 느끼고 있었다. 그의 무력감은 은밀히 품은 복수의 오싹한 계획과 결합되어 사납고 충동적이며 막무가내인 행동을 무난하고 차분하며 간교한 태도로 바꾸어놓았다. 왕족을 포함해서 그와 접촉하는 사람들을 모두 속일 정도로 그의 변신은 교묘했다.

대단히 영민하고 약삭빠른데다 불굴의 의지를 지닌 네라냐는 다리와 발, 발가락을 효과적으로 사용하는 데 집중했고, 때가 됐을 때 기막힌 재주를 선보일 만큼 그 결과는 놀라웠다. 그래서 그는 파괴적인 행동을 포함한 자신의 능력을 상당 부분 되찾을 수 있었다.

어느 날 아침, 유달리 사랑스럽고 고귀한 성품을 지닌 청년인 왕족의 외동아들이 침대에서 시체로 발견되었다. 충격적인 방식으로 사지가 절단된, 극히 잔혹한 살인 사건이었다. 내가 보기에는 왕자의 두 팔이 깨끗이 잘려 없어진 점이 무엇보다 중요한 단서였다.

아들의 죽음으로 왕은 목숨이 위태로운 지경에 이르렀다. 그래서 나는 왕족의 건강을 먼저 보살핀 후에 살인 사건을 체계적으로 조사하기 시작했다. 왕족과 부하들의 조사가 실패할 때까지, 그리고 내가 완전히 일을 마무리 지을 때까지, 나는 발견한 단서와 결론에 대해 일체 언급하지 않았다. 마침내 나는 모든 정황을 면밀히 분석한 뒤, 네라냐를 범인으로 지목하는 보고서를 왕에게 제출했다. 내가 제출한 증거와 주장을 보고 흥분한 왕족은 즉각 네라냐를 사형에 처하되 혹독한 고문을 통해 서서히 죽이라고 명령했다. 형의 잔인함과 혐오감 때문에 나는 공포에 사로잡혔고, 불쌍한 죄인을 총살에 처해달라고 간청했다. 결국 나에 대한 감사의 의미로 왕족은 관대하게 형을 준비했다. 네랴냐는 당연히 범죄 사실을 부인했지만, 왕족이 확신하는 것을 눈치 채고 자제력을 잃어버렸다. 그는 몹시 오싹하게 춤을 추고 웃어대다가 비명을 질렀고, 죄를 시인하면서 저지른 범죄에 대해 흡족해했다. 처참히 죽게 될 것을 예감하고 이를 앙다물며 왕족에게 욕설을 퍼붓기도 했다.

왕족은 그날 밤 세부적인 문제를 결정했고, 다음 날 아침 내게 자신의 결심을 알려주었다. 네라냐의 목숨은 살려두겠지만, 망치로 두 다리를 내려친 뒤 으깨진 다리를 절단하라는 것이었다! 그 끔찍한 형벌에 덧붙여 사지가 절단된 사람을 가두고 주기적으로 고문할 방법은 차후 고안될 예정이었다.

나는 맡겨진 임무의 섬뜩함에 질려버렸지만, 성공적으로 그 임무를 수행했다. 그 일의 극적인 부분에 대해서는 더 이상 자세히 말하고 싶지 않다. 네라냐는 구사일생으로 살아났고, 예전의 활기를 되찾는 데 오랜 시간이 걸렸다. 그 몇 주 동안 왕족이 그를 찾거나 그에 대해 묻지는 않았지만, 의무를 다하기 위해 나는 그가 기력을 회복했다는 공식 보고서를 올렸다. 그러자 왕족의 눈빛이 빛나더니 오랫동안 빠져 있던 무력증에서 벗어나 극히 활달한 모습이 되었다.

궁전은 장엄했지만, 여기서는 으리으리한 홀에 대해서만 설명하겠다. 홀은 거대한 하나의 공간으로, 윤기 나는 바닥과 상감한 돌, 높은 아치형의 천장으로 이루어져 있었다. 지붕의 스테인드글라스와 한쪽 벽면의 높다란 창문을 통해 부드러운 햇살이 홀에 스며들었다. 방 한복판에 있는 거대한 분수는 길고 날렵한 물줄기를 뿜어 올렸고, 그 주위에 좀더 작고 짧은 분출구들이 모여 있었다. 홀 한쪽 끝을 가로질러, 천장에 이르는 반 정도의 높이에 발코니가 있었다. 발코니는 물림의 위층으로 통했고, 위층의 돌계단이 홀의 바닥까지 내려와 있었다. 무더운 여름 동안 홀은 기분이 좋을 정도로 시원했다. 왕족이 가장 좋아하는 휴식처이자, 무더운 밤이면 간이침대를 가져다 잠드는 곳이기도 했다.

바로 그 홀이 네라냐의 영원한 감옥으로 선택되었다. 거기서 그는 생명이 다하는 날까지 머물러야 하며, 빛나는 세상이나 찬란한 하늘을 두 번 다시 볼 수 없었다. 성마르고 불평이 많은 그의 성품으로 볼 때 감금 생활은 죽음보다 더 혹독한 것이었다. 왕족의 명령에 따라 바닥에서 삼 미터 높이의 네 철기둥 위에 직경이 일 미터 이십 센티미터 정도인 원형 모양의 소형 철제 감옥이 만들어졌다. 그것은 발코니와 분수 중간에 놓였다. 감옥의 깊이는 일 미터 이십 센티미터였고, 그를 시중드는 하인들의 편의를 위해 지붕이 왼쪽으로 열리도록 고안되었다. 그 같은 예방 조치는 내 제안을 따른 것이었다. 네라냐가 지금은 비록 사지를 모두 잃었지만, 나는 보기 드문 그의 악의를 여전히 두려워했다. 시중드는 사람들은 반드시 휴대용 사다리를 이용해 감옥에 접근하도록 주의를 주었다.

만반의 준비가 끝난 뒤에 네라냐는 감옥으로 끌어올려졌고, 마지막 형을 집행한 이후 처음으로 왕족이 그를 보기 위해 발코니에 나타났다. 네라냐는 숨을 헐떡이며 무력하게 감옥 바닥에 널브러져 있었지만, 왕족의 발소리를 듣자마자 뒤통수를 난간에 기대려고 몸부림을 쳤다. 그는 가슴 위로 머리를 들어 창살 너머를 노려볼 수 있었다. 그렇게 두 명의 철천지원수는 서로 얼굴을 마주했다. 흉측하고 볼썽사나운 몰골과 그 눈길을 대하는 순간, 왕족의 험상궂은 얼굴이 창백해졌다. 그러나 그는 곧 안색을 되찾고 혹독하고 잔인하며 음산한 노인의 얼굴로 돌아왔다. 길게 자란 네라냐의 검은 머리칼과 수염은 본연의 흉악성을 더 도드라지게 만들었다. 왕족을 대하는 그의 눈동자에 오싹한 불꽃이 일었고, 입술이 벌어지면서 숨을 몰아쉬기 시작했다. 얼굴은 분노와 절망으로 흙빛이 되었으며, 가늘고 넓은 콧구멍이 부르르 떨렸다.

왕족은 발코니에서 팔짱을 끼고, 자신이 만들어놓은 흉물스러운 몰골을 내려다보았다. 참으로 비애가 느껴지는 광경이었다. 그처럼 잔인하고 깊고 참담한 비극이 있을까! 광기 어린 죄수의 체념을 들여다보고 그 섬뜩한 동요를 알아챌 사람이 있었을까! 갑자기 쇄도하듯 숨막히는 열정, 속박에서 풀려났지만 여전히 무력한 광포함, 지옥보다 더 깊을 처절한 복수욕 말이다! 흉측한 몸뚱이를 들썩이며 쏘아보는 네라냐의 눈빛에서 불꽃이 일었다. 곧이어 우렁차고 또렷한 목소리가 거대한 홀을 쩌렁쩌렁 울리며 왕족을 향해 가장 무례한 반항과 가장 오싹한 악담을 쏟아내기 시작했다. 네라냐는 왕족을 잉태했던 자궁을, 그를 키운 음식을, 그에게 권력을 가져다준 부를 저주했다. 부처와 세상의 모든 성인의 이름으로 그를 저주했다. 태양과 달과 별의 이름으로, 대륙과 산, 바다와 강의 이름으로, 살아 있는 모든 것의 이름으로, 그의 머리와 가슴과 창자를 저주했다. 입에 담을 수 없는 언어의 소용돌이 속에서, 기상천외의 사무친 욕설 속에서 오만불손하게 그를 저주했다. 그를 불한당, 짐승, 바보 천치, 거짓말쟁이라고, 파렴치하고 지독한 겁쟁이라고 욕했다.

왕족은 눈 하나 깜짝하지 않고, 얼굴색 한 번 바꾸지 않은 채 그 모든 것을 조용히 들었다. 그리고 가엾은 죄인이 힘이 다해 맥없이 바닥에 쓰러져 침묵에 잠기자, 왕족은 냉혹한 미소를 머금고 돌아서서 성큼성큼 홀을 나가버렸다.

며칠이 지났다. 무시로 쏟아지는 네라냐의 욕설에도 개의치 않고 왕족은 예전보다 더 많은 시간을 거대한 홀에서 보냈으며, 밤에 잠을 자는 일도 잦아졌다. 마침내 네라냐는 왕족에게 저주를 내리고 무례히 구는 것에 지쳐 음울한 침묵 속으로 빠져들었다. 그는 내게 연구 대상이었으므로, 나는 변덕스러운 기분에 따라 매번 바뀌는 그의 표정을 유심히 관찰했다. 전반적으로 그는 비참한 절망에 빠진 상태였으며, 그것을 숨기기 위해 무던히 애쓰고 있었다. 꿈틀거리며 겨우 일어선 자세에서도 감옥의 창살은 그의 머리 위로 삼십 센티미터는 더 높아서 감옥 위로 올라가 돌바닥에 머리를 찧을 수도 없었으므로, 자살이라는 축복도 포기해야 했다. 게다가 그가 굶주림을 선택할 때마저 시종들은 그의 목구멍에 음식을 억지로 집어넣었다. 결국 그는 그런 시도들을 포기해버렸다. 간간이 마음속에서 복수를 상상할 때면 눈빛이 이글거리고 숨결이 거칠어지기도 했다. 그러나 그는 조금씩 조용해지고 유순해졌으며, 내가 말을 걸 때면 기뻐하며 말대꾸도 곧잘 했다. 왕족이 어떤 고문을 생각중인지 알 수 없었지만, 아직은 별다른 명령이 내려지지 않았다. 철저한 고문이 계획되고 있음을 눈치 챈 네라냐가 그것을 입에 올리거나 자신의 운명을 한탄하는 일은 없었다. 이런 상황이 무시무시한 절정에 이른 것은 어느 날 밤이었다. 그로부터 몇 년이 흘렀지만 나는 그 일을 떠올릴 때마다 몸서리가 쳐진다.

　무더운 밤, 왕족은 발코니 바로 아래에 높은 간이침대를 놓고 잠들어 있었다. 숙소에서 좀처럼 잠을 이루지 못하던 나는 발코니 맞은편 끝의 육중한 커튼이 쳐진 입구를 통해 홀로 슬며시 들어갔다. 홀에 들어갔을 때, 후드득 떨어지는 분수의 물줄기 너머로 기묘하게 숨죽인 소리가 들려왔다. 내가 서 있는 위치에서는 분수의 물줄기에 가려 네라냐의 감옥이 제대로 보이지 않았지만, 그가 묘한 소리를 내고 있다는 생각이 들었다. 한쪽으로 살짝 움직여 어두운 벽의 휘장에 기대고 웅크리자, 희미하게 홀을 비추는 불빛 속에서 그의 모습이 보였고, 곧바로 내 예상이 맞았음을 알았다. 네라냐는 조용히 작업중이었다. 무슨 일인가 더 알고 싶은 마음에, 조금만 실수해도 그가 눈치 챌 거라 조심하면서도 나는 바닥에 깔린 두터운 카펫에 바짝 엎드려 그를 지켜보았다.

참으로 놀랍게도 네라냐는 겉옷처럼 입혀진 주머니를 이로 뜯어내고 있었다. 그의 움직임은 매우 조심스러웠고, 그 와중에도 아래쪽 간이침대에서 깊은 숨을 쉬며 곤히 잠들어 있는 왕족을 예리한 눈길로 줄곧 살폈다. 그는 이로 끈 하나를 잡아 뜯더니 역시 이를 이용해 감옥의 난간에 묶은 다음, 유충이 기어가듯 이리저리 몸을 꿈틀거렸다. 그러자 옷에서 한 올의 끈이 길게 풀어졌다. 옷 전체가 끈으로 완전히 풀릴 때까지, 그는 믿기 어려운 인내와 기술로 똑같은 과정을 되풀이했다. 풀려진 끈 중에서 두세 개를 골라 이와 입술, 혀를 동원해 서로 묶었고, 끈 한쪽을 몸뚱이 밑에 놓고 다른 한쪽을 이로 팽팽히 잡아당김으로써 매듭을 단단히 만들었다. 이런 식으로 몇 미터 길이의 끈이 만들어지자, 입으로 그 한쪽 끝을 난간에 꽉 묶었다. 그때부터 그가 미친 짓을 하는 건 아닐까 하는 의심

120 윌리엄 체임버스 모로

이 들기 시작했다. 팔 다리가 없는 몸으로는 불가능한 일, 감옥을 탈출하려는 것인가! 무엇 때문에? 아! 왕족이 홀에 잠들어 있잖은가! 나는 숨을 죽였다.

그는 묶여진 다른 끈으로 감옥 한쪽 면을 가로질러 짧은 그네 줄을 만들었다. 그는 창살에서 가까이 놓인 긴 줄을 이로 물고, 똑바로 선 자세가 되도록 기를 썼다. 등을 창살에 대고 턱을 그네 줄에 올려놓더니 한쪽 끝을 향해 움직였다. 그네 줄에 올려놓은 턱에 힘을 꽉 준 상태에서 난간에 기댄 등 밑 부분을 이용해 조금씩 감옥을 올라가기 시작했다. 몹시 힘든 과정이었으므로, 그는 중간 중간 멈추어야 했고 숨결이 거칠어졌으며 고통스러워했다. 그렇게 쉬는 동안에도 그는 극도로 경직된 자세를 취했다. 그네 줄에 턱을 대고 있었으므로 숨통이 조여 거의 질식할 상태였다.

기막힐 정도의 분투 끝에 몸뚱이의 밑 부분이 창살에 걸칠 정도로 올라설 수 있었고, 감옥의 천장은 이제 복부 밑쪽을 지나는 위치에 있었다. 그는 조금씩 몸을 뒤쪽으로 움직여 창살에 충분히 무게를 실었다. 그러고는 단숨에 머리와 어깨를 들어 올리면서 지붕 난간의 평평한 지점으로 몸을 흔들었다. 물론 이로 물고 있는 끈이 없었다면 바닥으로 떨어졌을 것이다. 철저하리만큼 그는 자신의 입과 창살에 고정된 줄 사이의 거리를 정확히 측정해냈다. 그가 난간의 수평 지점에서 멈출 수 있을 만큼 끈의 길이는 절묘하게 맞아떨어졌다. 그가 방금 성공한 재주에 대해 누군가 그 전에 말했더라면, 나는 그 사람을 얼간이라고 생각했을 것이다.

네라냐는 이제 맨 위 창살에 배를 대고 균형을 잡았다. 등뼈를 구부리고 몸의 양쪽을 가능한 밑으로 늘어뜨린 채 자세를 편히 했다. 그렇게 몇 분 동안 휴식을 취한 후, 그는 이 사이의 줄을 천천히 놓으면서 조심스럽게 뒤쪽으로 미끄러졌다. 그러나 매듭 부분을 이 사이로 통과시키기는 거의 불가능해 보였다. 그만의 절묘한 계획이 아니었다면, 이의 힘을 조금만 빼도 줄을 완전히 놓쳐버리는 상황이었다. 그 절묘한 계획이란, 그네 줄에 턱을 대기 전에 목에 줄을 한 바퀴 감음으로써, 문 줄과 목에 감은 줄과 그 줄을 뺨과 어깨 사이로 압착하여 삼중으로 줄을 통제하는 것이었다. 실천에 옮기기에 앞서 가장 정교한 계획을 하나하나 세밀히 구상하고, 아마 몇 주에 걸쳐 그 어려운 이론적인 구상을 마음속으로 준비하는 데 몰두했음이 분명했다. 나는 그를 지켜보는 동안 지금까지는 납득할 수 없던 일, 즉 그가 지난 몇 주간 해왔을 일들을 떠올렸다. 그는 불가능에 가까운 동작을 연습하고, 힘겨운 과정을 대비해 근육을 단련시켜왔음이 분명했다.

그는 불가능해 보이는 엄청난 과정 하나를 완수한 셈이었다. 그가 무사히 바닥에 닿을 수 있을까? 그는 추락할지 모르는 아슬아슬한 위험 속에서 조금씩 창살을 미끄러져 뒤쪽으로 움직였다. 그러나 주저하는 빛이라고는 전혀 없었고, 눈에서는 놀라운 빛이 번뜩였다. 등을 획 젖혀 몸뚱이를 맨 바깥쪽 창살로 넘겼고, 그 창살에 괸 턱과 입에 단단히 문 줄로 몸을 지탱했다. 그는 천천히 창살에서 턱을 떼고, 입에 문 줄 하나로만 매달렸다. 거의 눈에 띄지 않는 섬세함과 상상을 초월하는 신중함으로 그는 줄을 내려왔고, 망가진 몸뚱이를 바닥에 굴렸다. 무사히, 조금도 다치지 않고서!

그 초인적인 괴물이 과연 다음에 선보일 기적은 무엇일까? 나는 곧바로 마음을 다잡고, 여차하면 위험한 행동을 제지하기 위해 만반의 태세를 갖추었다. 그러나 위험한 상황이 생길 때까지 나는 그 비범한 장면을 방해할 생각이 없었다.

네라냐가 잠든 왕족이 아니라 다른 쪽으로 방향을 잡는 모습에 내가 얼마나 놀랐던지 고백해야겠다. 그렇다면 결국 그 가엾은 인물은 왕족을 죽이는 것이 아니라 그저 탈출할 생각이었나? 그러나 어떻게 탈출한단 말인가? 큰 위험을 무릅쓰지 않고 바깥세상으로 나갈 수 있는 유일한 방법은, 계단을 올라 발코니로 간 다음 거기에서 위층으로 연결된 통로를 따라가서, 그를 숨겨줄 만한 영국 병사의 손에 떨어지는 것뿐이었다. 그러나 네라냐가 긴 계단을 올라간다는 것은 불가능하지 않은가! 그럼에도 그는 곧장 계단을 향해 갔는데, 그 움직이는 방법은 이랬다. 몸뚱이의 밑 부분은 계단 쪽으로 향한 후 등을 대고 바닥에 누웠다. 그런 다음, 등을 위로 구부려서 머리와 어깨를 조금 앞쪽으로 잡아당겼다. 그리고 힘껏 몸뚱이 끝을 밀어서 머리를 잡아당긴 거리만큼 앞으로 움직였다. 그는 그 동작을 매번 수없이 반복해 나갔다. 앞으로 나가는 일은 힘겹고 더뎠지만 훌륭한 선택이었다. 마침내 그는 계단 밑에 다다랐다.

계단을 오르려는 미친 짓이 그의 목적임이 확연해졌다. 마음속 깊이 자유를 향한 갈망이 얼마나 강렬했을까! 그는 꿈틀거려 계단 기둥에 기대고 일어선 자세를 취한 뒤, 올라가야 할 엄청난 높이를 올려다보다 한숨지었다. 그러나 그의 눈빛은 사그라지지 않았다. 그가 과연 그 불가능한 일을 해낼 수 있을까?

지금까지의 과정과 마찬가지로, 그가 택한 방법은 무모하고 위험했지만 매우 단순한 것이었다. 계단 기둥에 기대선 상태에서 제일 아래 계단에 대각선으로 쓰러짐으로써 옆으로 반쯤, 그러나 안전하게 계단 위에 걸칠 수 있었다. 그리고 몸을 돌려 꿈틀대며 계단을 따라 난간으로 향한 다음, 계단 기둥에 기댔던 것처럼 난간을 의지해 몸을 세웠다. 그렇게 처음처럼 몸을 쓰러뜨려 두 번째 계단에 올라갔다. 변함없이 엄청난 노력으로 그는 계단을 올라가는 데 성공했다.

네라냐의 목표가 왕족이 아님은 분명해 보였으므로 나는 혹시나 하던 걱정을 완전히 버릴 수 있었다. 그가 이미 성공한 일들은 풍부한 상상력마저 넘어서는 것이었다. 내가 그 가련한 사내에게 늘 품어 왔던 연민이 순식간에 되살아났고, 탈출에 성공할 확률이 극히 적다는 것을 알면서도 나는 그가 성공하기를 빌었다. 그러나 당연히 어떤 도움도 줄 수 없었고, 내가 탈출 과정을 지켜보았다는 사실도 절대 알려져서는 안 되었다.

네라냐는 이제 발코니 위에 있었는데, 나는 발코니 위층으로 난 문 쪽으로 그가 꿈틀거리며 움직이는 모습을 어렴풋이 보고 있었다. 이윽고 그는 멈춰 서더니 꿈틀꿈틀 일어서서 간격이 넓은 난간을 골라 거기에 기대었다. 나를 향해 등진 상태였지만, 그는 천천히 돌아서서 나와 홀을 정면으로 마주보았다. 꽤 먼 거리였으므로 나는 그의 표정을 볼 수 없었지만, 이미 계단을 오르기 전부터 더딘 움직임으로 보아 거의 탈진한 상태임이 확실했다. 오로지 절박한 의지 하나만으로 지금까지 버텨온 그는 이제 마지막 힘을 모으고 있었다. 그는 재빨리 홀 안을 둘러본 다음, 육 미터 바로 아래 잠들어 있는 왕족을 내려다보았다. 오랫동안 진지하게 바라보다가 그는 조금씩, 조금씩 난간을 따라 몸을 낮추었다. 돌연, 내가 꿈도 꾸지 못한 놀랍고 당혹스러운 일이 벌어졌다. 그는 난간에서 곧장 아래로 몸을 던져버렸다! 그가 아래 돌바닥에 떨어졌을 거라는 생각에 나는 숨이 막혔다. 그러나 그는 바닥에 놓인 간이침대를 겨냥해 왕족의 가슴으로 돌진하고 말았다. 나는 도와달라고 울부짖으며 뛰쳐나갔고, 곧바로 참사의 현장에 다다랐다. 형용할 수 없는 공포 속에서 나는 왕족의 목구멍에 박힌 네라냐의 이를 보았고, 그를 떼어놓았다. 그러나 왕족은 동맥에서 피가 뿜어지고, 가슴은 으깨져 함몰된 상태로 죽음의 고통 속에서 숨을 헐떡이고 있었다. 사람들이 겁에 질려 달려왔다. 나는 네라냐를 바라보았다. 바닥에 등을 대고 누워 있는 그의 얼굴은 끔찍하리만큼 선혈이 낭자했다. 탈출이 아니라 살인, 그것이 처음부터 그의 목적이었다. 그리고 그는 도저히 불가능한 방법만으로 목적을 달성한 것이다. 내가 그의 곁에 무릎을 꿇고 앉았을 때, 그도 죽어가고 있었다. 추락으로 인해 등뼈가 부러져 있었다. 그는 내 얼굴을 바라보며 기분 좋게 웃었는데, 죽는 순간에도 그의 얼굴에는 복수에 성공했다는 의기양양함이 묻어 있었다.

캔터빌의 유령
The Canterville Ghost(1891)

오스카 와일드
Oscar Wilde

오스카 와일드 Oscar Wilde(1854~1900)는 아일랜드 더블린에서 태어났다. 아버지는 유명한 안과의사이자 고고학자였고, 어머니는 혁신적인 시인이었다. 더블린의 트리니티 칼리지를 거쳐 옥스퍼드 대학의 맥덜린 칼리지에서 학위를 받았다. 대학 시절 장시 〈라벤나Ravenna〉로 뉴디게이트 상을 수상하면서 명성을 얻었다. 그는 인생에서 예술의 핵심적인 중요성을 강조했던 존 러스킨, 월터 페이터로부터 깊은 영향을 받았다. 1880년대 초 유미주의가 런던의 문단에서 크게 유행할 무렵 그 기지와 화려함으로 인해 주목받기 시작했으며, 1881년 유미주의에 대한 지지를 확고히 하기 위해 《시집Poem》을 자비로 출간하기도 했다. 《팔 말 가제트Pall Mall Gazette》지에서 평론가로, 《여성세계Woman's World》에서 편집장으로 일했으며, 같은 시기의 습작기 동안 《행복한 왕자 외The Happy Prince and Other Tales》를 발표했다. 유일한 장편 소설인 《도리언 그레이의 초상The Picture of Dorain Gray》은 1890년 《리핀코츠 매거진Lippincott's Magazine》에 연재되었고, 이듬해 출간되었다. 그의 소설은 대부분 은밀한 죄나 무분별한 행위, 그에 따른 망신 등을 소재로 삼고 있지만, 도덕적 결말과는 무관하게 예술의 초도덕적 성격을 강조했다. 가장 성공을 거둔 장르는 풍속 희극이었다. 최초의 성공작 〈윈더미어 부인의 부채Lady Windermere's Fan〉은 역설적이고 신랄한 기지를 사용해 새로운 유형의 희극을 창조해냈으며, 섬뜩한 공포감을 주는 연극 〈살로메Salomé〉는 성서의 인물이 등장한다는 이유로 리허설 중 상연 금지되기도 했다. 1895년 앨프래드 더글러스 경과의 동성애 혐의로 체포되어 2년간의 중노동형을 선고받았고, 파산 상태로 출감했다. 1900년 뇌막염으로 사망했다.

I. 물질주의적 로맨스

 미국인 목사 히람 B. 오티스가 캔터빌 체이스를 구입했을 때, 모든 사람들은 유령이 출몰하는 집을 구입한 것은 아주 바보 같은 짓이라고 말했다. 누구보다 명예를 소중히 여기는 캔터빌의 영주조차 계약 과정에서 그 사실을 밝혀야 한다는 의무감을 느꼈다.
 "우리 가족이야 여기서 그리 신경 쓰지 않고 살아왔소." 캔터빌의 영주는 말했다. "볼턴 출신의 기품 있는 미망인이셨던 종조모님이 어느 날 식사를 위해 옷을 갈아입으시다가 뼈다귀 손이 당신의 어깨를 만지는 데 놀라 그만 혼절하신 뒤 돌아가시고 말았소. 그 뒤로 우리는 줄곧 그렇게 살았다오. 이걸 꼭 알려드려야 할 것 같군요, 오티스 씨. 그러니까 우리 가족뿐 아니라, 나와는 케임브리지 킹스 칼리지 동문이자 교구 목사인 오거스터스 댐피어 씨도 그 유령을 직접 눈으로 봤어요. 종조모님의 불운한 사고 이후 젊은 하인들은 모두 이곳을 떠났고, 캔터빌의 안주인도 복도와 서재에서 들려오는 이상한 소리에 밤잠을 설치곤 했소."

"영주님," 목사는 말했다. "제값을 쳐서 가구와 유령까지 인수하겠습니다. 저는 돈이면 뭐든지 할 수 있는 신세계에서 온 사람입니다. 그곳의 활달한 우리 젊은이들은 구세계를 붉은색으로 칠해놓고, 여러분이 자랑하는 최고 여배우와 프리마돈나를 우습게 알지요. 만약 유럽에 유령 같은 것이 있다면, 저희는 공공 박물관 아니면 거리 공연장에나 있는 볼거리를 집 안에 갖게 되는 셈입니다."

"저는 그 유령이 있는 것 같아 걱정이오." 캔터빌 영주는 웃으며 말했다. "유령이 귀하의 흥행 사업을 시작부터 방해할 테니 말이오. 그 유령은 1584년부터 삼백 년 동안이나 유명세를 떨쳤소. 그리고 우리 가문에서 누군가가 죽기 전에 반드시 모습을 드러내곤 했지요."

"흠, 인수 품목에 가족 주치의도 포함해야겠습니다, 캔터빌 영주님. 그러나 귀신 따위는 없습니다. 자연 법칙이 영국 귀족 사회에만 달리 적용될 리는 없을 겁니다."

"선생은 미국에서는 지극히 평범한 분이었겠지요." 오티스 씨의 마지막 말을 제대로 이해하지 못한 캔터빌 영주가 말했다. "집에 유령이 있어도 굳이 마음을 쓰지 않겠다면, 그걸로 됐소. 다만 내가 귀하에게 경고를 한 점은 기억해주시오."

몇 주 후 주택 매매 건은 마무리되었고 그 계절이 끝나갈 즈음, 목사와 그 가족이 캔터빌 체이스에 정착했다. 한때 웨스트 오십삼 번 가에서 루크레시아 R. 탭펀 양이라 불리며 뉴욕의 미인으로 통했던 오티스 부인은 이제 아름다운 눈과 화사한 자태를 지닌 매우 아름다운 중년 여성이 되어 있었다. 많은 미국인 주부들이 고국을 떠날 때 유럽화의 통과의례처럼 건강이 나빠지곤 했지만, 오티스 부인은 결코 그런 우를 범하지 않았다. 그녀는 타고난 건강 체질에다 놀라울 정도로 동물적인 활력이 넘쳤다. 실제로 여러 가지 점에서 그녀는 지극히 영국적이고 영어를 사용한다는 것 말고는 요즘 미국인을 대변하는 전형적인 본보기였다. 일시적인 애국심에 경도된 부모님에 이끌려 세례를 받은 뒤 언제나 그것을 후회해온 장남 워싱턴은 세 학기 내리 뉴포트 카지노를 전전하면서 독일인을 압도함으로써 미국인임을 몸소 보여주었고, 심지어 런던에서조차 탁월한 춤꾼으로 유명했다. 치자나무와 작위가 그의 유일한 약점이었고, 그 외에는 아주 똑똑한 편이었다. 열다섯 살의 차녀 버지니아 E. 오티스 양은 새끼 사슴처럼 상냥하고 사랑스러웠지만, 커다랗고 푸른 눈망울에 자유분방한 기질을 담고 있었다. 그녀는 대단한 여장부로, 한번은 공원을 두 바퀴 도는 경주에서 조랑말로 빌턴 경을 1.5마신 차이로 따돌리고 아킬레우스 동상을 통과함으로써 바로 그 자리에서 그녀에게 청혼한 젊은 체셔 공작이 그날 밤 자신의 후견인 에턴에게 돌아와 눈물을 펑펑 쏟게 만들었다. 버지니아 다음으로 쌍둥이가 있었는데, 늘 함께 몰려다니는 통에 '스타와 스트라이프(미국 성조기—옮긴이주)'로 불렸다. 집 안에서 유일한 진짜 공화주의자인 목사 앞에서가 아니라면 쌍둥이는 아주 쾌활한 아이들이었다.

캔터빌 체이스는 기차역에서 가장 가까운 애스컷 경마장에서 십이 킬로미터쯤 떨어져 있었기 때문에 오티스 씨는 전보로 미리 짐마차를 예약해두었고, 마차로 이동하는 동안 모두 흥에 겨워 있었다. 쾌청한 칠월 저녁, 소나무 숲의 향기가 은은하게 공기 중에 스며들고 있었다. 산비둘기는 달콤한 울음을 전해왔고, 살랑대는 양치류 덤불 깊숙한 곳에서는 공작의 윤기 나는 가슴이 엿보이기도 했다. 그들이 지나갈 때 너도밤나무 위에서 작은 다람쥐들이 훔쳐보았고, 토끼들은 하얀 꼬리를 내보이며 덤불 속으로 뛰어들었다가 이끼 낀 둔덕 너머로 줄행랑을 쳤다. 그러나 그들이 캔터빌 체이스의 가로수 길에 들어섰을 때, 갑자기 하늘에 구름이 잔뜩 끼면서 심상찮은 분위기의 묘한 정적이 흐르기 시작하더니 당까마귀 떼가 조용히 머리 위를 날아갔으며, 집에 도착하기도 전에 제법 굵은 빗방울이 떨어지기 시작했다.

말쑥한 검은 비단옷 차림에 흰색 모자와 앞치마를 한 나이 든 여자가 그들을 마중하러 계단에 서 있었다. 그녀는 엄니 부인으로, 오티스 부인이 전(前) 주인의 간곡한 부탁을 받고 집에 그대로 두기로 한 식솔이었다. 오티스 가족이 마차에서 내리자, 그녀는 허리를 약간 구부리고 기묘하고 예스러운 말투로 "캔터빌 체이스에 오신 것을 환영합니다"라고 말했다. 그녀를 따라 서재로 연결된 멋진 튜더풍의 홀로 들어섰는데, 길고 어둠침침한 복도는 검은색 참나무로 벽을 둘렀고, 그 끝에는 커다란 스테인드글라스 창이 있었다. 서재에 차가 준비되어 있었고, 엄니 부인이 시중을 드는 가운데 그들은 짐을 풀고 자리에 앉아 사방을 둘러보았다.

문득 오티스 부인은 난롯가 가까운 바닥에서 검붉은 얼룩을 발견하고 별 생각 없이 엄니 부인에게 물었다. "저기에 뭘 엎질렀나 보군요."

"예, 부인." 나이 든 가정부가 작은 소리로 대답했다. "피가 묻어 있어요."

"깜짝이야." 오티스 부인이 소리쳤다. "서재에 핏자국이 있다니 안 될 말이죠. 속히 닦아내야겠어요."

나이 든 여자는 미소를 머금고 여전히 조용하고 묘한 목소리로 대답했다. "저건 캔터빌의 엘리노어 부인의 피인데, 그분의 남편 캔터빌 사이먼 경이, 1757년 바로 저 자리에서 부인을 살해했지요. 사이먼 경은 아내를 죽인 뒤 구 년을 더 사시다가 묘연한 상황에서 홀연히 사라지셨어요. 시체는 발견되지 않았지만, 죄지은 영혼은 아직도 이 저택을 떠돈답니다. 무엇보다 피가 지워지지 않아서 관광객을 비롯한 많은 사람들이 저 피를 보고 감탄하곤 하지요."

"말도 안 돼요." 워싱턴 오티스가 소리쳤다. "핀커턴 챔피온 얼룩제거제와 패러건 세제를 쓰면 곧바로 깨끗해질 거라고요." 겁에 질린 가정부가 말릴 틈도 없이 그는 쭈그리고 앉아 검은색 화장품처럼 생긴 작은 토막으로 바닥을 문지르기 시작했다. 금세 핏자국이 사라졌다.

"핀커턴으로 될 줄 알았다니까." 그는 감탄하는 가족들을 둘러보며 의기양양하게 말했다. 그러나 말을 끝내자마자 어둠침침한 방을 스치는 오싹한 섬광과 무시무시한 천둥소리에 그들은 벌떡 자리에서 일어섰고 엄니 부인은 정신을 잃고 말았다.

"날씨 한번 고약하군!" 미국인 목사는 궐련에 불을 붙이며 차분하게 말했다. "시골에는 사람들이 너무 많아서 모든 사람에게 좋은 날씨가 다 돌아가지 않을 거야. 그래서 영국이 살 길은 이민 밖에 없다고 내가 늘 말하잖아."

"여보," 오티스 부인이 소리쳤다. "기절한 가정부는 어쩌죠?"

"기절할 때 부서진 물건을 변상하라고 해." 목사는 대답했다. "다음부터는 기절하지 않을 거야." 잠시 후 엄니 부인은 정신을 차렸다. 그러나 극도로 불안한 상태에서 그녀는 곧 집안에 닥칠 시련을 조심하라고 오티스 씨에게 엄중히 경고했다.

"제 눈으로 직접 봤답니다." 그녀는 말했다. "기독교인이라면 모두 머리칼이 곤두설 정도고, 저 역시 숱한 밤을 이 저택에서 벌어진 일들 때문에 잠을 이루지 못했어요." 그러나 오티스 씨와 아내는, 정직한 영혼은 유령을 두려워하지 않는다고 그녀를 따뜻하게 위로했고, 새 주인과 안주인으로서 신의 은총을 빌어준 뒤 봉급을 올려주겠다고 약속했다. 나이 든 가정부는 비틀거리며 자신의 방으로 돌아갔다.

II

그날 밤 내내 폭풍우가 사납게 몰아쳤지만 특별한 일은 벌어지지 않았다. 그러나 다음 날, 아침을 먹으러 내려온 그들 가족은 바닥에서 또다시 오싹한 핏자국을 발견했다. "패러건 세제에 문제가 있는 것 같지는 않아요." 워싱턴이 말했다. "지금까지 실패한 적이 없거든요. 유령의 짓이 틀림없어요." 그는 다시 핏자국을 문질러 닦았지만, 이튿날 아침 그것은 또 나타났다. 간밤에는 오티스 씨가 직접 서재 문을 잠그고 열쇠를 가져갔지만 사흘째 되는 날 아침에도 핏자국은 발견되었다. 가족 전체의 비상한 관심이 쏠렸다. 오티스 씨는 자신이 너무 독단적으로 유령의 존재를 부인한 것이 아닌가 하는 생각이 들기 시작했다. 오티스 부인은 심리학 학회에 가입할 의사를 밝혔고, 워싱턴은 범죄와 관련된 혈흔의 영속성에 대해 마이어 씨와 포드모어 씨에게 보낼 장문의 편지를 준비했다. 그리고 그날 밤 유령의 존재 여부를 둘러싼 모든 의혹은 완전히 사라졌다.

그날 낮은 포근하고 맑았다. 시원한 저녁 시간, 가족들은 모두 외출을 했다. 그들은 아홉 시에 돌아와 가볍게 저녁을 먹었다. 그들의 대화는 유령의 존재를 전혀 인정하지 않는 방향으로 흘러갔고 물리적 현상을 뛰어넘는 가능성에 대해서는 만약이라는 기본적인 가정조차 거론되지 않았다. 내가 오티스 씨에게 전해 듣기로는, 그날의 유령 얘기는 교양 있는 미국 상류층의 일상적인 대화에 지나지 않았다. 예를 들어 여배우로서 패니 대븐포트가 사라 베르나르보다 월등히 낫다는 둥, 가장 잘사는 집에서조차 덜 익은 옥수수와 메밀 케이크, 묽게 끓인 옥수수 수프를 구하기가 어렵다는 둥, 세계 정신의 발전 과정에서 보스턴이 차지하는 중요성, 기차 여행에서의 수하물 표의 이점, 런던의 말투는 늘어지는데 비해 뉴욕의 그것은 달콤하다는 얘기 따위였다. 초자연적인 화제나 캔터빌의 사이먼 경이 떠오를 만한 얘기는 일절 없었다. 그들은 열한 시 정각에 각자 잠자리에 들었고, 삼십 분쯤 지나 집 안의 불은 전부 꺼졌다. 얼마쯤 지났을까, 오티스 씨는 방 밖 복도에서 들려오는 이상한 소리에 잠을 깼다. 절거덕거리는 금속성의 소리가 시시각각 다가오는 것 같았다. 그는 곧 일어나서 성냥불을 켜고 몇 시인지 확인했다.

정확히 오전 한 시였다. 그는 매우 침착했고, 맥박은 조금의 동요도 없이 평소와 다름없었다. 이상한 소리는 계속되었고, 이번에는 발소리까지 또렷이 들려왔다. 그는 슬리퍼를 신고 옷장에서 타원형의 조그만 유리병을 꺼낸 뒤 방문을 열었다. 바로 눈앞, 희미한 달빛 속에서 소름 끼치는 몰골의 노인이 서 있었다. 타들어 가는 석탄처럼 눈이 시뻘갰다. 어깨에는 헝클어진 긴 백발의 머리칼, 지저분하게 찢겨진 구식 옷, 손목과 발목에서 녹슬어가는 육중한 수갑과 쇠고랑.

"선생," 오티스 씨가 말했다. "쇠에 기름을 꼭 치라고 권하고 싶군요. 그래서 제가 선생을 위해 태머니 라이징 선 윤활유를 작은 것으로 한 병 드렸으면 합니다. 한 번만 발라도 효과가 그만이라는데, 미국의 가장 저명한 사람들도 그 효과에 대해 몇 차례 입증한 일이 있어요. 여기 촛불 옆에다 놔둘 테니까 더 필요하시면 얼마든지 말씀하세요." 미국인 목사는 그렇게 말한 뒤 윤활유 병을 대리석 탁자에 올려놓고 잠을 자기 위해 방문을 닫았다.

잠시 동안 캔터빌의 유령은 당연한 분노 속에서 꼼짝도 않고 서 있었다. 이윽고 윤활유 병을 반들거리는 바닥에 내동댕이치고는 음산한 신음 소리와 초록빛을 내뿜으며 복도를 뛰어갔다. 그러나 그가 커다란 계단에 막 다다랐을 때, 문이 획 열리더니 흰옷을 입은 두 개의 조그만 형체가 나타났고, 그들이 집어던진 커다란 베개가 획하고 그의 머리를 스치는 것이 아닌가! 꾸물거릴 시간이 없었으므로 그는 탈출용 사차원 공간법을 사용해 징두리 벽판 속으로 사라졌고 이내 저택은 아주 조용해졌다.

서쪽 익벽의 아담하고 은밀한 방에 도착한 뒤, 그는 달빛에 기대어

호흡을 가다듬으며 자신의 처지를 곰곰이 따져보기 시작했다. 한결같았던 삼백 년간의 눈부신 경력에서 그처럼 큰 모욕은 처음이었다. 거울 앞에서 레이스 장식과 다이아몬드를 비춰보다 그에게 놀라 발작을 일으켰던 공작 미망인이 떠올랐다. 안 쓰는 방에서 커튼 사이로 히죽 웃었을 뿐인데, 히스테리 발작을 일으킨 네 명의 가정부, 밤늦게 서재에서 그가 촛불을 꺼버리자 정신병의 완벽한 희생양이 되어 남은 생 동안 윌리엄 걸 경에게 치료받아야 했던 교구 목사, 어느 날 아침 일찍 일기를 읽던 난롯가 안락의자 위에 해골이 놓여 있는 걸 보고 육 주 동안 병상에 누웠다가 회복이 된 후에 악명 높은 회의주의자 볼테르 씨와의 관계를 청산하고 교회와 화해했던 트레무이라크 부인도 떠올랐다. 어느 끔찍한 밤에는 사악한 캔터빌 경이 옷장 속에서 다이아몬드 패가 목에 걸려 질식된 상태로 발견되었다. 그는 죽기 직전, 크락포드에서 그 카드로 사기를 쳐서 찰스 제임스 폭스에게 오만 파운드를 갈취했는데, 그 일 때문에 유령이 그것을 집어삼키게 했다는 말도 있다. 창문을 두드리는 녹색 손을 보고 권총으로 자살한 집사, 목에 난 다섯 개의 손가락 자국을 가리기 위해 늘 검은색 벨벳을 걸쳐야 했지만 결국에는 킹스 워크 끝에 있는 잉어 연못에 몸을 던진 아름다운 스텃필드 부인에 이르기까지 그가 지금까지 성취한 위대한 업적들이 새록새록 떠올랐다. 진정한 예술가의 열정적인 자부심으로 이룩한 무엇보다 찬란한 업적들에 이어 '목 졸린 아기, 레드 루번'의 마지막 공연과 데뷔작 '베슬리 무어의 흡혈귀, 갠트 기번', 테니스장에 자신의 뼈를 세워놓고 볼링을 했던 어느 화창한 유월 저녁의 감격을 떠올릴 때는 씁쓸한 미소를 머금었다. 그런데 감히 돼먹지 못한 신식 미국인들이 들어와서 그에게 라이징 선 윤활유를 권하고 머리를 향해 베개를 던지다니! 도저히 참을 수 없었다. 유사 이래 유령이 그런 대우를 받은 예가 없었다. 그는 복수를 결심하고 한낮까지 생각에 골몰했다.

III

다음 날 아침, 식탁에 모인 오티스 가족은 꽤 오랜 시간 유령에 대해 의논했다. 당연히 미국인 목사는 자신의 선물이 거부당한 것에 약간 마음이 상해 있었다. "별 뜻은 없었는데 말이야." 그는 말했다. "유령에게 모욕을 줄 생각은 조금도 없었다고. 그리고 솔직히 말해서, 유령이 이 집에서 지내온 시간을 생각하면 베개를 던지는 건 예의에 크게 어긋나는 일이지." 그 말을 하는 순간, 유감스럽게도 쌍둥이는 저도 모르게 웃음을 터뜨리고 말았다. "또 한편으로는 말이지." 오티스 씨는 계속 말했다. "만약 유령이 진심으로 라이징 선 윤활유를 사용할 생각이 없다면, 우리가 그 쇠사슬을 벗겨야 해. 방 밖에서 계속 그런 소리가 나면 잠을 잘 수 없으니까."

그러나 그 주의 나머지 기간 동안, 서재 바닥에 핏자국이 계속 생긴다는 점 외에 시선을 끌거나 마음을 어지럽힐 만한 일은 벌어지지 않았다. 오티스 씨가 밤마다 문을 잠그고 창문을 꽉 닫아놓는데도 핏자국이 계속 생기는 것은 정말이지 이상한 일이었다. 또한 카멜레온 같은 피의 색깔을 놓고도 의견이 분분했다. 며칠 동안은 (인디언처럼)

불그스름한 색이었다가 주홍색이나 짙은 자주색으로 바뀌더니 언젠가 미국 감리교의 간단한 절차에 따라 가족 기도를 하러 내려왔을 때는 밝은 초록색으로 바뀌어 있었다. 가족 중에서 오직 버지니아만 농담을 하지 않았는데, 까닭 모를 이유로 핏자국을 볼 때마다 괴로워했고 핏빛이 밝은 초록빛으로 바뀐 날 아침에는 거의 울상이 되었다.

유령이 두 번째로 모습을 드러낸 것은 일요일 밤이었다. 잠자리에 든 직후 갑자기 홀에서 굉음이 들려와 모두들 긴장했다. 아래층으로 달려가 보니, 커다란 갑옷이 원래 있던 곳에서 돌 바닥으로 떨어져 있었고, 등받이가 높은 의자 위에서는 캔터빌의 유령이 매우 고통스러운 표정으로 무릎을 어루만지며 앉아 있었다. 장난감 콩알총을 들고 나온 쌍둥이는 유령을 향해 동시에 두 발을 쏘았는데, 가정교사를 상대로 오랫동안 갈고 닦지 않았다면 불가능했을 정확도를 선보였다. 한편 연발 권총으로 무장하고 나온 미국인 목사는 예의바른 캘리포니아인답게 유령을 부르며 손까지 들어 인사를 건네는 것이었다! 격분한 유령은 사납게 비명을 지르며 자리를 박차고 일어나서 안개처럼 그들 사이를 휩쓸고 지나갔다. 이때 워싱턴 오티스가 들고 있던 촛불이 꺼져 그들은 칠흑 같은 어둠 속에 남겨졌다.

계단을 다 올라간 유령은 정신을 수습하고, 그 유명한 악마의 너털 웃음을 선사하기로 마음먹었다. 그 기막힌 효과는 이미 여러 번 입증된 바 있었다. 하룻밤 만에 레이커 경의 머리칼이 하얗게 변했고, 캔터빌에 들어온 세 명의 프랑스인 가정교사가 한 달도 안 돼 쫓겨간 전설의 웃음소리였다. 그래서 그는 오래된 둥근 천장이 쩌렁쩌렁 울릴 때까지 나름대로 가장 끔찍한 웃음을 터뜨렸지만, 오싹한 메아리가 채 가시기도 전에 문이 열리더니 푸르스름한 잠옷 차림의 오티스 부인이 나타났다. "몸이 무척 안 좋으신 것 같아요." 그녀는 말했다. "그래서 닥터 두벨 팅크 한 병을 준비했거든요. 소화불량 때문이라면 효과 만점일 거예요." 유령은 화가 나서 그녀를 노려보았고, 곧장 커다란 검은 개로 변신할 준비에 돌입했다. 그 또한 잘 알려진 기술의 하나로, 가족 주치의가 캔터빌 영주의 삼촌 토머스 호턴 경을 회복 불능의 백치 상태로 진단한 것도 그 때문이었다. 그러나 다가오는 발소리에 초조해진 그는 변신을 제대로 준비하지 못한 채 그저 희미한 인광으로 변해 묘지의 음산한 투덜거림과 함께 사라지는 데 만족해야 했는데, 바로 그때 쌍둥이가 그에게 다가오고 있었다.

그는 자신의 방으로 돌아와 좌절감과 격렬한 동요에 휩싸였다. 쌍둥이의 무례와 오티스 부인의 천한 속물 근성에 당연히 화가 났지만 무엇보다 그를 절망시킨 것은 갑옷을 입지 못했다는 사실이었다. 제아무리 신식 미국인이라고 해도 갑옷 입은 유령을 보면 겁에 질릴 거라고 기대했기 때문이다. 그럴듯한 이유가 있어서라기보다 저들도 자국의 국민 시인 롱펠로에 대해 최소한의 존경심은 갖고 있을 거라고 여겼기 때문인데, 유령 또한 캔터빌 저택이 생긴 이후 따분할 때면 그 시인의 우아하고 매혹적인 시에 빠져들곤 했었다. 게다가 그가 떨어뜨린 갑옷은 전에 그가 입던 것이었다. 케닐워스 마상 시합에서 입었고, 엘리자베스 1세마저 친히 찬사를 보내기도 했던 갑옷이었다. 그러나 방금 전 갑옷을 입었을 때, 그는 거대한 가슴받이와 강철 투구의 무게에 짓눌려 그만 돌바닥에 무릎을 찧고 오른손에 멍까지 들고 말았다. 며칠이 지나자 몸에 탈이 나서 핏자국을 새로 갈아놓는 것 외에는 방 안에서 꼼짝하기도 힘겨웠다. 그는 팔월 십칠일 금요일에 모습을 드러내기로 결정하고, 그날 하루 종일 의상을 고르느라 고민했다. 결국은 붉은 깃털이 달린 커다란 모자와 손목과 목에 주름 장식이 있는 수의, 그리고 녹슨 단검을 골랐다. 밤이 가까워오자 거센 폭풍우가 몰아쳤고, 사납게 불어오는 바람에 낡은 저택의 창문과 문이 모조리 흔들리고 삐거덕거렸다. 그가 딱 좋아하는 날씨였다. 행동 계획은 이랬다. 소리 없이 워싱턴 오티스의 방으로 찾아가 침대맡에서 두서없이 지껄인 뒤에 느린 음악에 맞춰 자신의 목구멍에 세 차례 단검을 꽂는 것이었다. 그는 핀커턴 패러건 세제로 그 유명한 캔터빌의 핏자국을 지우곤 하는 워싱턴이 유난히 마음에 들지 않았다. 앞뒤 생각 없는 무모한 애송이를 저급한 공포 상태로 몰아넣은 다음에는 미국인 목사 부부의 침실을 점령하고 끈적끈적한 손을 오티스 부인의 이마에 올려놓는 동시에 불안에 떠는 남편의 귀에 대고 납골당의 비밀을 소곤거릴 계획이었다. 버지니아에 대해서는 딱히 생각한 것이 없었다. 어쨌든 버지니아는 한 번도 그에게 무례하게 군 적이 없을 뿐 아니라 예쁘고 상냥한 소녀였기 때문이다. 옷장에서 공허한 신음 소리를 내는 것으로 충분하겠다 싶은 정도이고, 혹시 그래도 버지니아가 깨어나지 않을 때는 덜덜거리는 손가락으로 창문을 더듬어도 괜찮을 것 같았다. 쌍둥이에 대해서는 단단히 교육을 시킬 생각이었다. 제일 먼저 할 일은 당연히 녀석들의 가슴팍에 앉아 가위에 눌리는 효과를 내는 것이었다. 그리고 싸늘하게 얼어붙은 초록빛 시체의 모습을 하고, 아이들이 겁에 질려 굳어버릴 때까지 가까이 놓여 있는 쌍둥이의 침대 사이에 서 있다가 마지막에 수의를 벗어던짐으로써 희디흰 뼈와

희번덕거리는 한쪽 눈알을 드러낸 '자살자의 해골, 벙어리 대니얼' 캐릭터로 방 안을 기어 다닐 계획이었다. 그 캐릭터는 여러 번 대단한 효과를 냈으며, 또 하나의 유명한 캐릭터 '가면의 미스터리, 미치광이 마틴'과 비교해도 손색이 없다고 그는 자평해왔다.

열 시 삼십 분, 오티스 가족이 잠자리에 드는 소리가 들려왔다. 한동안 쌍둥이 방에서 들려오는 자지러지는 웃음소리에 그는 마음이 착잡했는데, 잠들기 전에 어린 남학생다운 천진난만함으로 저희들끼리 시시덕거리는 것이 분명했다. 그러나 열한 시 십오 분이 되자 모두 조용해졌고, 한밤의 소리와 함께 그는 마침내 습격에 나섰다. 올빼미는 창틀을 두드리고 까마귀는 늙은 주목 위에서 우는 가운데 바람은 망령처럼 저택 주위를 배회하고 있었다. 그러나 오티스 가족은 다가올 운명은 까맣게 모르고 잠에 취해 있었다. 거센 폭풍우 너머 미국인 목사가 곤히 코고는 소리가 들려왔다. 유령은 냉혹하게 일그러진 입술

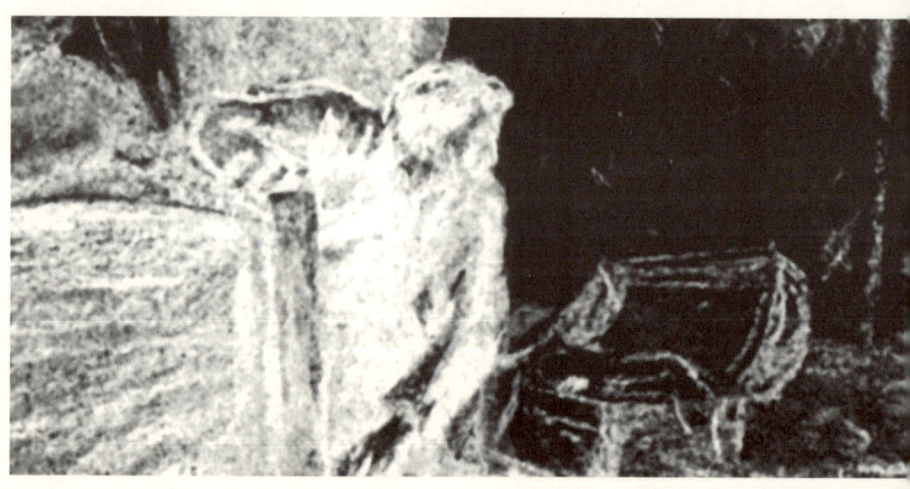

에 사악한 미소를 머금고 징두리 벽판에서 슬며시 빠져나왔다. 벽에서 나온 커다란 퇴창, 자신과 살해된 아내의 문장(紋章)이 담청색과 황금빛으로 새겨져 있는 그곳을 지나갈 때는 달빛도 그의 얼굴을 구름 속에 숨겨주었다. 사악한 그림자처럼 계속 미끄러져 나아가는 동안, 짙은 어둠도 그를 질색하며 피하는 것 같았다. 무슨 소리가 들려오자 그는 멈춰 섰다. 그러나 단지 레드 농장의 개가 짖는 소리라는 것을 알아채고는 십육세기의 기이한 욕설을 중얼거리는 한편 이따금씩 한밤의 허공을 향해 녹슨 단검을 휘두르며 계속 걸어갔다. 마침내 불운한 워싱턴의 방으로 연결된 복도 모퉁이에 다다랐다. 그가 잠시 그곳에 멈추어 선 동안, 바람이 긴 잿빛의 머리채를 흔들더니 기괴하면서도 멋들어지게 주름이 잡힌 수의 옷자락을 파고들어 끔찍한 공포를 수놓았다. 시계가 십오 분이 더 지났음을 알리자, 그는 때가 됐다고 생각했다. 그는 낄낄거리며 모퉁이를 돌았다. 그러나 곧바로 가련한 공포의 비명을 지르며 뒷걸음질치면서 기다란 두 손으로 창백한 얼굴을 가렸다. 바로 눈앞에 버티고 있는 무시무시한 유령, 조각상처럼 꼼짝도 않고 광인의 꿈처럼 흉포한 그것! 그것의 대머리가 반들반들 빛나고 있었다. 둥그스름한 얼굴은 포동포동하고 희었다. 오싹한 웃음은 영원히 사라지지 않을 히죽거림처럼 일그러져 있었다. 눈동자에서 진홍색 광선이 흘러나왔고, 입은 커다란 불의 우물 같았으며, 맞춰 입은 듯 소름끼치는 의상은 티탄의 침묵으로 휘감겨 있었다. 가슴에는 고대 문자로 쓰여진 기묘한 플래

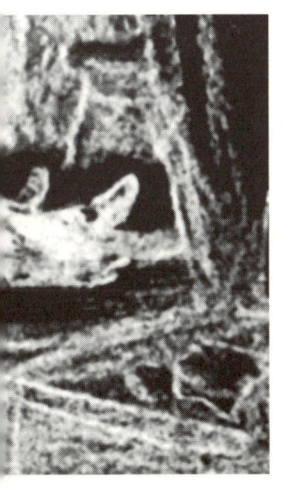

카드가 붙어 있는데, 치욕의 명부 같기도 하고 잔인한 범죄 기록 혹은 무서운 범죄 일정표 같기도 했으며, 오른쪽 손으로는 번뜩이는 강철 언월도를 높이 치켜든 모습이었다.

그런 유령은 처음 보았으므로 잔뜩 겁에 질린 그는 끔찍한 환영을 한 번 더 힐끔거린 뒤 복도 바닥에 수의를 끌며 서둘러 도망치다가 녹슨 단검을 목사의 장화 속에 떨어뜨렸다. 아침에 그것을 발견한 이는 저택의 집사였다. 일단 자신의 방으로 숨어든 후에 그는 작고 초라한 침대에 몸을 던지고는 옷에 얼굴을 파묻어버렸다. 그러나 시간이 좀 지나자, 노익장의 용감한 캔터빌 유령은 마음을 다잡고 날이 밝기 전에 그 유령과 대화를 나눠보리라 결심했다. 다가오는 여명에 언덕이 은색으로 물들 즈음, 그는 오싹한 유령을 처음 목격한 곳으로 향하면서 유령도 하나보다는 둘이 낫다고, 새 친구의 도움을 받는다면 확실하게 쌍둥이를 혼내줄 수 있을 거라고 생각했다. 그러나 그곳에 도착하자, 섬뜩한 광경이 그를 기다리고 있었다. 그 유령에게 필시 무슨 일이 벌어진 모양으로, 움푹한 눈에서 방사되던 빛은 완전히 사라지고 번뜩이는 언월도를 손에서 떨어뜨린 채 한쪽 벽에 부자연스럽고 불편한 자세로 기대어 있었다. 그가 급히 달려가 유령의 팔뚝을 붙잡는 순간, 소름 끼치게도 머리가 툭 잘려져 바닥에 뒹굴었고 몸뚱이는 흐느적거렸다. 이윽고 그는 자신의 손에 움켜쥔 것이 흰색 무명 침대 커튼과 빗자루이며, 바닥에 떨어져 있는 것은 부엌에서 쓰는 큰 칼과 속이 빈 순무라는 걸 깨달았다! 그 기상천외한 변신을 도저히 납득할 수 없었던 그는 다급히 플래카드를 집어 들고 잿빛의 새벽 햇살 속에서 그 섬뜩한 문구를 읽어 내렸다.

오티스의 유령아,

너 혼자만 진짜 유령.

가짜를 조심해라.

다른 건 다 가짜다.

모든 것이 분명해졌다. 그는 속임수와 책략에 걸리고 잔꾀에 넘어간 것이었다! 늙은 캔터빌 유령은 자신의 눈을 들여다보며, 이 없는 잇몸을 바닥에 내려놓았다. 그리고 메마른 두 손을 머리 위로 치켜들고 옛 학교의 아름다운 표현을 빌려 맹세했다. 수탉이 즐거이 두 번 울 때 피의 보복이 행해지고 살인이 침묵의 발로 구석구석 만연하리라고.

그가 저주의 맹세를 채 끝내기도 전에, 멀리 어느 농가의 붉은 지붕에서 수탉이 한 번 울었다. 그는 오랫동안 웃음을 머금고 기다렸다. 한 시간, 두 시간을 기다렸지만 그의 웃음 때문인지 아니면 딱히 다른 이유가 있는지, 수탉은 다시 울지 않았다. 이윽고 일곱 시 삼십 분, 하녀들이 도착하자 그는 고뇌의 기다림을 포기하고 슬그머니 자신의 방으로 돌아와 헛된 희망과 좌절된 목적을 생각했다. 그가 즐겨 읽는 고대 기사도에 관한 책들이 몇 권 있었다. 그가 몹시 좋아하는 책으로 맹세를 할 때마다 들여다보았는데, 거기에서는 수탉이 언제나 두 번 울었다. "버릇없는 수탉이 영원히 잠들었구나." 그는 중얼거렸다. "내가 한창때였다면, 단단한 창을 들고 녀석에게 달려가 목구멍을 찌르고 나를 위해 울게 만들었겠지. "죽음 속에서도!" 그는 편안한 납관에 몸을 누이고 저녁까지 휴식을 취했다.

IV

 그날 낮, 유령은 몹시 지치고 피곤했다. 지난 사 주간 지속되어온 끔찍한 흥분의 여파가 드디어 영향을 미치기 시작한 것이다. 심각한 신경 쇠약으로 그는 작은 소리에도 깜짝 놀랐다. 그는 닷새 동안 방에 틀어박혀 있었고, 결국은 서재 바닥의 핏자국도 포기하기로 결심했다. 오티스 가족은 자신들이 원치 않는다면 분명 핏자국에 신경을 쓸 리가 없었다. 그들은 물질주의에 경도된 저급한 사람들이며, 심미적인 현상의 상징적 가치를 제대로 평가할 능력이 아예 없어보였다. 유령에 대한 탐구, 영체의 발전은 당연히 별개의 문제였고, 그가 마음대로 할 수 있는 것도 아니었다. 일주일에 한 번 복도에 모습을 드러내고, 매달 첫째 주와 셋째 주 수요일에 커다란 퇴창에서 의미 없는 말을 지껄이는 일은 그에게 엄숙한 의무였다. 그 의무에서 명예롭게 벗어날 수 있는 방법은 도저히 알 길이 없었다. 그의 삶이 매우 사악하다는 것은 분명한 진실이지만, 다른 한편으로는 초자연적인 것과 관련한 모든 것에 누구보다 양심적이었다고 할 만했다. 그래서 그 후로 세 번의 토요일마다 평소처럼 자정에서 새벽 세 시 사이에 복도를 오가며 자신의 모습이나 소리를 들키지 않으려고 온갖 주의를 다했다. 그는 장화를 벗어버리고 벌레 먹은 낡은 판자 위를 가능한 소리 나지 않게 걸었으며, 커다란 검은색 망토를 걸치고 사슬에는 라이징 선 윤활유를 꼼꼼히 발랐다. 나는 이쯤에서 그가 어렵사리 마지막 자구책을 선택하기까지 얼마나 고민이 많았을지 인정해야겠다. 어느 날 밤, 오티스 가족이 식사를 하는 동안, 그는 오티스 씨의 침실로 들어가 그 윤활유 병을 가져왔다. 처음에는 약간 수치를 느꼈지만 나중에는 그 것이 대단한 발명품이라는 말이 일리가 있음을 확인할 수 있었다. 게 다가 그의 방책에도 퍽 유용했다. 그럼에도 불구하고 그는 여전히 곤 란을 겪었다. 그가 어둠을 틈타 오가는 복도에는 끊임없이 계략이 도 사리고 있었다. 한번은 '호글리 숲의 사냥꾼, 블랙 아이작' 차림으로 복도를 걷다가 버터를 밟고 벌러덩 넘어지고 말았다. 쌍둥이가 태피 스트리 방문에서 참나무 계단 위까지 버터를 발라놓았던 것이다. 그 마지막 모욕에 크게 격분한 나머지 그는 위엄을 되찾기로 결심하고 또 하나의 유명한 캐릭터 '머리 없는 백작, 막가는 루퍼트'로 변신, 다 음 날 밤 무례한 이튼 학교 꼬맹이들을 방문하기로 결심했다.

그 변장을 안 한 지 칠십 년이 넘었다. 도회적이고 아름다운 바버라 부인을 너무 겁주었기 때문이 아니라, 그 때문에 그녀가 약혼자였던 현(現) 캔터빌 영주의 조부와 파혼하고 잘생긴 잭 캐슬턴과 함께 그레 트너 그린(Gretna Green, 스코틀랜드의 잉글랜드와의 경계에 있는 마을로, 1856년까지 잉글랜드에서 도피한 연인들의 결혼지로 유명했음—옮긴이 주)으로 떠나면서, 땅거미가 질 때 끔찍한 유령이 테라스를 오가도록 방치하는 가문과는 절대 결혼할 수 없다고 주장했기 때문이다. 불쌍 한 잭은 나중에 웬드스워스 커먼에서 캔터빌 영주와 결투를 벌이다 총에 맞아 죽었고, 실의에 빠진 바버라 부인은 그 해가 다 가기 전, 턴 브리지 웰스에서 역시 목숨을 잃었으므로, 모든 면에서 '머리 없는 백 작, 막가는 루퍼트'는 큰 성공을 거둔 셈이었다. 만약 가장 위대한 초 자연적인 미스터리——혹은 보다 과학적인 용어를 사용하면 '고원 한 자연계'——와 관련된 그처럼 극적인 표현 장치를 사용한다면,

'분장'이 극히 어려워서 준비하는 데 꼬박 세 시간이 걸린다고 설명할 수 있겠다. 마침내 만반의 준비를 끝냈을 때 그는 자신의 모습에 매우 흡족했다. 커다란 가죽 승마화가 약간 크고 두 개의 마상 단총 중에서 한 개밖에 찾아내지 못했지만, 그는 전반적으로 매우 만족한 채 한 시 십오 분에 징두리 벽판을 빠져나와 살금살금 복도로 향했다. 벽지 때문에 파란 침실로 이름 붙인 쌍둥이 방에 도착했을 때, 방문이 약간 열려 있었다. 좀더 그럴싸하게 들어가고 싶어서 그는 문을 획 열어 젖혔지만 그 순간 무거운 물주전자가 그에게 곧장 떨어져 온몸을 흠뻑 적셨다. 주전자는 왼쪽 어깨를 고작 몇 센티미터 빗나갔다. 그와 동시에 그는 사주식(四柱拭) 침대에서 자지러질 듯 숨죽인 웃음소리를 들었다. 필사적으로 초연함을 가장하고 도망치긴 했지만, 그의 신경계에 가해진 충격은 매우 심각해서 다음 날 일어났을 때는 독감에 걸려 있었다. 그나마 다행인 것은 쌍둥이의 방에 머리를 가져가지 않았다는 점인데, 만약 그랬다면 결과는 걷잡을 수 없이 심각해졌을 것이다.

이제 그는 무례한 미국인 가족과 싸우려는 모든 희망을 포기했고, 붉은색의 두터운 머플러를 목에 둘러 바람이 새는 것을 막고 쌍둥이의 공격에 대비해 작은 화승총을 든 채 면직물 슬리퍼 차림으로 복도를 살살 오가는 것에 만족했다. 그가 최후의 일격을 받은 것은 구월 십구일이었다. 그는 아래층에 있는 커다란 홀 입구로 내려가 거기라면 꽤 평온하게 시간을 보낼 수 있으리라 여기며, 그맘때쯤 캔터빌 가문의 초상화를 대신해 걸려 있던 미국인 목사 부부의 커다란 사로니 사진에 풍자적인 논평을 하면서 혼자 즐거워하고 있었다. 그는 묘지의 흙이 군데군데 얼룩진 긴 흰옷을 소박하지만 말끔하게 차려입고 있었고, 노란색 아마포로 턱을 질끈 묶었으며, 조그만 각등과 교회지기의 삽을 들고 있었다. 사실 그 차림새는 '체트시 헛간의 시체 도둑, 무덤 없는 조나스' 캐릭터를 위한 것으로, 그의 분장 경력 중에서도 가장 뛰어난 것 가운데 하나이자 캔터빌과 이웃의 루포드 경 사이에 벌어진 싸움의 실제 원인이기도 해서 캔터빌 사람들이라면 누구나 기억하고 있었다. 새벽 두 시 십오 분경, 그가 아는 한 아무도 깨어 있는 사람은 없었다. 혹시 핏자국이 조금이라도 남아 있을까 궁금해서 서재 쪽으로 걸어가는데 갑자기 어두운 구석에서 두 개의 형체가 튀어나오더니 머리 위로 미친 듯이 손을 흔들어대며 그의 귓가에다 "우우!" 하고 소리를 지르는 것이었다.

상황이 그렇다보니 그는 당연히 발작적인 공포에 사로잡혀 계단 쪽으로 달려갔지만 그곳에는 워싱턴 오티스가 커다란 정원 손질용 물펌프를 들고 기다리고 있었다. 적에게 포위되어 진퇴양난에 빠진 그가 그나마 천만다행으로 불이 꺼져 있던 커다란 쇠 난로 속으로 뛰어들어 연통과 굴뚝을 거쳐 간신히 자신의 방에 돌아왔을 때는 오물과 혼란, 절망을 뒤집어쓴 참담한 몰골이었다.

그 사건 이후 그는 심야 일정을 완전히 취소하고 말았다. 쌍둥이는 이따금씩 그를 기다렸고, 매일 밤 복도에 견과 껍질을 뿌려놓아 부모님과 하인들을 성가시게 만들었지만 아무 성과도 얻지 못했다. 그는 감정적으로 너무도 큰 상처를 받은 나머지 모습을 드러내지 않는 것이 분명했다. 덕분에 오티스 씨는 몇 년 동안 몰두해온 민주당의 역사에 대한 야심 찬 연구를 다시 시작했고, 오티스 부인은 멋진 파티를 주최해 마을 전체를 들썩이게 만들었다. 쌍둥이는 라크로스(하키와 비슷한 구기 운동 — 옮긴이주)와 유커(카드 놀이의 일종 — 옮긴이주), 포커를 비롯 미국의 국기 종목에 재미를 붙였다. 버지니아는 지난주에 휴일을 보내기 위해 캔터빌에 온 젊은 체셔 공작과 함께 조랑말을 타고 오솔길을 달렸다. 유령이 사라졌다고 믿는 것이 전반적인 분위기였고, 실제로도 오티스 씨는 그 일을 캔터빌 영주에게 편지로 알렸으며, 영주는 답장을 보내 진심 어린 축하와 함께 훌륭한 목사 부인에게도 안부를 전했다.

　그러나 오티스 가족이 잘못 생각한 것이었다. 유령은 무력증에 빠져 있기는 해도 아직 저택에 있었으며, 계속 쥐 죽은 듯이 있을 생각은 전혀 없는 데다 특히 손님 중에 젊은 체셔 공작이 와 있음을 알고는 더욱 그런 마음을 굳히고 있었다. 예전에 체셔 공작의 종조부, 프랜시스 스틸턴 경이 캔터빌 유령과 주사위 놀이를 하겠다며 카버리 대령과 백 기니를 걸고 내기를 했는데, 다음 날 아침 그는 카드놀이 휴게실에서 속수무책의 마비 상태로 널브러진 채 발견되었고, 그 후 장수를 누리며 오래도록 살긴 했지만 두 번 다시 "더블 식스"(두 개 주사위를 던져 눈금 6이 동시에 나오는 경우—옮긴이주)라는 말은 일절 입에 올리지 않았다. 당시에는 두 귀족 집안의 명예를 위해 모두 쉬쉬하려고 노력했지만 그 일화를 모르는 사람은 없었다. 그때의 상황을 완벽하게 설명해줄 만한 비슷한 예가 태틀 경의 세 번째 저작 《섭정 황태자와 그 친구들에 대한 회상》에 등장할 것이다. 이런 사정 때문에 캔터빌 유령은 스틸턴 가문에 대한 자신의 영향력이 여전히 건재함을 보여주고 싶어 애가 탔다. 따지고 보면 그의 사촌이 데불클리 씨와 재혼함으로써 스틸턴 가문과는 먼 사돈뻘이 되었고, 누구나 알고 있듯이 체서 공작은 직계 후손이었다. 그래서 그는 '냉혹한 베네딕트 회원, 뱀파이어 수도사'로 분장해 버지니아의 꼬맹이 연인에게 나타날 준비를 하고 있었다. 사실 그 캐릭터는 너무도 끔찍해서 늙은 스타트업 부인이 1764년 운명의 섣달 그믐날 그 모습을 보고는 찢어질 듯 비명을 지르다 쓰러졌고 결국 사흘 만에 세상을 떠났을 정도였다. 세상을 떠나기 전, 그녀는 가장 가까운 친척들의 캔터빌 저택의 상속권을 박탈하고 모든 재산을 자신이 운영하던 런던의 약국 앞으로 남겨놓았다. 그러나 준비를 끝냈음에도 유령은 마지막 순간, 쌍둥이에 대한 두려움 때문에 자신의 방을 떠나지 못했고, 애송이 공작은 '로열 침실'의 커다란 깃털 차양 아래서 평화롭게 잠들어 버지니아의 꿈을 꾸었다.

U

그로부터 며칠 뒤, 버지니아와 그녀의 곱슬머리 기사는 브로클리 초원으로 말을 타러 나갔다. 울타리를 통과하다 승마복이 심하게 찢긴 버지니아는 집에 돌아왔을 때 그런 사실을 들키지 않으려고 뒷계단으로 올라갔다. '태피스트리로 장식된 방'을 달려 지나가다가 문득 문이 열려 있는 것을 보았을 때, 그녀는 종종 그곳에서 일을 하는 어머니의 하녀를 떠올리며 혹시 승마복을 수선할 수 있을지 물어보려 했다. 그러나 놀랍게도 방 안에 있는 이는 캔터빌 유령이었다! 그는 창가에 앉아 바람에 흔들리는 누런 황금빛 나무와 기다란 가로수 길을 따라 미친 듯이 오르내리는 붉은 나뭇잎을 바라보고 있었다. 머리를 한쪽 팔에 기댄 유령의 모습은 극도의 절망 그 자체였다. 처음에는 그 자리에서 도망쳐 방에 숨으려던 어린 버지니아는 너무도 쓸쓸하고 초라한 모습을 보고 동정심을 느껴 그를 위로해주고 싶어졌다. 버지니아의 발걸음이 워낙 가벼운데다 우울증이 너무도 깊었기에 그는 말소리가 들려올 때까지 그녀의 존재를 눈치 채지 못했다.

"정말 죄송해요." 그녀는 말했다. "하지만 내일이면 동생들이 이튼 학교로 돌아가니까 원래대로 행동하셔도 아무도 성가시게 하지 않을 거예요."

"나보고 원래대로 행동하라니 어이가 없군." 그는 감히 자신에게 말을 거는 어여쁜 소녀를 깜짝 놀라 바라보며 대답했다. "정말 어이가 없어. 지금 나보고 한밤중에 사슬을 덜그럭거리며 돌아다니고, 열쇠 구멍에 대고 투덜거리라는 소리잖아. 그게 내가 존재하는 유일한 이유이긴 하지."

"존재하는 데는 어떤 이유도 필요 없어요. 아저씨 본인이 얼마나 못되셨는지 알잖아요. 저희가 이 집에 이사 온 첫날, 아저씨가 아내를 죽였다고 엄니 부인이 알려주셨거든요."

"흠, 그건 인정하지." 유령은 부루퉁하게 말했다. "하지만 그건 가족 문제이니 다른 사람들이 간섭할 문제가 아니야."

"사람을 죽이는 건 큰 잘못이에요." 버지니아는 뉴잉글랜드의 선조로부터 전해진 감미로운 청교도적 엄숙함에 이따금씩 빠져드는데, 지금도 그랬다.

"흥, 나는 관념적인 윤리 의식 같은 싸구려 엄숙주의에 신물이 나! 내 아내는 옷의 주름 하나 제대로 펴지 못하고 요리라고는 전혀 할 줄 모르는 여자였지. 맞아, 언젠가 내가 호글리 숲에서 기가 막히게 멋진 수사슴 한 마리를 사냥한 적이 있어. 그런데 아내가 그걸 어떻게 식탁에 올려놓았는지 알아? 하지만 모두 끝난 일이니 이제 와서 문제될 것도 없지. 내가 설령 아내를 죽였다고 해도, 그녀의 오빠라는 작자들이 나를 굶겨 죽인 건 옳은 일이 아니지."

"굶겨 죽여요? 오, 유령 아저씨, 그러니까 사이먼 경께서는 지금 배가 고프단 말씀이군요? 제게 샌드위치가 있는데요, 드실래요?"

"고맙지만 사양하겠어. 지금은 아무것도 먹지 않으니까. 하지만 너는 언제나 마음씨가 곱구나. 끔찍하고 무례하고 저속하고 속임수나 쓰는 네 가족보다는 훨씬 나아."

"그만해요!" 버지니아는 발을 구르며 소리쳤다. "무례하고 끔찍하고 저속한 쪽은 아저씨예요. 속임수도 그래요. 제 물감을 훔쳐다가 서재 바닥에 말도 안 되는 핏자국을 만드신 건 아저씨잖아요. 처음에는 빨강과 주황을 가져가셔서 저는 일몰 풍경을 그릴 수 없었다고요. 그 다음에는 초록과 노랑을 가져가셨고, 결국 제게 남은 건 남색과 흰색뿐이어서 보기만 해도 울적한 달빛 풍경 밖에는 그릴 수 없었단 말이에요. 제대로 그릴 수 있는 게 없었다고요. 무척 화가 났지만 저는 꾹 참고 아저씨한테는 아무 말 하지 않았어요. 그리고 솔직히 피가 초록색이라니, 너무 우습지 않아요?"

"흠, 그렇다면 말이야." 유령은 한풀 꺾인 목소리로 말했다. "내가 어찌했어야 옳았겠니? 요즘은 진짜 피를 구하기가 무척 어려워. 게다가 네 오빠가 패러건 세제로 보이는 족족 문질러 없애는 마당에 내가 네 물감을 사용했다고 해서 잘못이라고 생각하지 않아. 색깔도 그래. 그건 개인적인 취향 문제잖아. 예를 들어 캔터빌 사람들은 영국에서도 파란색을 가장 좋아하거든. 그리고 너희 미국인들은 그런 문제에 신경도 쓰지 않는 걸로 아는데."

"아저씨가 전혀 모르고 하시는 말씀이에요. 아저씨가 해야 할 일은 이민을 가서서 마음을 고쳐먹는 거예요. 여러 가지 어려움이 있겠지만 저희 아버지는 기꺼이 아저씨한테 무료 승차를 주선해주실 거예요. 세관에서도 문제없을 거고요. 세관원이 모두 민주당원이거든요. 일단 뉴욕에 정착하시면 큰 성공을 거두실 거예요. 가족 중에 할아버지가 새로 생기는 일이니까 많은 사람들이 만 달러는 내겠다고 할걸요. 아니, 가문에 유령을 갖게 된다고 볼 때 더 많은 돈을 낼지도 몰라요."

"미국을 좋아할 수 있을 것 같지가 않아."

"미국에는 폐허와 골동품이 없어서겠죠." 버지니아는 약간 비꼬듯이 말했다.

"폐허 때문이 아니야! 골동품 때문이 아니라니까!" 유령은 대답했다. "너희들만의 취향과 예절 때문이야."

"안녕히 주무세요. 쌍둥이들이 한 주 더 있다가 가도 되는지 아버지께 여쭤봐야겠네요."

"제발 가지 마, 버지니아 양." 그는 소리쳤다. "너무 외롭고 불행하단 말이야. 어떻게 해야 할지 모르겠어. 잠을 자고 싶어도 그럴 수가 없어."

"말도 안 돼요. 침대에 누워 촛불만 끄면 되는 일이잖아요. 깨어 있는 게 어려울 때가 많지, 특히 교회 같은 데서요. 잠자는 건 정말 쉬운 일인걸요. 그럼요, 똑똑하지 않은 아기들도 어떻게 잠을 자는지는 다 알고 있잖아요."

"나는 삼백 년 동안 잠을 못 잤단다." 그가 말하자, 버지니아의 아름다운 푸른 눈이 휘둥그레졌다. "삼백 년이나! 잠을 못 자서 나는 너무 피곤하단다."

버지니아의 안색이 점점 걱정스러워졌고, 작은 입술은 장미 잎사귀처럼 떨렸다. 그녀는 유령에게 다가와 그 옆에 무릎을 꿇고 시들어버린 늙은 얼굴을 올려다보았다.

"가여워라, 가여운 유령 아저씨." 그녀는 낮은 소리로 말했다. "주무실 곳이 없나요?"

"소나무 숲 저 멀리," 그는 꿈결처럼 나지막이 대답했다. "작은 정원이 있지. 거기에는 긴 수풀이 우거져 있고, 미나리 꽃으로 만든 별 모양의 커다란 흰색 침대가 있어. 나이팅게일이 밤새 노래를 부르지. 나이팅게일이 밤새 노래하는 동안, 차갑고 투명한 달빛이 굽어보고, 주목(朱木)은 잠든 이들을 향해 커다란 팔을 펼치고 있단다."

버지니아의 눈빛은 점점 눈물에 가렸다. 그녀는 두 손으로 얼굴을 감쌌다.

"죽음의 정원을 말씀하시는 거군요." 그녀는 속삭였다.

"그래, 죽음. 죽음은 정말이지 아름답단다. 부드러운 갈색 흙에 누워 머리 위에서 수풀이 살랑대는 동안 침묵에 귀 기울이는 거야. 어제도, 내일도 없단다. 시간을 잊고, 생을 용서하면 평온해지지. 네가 나를 도와줄 수 있단다. 나를 위해 죽음의 집으로 가는 대문을 열어주렴. 너는 언제나 사랑으로 충만해 있으며, 사랑은 죽음보다 강하므로 너는 할 수 있단다."

버지니아는 차가운 전율에 몸을 떨었고, 한동안 침묵이 흘렀다. 그녀는 악몽을 꾸고 있는 기분이었다.

이윽고 다시 들려온 유령의 목소리는 한숨짓는 바람소리 같았다.

"서재 창문에 있는 예언을 읽어본 적 있니?"

"그럼요, 자주 읽어요." 소녀는 얼굴을 들며 소리쳤다. "잘 알아요. 이상한 검정 글씨로 씌어 있어 읽기 어렵지만요. 여섯 줄 밖에 안 되는 걸요.

금발의 소녀가 죄악의 입술에서
기도를 이끌어낼 때
불모의 아몬드 나무에 열매가 맺히고
꼬마 아이가 그 눈물을 닦아줄 때
저택은 고요해지고
캔터빌에 평화가 찾아올지니.

하지만 무슨 뜻인지 모르겠어요."

"그 뜻은," 그는 애처로이 말했다. "내게 눈물이 없으니 네가 내 죄를 대신해 울어주고, 내게 믿음이 없으니 네가 내 영혼을 대신해 기도해준다면, 그리고 네가 언제나 착하고 선하고 너그럽다면, 죽음의 천사가 이 아저씨한테 자비를 베풀어줄 거라는 거야. 어둠 속에서 무서운 것을 보고, 사악한 목소리가 네 귓가에 소곤대겠지만, 그 무엇도 네게 해를 끼칠 수 없단다. 지옥의 힘도 아이의 순결함을 이길 수 없으니까."

버지니아는 아무런 대꾸를 하지 않았다. 유령이 격한 절망 속에서 주먹을 움켜쥐고 내려다보았을 때, 버지니아의 금발 머리가 끄덕거리고 있었다. 갑자기 그녀는 매우 창백한 안색과 기묘한 눈빛을 하고 벌떡 일어섰다. "무섭지 않아요." 그녀는 단호하게 말했다. "아저씨께 은총을 베풀어달라고 천사에게 말하겠어요."

기쁨에 겨워 약간 울먹이며 일어선 그는 예스러운 태도로 버지니아의 손에 입을 맞추었다. 그의 손가락이 얼음처럼 차갑고 입술은 불덩이처럼 뜨거웠지만, 그가 어둑한 방을 가로질러 버지니아를 이끌 때에도 그녀는 망설이지 않았다. 색 바랜 초록빛 태피스트리에는 작은 사냥꾼들이 수놓아져 있었다. 사냥꾼들은 술 장식이 달린 뿔 나팔을 불며 그녀에게 돌아오라고 작은 손을 흔들어댔다. "돌아와! 버지니아." 그들은 소리쳤다. "돌아와!" 그러나 유령은 그녀의 손을 더 세게 움켜잡았고, 그녀는 사냥꾼들을 보지 않으려고 눈을 질끈 감아버렸다. 굴뚝에 새겨진 그림에서 도마뱀의 꼬리를 단 오싹한 동물들이 그녀를 향해 눈알을 번뜩이며 속삭였다. "조심해! 버지니아. 조심하라고! 다시는 너를 못 볼지도 모르겠네." 그러나 유령은 더 서둘러 버지니아를 잡아끌었고, 그녀는 귀를 막아버렸다. 그는 방 끝에서 멈추더니 버지니아가 알아들을 수 없는 말을 중얼거렸다. 그녀가 눈을 떴을 때, 안개가 걷히듯 벽면이 천천히 사라지더니 어둡고 커다란 동굴이 눈앞에 나타났다. 싸늘한 바람이 그들을 휩쌌고, 버지니아는 뭔가 옷

자락을 잡아끄는 느낌이 들었다. "서둘러, 빨리." 유령이 소리쳤다. "이러다 늦겠어." 잠시 후 징두리 벽판이 그들 뒤에서 닫혔고, 태피스트리로 장식된 방 안에는 아무도 남아 있지 않았다.

VI

십 분쯤 지났을까, 벨소리가 차 마실 시간을 알린 후에도 버지니아가 나타나지 않자, 오티스 부인은 하인에게 그녀를 불러오라고 했다. 잠시 후, 하인이 돌아와 버지니아 양이 보이지 않는다고 말했다.

버지니아는 매일 저녁마다 식탁에 놓을 꽃을 가지러 정원에 나갔으므로 처음엔 오티스 부인도 별 걱정을 안 했지만, 여섯 시가 되어도 버지니아가 나타나지 않자 몹시 불안해하며 아이들에게 밖에 나가 찾아보라고 이르고는 그녀도 남편과 함께 저택 안을 뒤지기 시작했다. 여섯 시 삼십 분, 아이들이 돌아와 버지니아를 도저히 찾을 수 없다고 말했다. 그때부터 오티스 가족은 극심한 동요를 일으키며 어찌할 바를 몰라 했다. 며칠 전 집시 일당에게 공원에서 야영을 해도 좋다고 허락한 일이 불현듯 오티스 씨의 뇌리에 떠올랐다. 그는 곧장 장남과 하인 둘을 데리고 집시 패가 야영하겠다고 말한 블랙펠 할로우를 향해 달려갔다. 걱정으로 미칠 지경에 이른 애송이 체서 공작도 그들을 따라가겠다고 사정했지만, 오티스 씨는 혹시 모를 난투극을 염려해 허락하지 않았다. 그러나 막상 그곳에 도착해보니, 집시 패들은 이미 종적을 감춘 후였다. 모닥불이 여전히 타고 있고, 접시가 수풀 여기저기 놓여 있는 것을 보면 갑작스럽게 떠났음이 분명했다. 그는 장남과 두 명의 하인에게 주변을 찾아보라고 말하고, 급히 집으로 돌아와 떠돌이 패거리 아니면 집시 일당에게 납치당한 소녀를 찾아달라고 전국의 경찰서에 전보를 보냈다. 오티스 씨는 곧이어 말을 준비시킨 뒤 아내와 세 아들에게 계속 식사를 하라고 이르고는 하인 한 명과 함께 애스컷 거리를 질주했다. 그러나 삼 킬로미터 남짓 달렸을까, 누군가 급히 뒤따라오는 것 같아 돌아보니 조랑말을 탄 애송이 공작이 모자도 쓰지 않은 채 벌겋게 상기된 얼굴로 다가왔다. "오티스 씨, 너무 걱정이 돼서요." 애송이는 숨을 헐떡였다. "버지니아가 사라졌는데 어떻게 음식이 넘어가겠습니까. 부디, 화를 내진 마십시오. 작년에 저희의 약혼을 허락만 하셨어도 이런 일은 벌어지지 않았을 텐데 말입니다. 제게 돌아가라고 하시지는 않겠죠? 갈 수 없습니다! 가지 않겠습니다!"

목사는 별 수 없이 잘생긴 개구쟁이를 향해 미소를 머금다가 버지니아에 대한 각별한 애정에 가슴이 뭉클해져서 몸을 뻗어 젊은이의 등을 부드럽게 토닥거렸다. "그래, 세실, 돌아가지 않겠다면 함께 가지. 하지만 애스컷에 도착하면 자네 모자부터 사야겠어."

"이런, 모자가 무슨 소용입니까! 제게 필요한 건 버지니아입니다!" 애송이 공작은 우쭐하며 소리쳤고, 그들은 기차역을 향해 전속력으로 말을 몰았다. 오티스 씨는 역장에게 버지니아의 인상착의를 설명하며 혹시 승강장에서 그녀를 본 사람이 있는지 알아봐 달라고 요청했지만 소득이 없었다. 그러나 역장은 여기저기 연락을 취한 뒤에 철저한 감시 태세를 갖출 테니 너무 걱정 말라고 말했다. 오티스 씨는 막

가게 문을 닫으려던 리넨 상점에서 애송이 공작에게 줄 모자를 사고는 다시 칠 킬로미터쯤 떨어진 벡슬리로 달려갔다. 벡슬리는 집시들이 자주 출몰하는 곳으로 널리 알려져 있으며, 주변에 넓은 공유지가 있는 마을이었다. 그들은 그곳 경찰서를 수소문했지만 별다른 정보를 얻을 수 없었다. 공유지를 샅샅이 뒤진 후에는 어쩔 수 없이 집으로 말머리를 돌려야 했다. 그들이 캔터빌 저택에 도착한 시간은 열한 시경으로, 모두 비통한 심정으로 녹초가 되어 있었다. 가로수 길이 매우 어두웠으므로 워싱턴과 쌍둥이 형제가 각등을 들고 대문까지 나와서 그들을 기다리고 있었다. 버지니아의 행적에 대해서는 조금도 밝혀진 것이 없었다. 집시 일당을 블록슬리 초원에서 만나긴 했지만, 버지니아의 모습은 보이지 않았다. 집시들의 말에 따르면 초튼 축제의 날짜를 잘못 알고 있다가 행여 늦을지 몰라 부랴부랴 짐을 싼 것이라고 했다. 실제로 그들은 공원에서 야영을 허락해준 오티스 씨에게 진심으로 고마워하던 터라 버지니아의 실종 소식에 몹시 안타까워하며 그들 중 네 명이 따로 남아서 수색을 도와주기도 했다. 잉어 연못의 물을 빼고, 저택을 이 잡듯 뒤졌지만 달라진 것은 없었다. 어쨌든 그날 저녁 버지니아가 사라진 것은 분명했다. 그 정도의 상황 설명이 오가는 가운데 오티스 씨와 아이들은 저택을 향해 걸었고, 하인은 말 두 마리와 조랑말 한 마리를 끌고 그 뒤를 따랐다. 거실의 하인들은 겁에 질려 있었고, 불쌍한 오티스 부인은 두려움과 걱정으로 거의 인사불성이 되어 서재의 소파에 누워 있었는데, 가정부가 그녀의 이마를 오드콜로뉴('쾰른의 물'이라고도 알려진 방향수의 일종—옮긴이주)로 적셔주었다. 오티스 씨는 그녀에게 뭐라도 먹으라고 권했고, 집안 사람들 모두 식사를 하라는 지시를 내렸다. 우울한 식사였다. 아무도 말이 없었고, 누나를 몹시 좋아했던 쌍둥이는 겁에 질리고 침울해져 있었다. 식사가 끝나자, 오티스 씨는 애송이 공작의 애원에도 불구하고 모두 잠자리에 들라고 명령했다. 남은 밤 동안 더 이상 할 수 있는 일은 없으며, 아침 일찍 스코틀랜드 야드(Scotland Yard. 1829년 창설된 런던의 수도경찰, 메트로폴리탄 폴리스의 별칭—옮긴이주)에 전보를 쳐 형사 몇 명을 보내달라고 할 계획이라고 그는 말했다. 그들이 식당을 막 빠져나갈 즈음, 시계탑이 자정을 알려왔는데, 마지막 열두 번째 울림이 전해지는 순간 쿵 소리와 함께 날카로운 울음소리가 들려왔다. 무시무시한 천둥소리가 집 안을 뒤흔들었고, 섬뜩한 음악 소리가 울려 퍼지는가 싶더니 층계 맨 위에 있는 판벽이 요란한 굉음과 함께 날아가 버렸다. 그리고 층계참에는 핏기 없는 하얀 얼굴로 조그만 상자를 손에 쥔 버지니아가 서 있었다. 순식간에 그들은 버지니아를 향해 뛰어올라 갔다. 오티스 씨는 그녀를 덥석 끌어안았고, 공작은 숨이 막힐 듯이 그녀에게 격정적인 키스를 퍼부었으며, 쌍둥이들은 사람들 주위를 돌며 덩실덩실 승리의 춤을 추었다.

"허허 참! 얘야, 도대체 어디에 있었어?" 딸아이가 그들을 상대로 유치한 장난질을 친 거라고 생각하며 오티스 씨는 약간 성난 목소리로 말했다. "세실과 내가 너를 찾느라 온 동네를 돌아다녔다. 너희 엄마는 겁에 질려 죽을 뻔했단 말이야. 앞으로는 절대 이런 장난은 치지 말거라."

"유령한테 하는 장난은 빼고요! 유령한테는 빼고!" 쌍둥이들이 소리를 지르며 신이 나서 뛰어다녔다.

"아이고 내 새끼, 하나님이 널 찾아주셨구나. 다시는 내 곁을 떠나지 마라." 오티스 부인은 오들오들 떨고 있는 딸아이에게 입을 맞추고 헝클어진 금발을 어루만졌다.

"아빠." 버지니아가 조용히 말했다. "유령 아저씨와 함께 있었어요. 아저씨는 돌아가셨어요. 와서 보세요. 나쁜 짓을 하셨지만, 그동안 저지른 일을 전부 후회하셨어요. 그리고 돌아가시기 전에 이 보석 상자를 제게 주셨어요."

가족은 모두 깜짝 놀라 아무 말 없이 버지니아를 노려보았지만, 그녀는 매우 의젓하고 진지한 표정이었다. 버지니아는 주위를 두리번거리다가 판벽에 난 비좁은 비밀 통로로 가족을 이끌었고, 워싱턴은 탁자에서 가져온 촛불을 들고 뒤를 따랐다. 이윽고 그들은 녹슨 못이 점점이 박혀 있는 커다란 참나무 문에 다다랐다. 버지니아가 문을 만지자, 육중한 돌쩌귀가 돌아가며 문이 획 열렸고, 그들은 쇠살이 처진 조그만 창문 하나와 야트막한 둥근 천장으로 이루어진 조붓한 방으로 들어갔다. 벽 깊숙이 커다란 쇠고리가 박혀 있었고, 거기에 사슬로 묶인 앙상한 해골이 돌바닥까지 늘어져 있었다. 해골은 살점 없는 긴 손가락으로 나무 쟁반과 물주전자를 붙잡으려는 자세를 취하고 있었지만, 손이 닿지 않는 거리였다. 녹색 곰팡이가 가득한 주전자에 한때 물이 담겨 있던 흔적이 역력히 남아 있었다. 나무 쟁반에는 수북이 쌓인 먼지 외에 아무것도 올려져 있지 않았다. 버지니아는 해골 옆에 무릎을 꿇고는 작은 두 손을 모으고 조용히 기도를 올리기 시작했다. 한편 다른 사람들은 그들 앞에 비밀을 드러낸 망자의 참담한 비극을 놀라움 속에서 지켜보았다.

"여기 봐요!" 창문을 기웃거리던 쌍둥이 하나가 저택 익벽에 놓인 방의 위치를 발견하고는 소리를 질렀다. "여기 봐요! 시들어빠진 아몬드 나무에 꽃이 활짝 피었어요. 달빛에 꽃이 똑똑히 보여요."

"하느님이 그분을 용서하셨어요." 버지니아는 엄숙하게 말했다. 자리에서 일어서 얼굴 가득 아름다운 빛이 일렁이는 것 같았다.

"너는 정말이지 천사야!" 젊은 공작이 버지니아의 목을 끌어안고 입을 맞추며 소리쳤다.

VII

그 기묘한 사건이 벌어진 지 나흘 째 밤 열한 시경, 캔터빌 체이스에서 장례식이 거행되었다. 여덟 필의 검은 말이 장의 마차를 끌었고, 말의 머리마다 타조 깃털로 술을 달았다. 납관을 덮은 자줏빛 보에 캔터빌 문장이 금으로 수놓아져 있었다. 장의 마차 옆으로 하인들이 횃불을 들고 걷는 등, 장의 행렬은 매우 인상적이었다. 웨일스에 있던 캔터빌 경이 주요 조문객으로 특별히 장례식에 참석하여 버지니아와 함께 첫 번째 마차에 앉아 있었다. 두 번째 마차에는 미국인 목사 부부, 다음 마차에는 워싱턴과 쌍둥이와 애송이 공작이, 마지막 마차에는 엄니 부인이 탔다. 엄니 부인은 오십 년이 넘는 세월 동안 두려움에 시달려왔으므로 유령의 마지막 모습을 지켜볼 권리가 있다고 대체로 인정하는 분위기였다. 교회 묘지 한쪽 구석, 늙은 주목 아래 깊은 무덤을 팠고, 오거스터스 댐피어 목사는 그 어느 때보다 감회에 젖어

기도문을 낭독했다. 기도가 끝나자 캔터빌에서 지켜온 오랜 관습에 따라 하인들은 횃불을 껐고, 관이 무덤에 내려질 때 한 발 앞으로 나온 버지니아는 흰색과 분홍색 아몬드 꽃으로 만든 커다란 십자가를 관에 올려놓았다. 그때 달이 구름 뒤에서 나와 작은 교회 묘지를 은빛으로 물들였고, 멀리 숲에서 나이팅게일이 울기 시작했다. 버지니아는 죽음의 정원을 알려주던 유령의 말을 떠올렸고, 뿌옇게 눈물이 앞을 가린 채 집으로 돌아오는 내내 한 마디 말도 하지 못했다.

다음 날 아침 캔터빌 경이 돌아가기 직전에 오티스 씨는 그와 면담을 갖고 유령이 딸아이에게 주었다는 보석 상자에 대해 의견을 나누었다. 옛 베네치아 풍으로 상감되어 십육세기 최상품이 분명한 루비 목걸이를 비롯해, 보석들은 더없이 훌륭한 것들이었다. 그 가치 또한 어마어마한 터라 오티스 씨는 딸아이에게 보석을 주기가 몹시 망설여졌던 것이다.

"영주님," 그는 말했다. "영국에서는 토지뿐 아니라 장신구까지 영구히 양도되는 것으로 알고 있습니다. 이 보석들은 영주님 가문의 가보가 분명해 보입니다. 따라서 다소 기이한 상황으로 되찾은 것이긴 하나, 런던으로 가져가셔서 영주님의 재산으로 처분하시기 바랍니다. 제 딸아이는 아직 어리고, 다행히 아직은 불필요한 사치품에 관심이 없습니다. 또한 은혜롭게도 어렸을 때 보스턴에서 몇 차례 겨울을 지낸 적이 있는 제 아내는 보석을 팔아 막대한 금전적 이윤을 취하는 것으로 예술품의 가치를 따지지 않습니다. 상황이 이렇다 보니, 저희 가족 중 누구에게도 보석을 주기가 곤란하다는 것을 영주님이 알아주시리라 생각합니다. 영국 귀족의 기품에 어울릴 만한 헛된 장식품과 노리개는 소박하게 자라온 사람들에게는 아무 의미도 없을 뿐더러, 저는 영생과 공화국의 검소한 원칙을 믿습니다. 만약 불운하게 잘못된 길로 인도된 조상분의 유품으로서 간직하라고 하신다면, 아마 제 딸은 무척 불안해할지도 모른다는 점을 아울러 말씀드립니다. 아주 오래된 보석이며 손질하기도 어려워서 제 딸아이에게는 도저히 어울리지 않는다는 것도 이해하실 겁니다. 저로 말씀드리면, 어떤 형태로든 딸아이가 중세적 취향에나 어울릴 법한 동정심을 보였다는 데 솔직히 몹시 놀라고 있습니다. 아내가 아테네 여행에서 돌아온 직후, 버지니아가 태어난 곳이 런던의 한 교외였다는 사실이 유일한 이유이지 않을까 싶습니다." 캔터빌 경은 덕망 있는 목사의 말을 경청하면서 이따금씩 잿빛 수염을 잡아당기기도 하고 불쑥 떠오르는 미소를 감추기도 하다가 오티스 씨의 말이 끝나자 진심어린 악수를 청하며 이렇게 말했다. "존경하는 목사님, 댁의 아름다운 따님은 불운했던 우리 조상인, 사이먼 경을 위해 아주 뜻 깊은 일을 해주었소. 나와 우리 가문은 따님의 놀라운 용기와 담력에 큰 빚을 지게 됐소. 보석은 분명히 따님의 것이고, 흠흠, 내가 만약 따님에게서 무정하게 보석을 빼앗아 버린다면, 사악한 조상 분이 보름 안에 무덤에서 나와 나를 지옥으로 끌고 갈 거요. 가보라고 하셨는데, 그런 보석을 언급한 유언장이나 법적인 문서가 없으니 우리로서는 전혀 모르는 물품이오. 그러니까 나는 보석에 대해서 댁의 집사만큼이나 권리가 없으며, 버지니아 양이 성인이 되었을 때 아름다운 장신구를 몸에 걸칠 수 있다면 무척 기뻐하지 않을까 하는 생각이 감히 드는군요. 뿐만 아니라 오티스 씨, 가구와 유령을 포함해 저택의 모든 것을 제값에 인수하신 걸 잊으셨군요. 그러므로 유령의 소유물도 모두 댁의 재산이고, 사이먼 경이 한밤중에 복도에서 어떤 행동을 했든 간에, 법적인 관점에서 보면 이미 죽은 분이니 목사님이 저택을 구입함으로써 그분의 재산도 취득한 셈이지요."

오티스 씨는 캔터빌 경의 말에 몹시 낙담하여 결심을 번복해달라고 부탁했지만, 선량한 캔터빌 경이 아주 단호한 탓에 결국에는 딸아이가 유령의 선물을 간직해도 좋다고 허락할 수밖에 없었다. 그리고 1890년 봄, 젊은 체셔 공작은 여왕의 결혼식 때 응접실에서 그 보석을 바쳤고, 여왕의 보석은 세계적인 찬사를 받았다. 그 보답으로 버지니아에게는 보관(寶冠)이 하사됐는데, 미국인 소녀에게 더없이 좋은 선물이었고, 그녀는 성년이 되자마자 남자 친구와 결혼했다. 두 사람은 더없이 아름다웠고 서로 깊이 사랑했으므로, 누구나 그들의 결합을 기뻐했다. 나이 든 덤블턴 후작 부인만이 예외였는데, 그녀는 미혼인 일곱 명의 딸 중 한 명과 공작을 이어주려고 값비싼 만찬회를 세 번 이상 여는 등 갖은 노력을 다했기 때문이다. 그런데 이상하게 들릴지 모르지만 이런 예외적인 인물에 오티스 씨도 포함되었다. 오티스 씨는 개인적으로 젊은 공작을 무척 좋아했지만, 이론적으로는 귀족이라는 작위에 반대했다. 본인의 말을 빌리면 "쾌락을 추구하는 귀족주의의 쇠약해진 영향력 속에서 아무 걱정도 하지 않는다면 공화국의 검소한 원칙은 잊혀지고 만다"는 것이다. 그러나 그의 반대는 완전히 사라졌고, 내가 보기에 해노버 광장의 성 조지 성당의 복도를 딸과 함께 걸어오던 그의 모습은 영국을 통틀어 가장 자부심에 넘쳤다.

신혼여행이 끝난 후 공작과 공작부인은 캔터빌 체이스를 방문했으며, 다음 날 오후 단 둘이 소나무 숲가의 쓸쓸한 교회 묘지를 향해 걸었다. 처음에는 사이먼 경의 묘비명을 두고 큰 어려움이 있었지만, 결국에는 노신사의 이름 머리글자만 간단히 새기고 서재 창문에 있는 시구를 넣기로 결정이 되었다. 공작부인은 들고 온 아름다운 장미를 무덤에 뿌렸고, 잠시 그곳에 서 있다 낡은 수도원의 부서진 성단소를 향해 천천히 걸어갔다. 공작부인이 무너진 기둥 위에 앉아 있는 동안, 남편은 담배를 피우며 그녀의 아름다운 눈을 바라보았다. 그는 갑자기 담배를 집어던지고 그녀의 손을 잡더니 이렇게 말했다. "버지니아, 아내는 남편에게 아무런 비밀도 없어야 해."

"세실! 저는 당신한테 숨기는 게 없는 걸요."

"아니, 있어." 그는 웃으며 말했다. "유령과 함께 있는 동안 당신에게 무슨 일이 있었는지 한 번도 내게 말한 적이 없거든."

"세실, 그건 아무에게도 말한 적이 없어요." 버지니아는 심각하게 말했다.

"알아. 하지만 내게는 말할 수 있을 거야."

"제발 그 일은 묻지 말아요, 세실. 말할 수 없어요. 가여운 사이먼 경! 그분한테 저는 많은 걸 빚졌거든요. 이런, 웃지 말아요, 세실. 정말이에요. 그분은 삶이 무엇이고, 죽음이 어떤 의미인지, 왜 사랑이 삶과 죽음보다 더 강한지 제게 알려주셨으니까요."

공작은 자리에서 일어나 아내에게 애정 어린 키스를 했다.

"당신이 나를 사랑하는 한 그 비밀을 지켜도 좋아." 그는 속삭였다.

"내 사랑은 언제나 당신의 것이에요, 세실."

"그럼 언젠가 우리 아이들한테는 말해줄 생각이겠지?"

버지니아는 얼굴을 붉혔다.

벽 그림자
The Shadows on the Wall (1902)

메리 윌킨스 프리먼
Mary Wilkins Freeman

메리 윌킨스 프리먼Mary Wilkins Freeman(1852~1930)은 매사추세츠의 란돌프에서 태어났으나, 집안의 경제 사정의 악화로 인해 브래틀버러로 이주한 뒤 그곳에서 고등학교를 마쳤다. 생계를 위해 어린이 잡지에 소설과 동시를 발표하면서 작품 활동을 시작했다. 1876~1883년 사이에 부모와 형제가 모두 죽고 홀로 남게 되었는데, 오히려 이러한 변화가 그녀에게 작가로서의 새 삶을 시작할 수 있도록 해주었다. 1880년대에는 뉴잉글랜드 여성들의 내적 갈등을 다룬 단편들이 큰 호응을 얻었다. 특히 《조심스러운 로맨스 외A Humble Romance and Other Stories》, 《뉴잉글랜드의 수녀 외A New England Nun and Other Stories》 등의 단편집은 그녀에게 직접성, 단순성, 설득력을 지닌 리얼리스트로서의 명성을 가져다주었다. 1902년 50세가 다 되어서야 찰스 프리먼과 결혼했으며, 1930년에 심장 마비로 사망했다. 뉴잉글랜드의 몰락해가는 농촌 마을을 소재로 한 지방색이 풍부한 작품을 통해 유명해졌으나, 근래 연구자들은 미혼 여주인공의 성격에 대한 섬세한 묘사, 널리 알려진 유령 이야기들, 버려진 아이들에 관한 이야기들에 주목하고 있다. 특히 그녀의 유령 이야기들은 오늘날 주목을 받고 있는데, 이 작품들은 그 시대의 많은 여성 작가들이 자신들에게 가해졌던 사회, 경제적 억압을 간접적으로 드러내기 위한 수단으로서 유령 이야기를 사용했다는 주장을 뒷받침하는 훌륭한 사례 중 하나이다.

"밤에 서재에서 에드워드가 헨리와 이야기를 나누다가 죽었어."
캐럴라인 글린이 말했다.

그녀는 지긋한 나이에 키가 크고 깡마른 체구로 굳은 얼굴에는 핏기 하나 없었다. 그녀의 말투는 표독스럽지는 않지만 몹시 심각했다. 그녀의 동생으로 약간 통통하고 혈색이 붉은 레베카 앤 글린은 언니의 말을 수긍하듯 숨죽이며 잿빛 머리칼 사이로 입김을 훅 불었다. 그녀는 넓게 주름이 잡힌 검은 명주옷 차림으로 소파 구석에 앉아서, 언니 캐럴라인에게서 스티븐 브리검 부인을 향해 겁먹은 시선을 옮기고 있었다. 한때 에마 글린으로 불렸던 스티븐 브리검 부인은 가족 중에서 알아주는 미인이었고, 아직도 화려하게 농익은 매력을 발산하며 여전한 아름다움을 뽐내고 있었다. 그녀의 풍만한 자태로 꽉 채워진 커다란 안락의자가 부드럽게 앞뒤로 흔들리는 동안, 검은 명주옷이 살랑거렸고 가장자리 주름 장식은 가볍게 하늘거렸다. 죽음의 충격조차(그녀의 동생 에드워드는 그 집에 시체로 누워 있었다) 겉으로 드러나는 그녀의 경쾌한 행동을 방해하지는 못했다. 에드워드는 막내였고, 그녀는 몹시 그를 아꼈지만 시련의 물결 한복판에서도 자부심을 잃지 않으려고 애썼다. 그녀는 파란만장한 삶을 살았지만 언제나 한결같은 화려한 자태로 흔들리는 모습을 보이지 않으려고 의식적으로 노력해왔다.

그러나 그녀의 알아주는 평정심도 캐럴라인의 말과 레베카 앤의 두렵고 고뇌에 찬 반응 앞에서는 변화를 보였다.

"헨리라면 임종을 앞둔 불쌍한 에드워드의 성격을 누그러뜨릴 줄 알았어." 캐럴라인은 불그스름하고 아름다운 입술을 일그러뜨리며 볼멘소리로 말했다.

"물론 헨리도 몰랐겠지." 레베카 앤은 마음의 동요를 억제하느라 기이할 정도로 목소리를 죽이고 중얼거렸는데, 잔뜩 부풀어오른 가슴에서 어떻게 그처럼 새된 소리가 나오는지 무심코 돌아보게 만들 정도였다.

"그럼 당연히 몰랐겠지." 캐럴라인이 빠르게 말했다. 그녀는 미심쩍은 듯 날카로운 표정으로 동생을 바라보며 말했다. "헨리가 어떻게 알았겠어?" 그러고는 상대방의 반응을 예상한 것처럼 약간 움츠러들었다. "물론 헨리가 몰랐다는 건 나나 너나 모두 알고 있는 일이야." 그녀는 단호하게 말했지만, 안색은 전보다 더 창백해졌다.

레베카는 또 숨을 헐떡였다. 결혼한 언니, 에마 브리검 부인은 안락의자의 흔들림을 멈춘 채 의자에 꼿꼿하게 앉아서, 느닷없이 그 가족의 일원이 된 것처럼 물끄러미 두 사람을 바라보고 있었다. 강렬한 감정이 드러나 서로 닮은 얼굴의 윤곽이 도드라지자, 세 자매가 한 가족이라는 사실이 분명해졌다.

"무슨 소리야?" 그녀는 침착하게 말했다. 그런 그녀도 역시 누군가의 답변을 예상하고 움츠러드는 것 같았다. 그리고 뭔가를 무마하려는 듯 크게 웃기까지 했다. "아무 의미도 없는 소리겠지." 그녀는 그렇게 말했지만, 얼굴에는 여전히 움찔한 공포의 표정이 묻어 있었다.

"누구도 의미 있는 말은 하지 않아." 캐럴라인은 단호하게 말했다. 자리에서 일어난 그녀는 불길하면서도 단호한 표정을 지은 채 문가로 걸어갔다.

"어디 가는 거야?" 브리검 부인이 물었다.

"볼일이 있어." 캐럴라인이 대답하자, 다른 두 사람은 곧바로 시신이 안치된 방에서 해야 할 엄숙하고도 슬픈 의무를 떠올렸다.

"이런," 브리검 부인이 말했다.

캐럴라인의 등 뒤로 문이 닫히자, 그녀는 레베카를 향해 돌아앉았다.

"헨리가 에드워드와 얘기를 오래 나눴어?" 그녀는 물었다.

"아주 큰 소리로 얘기를 나누던걸." 레베카는 얼버무리며 대꾸했지만, 재빨리 치켜뜬 그녀의 푸른 눈동자는 상대방의 궁금증에 금방이라도 답해줄 것처럼 반짝였다.

브리검 부인은 그녀를 바라보았다. 부인은 여전히 안락의자의 흔들림을 멈춘 채, 꼿꼿이 앉아서 아름답게 늘어뜨린 적갈색 머리칼 사이로 이마를 약간 찌푸리고 있었다.

"그럼, 뭐 들은 얘기라도 있어?" 그녀는 문가를 힐끔거리며 조용히 물었다.

"남쪽 응접실의 복도를 지나는데 문이 조금 열려 있더라고." 레베카는 얼굴을 약간 붉히며 대답했다.

"그럼 너 분명히……."

"일부러 엿들은 게 아니야."

"전부?"

"거의."

"무슨 얘기였어?"

"옛날 얘기."

"헨리는 미친 것 같아. 늘 그랬잖아. 에드워드가 아버지한테 물려받은 돈을 다 탕진하고 이 집에서 무일푼으로 지내고 있었으니까."

레베카는 겁에 질려 문가를 흘긋거리며 고개를 끄덕였다.

에마가 다시 말하기 시작했을 때는 목소리가 전보다 훨씬 낮아져 있었다. "헨리가 그러는 건 나도 알지." 그녀는 말했다. "늘 지나치게 절약하면서 죽어라 일만 했으니까. 에드워드는 쓰기만 했으니, 헨리 눈에는 사치하는 것으로 보였을 거야. 실제로는 아닌데 말이야."

"그럼, 아니지."

"재산을 물려준 아버지의 방식이 그랬으니까. 자식들이 모두 이곳에다 둥지를 틀어야 한다고. 그래서 우리가 모두 집에 있을 때는 뭐든 생활하는 데 부족하지 않을 만큼 돈을 남겨 놓으셨잖아."

"맞아."

"에드워드는 아버지의 유언에 따라 이 집에 있을 권리가 있어. 헨리도 그 사실을 되새길 수밖에."

"그래, 그럴 수밖에 없지."

"헨리가 심한 말이라도 했어?"

"내가 듣기로는 아주 심했어."

"뭐라든?"

"더 이상 이곳에 볼일이 없으니 떠나는 게 좋겠다고."

"그러니까 에드워드는 뭐라고 했어?"

"살아서도 죽은 후에도 여기서 살겠다고 말하던데. 그리고 만약 헨리가 싫다면, 자기를 내쫓아주었으면 좋겠다고. 그리고……."

"그리고?"

"웃었어."

"헨리는?"

"헨리의 말은 못 들었지만……."

"못 들었지만?"

"헨리가 방에서 나오는 걸 봤어."

"제정신이 아니었겠네?"

"그런 모습이야 언니도 많이 봤잖아."

에마는 고개를 끄덕였다. 겁에 질린 표정이 더 또렷해졌다.

"헨리가 에드워드를 할퀸 고양이를 죽인 거 기억하지?"

"그럼. 기억하지!"

그때 캐럴라인이 돌아왔다. 그녀는 장작이 타고 있는 난로까지 걸어가서 —— 쌀쌀하고 음울한 가을날이었다 —— 차가운 물로 닦느라 벌게진 두 손을 불에 쬐었다.

브리검 부인은 그녀를 바라보며 망설였다. 그녀가 힐끔거린 문은 여전히 약간 열려 있었는데, 여름의 습기에 부풀어서 원래 제대로 닫기가 어려웠다. 그녀는 자리에서 일어나 집이 삐거덕거릴 정도로 힘껏 문을 밀었다. 레베카는 깜짝 놀라 하마터면 소리를 지를 뻔했다. 캐럴라인은 못마땅한 표정으로 그녀를 바라보았다.

"이제 마음을 다잡을 때야, 레베카." 그녀는 말했다.

"어쩔 도리가 없어." 레베카는 거의 울먹이며 말했다. "신경이 곤두서 있어. 그럴 이유가 충분하다고. 신은 아실 거야."

"그게 무슨 소리니?" 캐럴라인은 예의 그 의심하는 듯한 매서운 말투로 다그쳤는데, 대답을 재촉하면서도 막상 그것을 두려워하는 느낌이었다.

레베카는 움찔했다.

"아무것도 아니야." 그녀는 말했다.

"그러면 그런 식으로 말하지 마."

에마는 문을 닫고 돌아서서 다급한 음성으로 문이 꽉 닫히지 않으니 고쳐야겠다고 말했다.

"며칠 불을 때면 괜찮아질 거야." 캐럴라인이 대답했다. "문짝을 고친다고 해서 달라질 건 없어. 문지방이 갈라질 테니까."

"에드워드한테 한 말 때문에 헨리는 아마 후회하고 있을걸." 브리검 부인이 불쑥 말했지만, 목소리는 거의 알아들을 수 없었다.

"닥쳐!" 캐럴라인은 몹시 두려운 눈빛으로 닫힌 문을 힐끔거리며 말했다.

"문을 닫았으니 아무도 못 들을 거야."

"문을 닫아도 헨리는 들을 거야. 게다가……."

"흠, 헨리가 내려오기 전에 할 말은 해야겠어. 나는 헨리가 무섭지 않아."

"누가 헨리를 무서워한대! 헨리를 무서워해야 하는 이유라도 있어?" 캐럴라인이 다그쳤다.

브리검 부인은 언니의 표정을 보고 몸을 떨었다. 레베카는 또 숨을 헐떡였다. "물론 그럴 이유야 없지. 있을 까닭이 없잖아?"

"그럼, 말을 고쳐서 다시 할게. 내 말은 누군가 우리 얘기를 엿들을 지도 모른다고 생각하니 찜찜하다는 뜻이야. 알고 있겠지만, 미랜다 조이가 남쪽 응접실에서 바느질을 하고 있잖아."

"미랜다는 박음질을 하려고 위층에 갔을걸."

"그랬지. 하지만 지금은 다시 내려왔어."

"어쨌든 우리 얘기는 못 들을 거야."

"다시 말하겠는데, 헨리는 후회하고 있을 거야. 에드워드가 죽기 전날 그런 얘기를 하고도 마음이 편할 리 없잖아. 에드워드는 헨리에 비해 속내를 숨기지 못했어. 그게 그 아이의 결점이니까. 불쌍한 에드워드가 자꾸만 떠올라."

브리검 부인은 큼지막한 손수건을 레베카에게 내밀었다. 레베카는 내놓고 흐느꼈다.

"레베카," 캐럴라인은 마음을 다잡듯 마른침을 꿀꺽 삼키며 거친 입술로 타이르듯 말했다.

"간밤에 헨리와 벌인 말다툼 외에, 나는 한 번도 에드워드가 싸우는 소릴 들은 적이 없어. 물론 나는 모르겠지만, 레베카가 들은 얘기가 그렇다잖아." 에마가 말했다.

178 메리 윌킨스 프리먼

"다툼이라기보다는 조용하고 부드럽고 무거운 분위기였어." 레베카는 코를 훌쩍였다.

"에드워드는 목소리를 높인 적이 없어." 캐럴라인이 말했다. "하지만 그 아이만의 방식이 있었지."

"이번 경우에는 에드워드한테 그럴 권리가 충분했어."

"맞아, 그럴 만했지."

"에드워드도 헨리만큼 이 집에 권리가 있으니까." 레베카는 흐느꼈다. "게다가 지금은 저 세상 사람인걸. 아버지가 남겨준 이 집과 우리 품으로 다시는 돌아올 수 없잖아."

"에드워드가 왜 죽었다고 생각하는데?" 에마는 전보다 거친 목소리로 물었다. 그녀는 언니를 쳐다보지 않았다.

가까운 안락의자에 앉은 캐럴라인이 발작적으로 주먹을 꽉 쥐는 바람에 손가락 마디가 하얗게 변했다.

"내가 말했을 텐데."

캐럴라인의 말에, 손수건으로 입을 막은 레베카는 겁에 질리고 물기 어린 눈을 들었다.

"알아. 에드워드가 복통이 심해 경련을 일으켰다고 언니가 말했으니까. 하지만 에드워드가 죽은 게 정말 그 때문이라고 생각하는 거야?"

"헨리는 위경련이라고 했어. 에드워드가 만성 소화불량에 시달렸다는 건 너희들도 알잖아."

브리검 부인은 잠시 망설이다가 말했다. "부검을 해본다든지, 뭐, 그런 얘기라도 있었어?"

그때 캐럴라인이 그녀를 매섭게 쏘아보았다.

"아니." 그녀는 떨리는 목소리로 말했다. "없었어."

세 자매의 영혼은 서로의 눈을 통해 오싹하게 이해된 하나의 공유점에서 만난 것 같았다. 방문의 낡은 빗장이 덜커덕거렸는데, 흔들리기만 할 뿐 열리지는 않았다. "헨리야." 레베카가 한숨처럼 말했다. 소리 없이 안락의자로 돌아간 브리검 부인이 자세를 추스른 뒤 편안히 머리를 기대고 안락의자를 앞뒤로 흔들거릴 때, 마침내 문이 열리고 헨리 글린이 들어왔다. 그는 은밀하면서도 예리하고 약삭빠른 눈초리로 애써 침착함을 가장하고 있는 브리검 부인을 힐끔거렸다. 그리고 소파의 한쪽 구석에서 말없이 얼굴에 손수건을 부산히 갖다대고 있지만 강아지처럼 발개진 한쪽 귀 때문에 경계심을 숨기지 못한 레베카에게서, 난롯가 안락의자에 경직된 모습으로 앉아 있는 캐럴라인에게로 그의 눈빛이 차례로 스쳐 지나갔다. 캐럴라인은 자신을 사로잡은 까닭 모를 두려움과 헨리에 대한 반발심으로 잔뜩 굳어서 그를 마주보았다.

헨리 글린은 그녀들 중 캐럴라인을 가장 많이 닮은 사람이었다. 둘 다 행동거지와 외모가 엄했고, 둘 다 키가 크고 깡마른 체구였으며, 둘 다 희끗해지고 숱이 없는 금발 머리칼을 도도한 이마 뒤로 넘겼으며, 둘 다 고귀한 독수리 관상이었다. 감정이 굳어진 두 개의 대리석 조각상처럼 두 사람은 끄떡도 않고 냉담하게 서로를 바라보았다.

이윽고 헨리 글린이 미소를 머금었고, 그 미소는 그의 얼굴에 변화를 가져왔다. 갑자기 젊게 보이는 그의 얼굴은 거의 소년처럼 무모하고 우유부단한 분위기마저 풍겼다. 그는 전체적인 인상과 어울리지 않는 당황한 몸짓으로 급히 의자에 앉았다. 의자 등받이에 머리를 기대고 다리를 꼰 그는 히죽 웃으며 브리검 부인을 바라보았다.

"정말이지, 에마, 날이 갈수록 젊어지는데."

그녀의 얼굴이 약간 발그레해졌고, 잔잔한 입가가 벌어졌다. 그녀는 칭찬에 민감했다.

"오늘은 우리들 중에서 다시는 늙지 않을 한 사람을 생각해야 하는 날이야." 캐럴라인이 엄하게 말했다.

헨리는 여전히 싱글거리며 그녀를 바라보았다. "물론이지. 우리 중에서 그걸 모르는 사람은 없지." 그는 웅숭깊고 부드러운 목소리로 말했다. "하지만 살아가는 얘기도 해야 하잖아, 캐럴라인. 게다가 에마와 난 아주 오랜만에 만났다고. 산 사람도 죽은 사람만큼 중요하지."

"나는 아니야." 캐럴라인이 말했다.

그녀는 자리에서 일어나 또 한번 갑작스레 방을 나갔다. 레베카도 일어나더니 엉엉 울면서 그녀의 뒤를 쫓아갔다.

헨리는 느긋하게 그들의 뒷모습을 바라보며 말했다.

"캐럴라인은 완전히 신경 쇠약이야."

브리검 부인이 안락의자를 흔들기 시작하자, 그는 뭔가 확신에 차서 그녀를 훔쳐보았다. 그 확신과 상관없이 그녀는 아주 편하고 자연스럽게 말했다.

"너무 갑작스럽게 죽었어."

헨리의 눈꺼풀이 살짝 떨렸지만 시선은 흔들림이 없었다.

"맞아." 그는 말했다. "정말 갑작스러운 일이야. 아프다고 한 지 몇

The Shadows on the Wall

시간 만에."

"무슨 병이라고 했지?"

"위장병."

"부검해볼 생각도 안 했다면서?"

"그럴 필요가 없었어. 사인은 확실해."

돌연, 브리검 부인은 자신의 영혼을 천천히 뒤덮는 생생한 공포를 느꼈다. 그가 한 말의 여운이 사라지기도 전에 싸늘한 냉기가 그녀의 살갗을 파고들었다. 그녀는 휘청거리며 자리에서 일어섰다.

"어디 가려고?" 헨리는 이상하게 숨죽인 목소리로 물었다.

브리검 부인은 상복을 바느질해야 한다는 말을 두서없이 하고는 방을 빠져나갔다. 그녀는 건물 앞쪽에 있는 자신의 이층 방으로 올라갔다. 그곳에는 캐럴라인이 있었다. 그녀는 언니에게 가까이 다가가 팔을 잡았고, 두 자매는 서로를 바라보았다.

"아무 말도 하지 마. 아무 말도. 나는 할 말 없어!" 이윽고 캐럴라인이 섬뜩하게 속삭였다.

"아무 말 안 할게." 에마가 대답했다.

그날 오후 세 자매가 일층의 남쪽 응접실 맞은편에 있는 커다란 서재에 모여 있는 동안, 어둠이 내려앉았다.

브리검 부인은 검은색 옷가지를 손질하고 있었다. 그녀는 희미한 빛을 좇아 서쪽 창가에 바짝 다가앉아 있었다. 결국 그녀는 옷감을 무릎에 올려놓았다.

"안 되겠어. 불빛이 없어서 바늘땀이 안 보여." 그녀는 말했다.

탁자 앞에서 편지를 쓰고 있던 캐럴라인은 늘 하던 대로 소파에 앉아 있는 레베카 쪽으로 몸을 돌렸다.

"레베카, 네가 등불 좀 가져오는 게 좋겠어."

레베카가 벌떡 일어섰다. 어스름 속에서도 그녀의 얼굴에 드러난 동요의 빛이 보였다.

"내가 보기엔 아직 등불이 없어도 될 것 같아." 그녀는 애원하는 아이처럼 가련한 목소리로 말했다.

"아니, 있어야 돼." 브리검 부인은 가차 없이 말했다. "등불이 있어야 해. 오늘밤까지 손질하지 않으면 내일 장례식에 갈 수가 없어. 이젠 어두워서 바늘땀을 더 이상 볼 수가 없다니까."

"캐럴라인 언니는 글자도 보잖아. 언니보다 창가에서 더 멀리 떨어져 있는데도."

"레베카 글린, 석유를 아끼려는 거니, 아니면 게으름을 피우는 거니?" 브리검 부인이 소리쳤다. "내가 직접 가져올 수도 있지만, 지금 무릎에 일감이 가득 놓여 있잖아."

캐럴라인의 펜이 편지 위에서 멈추었다.

"레베카, 등불이 필요해." 그녀가 말했다.

"등불을 이리 가져오는 게 나을까?" 레베카는 힘없이 물었다.

"당연하지! 왜 그래?" 캐럴라인이 거칠게 소리쳤다.

"장례식 때문에 깨끗이 치워놓은 다른 방으로 바느질감을 가져가고 싶지는 않아." 브리검 부인이 말했다.

"쳇, 등불 때문에 이런 법석을 떨었다는 소린 한 번도 못 들어봤어."

레베카는 일어서서 방을 나갔다. 얼마 안 있어 그녀는 하얀색 자기

차양이 있는 커다란 등잔 한 개를 가지고 돌아왔다. 등잔은 창가 맞은편 벽에 있는 구식의 카드놀이용 탁자에 올려졌다. 그 벽에는 다른 세 개의 벽과는 달리 책장이 없었다. 벽에는 세 개의 문이 있고, 그 사이 자투리 공간에는 카드놀이용 탁자가 놓여 있었다. 탁자에는 광택이 나고 초록빛 문양이 불규칙하게 그려진 예스러운 종이가 깔려 있고, 벽면 높은 곳에는 금박을 입히고 검은색 테두리가 있는 상아 판에 새겨진 그들 어머니의 어린 시절 초상화가 걸려 있었다. 초상화 아래에 등잔이 놓이자, 상아 판의 작고 아름다운 얼굴이 생동감 있게 빛을 발하기 시작했다.

"등잔을 왜 거기에 올려놓는 거야?" 브리검 부인은 평소보다 더 성마른 목소리로 말했다. "왜 이쪽으로 가져오지 않는 거야. 그 탁자에 올려놓으면 나도 언니도 볼 수가 없잖아."

"언니들이 자리를 옮기면 되잖아." 레베카는 쉰 목소리로 대답했다.

"자리를 옮겨도 우리 둘이 그 탁자 앞에 앉을 수는 없어. 캐럴라인 언니는 편지지를 사방에 펼쳐놓으니까. 방 한복판에 있는 탁자에 등잔을 갖다놓으면 우리 둘 다 볼 수 있잖아?"

레베카는 망설였다. 그녀의 안색은 몹시 창백했다. 캐럴라인이 몹시 싫어하는 것을 알면서도 그녀는 애원하는 표정으로 언니를 바라보았다.

"에마 말대로 이 탁자에다 올려놓으면 되잖아?" 캐럴라인은 거의 독살스러운 목소리로 말했다. "대체 왜 그러는 거야, 레베카?"

"언니가 왜 진작 그 소리를 안 했을까 생각했어." 브리검 부인이 말했다. "레베카는 정말 이상하게 굴고 있어."

레베카는 아무 말 없이 방 한가운데 있는 탁자로 등잔을 옮겨놓았다. 그러고는 재빨리 돌아와서는, 소파에 앉아 한 손으로 차양처럼 눈을 가렸다.

"불빛에 눈이 아파서 등잔을 안 가져오려고 했던 거야?" 브리검 부인이 부드럽게 물었다.

"나는 언제나 어둠 속에 앉아 있는 게 좋아." 레베카는 목이 메어 말했다. 호주머니에서 서둘러 손수건을 꺼내든 그녀는 흐느끼기 시작했다. 캐럴라인은 계속 편지를 썼고, 브리검 부인은 계속 바느질을 했다.

바느질을 하던 브리검 부인이 갑자기 맞은편 벽을 흘긋 보았다. 그녀의 시선은 그대로 벽에 못 박히듯 멈추었다. 그녀는 바느질을 멈추고 눈에 바짝 힘을 주었다. 이윽고 시선을 거두어 몇 땀을 더 뜨던 그녀는 다시 벽을 바라보았고, 잠시 뒤 또다시 바느질을 하기 시작했다. 마침내 그녀는 바느질감을 무릎에 올려놓고 벽면을 빤히 바라보기 시작했다. 방 안을 둘러보니 여러 가지 물건들이 눈에 띄었다. 그녀는 맞은편 벽을 오랫동안 골똘히 바라보았다. 그리고 형제들에게로 시선을 옮겼다.

"저게 뭐지?"

"뭐?" 캐럴라인이 거칠게 물었다. 종이를 긁는 펜촉 소리가 요란했다.

레베카는 발작적으로 숨을 헐떡였다.

"저 벽에 있는 이상한 그림자 말이야." 브리검 부인이 대답했다.

벽 그림자 *The Shadows on the Wall*

레베카는 얼굴을 가리고 앉아 있었다. 캐럴라인은 펜을 잉크병에 담갔다.

"고개를 들어서 보라니까?" 브리검 부인은 미심쩍고 마음이 퍽 상한 양 말했다. "윌슨 부인이 장례식에 참석할 것인지 제때 답장을 받으려면 이 편지를 빨리 끝내야 해." 캐럴라인은 무뚝뚝하게 대답했다.

바느질감을 바닥에 살짝 내려놓고 자리에서 일어난 브리검 부인은, 그림자에서 시선을 떼지 않은 채 이런저런 가구를 움직여보며 방 안을 오갔다.

갑자기 그녀가 날카롭게 외쳤다.

"저 소름 끼치는 그림자를 봐! 저게 뭐지? 캐럴라인, 봐, 보란 말이야! 레베카, 봐! 저게 뭐냐고?"

브리검 부인의 도도한 평정심은 온데간데없이 사라졌다. 그녀의 아름다운 얼굴은 공포에 사로잡혀 흙빛으로 변해 있었다. 그녀는 딱딱하게 굳어서 그림자를 가리켰다.

"봐!" 그녀는 손가락으로 가리키며 말했다. "보란 말이야! 저게 뭐냐니까?"

레베카는 불안한 시선으로 벽을 흘긋 보더니 격렬히 울부짖었다.

"오 이런, 캐럴라인 언니, 또 나타났어! 또 나타났어!"

"캐럴라인 글린, 저걸 보라니까!" 브리검 부인이 말했다. "봐! 저 끔찍한 그림자가 뭐냐고?"

캐럴라인은 자리에서 일어서 벽을 향해 돌아섰다.

"내가 어떻게 알아?" 그녀는 말했다.

"에드워드가 죽은 후부터 매일 밤 저기에 나타났어." 레베카가 소리쳤다.

"매일 밤?"

"그래. 에드워드는 목요일에 죽었고 오늘은 토요일이야. 사흘 밤 동안 저게 나타났어." 캐럴라인은 또박또박 말했다. 그녀는 강한 의지로 자신을 꽉 붙들어, 흔들림 없이 서 있는 것 같았다.

"저, 저건, 흡사하잖아, 마치……." 브리검 부인은 강렬한 공포에 짓눌려 말을 더듬었다.

"뭘 닮았는지는 나도 잘 알아." 캐럴라인이 말했다. "나도 눈이 있으니까."

"에드워드를 닮았어." 겁에 질린 레베카가 광적인 흥분 상태에 빠진 것처럼 버럭 소리를 질렀다. "다만……."

"그래, 맞아." 브리검 부인은 동생과 똑같이 겁에 질려 맞장구를 쳤다. "다만……. 이런, 너무 무서워! 언니, 저게 뭐지?"

"내가 묻고 싶은 말이라니까. 내가 어떻게 아느냐?" 캐럴라인이 대답했다. "나도 너처럼 보고 있을 뿐이야. 너보다 뭘 더 알 수 있겠니?"

"방 안에 뭔가 있는 게 틀림없어." 브리검 부인이 황망히 방 안을 둘러보며 말했다.

"그림자가 나타난 첫날 밤에 이 방에 있는 걸 다 옮겨놓았어." 레베카가 말했다. "방 안에는 아무것도 없어."

캐럴라인은 격분한 듯 동생에게 돌아섰다. "물론 방 안에 뭔가가 있지." 그녀는 말했다. "너, 왜 자꾸 이상하게 구는 거야! 지금 무슨 뜻으로 말을 한 거지? 그래, 이 방에 있는 물건 때문이겠지."

"그래, 뭔가 있어." 브리검 부인은 의혹에 가득 찬 눈초리로 캐럴라인을 바라보았다. "그래, 틀림없어. 우연이겠지. 어쩌다가 생긴 거야. 아마 창문의 커튼 때문일지도 몰라. 방 안에 뭔가 있다고."

"방 안에는 아무것도 없어." 좀처럼 두려움을 떨치지 못한 레베카가 좀 전의 말을 되풀이했다.

문이 갑자기 열리고 헨리 글린이 들어왔다. 다른 사람들의 시선을 좇던 그는 벽의 그림자를 발견하고, 똑바로 노려보며 우두커니 서 있었다. 사람의 크기만한 그것은 사각의 흰색 문을 지나 초상화가 걸려 있는 벽면까지 드리워져 있었다.

"저게 뭐야?" 그는 기묘한 목소리로 물었다.

"방 안에 뭔가 있는 게 틀림없어." 브리검 부인이 힘없이 말했다.

"방 안에 있는 것 때문이 아니야." 레베카는 변함없이 공포에 짓눌린 채 말했다.

"정말 바보처럼 구는구나, 레베카 글린." 캐럴라인이 말했다.

헨리 글린은 벽면을 응시하며 좀더 서 있었다. 그의 얼굴에는 공포와 확신에 이어 난폭한 의혹의 표정까지 온갖 감정이 드러났다. 그는 갑자기 방 안을 이리저리 오가기 시작했다. 신경질적으로 가구를 움직이며 그 결과를 확인하려고 벽면의 그림자를 바라보곤 했다. 그러나 그 섬뜩한 그림자는 조금의 변화도 보이지 않았다.

"방 안에 뭔가 있어." 그의 목소리는 채찍을 휘두르는 것 같았다.

그의 안색은 변해 있었다. 얼굴의 특징이 흐릿해지는 동안, 본연의 가장 깊숙한 비밀이 또렷이 드러나는 것 같았다. 소파 옆에 선 레베카는 무엇에 홀린 듯이 애처로운 눈길로 그를 바라보았다. 브리검 부인은 캐럴라인의 손을 덥석 붙잡았다. 두 사람은 그에게서 떨어져 한쪽 구석에 서 있었다. 잠시 후 그는 철창에 갇힌 야생 동물처럼 날뛰기 시작했다. 가구란 가구는 모조리 움직여보았다. 그래도 그림자에 아무런 변화가 없자, 그는 누이들이 지켜보는 가운데 가구들을 바닥에 내동댕이치기 시작했다.

그러다가 갑자기 멈춘 그는, 웃음을 터뜨리더니 내동댕이친 가구들을 다시 제자리에 세우기 시작했다.

"어처구니가 없군." 그는 거리낌 없이 말했다. "그림자 때문에 이런 난리를 피우다니."

"맞아." 브리검 부인은 겁먹은 목소리를 누그러뜨리려고 애쓰면서 옆에 있는 의자를 들어올렸다.

"에드워드가 아끼던 의자를 망가뜨렸어." 캐럴라인이 말했다.

공포와 분노의 표정이 그녀의 얼굴에 뒤엉켰다. 입술은 앙 다물어져 있었고, 두 눈은 움찔하는 기색이었다. 헨리는 걱정스러운 낯빛으로 의자를 집어 들었다.

"괜찮은데 뭐." 그는 기분 좋게 말한 뒤, 누이들을 바라보며 또 한 번 크게 웃었다. "내가 겁을 준거야?" 그는 말했다. "지금쯤이면 내게 익숙해져 있어야지. 궁금한 건 못 참는 내 성질 알잖아. 그림자가 하도 이상하기에 지체 없이 그 원인을 찾아본 것뿐이야."

"궁금증을 해결하지 못한 것 같구나." 캐럴라인은 벽을 흘긋거리며 메마른 음성으로 말했다.

헨리의 시선이 그녀를 따라갔고, 그는 눈에 띌 정도로 몸을 떨었다.

"맞아, 무슨 그림자인지 모르겠네." 그는 또 웃었다. "그림자의 정체나 궁금해 하는 얼간이가 됐군."

그때 마침 저녁 식사를 알리는 벨소리가 들려오자, 그들은 모두 방을 나갔다. 그러나 헨리는 방을 나가면서 벽을 다시 바라보았다.

브리검 부인은 캐럴라인 옆에 바짝 붙어서 복도를 걸어갔다. "악마 같으니!" 그녀는 언니의 귀에 대고 속삭였다.

헨리는 아이처럼 이리저리 눈치를 살피며 복도를 걸었다. 그 뒤를 레베카가 따랐지만, 그녀는 무릎이 후들거리는 듯 걷기조차 힘들어 보였다.

"오늘밤에는, 그 방에 다시 가지 않을 거야." 저녁 식사를 끝낸 후 그녀는 캐럴라인에게 속삭였다.

"알았어. 우리 모두 남쪽 응접실에 있자구나." 캐럴라인이 대답했다. "남쪽 응접실에 있으면 괜찮겠지." 그녀의 목소리가 커졌다. "서재처럼 습기가 많지 않으니까. 감기 기운이 있거든."

그들은 저마다 바느질감을 들고 남쪽 응접실에 모여 앉았다. 헨리는 등잔이 놓인 탁자 가까이에 앉아 신문을 읽었다. 아홉 시 정각이 되자 그는 벌떡 일어서더니 서재로 난 복도로 나갔다. 세 자매는 서로 눈길을 주고받았다. 브리검 부인은 착 달라붙은 치맛자락을 쥐고 자리에서 일어서더니 살금살금 문가로 향했다.

"뭐 하려고?" 레베카가 불안하게 물었다.

"무슨 짓을 하나 보려고." 브리검 부인이 조심스레 대답했다.

그녀는 복도 너머 서재를 가리켰다. 서재의 문이 약간 열려 있었다. 헨리는 문을 꽉 닫으려고 했지만, 너무 세게 밀어붙이는 바람에 문짝이 약간 밀려난 것이다. 문틈에서 불빛이 새어나왔다. 복도에는 불이 켜져 있지 않았다.

"그냥 잠자코 있어." 캐럴라인은 경계하듯 날카롭게 말했다.

"가서 볼래." 브리검 부인이 단호하게 말했다.

그녀는 안에 받쳐 입은 드레스가 배길 정도로 치맛자락을 꽉 동여매고는 서재 문을 향해 살금살금 걸어갔다. 문 앞에서 멈춰 선 그녀는 조심스레 문틈을 들여다보았다.

남쪽 응접실에서는 레베카가 바느질을 멈추고 휘둥그레진 눈으로 지켜보고 있었다. 캐럴라인은 변함없이 바느질을 하고 있었다. 서재의 문틈을 통해 브리검 부인이 본 것은 이러했다.

기이한 그림자의 원인이 등잔이 놓인 탁자와 벽 사이에 있다고 추측한 헨리 글린은 그곳을 이 잡듯 뒤지는 것도 모자라 아버지의 유품인 낡은 칼로 들쑤시고 있었다. 칼끝이 닿지 않은 곳이 없었다. 그는 벽과 탁자 사이의 공간을 수학적 계산으로 분리해 놓으려는 것 같았다. 냉혹한 분노와 계산에 의해 칼이 휘둘려졌다. 칼날이 불빛에 번뜩였고 그림자는 끄떡도 하지 않았다. 그 모습을 지켜보던 브리검 부인은 공포로 온몸이 얼어붙는 것 같았다.

마침내 헨리는 멈춰 서서 벽의 그림자를 후려칠 듯 위협적으로 칼을 들어올렸다. 브리검 부인은 복도를 살금살금 뒷걸음질 쳐서 남쪽 응접실로 돌아와 자신이 본 것을 말했다.

"정말이지 악마 같아!" 그녀는 조금 전 한 말을 되뇌었다. "언니, 포도주 좀 남은 거 있어? 더 이상 못 참겠어."

"응, 포도주는 많아." 캐럴라인이 말했다. "잠잘 때 마시면 되겠네."

"우리 모두 한 잔씩 하는 게 좋겠어." 브리검 부인이 말했다. "어머 세상에, 언니, 도대체……."

"나한테 묻지도, 말하지도 마." 캐럴라인이 말했다.

"아니야, 그런 게 아니라." 브리검 부인이 말했다. "하지만……."

레베카가 크게 신음 소리를 냈다.

"그건 또 무슨 의미야?" 캐럴라인은 쌀쌀맞게 물었다.

"에드워드가 불쌍해서." 레베카가 말했다.

"네가 에드워드 말고 신음 소리를 낼 이유는 없겠지." 캐럴라인이 말했다. "그밖에는 아무 이유가 없으니까."

"자러 갈래." 브리검 부인이 말했다. "잠을 못 자면 장례식에서 버티지 못할 거야."

잠시 후 세 자매는 각자의 방으로 돌아갔고, 남쪽 응접실은 텅 비었다. 캐럴라인은 헨리에게 이층으로 올라갈 때 불을 끄라고 말했다. 그로부터 한 시간쯤 지난 뒤, 헨리는 서재에 있던 등잔을 가지고 자기 방으로 올라갔다. 그는 등잔불을 탁자에 올려놓고 방 안을 이리저리 오가며 한동안 무언가를 기다렸다. 혈색 좋던 얼굴은 잿빛으로 변해 몰골이 말이 아니었으며, 파란 눈동자는 무시무시한 생각에 취한 것처럼 휑하고 음산했다.

이윽고 그는 등잔을 들고 다시 서재를 찾았다. 방 한가운데에 있는 탁자 위에 등잔을 올려놓자, 벽에 그림자가 다시 솟았다. 그는 다시 한번 가구를 움직이며 살피기 시작했는데, 조금 전처럼 흥분한 기색이 아니라 침착한 모습이었다. 그러나 어떤 것도 그림자에 변화를 주지 못했다. 그는 등잔을 들고 남쪽 응접실로 가서 잠시 기다렸다. 얼마 뒤 다시 서재로 돌아와 탁자에 등잔을 올려놓자, 또다시 벽면에 그림자가 솟았다. 마침내 그가 이층으로 올라간 것은 자정이 지나서였다. 브리검 부인을 비롯해 다른 누이들은 헨리의 행동에 귀를 기울이느라 잠을 이루지 못했다.

다음 날은 장례식이었다. 그날 저녁 그들 가족은 남쪽 응접실에 모여 앉았다. 몇몇 친척들도 함께 있었다. 다른 사람들이 모두 잠자러 가고 등잔불을 든 헨리가 서재에 들어올 때까지 아무도 그곳을 찾지 않았다. 그는 등잔불 앞에서 마치 살아 있는 듯 오싹하게 벽면으로 뛰어오르는 그림자를 또 지켜보았다.

다음 날 아침 식사 시간, 헨리는 사흘 정도 시내에 갔다올 거라고 말했다. 세 자매는 소스라치게 놀라 그를 바라보았다. 그는 집을 떠난 적이 거의 없는 데다 지금은 에드워드의 상중이므로 휴업 중이었다. 그는 의사였다.

"마을의 환자들은 어쩌고?" 브리검 부인이 의아한 표정으로 물었다.

"어쩔 도리가 없어." 헨리는 아무렇지 않게 말했다. "밋포드 박사한테 전보를 받았거든."

"진찰 때문이니?" 브리검 부인이 물었다.

"볼 일이 있어." 헨리가 대답했다.

밋포드 박사는 인근 시내에 사는 헨리의 오랜 동료로서 자문을 구할 일이 있으면 종종 그를 부르곤 했다.

헨리가 나간 뒤, 브리검 부인은 헨리가 밋포드 박사에게 무슨 볼일이 있는지 전혀 이야기하지 않은 점이 너무 이상하다고 캐럴라인에게 말했다.

"모든 게 너무 이상해." 레베카가 몸서리를 치며 말했다.

"무슨 소리니?" 캐럴라인이 매섭게 물었다.

"아무것도 아냐."

그날부터 사흘 동안 아무도 서재를 찾지 않았다. 그러나 헨리가 돌아오기로 한 사흘째 되는 날 마지막 기차가 지나간 후에도 그는 집에 오지 않았다.

"정말 이상한 일이야." 브리검 부인이 말했다. "환자들을 사흘 동안이나 방치하다니. 그것도 이런 와중에 말이야. 중환자들도 몇 명 있다고 들었거든. 게다가 무슨 자문을 사흘 동안이나 한담! 틀림없어, 돌아오지 않을 셈이야. 나로서는 도저히 이해가 안 되는 일이야."

"나도 이해할 수 없어." 레베카가 말했다.

그들은 모두 남쪽 응접실에 있었다. 맞은편 서재에는 불빛이 없었고, 문만 약간 열려 있었다.

브리검 부인이 아무 말 없이 자리에서 벌떡 일어섰다. 그녀도 모르는 어떤 충동에 사로잡힌 것 같았다. 그녀는 소리를 내지 않으려고 또다시 치맛자락을 꽉 동여매고는 서재의 문을 향해 다가갔다.

"등잔도 안 가져가잖아." 레베카가 떨리는 목소리로 말했다.

편지를 쓰고 있던 캐럴라인은 또 다른 등잔을 집어들고 동생을 뒤따라갔다. 레베카는 부들부들 떨면서 자리에서 일어섰지만 차마 발걸음을 옮기지 못했다.

초인종 소리가 났지만, 레베카 외에는 아무도 듣지 못했다. 서재의 반대편에 있는 남쪽 문에서 나는 소리였다. 초인종 소리가 다시 들려올 때까지 망설이던 레베카는 문으로 걸어갔다. 그녀는 외출했던 하인이 돌아온 거라고 생각했다.

한편 캐럴라인과 그녀의 동생 에마는 서재로 들어갔다. 캐럴라인은 탁자에 등잔을 올려놓았다. 그들은 벽을 바라보았다. "오, 이런 세상에." 브리검 부인은 숨죽이며 말했다. "저기, 두 개, 그림자가 두 개야." 두 자매는 서로를 부둥켜안은 채 벽에 비친 오싹한 그림자를 바라보았다. 그때 레베카가 전보를 손에 쥐고 비틀거리며 들어왔다. "여기, 전보가 왔어." 그녀는 숨을 헐떡였다. "헨리가, 죽었대."

제루샤

Xelucha(1896)

매슈 핍스 실
Matthew Phipps Shiel

매슈 핍스 실 Matthew Phipps Shiel(1865~1947)은 아일랜드계로서 서인도제도에서 태어났으며, 런던에서 언어학과 의학을 공부했다. 1895년 그의 첫 소설 《잘레스키 공*Prince Zaleski*》을 출간한 이후부터 《바다의 영주*The Lord of the Sea*》, 《황색 위험*The Yellow Danger*》, 《늙은 여인은 어떻게 집에 왔는가*How the Old Woman Got Home*》, 《자줏빛 구름*The Purple Cloud*》등 연이어 서른 편 이상의 소설을 써냈다. 그 작품들은 대부분 낭만적 미스터리물이거나 세계 정복을 다루고 있는 빠른 호흡의 모험물이며, 나머지 것들은 초자연적이거나 공상과학물에 가깝다. 또한 많은 소설들이 초인의 철학 및 사회학에 대한 실 자신의 담론들을 담고 있으며, 장르를 불문하고 그 특유의 시적 산문체로 씌어져 있다. 특히 초기 소설인 《자줏빛 구름》은 고전적인 '지구 최후의 인간' 이야기로서, 그의 최고 걸작으로 평가된다. 동시대의 작가들에게서 "웰즈의 과학적 특징과 포의 미스터리를 결합시킨, 제국의 상상력을 지닌 작가", "재즈 연주자의 즉흥 연주와 같은 그의 미친 듯한 문장 리듬은 새로운 어법의 기술을 뿜어내는 거품 분수" 등의 호평을 받았지만, 결국 가난 속에서 생을 마감했다. 실의 사후 오직 극소수의 열렬한 애호가들만이 이 잊혀진 천재에 대한 관심을 소생시키기 위해 노력해왔으나, 최근 많은 작품들이 재출간되는 등 그에 대한 새로운 관심이 일어나고 있다.

그는 그녀를 따라 간다……. 그러나 알지 못한다…….
—일기 중에서

삼일 전이라! 그런데도 오래전 같다. 하지만 그때만 생각하면 마음이 심란하고 이성을 잃게 된다. 얼마 전 발작 증세와 똑같은 혼수 상태에 빠졌었다. '무덤, 구더기, 비석', 이것이 내 꿈의 환영들이다. 이 나이에 건장한 체구로 병자처럼 비틀거리며 걷다니! 하지만 곧 괜찮아질 것이다. 정신을 차려야지, 이성을 잃다니 말이야. 삼 일 전이라! 정말이지 오래전 같다. 나는 낡은 편지함을 앞에 두고 바닥에 앉았다가 무심코 코즈모의 편지 뭉치를 발견했다. 이런, 그 편지를 까맣게 잊고 있었어! 너덜너덜 해져버렸잖아. 이러니 나 자신을 더 이상 젊은이라고 부를 수도 없지. 나는 나른하게 추억에 취해 편지를 읽었다. 생각에 골몰하다가는 예의 그 고약한 습관에 빠질 터! 마지막까지 쥐

어쩌다가, 죽기를 바랄 테니까. 또다시 나는 어지러이 돌아가는 미뉴에트의 박자에 따라 비틀비틀 춤을 추었고, 주위에는 가지 달린 촛대의 화려한 불빛과 떠들썩한 주연이 한창이었다. 시바리스의 군주이자 황제, 광인의 프리아포스, 그가 바로 코즈모였다! (프리아포스는 디오니소스와 아프로디테의 아들로 다산과 풍요를 상징한다—옮긴이주) 그가 머물던 로마풍의 별장에는 예상치 못한 작은 방들이 있었는데, 그 방들마다 발판이 달린 높은 침대가 있고, 침대의 옆면과 지붕에는 깨끗한 황금 거울이 설치되어 있었다. 폐병 때문에 그는 꼼짝할 수가 없었다. 결국에는 탁자에 기대어야 했고, 흥이 나기 전까지는 포도주 잔도 겨우 들어올렸다! 엉켜 있는 두 마리의 살진 반딧불이 같던 그의 두 눈! 공허한 인광이 번뜩이던 그 눈동자! 그가 탐욕스러운 병마와 필사적으로 싸우고 있음을 누구라도 알 수 있었다. 그러나 그는 마지막까지 왕다운 미소로 평정을 잃지 않았다. 마지막 날까지 웃고 떠드는 사람들 속에서 파포스는 말할 것도 없고, 케모스와 바알 브올의 모든 의식을 누구보다 훌륭하게 이끌었다. 그는 흥에 겨우면 술자리, 무도회, 어두운 방 어디든 가리지 않았다. 침실은 빛이 들지 않아 칠흑처럼 어두웠다. 비밀 통로로 연결된 그 원형의 공간은 무더운 공기 속에 언제나 향유와 방향(芳香) 수지의 향이 스며들어 있었고, 덜서머(금속현을 때려서 소리를 내는 악기의 일종. 피아노의 원형이다 — 옮긴이주)와 피리 선율이 떠돌았으며, 모로코 가죽으로 만든 백 개의 긴 의자가 빽빽이 놓여 있었다.

여기서 루시 힐은 카코포고의 등에 난 흉터를 소리악의 흉터로 오해하고 그의 가슴에 비수를 꽂았다. 어느 날 아침, 늦게 잠을 깬 왕녀에그라는 공작석 욕조에서 빳빳이 굳은 채 물에 완전히 잠겨 있는 코즈모의 시체를 발견했다.

"하지만 메리메! 말도 안 되지."(코즈모는 그렇게 써놓았다.) "어떻게 제루샤가 죽었다고 생각하는가 말이야! 천하의 제루샤가! 그렇다면, 달빛이 화농으로 시들 수 있을까? 무지개가 벌레에게 갉아 먹힐까? 하! 하! 하! 친구, 함께 웃자꾸나! 제루샤는 지옥에서도 춤판을 벌일걸! 제루샤, 역사상 가장 도도한 매춘부를 떠올리게 하는 여인, 제루샤! 나와 함께 눈물을 흘려라. 마른 눈물이 내 뺨에 흐르는구나! 타르겔리아처럼 교묘하고, 아스파시아(아테네의 이름 높은 화류계 여자—옮긴이주)처럼 세련되고, 삼무 라마트(아시리아의 전설적인 여왕—옮긴이주)처럼 관능적인 여인이여. 그녀는 인간의 육체를, 친구여, 그 은밀한 생기와 기질을 꿰뚫고 있었네. 현존하는 살라망카의 어느 석학보다도 더 자세히 알고 있었지. 맹목적일지언정, 제루샤는 죽지 않아! 생명은 영원한 법. 수의로 불꽃을 덮을 수는 없지. 제루샤! 대체 어디에 있는가? 하늘로 솟아 레다의 딸처럼 별이 되었는지도 모르지. 제루샤는 인도 왕비의 부하를 이끌고 타타르 황제의 왕위를 찬탈코자 힌두스탄으로 향했네. 이제 서쪽은 쓸쓸할 거라고 내가 말하자, 그녀는 입 맞추며 돌아오겠노라 약속했지.

메리메, 자네 얘기도 했다네. '나의 정복자', '여성의 폭군, 메리메'라고 말이지. 흩날리는 그녀의 머리칼에서 온실의 향기가 났고, 자네도 알고 있을 붉은색 머리칼이 올올이 바람에 흩어졌네. 친구여, 옷으로 온몸을 휘감은 그녀는 풀 뜯는 짐승의 눈에 환하게 비친 데이지의 화사함 그 자체였네. 몇 년 전부터 밀턴의 시 한 구절로 인해 눈에 욕망의 불이 붙었다고 그녀는 말했지. '세리카나의 황야, 중국인이 돛단배를 타고, 바람이 등나무 마차를 가볍게 밀어주는 곳.' 나와 사바인은 불꽃이 존재의 전부라고 잘못 생각하고 있었지만, 그녀는 존재의 절반이 아리스토텔레스가 말한 빛이라고 단언했네.《천상위계론(天上位階論)》과 《파우스트》에서 하나의 완벽한 예를 접할 수 있다고, 강렬한 세라핌(인간과 닮은 세 쌍의 날개가 있는 천사—옮긴이주)과 커다란 눈망울의 케루빔(《구약성서》에 나오는 천사. 사랑과 동물. 새의 모습을 한 천상의 존재로 날개가 있다—옮긴이주)이 바로 그것이라고 말하더군. 제루샤는 그것을 합쳐놓은 여자일세. 그녀는 디오니소스를 위해 동방을 정복하고 돌아올걸세. 사자가 끄는 전차를 타고 델리를 유린하고 있다는 소식을 들었지. 그러니 그 소문은 아마 잘못된 것이겠지. 오딘과 아서 왕 같은 인물들처럼 제루샤는 다시 나타날걸세."

　얼마 후 코즈모는 공작석 욕조에 누워 물을 이불 삼아 잠들었다. 영국에 있던 나는 제루샤의 소문을 거의 듣지 못했다. 살아 있다는 말이 들려오면 죽었다는 말이 뒤따랐고, 황야의 옛 도시 타드모르, 지금의 팔미라에 나타났다는 소문도 있었다. 오래전 제루샤가 내게 소돔의 사과 같은 존재가 된 이후, 나는 그녀에게 큰 관심이 없었다. 편지함 옆에 앉아 코즈모의 편지를 읽고 또 읽기 전까지 그녀는 내 기억에서 사라진 지 오래였다.

　지금 나는 낮의 대부분을 잠으로 보내고, 밤이면 어느덧 내 삶의 일부가 되어버린 진정제에 취한 뒤 도시를 배회하는 습관이 굳어졌다. 매혹적이지 않은 어둠은 없는 법이다. 그뿐 아니라 꾸준히 어둠을 경험하는 사람들 중에 고양된 감정과 깊은 외경심을 느끼지 않는 이들은 없을 것이다. 원시성을 벗 삼아 홀로 떠나는 밤의 여정은 엄숙하지 않을 수 없다. 달빛은 반딧불이의 색깔이고, 밤은 무덤의 색깔이다. 밤은 힙노스(그리스 로마 신화에 나오는 잠의 신—옮긴이주)뿐 아니라 타나토스(그리스 로마 신화의 죽음의 신—옮긴이주)를 낳았고, 이시스의 피눈물은 홍수가 되었다. 새벽 세 시, 마차 한 대만 지나가도 천둥소리처럼 들린다. 한번은 새벽 두 시에 어느 모퉁이 근처에서 다리를 구부리고 곁눈질하는 자세로 앉아 죽은 사제를 본 적이 있다. 무릎에 올려놓은 한쪽 팔에서 집게손가락이 꼿꼿이 하늘을 가리키고 있었다. 유심히 살펴보니, 손가락은 비 내리는 오리온자리의 알파 별, 베텔게우스를 가리키고 있었다. 그는 수종으로 죽어서 흉하게 부어 있었다. 그처럼 절대적인 것의 한 가지는 기괴함이며, 밤의 아들 중 하나는 어릿광대이다.

낮에도 상상에 빠져들듯 나는 인적 없는 런던의 어느 광장에서 은방울을 굴리듯 다가오는 금속성의 구둣발 소리를 들은 것 같다. 코즈모를 다시 기억해낸 다음 날인 어느 겨울 새벽 세 시였다. 나는 울타리에 기대서서 무정한 달이 익숙하게 안내하는 대로 흘러가는 구름을 바라보고 있었다. 돌아보자 아주 화려한 옷차림을 한 아담한 체구의 여자가 있었다. 그녀는 곧장 내게로 걸어왔다. 아무것도 쓰지 않은 금발의 머리칼은 목덜미에서 보석 장식과 함께 동그랗게 말려 있었다. 목덜미와 어깨가 지나치게 노출된 그녀는 브라만이 야릇한 환상에서 흙으로 빚어낸 사랑의 여신, 파르바티를 떠올리게 했다.

그녀는 내게 물었다.

"여기서 뭐 하시나요?"

여자의 아름다움에 마음이 설레었다. 역시 밤은 좋은 벗이었다. 나는 대답했다.

"달빛으로 일광욕을 대신하고 있소."

"그 달빛은 빌려온 것이군요." 그녀는 말했다. "드러먼드의 〈시온의 꽃〉에서 가져온 것이니까요."

돌이켜보건대 내가 그 말에 놀랐는지는 기억할 수 없지만, 설사 그랬더라도 당연히 했을 대답을 했다.

"맹세코 아닙니다. 그런데 댁은 이런 곳에 어쩐 일인가요?"

"내가 어디서 왔는지 알 텐데요!"

"매혹적인 모습이군요. 라파스에서 왔군요."

"아니, 더 먼 곳이에요, 귀여운 분! 소호에 있는 무도회에서 왔거든요."

"뭐요?…… 혼자서요? 이렇게 추운 날씨에? 걸어서……?"

"물론이죠, 나는 나이 많은 현자인 걸요. 당신을 산양자리에서 저 너머 안드로메다까지 보낼 수도 있지요. 신사분, 사람들은 달의 넓은 면에 공기가 있다는 그릇된 생각을 하고 있지요. 내게 이성적으로 말하라면, 눈꺼풀이 유리처럼 투명한 생물체가 화성에 살고 있다고 할 거예요. 그래서 그 생물체는 자고 있을 때도 눈동자가 보이죠. 그리고 그들이 꾸는 온갖 꿈들이 작은 파노라마처럼 투명한 홍채에 영상으로 비춰져 다른 이가 볼 수 있답니다. 나를 애송이로 생각해선 안 돼요! 남자의 에스코트를 받는다면 스스로 여자임을 인정하는 것이지만, 어떤 곳에서는 다르게 비춰지기도 하지요. 젊은 에오스는 사륜마차를 몰지만, 아르테미스는 홀로 '걸어서' 가죠. 디오게네스의 이름을 걸고 내가 빌려온 빛을 가로막지 마세요. 나는 집으로 돌아가겠어요."

"여기서 멉니까?"

"피커딜리 근처에요."

"그래도 마차를 타야죠?"

"고맙지만 마차는 됐어요. 그 정도 거리는 별것 아니니까요. 자, 가요."

우리는 걸었다. 곧바로 그녀는, 공공연함은 사랑의 적이라는 〈스페인 목사〉의 한 구절을 인용하며 나와 거리를 두었다. 그녀는 탈무드 연구가들이 손을 인체의 가장 신성한 부분으로 본 것이 적절했다고 거듭 강조하면서 한동안 손마저 허락하지 않았다. 여자의 걸음은 몹시 빨랐다. 나는 그녀를 쫓아갔다. 거리에는 고양이 한 마리 보이지 않았다. 이윽고 세인트 제임스 가의 어느 저택 앞에 다다랐다. 그런데 저택 어느 곳에서도 불빛이 보이지 않았다. 창에 커튼도 없었고, 창문 몇 개에 '임대'라는 말이 붙어 있는 것으로 보아 사람이 살지 않는 것 같았다. 그러나 여자는 사뿐히 계단을 올라갔고, 내게 들어오라는 손짓을 하고는 안으로 사라졌다. 뒤따라가 문을 닫고 보니 어둠 속이었다. 그녀가 계단을 올라가는가 싶더니, 곧바로 위쪽에 불이 들어왔고 널찍하게 구부러진 대리석 계단이 보였다. 내가 서 있는 바닥에는 카펫도 가구도 없었으며, 먼지만 두텁게 쌓여 있었다. 계단을 올라가려는데, 그녀가 어느새 내 곁에 다가와 있어서 깜짝 놀랐다. 그녀는 속삭였다.

"맨 위로 가세요."

그녀는 앞장서서 재빨리 계단을 올라갔다. 위로 올라갈수록, 우리를 제외하고 저택에는 아무도 없다는 사실이 분명해졌다. 먼지와 메아리만 채워져 있는 빈 공간이었다. 하지만 빛이 새어나오는 맨 위층 문으로 들어가 보니 꽤 커다란 타원형 응접실이 나타났다. 갑작스러운 불빛에 눈이 부셨다. 한복판에 놓여 있는 사각의 식탁 위에는 과일이 가득 담긴 황금 접시가 놓여 있었다. 천장에는 세 개의 육중한 샹들리에가 빛났고, 식탁 위의 조그만 양철 촛대에서 (아주 기묘하게 생긴) 수지 양초가 타고 있었다. 방 안에서 느껴지는 전체적인 인상은 아시리아의 연회에 견줄 만큼 화려했다. 식탁 끝에 상아로 만든 소파가 놓여 있었고, 그 위에 올려진 옥수 장식에는 바다에서 헤엄치는 에메랄드 어룡이 새겨져 있었다. 줄줄이 거울이 부착된 청동색 벽면은 둥근 청동 천장과 조화를 이루었다. 그러나 지금 생각해보면, 청동 천장에 지저분하게 그을린 흔적이 있었다. 여자는 식탁과 같은 높이로 만들어진 유태인풍의 조그마한 에스 자형 침상에 기대고 있었는데, 새틴으로 만든 샛노랑 슬리퍼가 보였다. 그녀가 내게 권한 맞은편 의자는 호화로운 실내 분위기와는 딴판으로 매우 우스꽝스러운 것이어서 실소를 금할 수 없었다. 그 지저분하고 초라한 나무 의자는 다리 한쪽이 표가 날 정도로 짧았다.

  여자는 검은색 포도주 병과 술잔을 가리켰지만, 자신은 먹거나 마실 생각을 하지 않고, 엉덩이와 팔꿈치로 연약한 몸을 지탱한 채 심각한 표정으로 천장을 응시하고 있었다. 그러나 나는 포도주를 들이켰다.

  "피곤한가보군요." 나는 말했다. "그렇게 보여요."

  "당신이 눈으로 보는 건 아무 가치도 없어요!" 나를 쳐다보지도 않고 그녀는 나른하게 말했다.

"허 참! 기분이 그새 변했군요? 시무룩해져 있잖아요."

"당신은 아마 노르웨이의 널길 무덤을 본 적이 없겠죠?"

"밑도 끝도 없는 말을 하는군요."

"본 적이 없죠?"

"널길 무덤이라? 본 적이 없어요."

"한 번쯤 가볼 만하죠. 원형 혹은 타원형의 석실이 있는데, 그 위는 거대한 토분으로 덮여 있지요. 석판으로 만든 널길이 외부로 연결되어 있어요. 석실마다 시체들이 굽은 무릎에 얼굴을 대고 빙 둘러앉아 침묵의 대화를 나눈답니다."

"나랑 한 잔 합시다. 오싹한 얘기는 그만두고."

"당신은 정말 바보로군요." 여자는 싸늘하게 비웃으며 말했다. "정말 낭만적이지 않나요? 당신도 알겠지만, 그 무덤은 신석기 시대 것이지요. 입술이 없는 입에서 이가 하나씩 빠져서 무릎 가에 쌓이죠. 무릎이 가늘어지면 이빨은 돌바닥으로 굴러 떨어져요. 그때부터 침묵을 깨며 이빨이 전부 석실 바닥으로 떨어져버리지요."

"하! 하! 하!"

"정말이에요. 지하의 깊은 동굴 안에서 백 년에 걸쳐 천천히 떨어지는 물방울 소리 같지요."

"하! 하! 이 포도주, 빨리 취하나 봅니다! 시체들은 치아 때문에 심한 사투리로 대화를 나누겠어요."

"유인원은 오로지 후두음만으로 의사 소통을 하지요."

마을의 시계가 네 시를 알렸다. 우리의 대화에 침묵이 파고들어 답답해졌다. 포도주의 취기가 머리까지 올라왔다. 몽롱함 속에서 그녀는 흐릿하게 부풀어 올랐다가 예전의 화사한 모습으로 다시 작아졌다. 하지만 내 안의 욕정은 이미 식어버렸다.

"혹시 알고 있나요?" 그는 물었다. "어느 꼬마가 발견했다는 덴마크의 패총 말이에요. 오싹한 것이죠. 거대한 물고기의 뼈와 사람의……."

"당신은 정말 불행하군요."

"집어치워요."

"번민으로 가득 차 있단 말이오."

"당신은 정말 바보예요."

"당신은 고통에 찌들어 있어요."

"당신은 어린애예요. 말뜻을 이해하는 능력조차 없군요."

"허허! 내가 어른이 아니다? 나 역시 불행하고 번민이 많은데도?"

"당신은 별 볼일 없는 사람이에요. 창조해내기 전까지는."

"뭘 창조한단 말이오?"

"물질."

"허영에 불과해요. 물질은, 사람이 창조하는 것도 파괴하는 것도 아니오."

"정말이지 당신은 보기 드문 저능아예요. 그렇다면 좋아요. 물질은 존재하지 않고, 실제로 그런 건 없어요. 존재하는 것은 외양이며 잔상에 불과하죠. 플라톤에서 피히테까지, 아주 우둔한 저술가가 아닌 한 모두가 의식적이든 무의식적이든 그것을 증명해왔지요. 물질을 창조한다는 것은 타자의 감각에 비친 실재의 인상을 만들어낸다는 거예요. 반대로 그것을 파괴한다는 것은 갈겨쓴 흑판을 젖은 걸레로 문질러버리는 것이죠."

"그럴지도 모르죠. 하지만 난 상관없소. 아무도 할 수 없는 일이니까 말이오."

"아무도? 당신은 정말 미숙아예요."

"그럼 누가 할 수 있다는 거요?"

"일등성의 인력(引力)과 동등한 의지력이 있다면, 누구나 가능해요."

"하! 하! 하! 농담을 하시는군요. 그 정도의 의지력을 지닌 사람이 있을까요?"

"종교를 창시한 세 사람이 그런 분이었죠. 네 번째는 헤르쿨라네움의 구두 수선공인데, 그의 의지력은 79년 시리우스의 인력과 정면으로 맞서 베수비오 산의 폭발을 일으켰지요. 당신이 노래해온 것 이상의 명성이 존재해요. 그리고 실체 없는 숱한 영혼까지 고려한다면 분명히……."

"맹세코, 당신은 슬픔으로 가득 차 있다고 생각할 수밖에 없군요. 가엾은 사람! 자, 함께 마십시다. 이 포도주는 맛이 진하고 기분이 좋아지는구려. 세티아 산 같은데, 아닌가요? 술에 취하니, 당신 모습이 석양의 자줏빛 구름처럼 부풀어 오락가락하는군요."

"하지만 당신은 우쭐대기만 하는 얼치기예요! 그걸 몰랐다니! 상대할 가치도 없는 사람! 당신의 하찮은 관심은 가장 저급한 중심을 돌고 돌 뿐이니까요."

"자자, 고민은 접어두고……."

"시체 중에서 구더기가 제일 먼저 탐하는 부분이 어딘지 알아요?"

"눈! 눈!"

"틀려도 참 고약하게도 틀리셨군요. 완전히 헛짚어서……."
"맙소사!"
그녀는 노기등등한 기세로 몸을 쭉 내밀어 내게 바투 다가왔다. 그녀는 느슨하고 소매가 넓은 호박색 비단옷을 입고 있었다. 식탁 한쪽으로 손을 펼칠 때 겨우 눈치를 챘는데, 언제 옷을 갈아입었는지 알다가도 모를 일이었다. 갑자기 향신료와 오렌지꽃 향기 같은 것이 썩은 시체의 희미한 악취와 뒤섞여 코끝에 달려들었다. 싸늘한 기운이 온몸을 타고 올라왔다.
"구제불능일 정도로 틀렸으니까……."
"제발, 그만 좀……."
"빗나가도 한참 빗나갔어요! 절대로, 눈이 아니에요!"
"그럼, 대체 어디요?"
시계가 다섯 시를 알려왔다.
"목젖! 목구멍 위의 입천장에서 늘어진 점액질의 흐물흐물한 살이에요. 구더기들은 시체의 얼굴을 덮은 천과 뺨을 파고들거나, 아니면 빠진 치아 사이로 기어들어 입 안을 가득 채우는 거예요. 그래서 곧장 목젖을 향해 간다고요. 목젖이야말로 납골당의 최고 별미니까요."
그녀가 관심을 갖는 대상에 나는 두려워졌고, 그녀의 냄새와 말투에 점점 욕지기가 났다. 형용할 수 없는 열패감과 무력감 때문에 나는 할 말을 잃었다.
"내가 슬픔에 가득 차 있다고 했던가요? 번민에 찌들어 있다고 말이죠. 고통으로 인해 격분해 있다고. 과연, 지적 수준이 어린애에 불과하군요. 라이프니츠가 말한 '상징적 의식' 수준에 있는 사람처럼 전혀 의미를 모른 채 말을 하고 있으니까요. 하지만 정말 당신이 그 정도 수준이라면……."

"그게 내 수준이오."

"당신은 아무것도 몰라요."

"내가 보기에, 당신은 비비 꼬이고 짓눌려 있소. 당신의 눈동자는 너무 흐릿하군. 옅은 갈색이라고 생각했는데. 지금은 어둠 속에서 빛나는 인광처럼 푸르스름하군요."

"그렇다고 달라질 건 없어요."

"하지만 공막염에 걸린 사람의 흰자위는 누렇게 변해요. 게다가 당신은 안으로 움츠러들어 있소. 왜 그리 창백하게 자신의 안으로만 파고들고, 자신의 영혼을 고뇌로 짓누르는 거요? 무덤과 그 부패에 관한 것 외에는 그리도 할 얘기가 없소? 당신의 눈은 숱한 고통의 세월과 비밀을 간직한 채 수백 년 동안 한숨도 못 잔 사람처럼 보여요."

"고통이라고요! 하지만 당신은 고통이 뭔지 눈곱만큼도 몰라! 칭얼거리며 말장난이나 하는 주제에! 고통의 참뜻과 근원은 조금도 모르고 있어!"

"그걸 누가 알겠소?"

"내가 힌트를 드리죠. 고통이란 의식을 지닌 창조물이 영원 혹은 영원의 상실을 어렴풋이 깨닫는 것을 말해요. 그것이 아주 작은 상처일지라도, 파이안(아폴론의 다른 이름— 옮긴이주)과 아스클레피오스〔아폴론의 아들, 의신(醫神)—옮긴이주〕, 하늘과 지옥의 모든 힘을 동원해도 완전히 치유할 수는 없어요. 의식을 지닌 육체는 존재의 영원한 상실을 잠재적으로 알고 있으며, '고통'은 그 비극에 대한 탄식이지요. 모든 고통은, 그것이 클수록 상실도 크지요. 물론 가장 큰 상실은 시간의 상실이에요. 만약 시간을 조금이라도 상실한다면, 그 사람은 곧바로 초월 세계, 다시 말해 상실의 무한한 세계 한복판으로 빠져들게 되지요. 만약 시간을 모두 잃게 된다면……."

"하지만 지나친 장광설이오! 하! 하! 당신은 비탄에 빠져 진부한 얘기만 떠들어대고……."

"깨끗하고 자유로운 영혼이 시간의 상실을 어렴풋이 깨닫는 곳, 거기가 바로 지옥이에요. 그곳에서 영혼은 생의 세계를 부러워하며 몸부림치다가 이 세상을, 모든 생명을 영원히 증오하게 되지요!"

"진정해요! 한잔 합시다, 부탁이오, 부탁이니 제발 딱 한 번만……."

"덫을 향해 뛰어드는 것, 그것이 바로 비탄이에요! 배를 몰아 등대 바위를 향해 곧장 돌진하는 것, 그것이 바로 고통이에요! 깨어나서 당신이 그녀를 따라갔다는 되돌릴 수 없는 진실을 ──그리고 거기 죽은 이가 있음을──, 그녀의 손님들이 깊은 지옥에 빠져 있음을 깨달아야 해요. 당신은 그것을 알 수도 있었을 텐데, 몰랐던 거예요. 지금 여명에 비친 도시의 집들을 내다보세요. 영혼이 배회하지 않는 집은 단 한 군데도 없지요. 초라한 한낮의 낡은 극장을 오르내리고, 오만 가지 유치한 속임수와 그럴듯한 거짓에 상상력을 부추기며 애써 자신이 아직 살아 있다는, 삶의 기회가 아직은 끝나지 않았다는 덧없는 환상에 빠져들지요. 그러나 지나간 여름날과 영원의 어둠 사이에 스쳤던 한줌의 빛을 추억하며 갈가리 찢겨져가고 있어요. 지금 나는 찢어져라 당신에게 소리치고 있어요! 당신, 메리메, 파멸의 악마여……."

그녀 ──이제 키가 커진 여자── 는 의자와 식탁 사이에 벌떡 일어섰다.

"메리메!" 나는 울부짖었다. "내 이름이, 갈보, 미친 네 입에서 나오다니! 세상에, 이 여자야, 놀라서 죽을 뻔했잖아!"

망상에서 비롯된 공포에 머리털이 곤두선 채, 나도 일어섰다.

"당신 이름? 내가 당신의 이름, 당신의 모든 것을 잊었을 거라 생각했나요? 메리메! 어제 당신은 코즈모의 편지에서 나를 기억해내지 않았나요?"

"아, 아……." 나의 메마른 입술에서 발작적인 흐느낌과 웃음이 터져 나왔다. "아! 하! 하! 제루샤! 기억력이 점점 말이 아니야, 제루샤! 나를 가엾이 여겨주오. 어둠의 계곡을 걷다가 이리도 늙고 시들어버렸소! 내 머리카락을 보시오, 제루샤. 반백이 무성해진 머리, 벌벌 떨며 흐릿해진 나를 보오, 제루샤. 나는 코즈모의 별장에서 당신이 알던 남자가 아니오! 그대, 제루샤여!"

"헛소리 작작해. 하찮은 구더기 같으니!" 여자는 악의적인 경멸로 얼굴을 일그러뜨리며 소리쳤다. "제루샤는 십 년 전 안티오크에서 콜레라에 걸려 죽었어. 내가 그 입술에서 거품을 닦아냈으니까. 매장하기 전부터 그녀의 코는 녹색으로 썩어들었어. 왼쪽 눈은 두개골 깊숙이 푹 꺼져서……."

"그대, 그대는 제루샤!" 나는 비명을 질렀다. "내 의식을 파고드는 천둥 같은 외침 소리가 들려. 신의 이름을 걸고, 제루샤, 그대가 설령 지옥의 숨결로 나를 시들게 한다고 해도 그대를 안고 싶소. 살아 있든, 아니면 저주받은……."

나는 여자에게 달려들었다. "미친놈!" 만 마리 뱀의 혀에서 나와 방 안을 떠도는 그 쇳소리를 나는 들었다. 해로운 부패의 기운이 악취 나는 공기 중으로 독기를 뿜었다. 그때, 휘둥그레진 내 눈에 독기가 형체를 띠고 천장까지 솟구치더니 조각 구름처럼 흩어지는 것이 보였고, 내 손은 허공을 움켜잡았다. 나는 거대한 짐승에 의해 팽개쳐지듯 벽에 부딪쳐 정신을 잃었다.

느릿느릿 해가 질 무렵, 정신을 차린 나는 얼룩진 천장과 지저분한 의자, 양철 촛대와 내가 마신 술병을 멍하니 바라보았다. 식탁보가 벗겨진 전나무 탁자는 불결하기 짝이 없었다. 모든 것이 수 년 동안 그대로 방치되어온 모습이었다. 그러나 방 안은 텅 비어 있었고, 호화로운 광경은 허공으로 사라져버렸다. 섬광처럼 기억이 떠올랐다. 나는 다급히 일어서서 일몰의 거리를 향해 소리치며 비틀거렸다.

누런 벽지
The Yellow Wallpaper (1899)

샬럿 퍼킨스 길먼
Charlotte Perkins Gilman

샬럿 퍼킨스 길먼 Charlotte Perkins Gilman(1860~1935)은 가장 널리 알려진〈누런 벽지 The Yellow Wallpaper〉를 비롯해 기사, 단편 소설, 시 등 수천 편의 저술을 남겼다. 미국 여성 운동의 지도적 이론가 중 한 명으로 꼽히며, 여성·윤리·노동·사회 등의 주제에 대한 강연자로도 세계적인 명성을 갖고 있었다. 자신의 대표 저서인《여성과 경제 Women and Economics》(1898)에서 경제적 독립만이 여성에게 진정한 자유를 가져다줄 수 있다고 주장했는데, 이 책은 상당한 호응을 얻으며 여러 언어로 번역 출간되었다. 페미니스트였으며 특히 여성의 참정권과 경제적 독립에 관심을 가졌던 그녀는 1909년 사회개혁 성향의 잡지《포러너 Forerunner》를 창간했고 1916년 제인 애덤스 등과 함께 미국 여성 평화당을 창당했다. 그녀는 아버지에게서 가족들이 버림받았던 어린 시절의 경험 때문에 평생 결혼하지 않겠다고 맹세했지만, 그 맹세는 1884년 화가 찰스 월터 스텟슨과 결혼하면서 깨어졌다. 그러나 불안정했던 결혼 생활은 결국 소란스런 이혼으로 마무리되었다. 1900년 사촌 조지 호튼 길먼과 재혼했으며, 1934년 남편이 사망할 때까지 행복한 결혼 생활을 지속했다. 유방암에 걸려 치료 불가능한 상태라는 사실을 알게 되자, 1935년 안락사할 권리의 옹호자답게 클로로포름 과다 복용으로 자살했다. 자서전으로《샬럿 퍼킨스 길먼의 삶 The Living of Charlotte Perkins Gilman》을 남겼다.

존과 나처럼 평범하기 짝이 없는 사람들이 상속 받은 여름 별장을 소유한다는 것은 거의 불가능한 일이다.

그 식민지풍의 대저택과 세습지에 대해, 으스스하며 낭만적인 멋이 최고의 경지에 이른 집이었다고——하지만 혹독한 운명을 요구하는 곳이라고 말하겠다!

그리고 지금도 그 저택 주변에는 기이한 것이 있다고 자랑스럽게 말하고 싶다.

그게 아니라면 그렇게 싸게 집을 내놓았을 리가 없지 않겠는가? 게다가 왜 그리도 오랫동안 집이 비어 있었을까?

물론 존은 나를 비웃지만 그 역시 남자의 방식으로 예상은 하고 있을 것이다. 존은 지극히 실용적인 사람이다. 신념이나 미신적인 강한 공포에 대해 그냥 넘어가는 법이 없으며, 형체가 없는 것을 보고 듣거나 이야기하는 것에 대해 대놓고 비아냥거린다.

존은 의사이며, 어쩌면——(나는 물론 그것이 살아 있는 영혼이라고 말하지 않겠지만, 그것은 끔찍한 벽지이며 그래서 내게 큰 위안이었다는 말은 해야겠다.)——어쩌면, 그가 의사라는 사실이 내가 빨리 회복하지 못하는 이유 가운데 하나일지도 모른다.

내가 아프다는 사실을 그가 믿지 않았다는 건 모두 알지 않는가! 그러니 내가 할 수 있는 일이 무엇이었겠는가?

지위가 높은 의사이자 한 여자의 남편이 그의 아내가 일시적인 신경 쇠약——경미한 히스테리성——외에 아무 문제가 없다고 친구와 친척들에게 장담한다면, 무슨 도리가 있겠는가?

내 오빠 역시 지위가 높은 의사이며, 그도 남편과 똑같은 얘기를 하고 있다.

그래서 나는 인산염 혹은 아인산염——그게 무엇이든 무슨 상관인가?——강장제를 먹으면서 여행을 하고, 신선한 공기를 마시며 운동을 하고 있다. 건강을 되찾을 때까지 '일'은 절대 금물이다.

개인적으로, 나는 그들의 생각에 동의하지 않는다.

개인적으로, 나는 취미에 맞는 재미있는 일을 하면서 기분 전환을 하는 편이 내게 더 이롭다고 믿고 있다.

그러나 어쩌란 말인가?

어찌됐든 잠시 글을 썼을 뿐인데 몹시 지쳐버렸다. 그래서 무안하기도 하고, 일을 반대하는 그들의 의견에 묵묵히 따를 수밖에 없다.

나는 가끔씩 지금보다 반대를 덜 받는 대신 좀더 사회적인 상태에서 자극을 받는 것이 어떨까 생각하지만——존이 내가 나 자신의 상태에 대해 생각하는 것이야말로 최악의 상황이라고 말하면, 나는 그릴 때마다 늘 기분이 언짢아진다고 실토해버린다.

그래서 그런 생각은 그만두고 그 저택에 대해 말하겠다.

참으로 아름다웠다! 마을에서 오 킬로미터쯤 떨어져 있고, 도로에서 멀리 뒤쪽에 서 있는 외딴 집이었다. 울타리와 성벽, 잠긴 문, 정원사와 일하는 사람들을 위한 무수히 많은 작은 별채들. 그곳은 언젠가 읽은 적이 있는 영국의 저택들을 떠올리게 했다.

정원은 얼마나 아름다운지! 넓고 그늘이 졌으며, 상자 모양으로 경계를 두른 숱한 오솔길, 기다란 포도 덩굴로 뒤덮인 정자와 그 아래 놓인 의자들——나는 그런 정원을 어디서도 본 적이 없다.

온실도 있었다는데 지금은 모두 망가진 상태다.

법적인 문제 같은 것, 이를테면 상속인과 공동 상속인 사이의 어떤 문제가 있을 거라고 나는 생각한다. 어쨌든 그곳은 몇 년 동안 비어 있었다.

그 집이 유령을 믿는 내게 나쁜 영향을 미칠까 두렵지만, 상관없다——그 집에는 뭔가 기이한 것이 있으며, 나는 그것을 느낄 수 있다.

심지어 달빛이 밝은 어느 날 밤 나는 존에게 직접 그런 얘기를 한 적도 있는데, 그는 바람결 때문이라며 창문을 닫을 뿐이었다.

이따금씩 존에게 까닭 모를 분노가 치밀곤 한다. 내가 이토록 예민해진 적은 처음이다. 신경증 때문인 것 같다.

그러나 존은 내가 그렇게 느낀다면, 적절한 자기 통제력이 부족하기 때문이라고 말한다. 그래서 나는 스스로를 통제하려고——적어도 그 사람 앞에서는—— 무던히 애쓰고 있는데, 몹시 피곤한 일이다.

나는 우리 방이 조금도 마음에 들지 않는다. 베란다로 통하고 사방에 창문이 있으며 아주 고풍스러운 사라사 커튼이 걸려 있는 아래층 방이 더 마음에 들었다. 그러나 존이 그런 얘기를 들어줄 리 없다.

그는 굳이 다른 방으로 바꾸어야 한다면, 창문이 하나만 있는 데다 이인용 침실도 아닌, 멀리 떨어져 있는 방으로 바꾸어야 한다고 말했다.

그는 매우 조심스럽고 다정다감하며, 특별한 문제가 아니면 나를 불안하게 만들지 않는다.

내게는 하루 매시간마다 정해진 처방이 있다. 그가 모든 수고를 덜어주지만, 나는 비열하게도 그래봤자 더 이상 소용없다며 고마워하지 않는다. 그는 이 방을 선택한 것이 전적으로 나 때문이라고 말했다. 온전히 휴식을 취하고, 신선한 공기를 마실 수 있기 때문이란다. "운동은 체력에 맞게 하면 돼, 여보." 그는 말했다. "음식은 식욕에 따라 약간 달라지겠지. 그러나 공기는 언제고 마음껏 마실 수 있어." 그래

서 이층에 육아실을 차렸다.

그 방은 넓고 통풍이 잘 되며, 바닥 전체가 깔끔했고, 사방으로 창이 있어서 햇볕이 잘 들었다. 그러나 그 방을 보고 처음에는 육아실, 다음에는 놀이방, 그 다음에는 체육관을 떠올릴 수밖에 없었다. 왜냐하면 창문들이 모두 아이들 방처럼 창살로 막혀 있었고, 벽마다 종 같은 것들이 걸려 있었으니까.

페인트칠과 벽지는 남학교에서 사용하던 것 같았다. 침대 머리맡 주변, 내 팔이 닿는 곳까지—벽지는—군데군데 커다랗게 벗겨져 있었고 반대편 아래쪽에도 벗겨진 곳이 있었다.

줄줄이 펼쳐진 찬란한 무늬 중에는 온갖 예술적인 죄를 떠올리게 하는 것도 있었다.

벽지의 무늬는 눈이 어지러울 만큼 단조롭고 지루했으며, 계속 살펴보면 동요를 느낄 정도로 또렷했다. 절뚝거리는 불확실한 곡선을 조금만 따라가다 보면, 곡선들이 갑자기 자멸해버리는데—매우 급격한 각도로 꺾어져 완벽한 대조를 통해 스스로를 파괴해버린다.

혐오감을 자아내는 색은 구역질이 날 정도다. 검게 그을린 지저분한 누런색, 천천히 방향이 바뀌는 햇빛에 의해 기이하게 색이 바랜다.

몇 군데 단조로우면서도 야릇한 오렌지색이 있는가 하면, 역겨운 황록색 색조가 엿보이기도 한다.

아이들이 그 색을 싫어했음이 분명하다! 이 방에서 오래 살아야 한다면 나도 그 색이 싫어질 테니까.

존이 왔다. 그만 써야겠다. 내가 단어 하나라도 쓸라치면 그는 몹시 싫어한다.

　이곳에 온 지 이 주일이 되었고, 첫날 이후 예전처럼 글을 쓰고 싶은 마음이 없어졌다.
　지금 지겨운 이층 육아실 창가에 앉아 있는데, 체력만 뒷받침된다면 마음껏 글을 쓰는 데 방해가 될 건 아무것도 없다.
　존은 지금 외출 중이며, 심각한 환자가 있을 때는 며칠 동안 집에 오지 않기도 한다.
　나는 심각하지 않으니 얼마나 다행인가!
　그러나 신경증이 끔찍이도 나를 우울하게 만든다.
　존은 내가 얼마나 고통스러운지 알지 못한다. 그가 아는 건 내가 고통스러워할 이유가 없다는 것이며, 그래서 그는 만족스러워한다.
　내 고통은 물론 오로지 신경증 때문이다. 어쨌든 내가 할 일을 못할 만큼 짓누르고 있잖은가!
　나는 존에게 도움을 주거나 진정한 휴식과 위안이 되지도 못하고, 이곳에서 벌써 짐이 되고 말았다!
　아무리 노력해도 부질없다는 것을 아무도 믿어주지 않는다. 몸치장을 하고, 손님을 맞고 물건을 주문하는 일 말이다.
　메리가 아이와 잘 놀아줘서 다행이다. 아이는 너무도 사랑스럽다!
　그러나 여전히 나는 아이와 함께 있을 수 없고, 그래서 초조하다.
　아마 존은 그의 인생에서 초조했던 적이 한 번도 없었을 것이다. 이 벽지에 대해 말하면 그는 지나치게 나를 비웃는다.
　처음에 그는 방의 벽지를 새로 하려다가 나중에는 그대로 두는 것이 오히려 내게 나을 거라고, 그런 환상에 굴복하는 것만큼 신경증 환자에게 나쁜 것은 없다고 말했다.

벽지를 바꾼 다음에는 육중한 침대가 그 차례가 될 것이고, 그 다음에는 창살 친 창문, 그 다음에는 계단 입구 등이 이어질 거라고 말이다.

"이곳이 당신한테 좋은 거 알잖아." 그가 말했다. "진심이야, 여보. 단지 석 달 빌리는 집이라서 고치지 않는 건 아니라고."

"그럼 아래층으로 내려가요." 나는 말했다. "거기에도 좋은 방이 있잖아요."

그가 두 팔로 나를 안는 바람에 나는 소름이 돋았다. 내가 원한다면 아래층으로 내려가겠다고 그는 마음에도 없는 거짓 약속을 했다.

그러나 그 다음 대상이 침대, 창문 따위가 될 거라는 그의 말은 일리가 있다.

그 방은 누구나 원할 정도로 공기가 잘 통하고 아늑했다. 시시한 변덕 때문에 그를 불편하게 만드는 바보짓은 하지 말아야겠다.

저 끔찍한 벽지만 빼면 정말이지 이 커다란 방이 점점 마음에 든다.

창문 하나를 통해서 정원과 신비롭게 짙은 그늘을 드리운 정자, 요란하고 예스러운 꽃, 풀숲, 비틀어진 나무들을 볼 수 있다.

또 다른 창문 너머로는 이곳 영지에 속한 작은 개인 부두와 만으로 이루어진 아름다운 풍경도 볼 수 있다. 아름답게 그늘진 오솔길 하나가 집에서 저쪽 아래로 줄달음친다. 사람들이 그 무수한 길과 정자 사이를 오가는 모습이 보이는 것 같지만, 존은 그런 환상에 절대 굴복해서는 안 된다고 내게 주의를 주었다. 그는 나처럼 신경이 약한 사람들은 상상력과 이야기를 꾸며내는 습관 때문에 온갖 자극적인 환상에 이끌리므로 의지와 분별력을 동원해 그것을 막아야 한다고 말한다. 그래서 나는 노력한다.

잠시라도 제대로 글을 쓸 수만 있다면 짓눌린 생각을 덜어내고 안정이 될 거라는 생각을 이따금씩 하곤 한다.

그러나 글을 쓰려고 할 때면 나는 이미 너무도 지쳐 있다.

작품을 놓고 조언을 구하고 가깝게 지낼 만한 사람이 없어서 너무 속상하다. 내가 어느 정도 회복이 된다면, 존은 사촌 헨리와 줄리아를 이곳에 초대하겠다고 말한다. 그러나 지금 당장은 그처럼 자극적인 사람들과 함께 지내는 것이 베개 속에 폭약을 넣는 것이나 다름없다고 말한다.

어서 나아졌으면 좋겠다.

그러나 그 생각을 해서는 안 된다. 이 벽지는 내게 얼마나 사악한 영향을 끼치는지 스스로 알고 있는 것 같다!

어느 지점이 되면, 무늬가 부러진 목처럼 축 늘어지고 불룩한 두 개의 눈동자가 누군가를 거꾸로 노려보는 모습이 되풀이된다.

나는 그 뻔뻔함과 끝없음에 몹시 화가 난다. 위로, 아래로, 양 옆으로 무늬는 기어 다니고, 깜박이지 않는 저 우스꽝스러운 눈동자들이 곳곳에 있다. 눈동자의 폭이 일치하지 않는 곳이 한 군데 있는데, 선을 따라 눈동자들이 위아래로만 향해 있고 서로 높이가 다르다.

전에는 생명이 없는 것에서 그런 표정을 본 적이 없지만, 지금은 그들이 표정을 지니고 있음을 우리 모두 알고 있다! 나는 아이처럼 누워 눈을 뜨고서 대부분의 아이들이 장난감 가게에서 발견할 수 있는 것보다 더한 즐거움과 공포를 텅 빈 벽과 평범한 가구에서 맛보고 있다.

커다랗고 낡은 장롱 손잡이가 얼마나 친근하게 윙크하는지를, 언제나 절친한 친구인 양 의자 하나가 거기에 있다는 것을 나는 기억한다. 다른 물건들이 너무도 사나워보일 때면 나는 그 의자로 뛰어들고 그럴 때마다 안전하다고 느끼곤 한다.

이 방에 있는 가구는 모두 아래층에서 가져와야 했으므로 조화가 잘 되지 않는다. 아마 육아실 용품 따위를 끄집어낸 다음에는 놀이방으로 사용했을 것인데, 당연한 일이지 않은가! 아이들이 이처럼 파괴를 일삼은 경우를 일찍이 보지 못했다.

전에 말했듯이, 벽지는 곳곳이 찢겨져 있는데 어린 형제가 아니라 살육자가 한 짓에 가까울 정도다. 그들은 증오심뿐 아니라 인내심도 대단했던 게 분명하다.

그리고 바닥은 긁히고 파이고 쪼개져 있으며, 회반죽 자체도 여기저기 파여 있어서 이 방에 들어오면 제일 먼저 눈에 띄는 크고 육중한 침대는 마치 전쟁터 한복판에 놓여 있는 것처럼 보인다.

그러나 나는 조금도 신경이 쓰이지 않는다. 벽지를 제외하면.

올케가 왔나보다. 얼마나 사랑스럽고 마음씀씀이가 섬세한 여자인지! 내가 글을 쓰고 있다는 사실을 그녀에게 들켜서는 안 된다.

그녀는 완벽하고 활달한 가정주부로서 더 나은 직업은 꿈도 꾸지 않는다. 맹세하건대, 글쓰기가 나를 병들게 한다고 그녀는 생각하겠지!

그러나 그녀가 나가면 다시 글을 쓸 수 있고, 창문 너머 멀리까지 사라지는 그녀를 지켜볼 수 있다.

아름답게 그늘지고 구불구불한 도로, 그 도로가 보이는 창문이 있고, 그 너머로 바로 마을이 보인다. 느릅나무와 벨벳처럼 부드러운 초원이 펼쳐져 있는, 역시 아름다운 마을이다. 벽지 중에는 가지를 친 것처럼 음영이 다르고 유독 꺼림칙한 무늬가 있지만, 환한 빛이 아니면 또렷하게 볼 수 없다.

그러나 무늬가 흐릿하지 않고 햇살이 적당히 비추는 벽면 곳곳에서 나는 기이하고 도발적이며 어느 형체의 사라진 부분 같은 것을 볼 수 있다. 그것은 시시하면서도 눈에 잘 띄는 앞쪽 무늬 뒤에서 슬글슬금 기어 다니는 것 같다.

올케가 계단을 올라오고 있다!

흠, 칠월 사일이 끝났다! 사람들은 모두 떠나고 나는 지쳐버렸다. 존은 내가 몇 사람 정도는 만나도 좋을 거라고 생각했고, 우리는 일주일 동안 어머니와 넬리, 아이들을 불러와 방금 전까지 함께 있었다.

물론 나는 아무 일도 하지 않았다. 이제 제니가 모든 걸 알아서 한다.

그래서 나는 언제나 피곤하다.

존은 내가 빨리 건강을 찾지 못한다면 가을에 위어 미첼에게 보내겠다고 한다.

그러나 나는 결코 그에게 가고 싶지 않다. 그에게 치료를 받은 친구가 한 명 있는데, 그녀가 말하길 그도 존이나 내 오빠와 마찬가지이고 조금도 다르지 않더란다!

게다가 그렇게 멀리 가는 건 고역이다.

내 일을 다른 사람에게 전적으로 맡겨야 하는 이유를 모르겠다. 나는 점점 안달이 나고 불만이 쌓인다.

나는 대부분의 시간을 부질없이 울고 있다.

물론 존이 있거나 다른 사람이 있을 때는 울지 않는다. 그러나 혼자 있으면 운다.

그런데 지금 나는 오랜 시간 혼자 있다. 존은 중환자 때문에 번번이 마을에 가 있고, 착한 제니는 내가 원할 때마다 혼자 내버려둔다.

그래서 나는 정원에서 조금 걷거나 아름다운 오솔길을 따라 내려가기도 하고, 장미꽃 아래 앉아 있기도 하다가, 결국은 방으로 와 오랫동안 누워 있는다.

벽지에도 불구하고 나는 정말이지 이 방이 점점 마음에 든다. 어쩌면 벽지 때문인지도 모르겠다.

벽지는 내 마음속에 자리를 잡았다!

나는 여기 꿈쩍도 않는——아마 못을 박아 놓았나보다——침대에 누워 한 시간가량 무늬를 좇고 있다. 체육관처럼 훌륭하다고 말해도 좋다. 말하자면, 밑에서부터 시작해서 저기 닿지 않는 구석으로 무늬를 따라간다. 그리고 아무런 의미도 없는 무늬를 좇아갈 뿐이라고, 나는 천 번을 되뇐다.

디자인의 원칙에 대해서는 거의 모르지만, 이 무늬는 방사 혹은 착렬, 반복 혹은 대칭 아니면 내가 들어본 어떤 원칙에 따라 배열된 것이 아니라는 건 알고 있다.

물론 폭이 반복되기는 하지만 그것 말고는 없다.

각각의 폭을 따로 들여다보면 살찐 곡선과 장식 곡선——지독한 광중으로 '쇠퇴한 로마네스크 장식'처럼——, 별개의 둔탁한 세로줄이 어기적거리며 올라갔다가 내려갔다가 한다.

그러나 한편으로는 대각선으로 연결되어 있으며, 아무렇게나 기어다니는 윤곽선들은 다급히 쫓기어 몸부림치는 해초처럼 아주 위태로운 시각적 공포의 파동 속에서 줄달음친다.

적어도, 모든 것들이 수평으로 움직이는 것처럼 보여, 나는 그 방향으로 가는 어떤 규칙이 있는지 알아내느라 지쳐버린다.

무늬는 수평의 폭을 이용해 장식 띠를 삼았고, 그 때문에 놀라우리만큼 혼란이 더해진다.

방 한쪽 끝에 벽지가 거의 그대로인 부분, 거기서 교차 광선이 희미해지고 저무는 태양이 직사광선을 비출 때면, 결국 눈부신 환상에 도달한다. 끝없는 기괴함이 하나의 평범한 중심을 돌며 형체를 이루는 듯이 보이다가 느닷없이 혼란으로 뛰어드는 것이다.

그것을 따라가느라 나는 피곤하다. 낮잠이라도 자야겠다.

내가 왜 이 글을 쓰는지 모르겠다.

쓰고 싶지 않다.

하지만 그럴 수 있을 것 같지 않다. 존이 우습게 생각하리라는 걸 알고 있다. 그러나 내가 어떤 식으로 느끼고 생각하는지 말해야 한다. 그게 얼마나 위안이 되는지!

그러나 이런 노력은 위안보다 더 많은 것을 요구하고 있다.

나는 지금 삼십 분 동안 지독히도 나태하게 계속 누워만 있다.

존은 내게 체력 소모를 하지 말라고, 에일 맥주와 덜 익은 고기뿐 아니라 간유와 강장제 따위를 먹으라고 말한다.

친애하는 존! 그는 나를 끔찍이 사랑해주고, 나를 아프게 하는 것을 증오한다. 나는 어제 그와 진실하고 합리적인 대화를 하려고 노력했고, 사촌 헨리와 줄리아를 만나러 가게 해달라고 부탁했다.

그러나 그는 내가 그렇게 할 수 없을뿐더러 그곳에 도착한 뒤에는 견디지도 못할 거라고 말했다. 게다가 나는 말을 제대로 끝내기도 전에 울어버렸으므로, 나 자신을 위한 최선의 방법이 무엇인지 설명하지 못했다.

올바로 생각하는 일이 점점 힘겨워진다. 이놈의 신경증 때문이지.

친애하는 존은 나를 두 팔로 안아서 위층으로 데려가 침대에 누이고 곁에 앉아 내가 지칠 때까지 책을 읽어주었다.

그는 내가 사랑스러운 사람이고 그의 위안이자 그가 가진 전부라고, 그러니까 그를 위해 스스로 몸을 돌보고 계속 잘 지내달라고 말했다.

그는 누구도 나를 도와줄 수 없으며 스스로 병에서 벗어나야 한다고, 의지와 자기 통제력을 동원해 터무니없는 상상에 빠져들지 말라고 했다.

한 가지 위안이 있다면 아이가 건강하고 행복하다는 것, 끔찍한 벽지로 둘러싸인 이 육아실을 사용하지 않아도 된다는 것이다.

우리가 이 방을 사용하지 않았다면 그 순결한 아이의 차지가 됐을 테니까! 여기서 벗어났으니 얼마나 다행인가! 아니, 나는 내 아이를, 사랑스러운 내 아이를 절대로 이런 방에 두진 않을 것이다.

처음 하는 생각이지만, 결국 존이 이 방을 고집한 것이 다행이다.

내가 아이보다는 이 방을 훨씬 잘 견뎌낼 테니까.

물론 아주 현명하게도 나는 더 이상 이런 얘기를 가족에게 하진 않지만, 언제나 벽지를 지켜보고 있다.

벽지에는 나를 제외하고 아무도 모르는, 앞으로도 영원히 모를 것들이 있다.

바깥 무늬 뒤쪽에서 희미한 형태들이 날마다 또렷해지고 있다.

언제나 같은 모양, 지나치게 많다.

무늬 뒤에서 한 여자가 웅크리고 주변을 기어 다니는 것 같다. 조금도 마음에 들지 않는다. 존이 이곳에서 나를 데려가 주기를 바라는지도 ──그런 생각이 들기 시작했다 ──모르겠다!

존은 지나칠 정도로 현명하고 나를 너무도 사랑하기 때문에 내 문제를 그와 얘기하는 것은 참 어려운 일이다.

그러나 어제 시도를 해보았다.

달빛이 비추었다. 태양처럼 사방에서 달빛이 비추었다.

나는 가끔씩 달빛이 싫다. 느릿느릿 기어와서 언제나 창문 여기저기로 들어온다.

잠든 존을 깨우기 싫어서 나는 소름이 끼칠 때까지 물결치는 벽지에 비추는 달빛을 가만히 지켜보았다.

뒤에 있는 희미한 여자의 모습이 마치 밖으로 나오고 싶어서 무늬를 흔드는 것 같았다.

내가 조용히 일어나 벽지가 움직이는지 확인하기 위해 만져본 뒤, 침대로 돌아왔을 때 존이 잠에서 깼다.

"무슨 일이지, 꼬마 아가씨?" 그는 말했다. "그렇게 돌아다니지 마. 감기 걸리겠어."

나는 대화를 나누기에 좋은 기회라고 생각하고 이곳은 더 이상 싫으니 데려가 달라고 말했다.

"허허 여보!" 그가 말했다. "삼 주만 지나면 임대 기간이 끝나잖아. 그 전에 떠나기는 힘들지. 집 보수 공사가 아직 끝나지 않은 데다 지금 당장은 마을을 떠날 수 없어. 물론 당신이 조금이라도 위험한 상태라면 당연히 가겠지만. 당신은 스스로 느끼지 못할지도 모르지만 정말 좋아졌다고. 여보, 내가 의사야. 내가 안다고. 당신은 살도 찌고 혈색도 좋아지고 있어. 식욕도 좋아졌고, 나는 정말 한시름 놓았다니까."

"조금도 살이 찌지 않았어요." 나는 말했다. "조금도. 그리고 식욕도 당신이 집에 있는 저녁에나 좋을 뿐, 당신이 나간 아침에는 형편없단 말이에요!"

"이렇게 가여울 수가!" 그는 나를 한껏 안으며 말했다. "원할 때마다 아파야 직성이 풀리다니! 하지만 지금은 꿈속에서 멋진 시간을 보내고, 그 문제는 아침에 얘기합시다!"

"그럼 떠나지 않을 건가요?" 나는 침울하게 물었다.

"왜, 내가 어떻게? 여보? 삼 주밖에 남지 않았잖아. 그때 가서 제니가 새집에 적응하는 동안, 우린 한 며칠 멋진 여행이라도 다녀오자고. 정말 당신은 좋아졌다니까!"

"육체적으로는 그럴지도 모르죠." 나는 말을 하다가 이내 멈추었다. 그가 자리에서 벌떡 일어나 더 이상 아무 말도 하지 말라며 엄하게 꾸짖는 표정으로 나를 바라보았기 때문이다.

"여보." 그는 말했다. "부탁이야. 당신뿐 아니라 나와 아이를 위해서 말이야. 한순간도 그런 생각은 마음에 두지 마! 당신처럼 불안정한 사람들은 뭐든 위험하고 마음이 쓰인다고 말하지. 그건 착각이고 우둔한 환상에 불과해. 이렇게 말하는데도 의사인 내 말을 못 믿겠어?"

물론 그 때문에 나는 더 이상 말을 못하고 잠을 청하기 위해 오랫동안 몸을 뒤척였다. 그는 내가 곧 잠이 들었다고 생각했지만, 아니었다. 나는 네 시간 동안 누워서 앞쪽의 무늬와 뒤쪽의 무늬가 실제로 함께 움직이는지 아니면 따로 움직이는지 생각했다.

그렇게 생긴 무늬의 경우, 낮에는 연속성이 결여되고 규칙을 따르지 않기 때문에 보통 사람에게는 지속적인 불안을 야기한다.

끔찍한 색은 도무지 종잡을 수가 없어서 화를 돋우는 반면, 무늬는 고통을 준다.

그 정도는 잘 알고 있다고 말하는 사람도 있겠지만, 막상 무늬를 잘 따라간다고 해도 어느 순간 뒤로 공중제비를 돌아버리니 누구라도 어쩔 도리가 없다. 그것은 당신의 따귀를 때리고, 당신을 때려눕히고 짓밟는다. 악몽과도 같다.

바깥쪽 무늬는 균류 같은 것을 떠올리게 하는 화려한 아라베스크 무늬다. 나뭇가지 마디에 자라난 버섯, 끝없는 엉킴 속에서 싹을 틔우고 자라나 한없이 이어진 버섯의 행렬을 상상해도 된다. 그러니까, 바깥 무늬는 그런 식이다.

가끔씩 그렇다!

나 말고는 아무도 모르는, 벽지의 기이함을 대변하는 특징이 하나 있다. 빛에 따라 무늬가 바뀐다는 것이다.

태양이 동쪽 창문을 뚫고 들어올 때면──나는 언제나 최초의 기다란 직사광선을 지켜본다──무늬가 너무 빠르게 변해서 한 번도 그것이 어떤 무늬인지 확신한 적이 없다.

내가 늘 그것을 살펴보는 이유도 그 때문이다.

달빛이 비추면──달이 뜨는 날이면 밤새 사방에서 달빛이 비춘다──나는 그것이 똑같은 벽지인지 장담할 수 없다.

밤에는 석양빛이든, 촛불, 램프 빛, 아니면 가장 최악인 달빛이든 간에 그것은 창살이 된다! 내 말은 바깥 무늬와 그 뒤에 있는 여자의 모습이 또렷해진다는 뜻이다.

뒤에 보이는 희미한 무늬가 무엇인지 오랫동안 알지 못했지만, 지금은 그것이 여자라는 확신이 선다.

낮에 그녀는 억제되어 잠잠해진다. 그녀를 그렇게 조용히 만드는 것이 무늬라는 생각이 든다. 너무 당혹스럽다. 그것은 낮에 나를 조용하게 만든다.

나는 지금 어느 때보다도 오랫동안 누워 있다. 존은 그것이 내 몸에 좋다고 말하고, 또 내가 할 수 있는 일이라고는 자는 것뿐이다.

실제로 그는 매번 식사를 한 뒤 내게 한 시간씩 누워 있도록 시켰다.

자신하건대 그것은 나쁜 습관이다. 나는 잠을 자지 않기 때문이다.

내가 깨어 있다는 사실을 가족에게 말하지 않으므로──오, 절대 안 되지!──점점 속임수에 능해진다.

사실은 조금씩 존이 두려워지고 있다.

가끔씩 그가 아주 이상하게 보이고 심지어 제니마저 뜻 모를 표정을 하고 있다.

가끔씩 과학적 가설처럼 떠오르는 생각, 어쩌면 그 표정이 벽지일지 모른다는!

내가 존을 몰래 훔쳐보다가 가장 순진한 핑계를 둘러대며 불쑥 방 안으로 들어갔을 때, 그가 벽지를 바라보고 있는 모습을 몇 번이나 목격했다! 제니도 마찬가지다. 한 번은 그 아이가 벽지에 손을 대고 있는 모습을 보았다.

내가 방에 들어온 줄 몰랐던 아이는, 내가 최대한 아무렇지 않은 표정으로 조용히, 아주 조용히 벽지에다 무얼 하고 있냐고 물었을 때, 도둑질을 하다 들킨 것 마냥 돌아서서 매우 화난 표정으로 왜 그리 사람을 놀라게 하느냐고 내게 반문했다!

그리고 나서 아이는 손이 닿은 곳마다 벽지에 죄다 얼룩이 져 있다고, 나와 존의 옷 곳곳에 누런 얼룩이 묻어 있다고, 우리 모두 좀더 조심해야겠다고 말했다!

너무 천진난만한 말이 아닌가? 그러나 나는 아이가 무늬를 들여다보고 있었다는 걸 눈치 챘고, 나 말고는 누구도 그 비밀을 알아낼 수 없게 하겠다고 마음먹었다.

생활은 전에 비해 훨씬 활기를 띠고 있다. 눈치 챘겠지만, 나는 더 많은 것을 기대하고, 예상하며, 관찰하고 있다. 정말이지 나는 음식도 잘 먹고 예전보다 더 침착해져 있다.

내가 나아지는 모습을 보고 존은 매우 기뻐한다! 일전에는 싱긋 웃으며, 벽지에도 불구하고 내가 활짝 피는 것 같다고 말했다.

나는 그 말을 웃음으로 받아넘겼다. 벽지 때문이라고 말할 생각은 없었는데, 그랬다면 그는 나를 비웃었을 것이다. 어쩌면 나를 이곳에서 데리고 떠났을지도 모른다.

그 비밀을 밝혀낼 때까지 이곳을 떠나고 싶지 않다. 남은 시간은 일주일, 충분하리라 생각한다.

정말이지 좋아지고 있다는 느낌이 든다! 진전 상황을 지켜보는 것이 너무도 흥미진진해서 밤에는 오래 잠들지 않는다. 그러나 낮에 숙면을 취한다.

낮에는 지루하고 헷갈린다.

균류 위에 늘 새로운 것이 자라나고, 그 주변에는 누런 음영이 새로 드리운다. 꼼꼼하게 그 수를 세어보지만 끝까지 해낼 수 없다.

무엇보다 기이한 건 누런색이다. 저 벽지말이다! 지금까지 본 누런색 물체를 전부 떠올리게 만들지만, 미나리아재비처럼 아름다운 것이 아니라 오래되고 불결하고 기분 나쁜 누런 것들이 떠오른다.

그러나 저 벽지에는 뭔가 다른 것이 있다. 냄새! 처음 방에 들어서는 순간 냄새를 맡았지만, 그동안은 풍부한 공기와 햇빛 때문에 썩 나쁘진 않았다. 최근 일주일 동안 안개가 끼고 비가 내려서, 창문이 열려 있든 아니든 이곳에서 냄새가 난다.

냄새는 집 안 전체에 스며든다.

식당에서 어슬렁거리고, 응접실을 기어 다니며, 홀에 숨어들고 계단에 누워 나를 기다린다.

　내 머리칼에도 냄새가 배었다.

　심지어 말을 탈 때도, 내가 갑자기 머리를 돌리고 냄새를 좇으려고 할 때면, 냄새는 분명 거기에 있다!

　매우 독특한 냄새다! 그것을 분석해보려고, 그것과 비슷한 냄새를 알아내려고 몇 시간을 보낸다.

　처음에는 기분 나쁘지 않을 정도로 약한 냄새가 났다. 그러나 그 냄새는 내가 맡아본 냄새 중에서 가장 미묘하고 오래갔다.

　이처럼 습한 날씨에는 냄새가 고약해서, 밤에 잠에서 깨어나면 냄새가 내 주변을 배회하고 있는 듯했다.

　처음에는 냄새 때문에 마음이 심란했다. 냄새를 없애기 위해 집을 불태우려는 생각도 진지하게 해보았다.

　그러나 지금은 냄새에 익숙해져 있다. 냄새에 대해 내가 생각할 수 있는 것이 있다면 단 하나, 그것이 벽지의 색깔과 비슷하다는 점이다! 누런 냄새 말이다.

　벽의 아래쪽, 굽도리널 부근에 아주 흥미로운 것이 있다. 줄 한 개가 방을 빙빙 돌고 있다. 그것은 기다란 직선으로 침대를 제외하고 가구의 뒤쪽 구석으로 지나가는데, 계속해서 누군가가 문지른 것처럼 얼룩져 있다.

　어떻게, 누가, 왜 그랬는지 궁금하다. 돌고 돌고 또 돌고, 돌고 돌고 또 돌고, 어지럽다!

　마침내 나는 실제로 뭔가를 발견해냈다.

밤에 오랫동안 지켜보다가 그것이 바뀌는 때를 마침내 포착해낸 것이다.

앞쪽 무늬가 움직인다. 분명하다! 그 뒤에서 여자가 무늬를 흔들고 있으니까!

때때로 그 뒤에 무수히 많은 여자가 있다는 생각이 들 때도 있고, 또 어떤 때는 단 한 명의 여자가 빠르게 주위를 기어 다니며 무늬를 흔들어대는 것 같기도 하다.

그 여자는 아주 밝은 곳에서는 가만히 있다가, 아주 어두운 곳에서는 창살을 움켜잡고 세차게 흔들어댄다.

그리고 언제나 밖으로 기어 나오려고 애쓴다. 그러나 누구도 그 무늬를 뚫고 기어 나올 수 없다. 그랬다가는 목이 졸린다. 그래서 무늬 속에 머리가 많이 들어 있나보다.

여자들의 머리가 무늬를 빠져나오면, 무늬는 그들을 목 졸라 거꾸로 세워놓고 그들의 눈을 허옇게 만든다!

머리를 무언가로 덮어놓았거나 보이지 않게 치웠더라면 벽지가 그리 흉측하지는 않았을 것이다.

내 생각에는 저 여자가 낮에 밖으로 나오는 것 같다!

왜 그런지 은밀히 말하자면, 내가 그녀를 보았기 때문이다!

방의 창문 너머 어디서든 그녀를 볼 수 있다!

그녀는 언제나 기어 다니고, 대부분의 여자들은 낮에 기어 다니지 않으므로, 나는 그녀가 그 여자임을 알 수 있다.

그녀는 나무 아래 기다란 길을 따라 기어 다니다가 마차가 다가오면 검은 딸기 덩굴 속으로 숨는다.

나는 조금도 그녀를 비난하지 않는다. 낮에 기어 다니다가 다른 사람의 눈에 띄면 매우 부끄러울 테니까.

나는 낮에 기어 다닐 때는 언제나 문을 잠근다. 그리고 존이 곧바로 의심할 것이므로 밤에는 절대 닐 수 없다.

게다가 존은 지금 너무 이상해서 그를 불안하게 만들고 싶지 않다. 그가 다른 방을 사용하면 얼마나 좋을까! 그리고 나 말고 다른 사람이 밤에 그 여자를 밖으로 끄집어내는 게 싫다.

창문 전체에서 그녀를 동시에 볼 수 있지 않을까 궁금해질 때가 많다.

그러나 가능한 재빨리 돌아보아도 한 번에 한 창문에서만 그녀를 볼 수 있을 뿐이다.

언제나 그녀를 보고 있긴 하지만 그녀는 내가 돌아보는 속도보다 더 빨리 기어 다닐 수 있나 보다!

탁 트인 전원 멀리에서 그녀가 높은 바람에 쫓기는 구름보다 더 빨리 기어 다닐 때도 있다.

맨 위의 무늬를 아래 무늬에서 떼어낼 수만 있다면! 나는 조금씩 시도해보고 있다.

또 하나 흥미로운 것을 발견했지만 지금은 말하지 않겠다! 사람들이 믿으려 들지 않을 테니까.

벽지를 벗겨낼 수 있는 날이 고작 이틀 밖에 남지 않았는데, 존이 눈치 채기 시작한 것 같다. 그의 눈빛이 싫다.

게다가 그가 제니에게 나에 대해 의사가 환자의 상태를 묻는 듯한 질문을 적잖이 하는 것을 들었다. 제니는 알려줄 게 아주 많았다.

내가 낮에 오랫동안 잠을 잔다고 제니는 말했다.

내가 너무 가만히 있어서, 존은 내가 밤에 제대로 잠을 못 자고 있음을 눈치 챘다.

그는 내게도 온갖 질문을 해댔고, 몹시 다정하고 친절한 척했다.

내가 그 속을 모를 거라고 여기고 있는 듯!

그러나 이 벽지에 둘러싸여 석 달 동안 잠을 잤으니 그가 그렇게 행동하는 것도 이상한 일은 아니다.

그저 흥미로울 뿐이지만, 존과 제니가 은밀하게 벽지의 영향을 받고 있음을 나는 확신한다.

만세! 오늘이 마지막 날, 그것으로 충분하다. 존은 밤에 마을에 가야 하므로 저녁때까지는 외출하지 않을 것이다.

제니는 나와 함께 잠자고 싶어했다. 여우 같은 것! 그러나 나는 밤에는 혼자 있어야 더 편히 쉴 수 있다고 말했다.

나는 결코 혼자가 아니므로 그렇게 말한 것은 현명했다! 달빛이 비추고, 그 가엾은 여자가 기어 다니며 무늬를 흔들기 시작하자, 나는 일어나 그녀를 도우러 달려갔다.

내가 잡아당기면 그녀는 흔들고, 내가 흔들면 그녀는 잡아당기고, 아침이 오기 전에 우리는 벽지를 몇 미터 정도 벗겨냈다.

내 머리 높이로 방 둘레의 반쯤 되는 벽의 벽지가 벗겨졌다.

그리고 태양이 떠올랐을 때 그 끔찍한 무늬가 나를 보고 웃기에 나는 오늘은 일을 끝내버리겠다고 장담했다!

　우리는 다음 날 떠날 예정이었으므로 사람들은 이 방의 가구를 전부 원래 있던 자리로 옮기고 있었다.

　제니는 깜짝 놀라 벽을 바라보았지만, 나는 못된 괴물에 복수하기 위해 그런 것이라고 즐겁게 말했다.

　제니는 웃으면서 자기는 그런 것에 관심이 없지만 내가 피곤해지면 안 된다고 말했다.

　그 순간 아이는 자신을 속이기 위해 얼마나 노력했을까!

　그러나 나는 이 방에 있고, 나 말고 아무도 저 벽지를 건드리지도 알아채지도 못한다!

　제니는 나를 방에서 나오게 하려고 했지만, 너무 뻔한 속셈이었다! 나는 방이 지금 아주 조용한데다 깨끗하게 비어 있으므로 다시 누우면 잠을 푹 잘 수 있을 거라고 말했다. 그리고 저녁 식사 때까지는 깨우지 말라고, 일어나면 내가 부르겠다고 말했다.

　그래서 제니는 방에서 나갔고, 하인들도 나갔으며, 물건들도 치워졌다. 이제 남은 것은 바닥에 고정된 커다란 침대의 뼈대와 침대 위의 무명 매트리스 뿐이었다.

　오늘밤은 아래층에서 자고, 내일은 배편으로 집에 갈 것이다.

　지금, 예전처럼 비어 있는 이 방이 썩 마음에 든다.

　아이들이 이 방에서 얼마나 난리를 피웠을까!

　이 침대는 얼마나 망가져 있는지!

　그러나 나는 일을 해야 한다.

　나는 문을 잠그고 열쇠를 현관 앞길에 내던졌다.

존이 올 때까지는 밖으로 나가고 싶지 않으며, 그 누구도 방 안으로 들이고 싶지 않다.

그를 깜짝 놀라게 만들고 싶다.

나는 제니도 눈치 채지 못하게 밧줄을 이 방에 가져다 놓았다. 그 여자가 밖으로 나와 도망치려고 한다면, 그녀를 밧줄로 묶을 것이다!

그러나 딛고 올라설 것이 아무것도 없으니 높은 곳까지 닿을 수 없다는 사실을 미처 깨닫지 못했다.

침대는 움직이지 않았다!

나는 녹초가 될 때까지 침대를 들었다 밀었다 하다가 너무나 화가 나서 침대 모서리를 살짝 물어버렸다. 그러다 그만 이를 다치고 말았다.

나는 바닥에서 키가 닿는 높이까지의 모든 벽지를 벗겨냈다. 벽지는 끔찍하리만큼 착 달라붙어 있었고, 무늬는 그저 즐거워하고 있었다! 목 졸린 머리, 불룩한 눈동자, 뒤뚱거리는 균류 전부가 비웃음과 함께 비명을 높였다!

나는 절망적인 일을 해야 할 만큼 점점 분노하고 있다. 창문 밖으로 뛰어내리는 편이 나았지만, 창살이 너무 튼튼해서 시도조차 할 수 없다.

그리고 그렇게 하지 않을 것이다. 물론 하지 않는다. 나는 안다.

창문 밖을 내다보는 것조차 싫다. 밖에는 너무 많은 여자들이 기어 다니고 있는데, 너무 빠르다.

그들도 전부 나처럼 벽지에서 나온 것인지 의아하다.

그러나 나는 숨겨놓은 밧줄로 안전하게 꽁꽁 묶여 있으니, 누구도

The Yellow Wallpaper

나를 저 길가로 내몰지 못할 것이다!

밤이 오면 나는 다시 무늬 뒤로 돌아가야 하지만, 그건 너무 어려운 일이다!

이 커다란 방에서 빠져나가 마음대로 주변을 기어 다니면 얼마나 기쁠까!

나는 밖으로 나가고 싶지 않다. 제니가 부탁해도 나가지 않을 것이다.

왜냐하면 밖에서는 땅을 기어 다녀야 하고, 모든 것이 누런색이 아니라 초록색이기 때문이다.

그러나 이곳에서는 바닥을 유유히 기어 다닐 수 있다. 두 어깨를 벽지의 기다란 얼룩에 대고 기어 다니면 길을 잃지도 않는다.

이런, 존이 문가에 와 있다!

이런, 존이 문가에 와 있다!

젊은이, 소용없어. 당신은 문을 열 수 없다고!

그는 나를 부르며 요란히도 쿵쾅거린다!

이제는 도끼를 가져오라고 고함까지 친다.

저렇게 아름다운 문을 부수다니 얼마나 부끄러운 일인가!

"존!" 나는 아주 부드러운 목소리로 말했다. "열쇠는 현관 계단 쪽, 질경이 잎 아래에 있어요!"

그는 잠시 아무 말이 없었다.

이윽고 그는 정말이지 조용하게 말했다. "여보, 문 열어!"

그래서 내가 몇 번이나 아주 부드러운 목소리로 천천히 같은 말을 되풀이하고 그런 일이 자주 있다고 말하자, 그는 하는 수 없이 현관에서 열쇠를 가져와 문을 열고 방 안으로 들어왔다. 그는 문가에 흠칫 멈춰 섰다.

"무슨 일이야?" 그는 소리쳤다. "제발, 무슨 짓을 하고 있냔 말이야!"

나는 전과 똑같이 기어 다니면서 어깨 너머로 그를 바라보았다.

"마침내 빠져나왔어요." 나는 말했다. "당신과 제니가 막았지만 말이에요. 벽지를 거의 다 벗겨냈으니까, 당신은 나를 제자리로 돌려놓진 못해요!"

그런데 지금 저 남자는 왜 기절을 해버린 걸까? 그러나 그는 정말 쓰러져서 벽 가의 내 길목을 막아버렸기 때문에 나는 매번 그를 기어 넘어가야 했다!

솔방울

The Cone (1895)

허버트 조지 웰즈
Herbert George Wells

허버트 조지 웰즈 Herbert George Wells(1866~1946)는 잉글랜드 켄트 브럼리에서 가난한 상인의 아들로 태어났다. 열네 살 때 포목상의 도제로 일하기 시작했으며, 열일곱 살 때 조그만 시골학교의 교생이 되었고, 이후 런던의 과학 사범학교에 장학생으로 입학했다. 졸업은 하지 못했지만 과학 사범학교 시절은 훗날 주요 작품들의 토대가 될 과학적 상상력을 키워주었다. 원인 모를 출혈 증세로 죽음의 공포를 겪으면서, 요절하기 전 작가가 되어야겠다는, 그리고 이상적인 연인을 만나야겠다는 일념으로, 교사라는 직업과 부인을 버리고 제자와 함께 도망쳐 자유기고가로서의 삶을 시작했다. 그는 곧 생기 있는 해학적 문체의 소유자, 과학이라는 새로운 주제를 다룬 신인 작가라는 평판을 얻었고, 《타임머신 *The Time Machine*》, 《투명인간 *The Invisible Man*》, 《우주전쟁 *The War of the Worlds*》을 비롯한 공상과학 소설로 큰 성공을 거두었다. 1901년 페이비언 협회에 참여한 뒤에는 성적 자유와 노동 계급의 궁핍을 개선하기 위한 적극적 활동을 주장해 젊은 회원들의 지지를 얻기도 했다. 여성 편력도 계속되어, 페이비언 협회의 후배 앰버 리브스, 여성 작가 리베카 웨스트 등과 연이어 열애에 빠지기도 했다. 1차 세계대전 이후 세계 평화가 정착되지 못한 데 분개하여, 인류에게 직접 평화를 호소하기 위해 방대한 분량의 《세계문화사 대계 *The Outline of History*》를 집필했으며, 사회주의와 자본주의 간의 갈등을 해결하기 위해서 직접 스탈린과 루스벨트를 만나기도 했다. 인류를 파멸로 몰아가는 세력과의 투쟁을 호소하던 중 런던에서 팔십 세의 나이로 사망했다.

후텁지근하고 구름이 잔뜩 낀 밤하늘에 한여름의 굼뜬 노을이 붉게 물들어 있었다. 그들은 바깥 공기가 더 신선할 거라며 열려진 창가에 앉아 있었다. 어둡게 굳어 있는 정원의 나무 너머 푸르스름한 저녁을 배경으로, 차도의 가스등이 밝은 오렌지색으로 타들어가고 있었다. 좀더 멀리 웅크린 하늘 아래 철로의 신호등 세 개가 빛을 발했다.

"눈치 채지 않았을까?" 남자가 약간 초조한 기색으로 말했다.

"아니라니까요." 몹시 신경이 거슬리는지 여자가 샐쭉하게 말했다. "그 사람은 오로지 일과 연료비 생각밖에 하지 않아요. 상상력도 시심도 없는 사람이라고요."

"무정한 사람들은" 그는 설교 투로 말했다. "가슴이 없는 법이지."

"맞아요." 그녀는 앵돌아진 얼굴을 창가 쪽으로 돌렸다. 멀리서 들려오던, 으르렁거리며 달려드는 소리가 점점 더 커졌다. 금속성의 덜커덕거리는 소리가 들려왔고 집이 흔들렸다. 기차가 지나가는 동안,

쫓겨가는 연기 위로 불빛이 번뜩였다. 하나, 둘, 셋, 넷, 다섯, 여섯, 일곱, 여덟, 여덟 량짜리 기차가 희끄무레한 제방을 가로지른 뒤 갑자기 터널 속으로 한 량씩 사라졌다. 터널은 꿀꺽 하는 소리를 내며 기차와 연기를 집어삼켰다.

"예전에는 이곳이 얼마나 맑고 아름다웠다고." 그가 말했다. "지금은 지옥으로 변했지만. 저 아래 가득 들어선 공장과 굴뚝에서 끊임없이 하늘로 연기를 뿜고 있지만……그게 무슨 상관이야? 이제 끝날 텐데, 이 냉혹함도 완전히…… '내일이면' 끝날 테니까." 그는 '내일'이라고 말할 때 목소리를 낮췄다.

"내일." 그녀 역시 속삭이며 창밖을 바라보았다.

"자기!" 그가 그녀의 손을 잡았다.

그녀는 깜짝 놀라 고개를 돌렸고, 그들은 서로의 눈빛을 탐색했다. 그녀의 시선이 부드러워졌다. "내 사랑! 정말 신기해요. 이처럼 거리낌 없이 당신이 내 삶에 들어오다니."

"거리낌 없이?" 그가 물었다.

"세상은 너무도 아름다워요……." 그녀는 망설이다가 더 나지막이 말했다. "내게는 온전한 사랑의 세상."

그때 갑자기 찰칵 소리와 함께 문이 닫혔다. 그들은 고개를 돌렸고, 남자는 소스라치게 놀라 움찔했다. 어둠침침한 방 안에 어두운 거구의 형체가 우두커니 서 있었다. 희미한 빛에 스치는 얼굴, 짙은 눈썹 아래 포착하기 어려운 검은 그늘을 드리운 얼굴이었다. 돌연, 라우트의 온몸이 팽팽해졌다. 언제 문을 열었을까? 어디까지 들었을까? 전부 다? 어디까지 봤을까? 거센 질문의 소용돌이가 일었다.

끝없는 기다림처럼 잠깐의 침묵이 흐른 후, 마침내 그림자가 입을 열었다. "그런 건가?"

"자네를 만나지 못할까봐 걱정했어, 호럭스." 창가에 있던 남자가 창턱을 움켜잡으며 말했다. 목소리가 떨렸다.

호럭스는 방 안의 밝은 곳으로 어색하게 몇 발 내딛었다. 라우트의 말에는 아무 대꾸도 하지 않았다. 잠시 동안 그는 두 사람을 내려다보았다.

여자의 심장은 싸늘하게 식어 있었다. "곧 당신이 오실 거라고 라우트 씨한테 말하던 참이었어요." 그녀의 목소리는 조금도 떨리지 않았다.

호럭스는 여전히 아무 말 없이 간이 탁자 옆의 의자에 털썩 주저앉았다. 커다란 손은 주먹을 꽉 쥐고 있었다. 눈썹의 그림자 밑에서 서서히 이글거리는 눈빛이 나타났다. 그는 마음을 진정시키려고 애쓰고 있었다. 그의 시선은, 그가 신뢰했던 여자에게서 그가 신뢰했던 친구에게로 옮겨졌다가 다시 여자에게로 돌아왔다.

그 잠깐 동안 세 사람은 서로를 조금은 이해할 수 있었다. 그러나 아무도 그들 자신을 숨 막히게 만드는 상황을 누그러뜨리기 위해 말을 할 엄두를 내지 못하고 있었다.

침묵을 깬 것은 남편의 목소리였다.

"나를 만나러 왔다고?"

라우트가 움찔하며 말했다. "자넬 보러 왔지." 그는 마침내 거짓말을 하기로 마음먹었다.

"그랬군."

솔방울

"약속했잖아." 라우트가 말했다. "달빛과 연기의 멋진 효과를 보여주겠다고."

"달빛과 연기의 멋진 효과를 보여주겠다고 약속했지." 호럭스는 메마른 목소리로 똑같은 말을 되뇌었다.

"그래서 오늘밤 자네가 일하러 가기 전에 만나볼 생각이었지." 라우트는 말을 이었다. "그리고 자네와 함께 나갈 생각이었거든."

또 침묵이 흘렀다. 지금 제대로 하고 있는 걸까? 결국 다 알아버린 걸까? 얼마나 오랫동안 방에 있었지? 문소리가 들려온 순간 어떤 자세를 하고 있었더라……. 호럭스는 핏기를 잃은 채 어스름한 불빛으로 인해 그늘진 아내의 옆얼굴을 응시했다. 그리고는 라우트를 바라보다가 불현듯 정신을 차린 사람처럼 말했다. "물론이지. 극적인 상황에서 그걸 보여주겠다고 약속했지. 내가 약속을 깜박하다니 정말 이상하군."

"괜히 귀찮게 하는 거라면……." 라우트가 입을 열었다.

호럭스는 또 한 번 흠칫했다. 뜨겁고 음울한 그의 눈동자에서 갑자기 다른 빛이 스쳐 지나갔다. "전혀." 그가 말했다.

"당신이 그렇게 멋지다고 생각하는 불꽃과 어둠의 대비 효과에 대해 벌써 라우트 씨에게 말해주었군요?" 여자는 처음으로 남편을 보며 말했고, 은밀한 비밀이 다시 생각나자 목소리가 매우 높아졌. "기계는 아름답고, 그 외의 모든 것은 추하다는 당신의 끔찍한 이론 말이에요. 아마 저이가 라우트 씨라고 봐주진 않을걸요. 저이가 예술에서 발견한 위대한 이론이니까요."

"나는 늦게 발견하는 편이지." 갑자기 호럭스가 험악하게 아내의 말을 가로막았다. "하지만 내가 발견한 건⋯⋯." 그는 말을 멈추었다.

"뭐죠?" 그녀가 물었다.

"아무것도 아니야." 그는 벌떡 일어섰다.

"자네한테 보여주겠다고 약속했지." 그는 볼품없는 커다란 손으로 친구의 어깨를 잡았다. "자, 그럼 가볼까?"

"좋지." 라우트도 자리에서 일어섰다.

또다시 침묵이 흘렀다. 어스름 속에서 그들은 제각각 다른 두 사람의 얼굴을 바라보았다. 호럭스의 손은 여전히 라우트의 어깨에 놓여 있었다. 라우트는 그날의 일이 아무렇지 않게 무마될지도 모른다고 생각했다. 그러나 호럭스 부인은 자신의 남편을, 그 목소리의 숨죽인 냉기를 더 잘 알고 있었으므로 어지러운 마음 한편에 그럴 듯하면서도 막연하게 불길한 모습을 떠올리고 있었다.

"잘 됐군." 호럭스는 친구의 어깨에서 손을 떼고 문가로 돌아섰다.

"모자가 어딨더라?" 라우트는 어슴푸레한 방 안을 둘러보았다.

"반짇고리 안에 있어요." 호럭스 부인은 발작적인 웃음을 터뜨렸다. 두 사람의 손이 의자 뒤를 더듬었다. "찾았어요!" 그가 말했다. 그녀는 남편 몰래 그에게 경고를 하고 싶었지만, 결국 한 마디도 할 수 없었다. "가지 마세요!", "저 사람을 조심해요!" 머릿속에서만 말이 소용돌이칠 뿐, 그것도 순식간에 사라져버렸다.

"찾았어?" 호럭스는 문을 반쯤 열고 서 있었다.

라우트는 그를 향해 걸어갔다. "집사람한테 작별 인사라도 하지 그래." 철기 제조업자의 말에서 전보다 훨씬 더 억눌린 냉기가 전해졌다.

라우트는 깜짝 놀라 돌아섰다. "그럼 이만 가보겠습니다, 호럭스 부인." 두 사람의 손이 스쳤다.

호럭스는 전에 없이 경건하고 정중하게 문을 열고 기다렸다. 라우트가 밖으로 나가자, 남편은 아내에게 한 마디 말도 없이 그 뒤를 따라갔다. 라우트의 가벼운 발소리와 남편의 묵직한 발소리가 저음과 고음처럼 어우러져 복도를 내려가는 동안, 그녀는 가만히 서 있었다. 현관문이 닫히는 소리가 요란하게 울렸다. 그녀는 천천히 창가로 가서 몸을 내밀고 밖을 바라보았다. 두 남자는 가로등 아래를 지나 대문 쪽으로 향하는가 싶더니 이내 시커먼 풀숲에 가려졌다. 잠시 동안 가로등 불빛에 드러났던 그들의 얼굴은 무의미하고 창백했을 뿐, 그녀가 여전히 두려워하고 의심하며 부질없이 애타게 알고 싶어하는 것이 무엇인지 말해주지 않았다. 그녀는 커다란 안락의자에 무너지듯 웅크리고 앉아 휘둥그레진 눈으로 하늘에서 깜박이는 용광로의 붉은빛을 바라보았다. 한 시간 후에도 그녀는 그렇게 앉아 있었다.

답답한 밤의 정적이 라우트를 무겁게 짓눌렀다. 그들은 어깨를 나란히 하고 침묵 속에서 길을 걸었다. 침묵이 계속되는 가운데, 그들은 계곡을 향해 나 있는 석탄재로 만들어진 샛길로 접어들었다.

기다란 계곡은 푸른 연기와 옅은 먼지와 안개에 휩싸여 신비로웠다. 핸리와 에트루리아 너머의 거무스름한 물체가 띄엄띄엄 빛나는 황금빛 가로등에 가느다란 실선처럼 나타났고, 여기저기 가스등이 밝혀진 창문과 야근 중인 공장 혹은 사람들로 붐비는 술집의 누런 불빛이 보였다. 덩어리처럼 모여 있는 풍경에서 밤하늘을 향해 무수한 굴뚝들이 또렷하고 호리호리한 모습으로 솟구쳐 있었는데, '조업' 시즌

답게 대부분 연기를 뿜어 올리고 있었다. 여기저기 활기 없는 지역과 유령처럼 북적이는 곳곳에서 뜨겁게 내려앉은 하늘을 배경으로 굴뚝과 윤전기가 보였고, 석탄선도 모습을 드러냈다.

"자네는 용광로에서 기막힌 색깔을 얻었겠지." 라우트는 불안해진 침묵을 깨려고 말했다.

호럭스는 툴툴거렸다. 그는 호주머니에 손을 찔러 넣고 골치 아픈 문제에 골몰한 사람처럼 잔뜩 미간을 찌푸린 채 희미하게 김이 올라오는 철로와 그 너머의 분주한 철공소를 바라보았다.

라우트는 또 한 번 그를 흘긋 보았다. "당장은 자네의 월광 효과가 제모습을 보이긴 힘들 거야." 그는 하늘을 바라보며 말을 이었다. "해가 완전히 떨어지지 않아서 달빛이 약한걸."

호럭스는 갑자기 깨달은 사람처럼 뭔가 기대하는 표정으로 그를 물끄러미 응시했다. "해가 아직 떨어지지 않았다고?……아, 그래, 맞아." 그도 고개를 들어 한여름 하늘에 희미하게 걸려 있는 달을 바라보았다. "자, 가지." 그는 불쑥 말하고는 라우트의 팔을 붙잡고 철로 쪽 내리막길로 향했다.

라우트는 주춤했다. 잠깐 동안 두 사람은 서로의 눈빛에서 금방이라도 말이 되어 나올 듯한 숱한 의미를 보았다. 라우트를 붙잡은 호럭스의 손아귀에 힘이 들어갔다가 이내 느슨해졌다. 라우트가 미처 어찌할 틈도 없이 그들은 서로 팔짱을 끼고, 그 중 한 사람은 내키지 않는 발걸음으로 길을 내려가기 시작했다.

"버슬럼 방면의 철로 신호기에서 나오는 멋진 효과를 보라고." 호럭스는 갑자기 말이 많아졌고, 걷는 속도를 높이며 팔에 힘을 주었다.

"연기를 배경으로 조그만 초록과 빨강, 흰색의 빛이 어떻게 어우러지는지를 말이야. 방심하지 말고 지켜봐야 효과를 확인할 수 있어, 라우트. 효과가 기가 막히지. 언덕을 내려가는 동안 어떤 효과가 나타나는지 내 용광로를 지켜보자고. 저기 오른쪽에 있는 이십 미터짜리 내 애완동물 좀 봐. 내가 직접 녀석을 운반했는데, 오 년 동안 쇠로 배를 채우고는 기분 좋게 끓고 있잖아. 녀석은 내게 특별하다고. 저기 붉은 줄 있잖아. 자네는 아마 따스한 오렌지색이라고 멋지게 부르겠지만, 아, 방금 전에 증기 해머의 흰색 불꽃 봤지? 저게 바로 압연기야. 어서 가자! 땡그렁, 땡그렁, 바닥에서 덜커거리는 것 좀 봐! 함석판이라고, 라우트. 정말 놀라운 물건이지. 제분소에서 가져올 때는 지금처럼 유리 거울이 없었어. 저기, 또 때린다! 해머가 또 일을 내는군. 어서 가자!"

그는 가쁜 숨을 몰아쉬느라 말을 멈추어야 했다. 그러나 라우트와 얼얼할 정도로 강하게 팔짱을 낀 상태를 계속 유지했다. 그는 무엇에 홀린 사람처럼 철로로 이어진 험한 내리막길을 줄곧 급하게 내려왔다.

라우트는 한 마디 말도 없이 그저 호럭스에게 끌려가지 않으려고 기를 쓰고 있었다.

"잠깐만." 그는 간신히 신경질적으로 웃으며 말했지만, 목소리에 힐책하는 기색이 분명했다. "대체 왜 팔을 붙잡는 건가, 호럭스. 왜 이렇게 끌고 가냔 말이야?"

그러자 호럭스는 그의 팔을 놓아주었다. 그의 태도는 또 바뀌었다. "팔을 왜 붙잡고 있냐고? 미안해. 하지만 친하게 걷는 기술을 가르쳐

준 건 바로 자네가 아닌가?"

"그럼, 세련되게 배우질 못했군." 라우트는 또 웃음을 꾸몄다. "거짓말 아냐! 멍이 들었다고."

호럭스는 사과하지 않았다. 그들은 이제 언덕을 거의 다 내려온 상태였으므로, 철로 변의 울타리가 가까워져 있었다. 그들이 가까이 갈수록 철공소들은 점점 더 거대한 모습으로 사방에서 그 모습을 드러내었다. 그들은 이제 용광로를 올려다보고 있었다. 언덕을 내려오는 동안, 에트루리아와 핸리는 시야에서 사라져버렸다. 그들의 정면에서, 약간 옆쪽으로 표지판이 서 있었는데, 아직은 희미하게 글자가 보였다. "열차 조심." 표지판의 반은 석탄이 섞인 진흙 얼룩이 묻어 보이지 않았다.

"기막힌 효과야." 호럭스는 팔을 흔들며 말했다. "저기 기차가 오는군. 칙칙폭폭, 연기를 내뿜고 앞에 달린 둥그런 눈알에서 오렌지색 불빛을 번뜩이면서 박자에 맞춰 덜커덕 덜커덕. 기막힌 효과! 하지만 연료비를 아끼려고 솔방울을 쑤셔 넣기 전에는 용광로가 더 멋있었는데."

"뭐?" 라우트가 말했다. "솔방울?"

"솔방울, 이 친구야, 솔방울 말이야. 제일 가까운 용광로를 보여주지. 열려진 주입구에서 불길이 치솟는 거야. 굉장하지, 어때? 낮에는 붉고 검은 연기로 구름 기둥을 만들고, 밤에는 불기둥이 되잖아. 지금은 파이프를 통해 집어넣지. 그리고 솔을 태워 압연기에 열을 공급하고, 맨 위는 솔방울로 꽉 막아두는 거야. 자네도 솔방울에 관심이 갈 걸."

"그러나 가끔씩" 라우트는 말했다. "불길이 솟구치고 저기까지 연기가 올라가잖아."

"솔방울은 고정된 게 아니라, 레버에 사슬로 달려 있어. 평형추로 균형을 잡는 거지. 가까운 용광로에서 곧 보게 될 거야. 물론 용광로에 다른 방법으로 연료를 공급할 수는 없어. 가끔씩 솔방울을 퍼내는데, 불길은 그때 나오는 거야."

"알겠어." 라우트는 어깨 너머를 힐끔거리며 말했다. "달빛이 점점 밝아지는데."

"가자." 호럭스가 불쑥 말하면서 또다시 라우트의 어깨를 붙잡고 철도 건널목을 향해 움직이기 시작했다. 건널목 한복판에서 호럭스의 손이 갑자기 바이스처럼 그를 꽉 죄더니, 반 바퀴쯤 휙 돌려세우는 바람에 그는 철로 위쪽을 볼 수 있었다. 램프가 밝혀진 차량의 창문들이 순식간에 다가왔고, 기관차의 붉은색과 노란색 불빛이 그들을 향해 돌진하면서 점점 더 커졌다. 상황을 깨달은 라우트는 호럭스를 향해 얼굴을 돌렸고, 철로 한가운데에서 자신을 붙들고 있는 손아귀를 필사적으로 밀쳐냈다. 몸싸움은 순식간에 끝났다. 그곳에서 그를 붙잡고 있는 사람이 호럭스라는 분명한 사실처럼, 그가 맹렬하게 위험에서 빠져나온 것도 분명한 사실이었다.

"비켜." 기차가 덜커덕거리며 점점 가까이 다가오는 동안, 호럭스가 숨을 헐떡이며 말했다. 그들은 철공소 출입문 근처에 서서 숨을 몰아쉬었다.

"기차를 못 봤어." 라우트는 여전히 불안에 휩싸여 있었지만 겉으로는 평소의 친구처럼 보이려고 애썼다.

호럭스는 퉁명스럽게 말했다. "솔방울." 그는 숨을 고르며 말을 이었다. "기차 소리를 못 들은 것 같더군."

"못 들었어." 라우트기 말했다.

"절대 자네를 죽게 놔두지는 않았을 거야." 호럭스가 말했다.

"순간적으로 정신이 나갔었어." 라우트가 말했다.

호럭스는 삼십 초 정도 서 있다가 철공소를 향해 휙 돌아섰다. "용재 덩어리로 된 저 거대한 언덕이 얼마나 멋진가 보라고. 밤에 보면 정말 기막히지! 저기 화차, 저기 위쪽! 저 위까지 간 다음 용재 찌꺼기를 비우는 거야. 덜덜거리며 붉은색 물건이 아래쪽으로 미끄러지는 것 좀 봐. 가까이 갈수록 용재 더미가 용광로 높이만큼 높아지거든. 저기 위쪽에 덜덜거리면서 올라가는 걸 봐. 그쪽이 아니야! 이쪽, 무더기 사이. 연철로로 가는 것이지만, 먼저 도관을 보여주지." 그는 라우트의 팔을 잡아끌었고, 그들은 나란히 걸었다. 라우트는 알아듣기 힘든 말로 호럭스에게 대꾸했다. 철로에서 과연 무슨 일이 벌어진 것인지, 그는 마음속으로 묻고 있었다. 그의 착각이었을까, 아니면 호럭스가 실제로 철로 한가운데 그를 붙잡고 있었던 것일까? 방금 전 살해당할 뻔했던가?

이 꾸부정하고 험상궂은 괴물이 뭔가 눈치 챈 건 아닐까? 일이 분쯤 지났을 때, 라우트는 실제로 생명의 위협을 느꼈지만, 이성적으로 생각하려고 애쓰는 동안 그런 느낌도 사라졌다. 어쨌든, 호럭스는 아무 말도 듣지 못했을 것이다. 어쨌든, 적절한 순간에 그가 밖으로 불러낸 셈이었다. 오늘 이상하게 구는 것은 까닭 모를 질투심 때문으로, 라우트는 그 전에도 한 번 그런 모습을 본 적이 있었다. 호럭스는 이제 쟷

더미와 도관에 대한 이야기를 하고 있었다. "어때?" 호럭스가 말했다.

"뭐가?" 라우트가 말했다. "좋고말고! 달빛 속의 연기라, 멋지군!"

"도관 말이야." 호럭스가 불쑥 말했다. "달빛과 불빛에서 보면 도관의 효과가 정말 엄청나지. 한 번도 본 적 없지? 상상해봐! 자네는 저기 뉴캐슬에서 연애질하느라 밤 시간을 낭비하잖아. 정말 눈부신 효과에 대해 말해주고 있는 거야. 하지만 알아두게. 물을 끓이는 건……."

그들이 용재와 석탄, 광석 더미로 복잡하게 얽힌 길에서 벗어났을 때, 압연기 소리가 갑자기 크고 또렷하게 들려왔다. 어둠 속에서 지나가던 인부 세 명이 호럭스를 보고 모자를 만지며 인사를 건넸다. 그들의 얼굴은 어둠 때문에 어렴풋했다. 라우트는 그들에게 말을 하고 싶다는 부질없는 충동을 느꼈지만, 입을 열기도 전에 그들은 어둠 속으로 사라져버렸다. 호럭스는 바로 앞에 있는 도관을 가리켰다. 용광로의 시뻘건 불빛이 드러난, 기이한 곳이었다. 용광로의 송풍구를 냉각시킨 뜨거운 물이 도관을 따라 삼십오 미터 높이까지 요란스럽게 부글거리는 물줄기로 올라갔고, 흰색 줄처럼 소리 없이 물에서 피어오른 수증기가 그들의 몸을 축축하게 감쌌다. 검붉은 소용돌이에서 끊임없이 솟구치는 유령처럼 허연 습기에 머리까지 젖을 정도였다. 좀 더 커다란 용광로가 검게 번뜩이며 수증기 밖으로 솟아 있었고, 시끄러운 소음이 귓가를 때렸다. 라우트는 물가에서 물러서며 호럭스를 주시했다.

"붉은색이야." 호럭스가 말했다. "시뻘건 수증기는 죄악처럼 붉고 뜨겁지. 그러나 저쪽, 달빛이 비추는 용재 더미 사이를 지나면서 죽음처럼 하얀색으로 변하지."

라우트는 잠시 그쪽으로 고개를 돌렸다가 다급히 호럭스를 살폈다. "압연기 쪽으로 가보자." 호럭스가 말했다. 이번에는 팔을 붙잡는 손아귀의 힘이 그리 위협적이지 않아서 라우트는 약간 마음을 놓았다. 그러나 그와 동시에 떠오른 것은, "죽음처럼 희다"와 "죄악처럼 붉다"는 호럭스의 말이었다. 대체 무슨 의미일까? 아마 우연이겠지?

그들은 연철로 뒤에서 잠시 서 있다가 압연기 사이로 걸어갔다. 쇳물을 두드리는 증기 해머의 쉴 새 없는 소음에 귀가 얼얼했다. 웃통을 벗어던진 시커먼 거한들이 뜨거운 봉랍처럼 생긴 윤전기 사이의 플라스틱 막대를 바삐 움직이고 있었다. "자, 어서 가자." 호럭스가 라우트의 귓가에 대고 말했다. 그들은 걷는 동안 송풍구 뒤에 뚫린 조그마한 유리 구멍을 들여다보았다. 용광로 구덩이 속에서 불길이 몸부림치고 있었다. 잠시만 들여다봐도 눈이 멀 정도로 불길이 거셌다. 어둠 너머 초록빛과 파란빛 덩어리가 넘실거리는 가운데, 그들이 향한 승강기는 광석과 연료, 석회가 담긴 화차를 원통형 용광로 꼭대기까지 끌어올리는 장치였다.

용광로에 매달려 있는 비좁은 승강기에 올라타고, 라우트는 또다시 의혹에 사로잡혔다. 여기까지 따라온 것이 잘한 일일까? 만약 호럭스가 모든 걸 알고 있다면 어쩌지? 그는 온몸이 부들부들 떨리는 것을 어쩌지 못했다. 발아래는 이십 미터 낭떠러지였다. 위험한 곳이었다. 발 디딜 틈도 없는 상황에서 그들은 화차에 밀려 난간까지 쫓겨 갔다. 톡 쏘는 악취와 함께 용광로에서 뿜어진 유황 수증기 때문에 멀리 핸리의 산허리가 움찔하는 것 같았다. 이제 구름 사이에서 달이 얼굴을 내밀고, 뉴캐슬의 물결치는 삼림을 굽어보고 있었다. 도관은 수증기를 뿜으며 발아래 흐릿한 다리 밑으로 흘러들었다가 버슬럼 방면 평원의 희미한 안개 속으로 사라졌다.

"내가 말한 솔방울이 바로 저거야." 호럭스가 소리쳤다. "그 아래 십팔 미터에서 불과 쇳물이 뒤섞이고, 소다수에 가스가 들어간 것처럼 용광로의 공기가 섞여 거품이 부글거리지."

라우트는 난간을 꽉 움켜잡으며 솔방울을 내려다보았다. 열기가 엄청났다. 쇠를 끓이는 소리와 용광로의 굉음이 호럭스의 목소리에 우레처럼 따라붙었다. 그러나 어쩔 수 없는 일이었다. 결국에는……

"저 중간의" 호럭스가 고함쳤다. "온도가 천 도에 가까워. 자네가 저기 떨어지는 날이면…… 촛불에 화약을 살짝 댈 때처럼 순식간에 불꽃으로 타버리지. 손을 뻗쳐서 녀석이 토해내는 열기를 느껴보라고. 이 정도 떨어진 높이에서도 빗방울이 화차 멀리서 끓어오르는 걸 봤으니까. 솔방울은 저기 있어. 너무 뜨거워서 쳐다만 봐도 구운 요리가 되지. 꼭대기 가장자리 온도가 삼백 도거든."

"삼백 도!" 라우트가 말했다.

"섭씨 삼백 도, 상상이 가나!" 호럭스가 말했다. "눈 깜짝할 사이에 자네 몸에서 피를 말려버릴 거야."

"뭐?" 라우트는 돌아보았다.

"자네 몸에서 피를 말려버릴 거라고……. 안 돼, 이러지 마!"

"놔!" 라우트는 소리쳤다. "팔을 놓으란 말이야!"

그들은 난간을 붙잡고 있던 손까지 떼며 서로 버둥거렸다. 잠시 동안 두 사람은 이리저리 흔들렸다. 그런데 갑자기, 호럭스가 손을 휙 비틀어 라우트의 팔을 뿌리쳤다. 라우트는 호럭스를 붙잡으려다가 놓치고는 뒤쪽 허공으로 발을 헛디뎠다. 그가 허우적거리는 동안 뺨과 어깨, 무릎이 뜨거운 솔방울에 닿았다.

그는 솔방울을 매달아놓은 사슬을 붙잡았다. 사슬이 약간 밑으로 늘어졌다. 붉은 불빛이 그를 에워쌌고, 깊숙한 혼돈의 복판에서 풀린 불덩어리가 그를 향해 혀를 날름거렸다. 그는 무릎에 강렬한 통증을 느꼈고 두 손이 타 들어가는 냄새를 맡았다. 똑바로 몸을 가누고 사슬을 타고 올라가려는데 뭔가 머리를 때렸다. 달빛에 검게 번뜩이는 용광로 입구가 그의 머리 위에 버티고 있었다.

승강기의 연료 화차 옆에 서 있는 호럭스의 모습이 보였다. 몸짓으로 뭔가 말하는 것처럼 그의 모습은 달빛 속에서 눈부시게 희었다. 그는 소리쳤다. "쉿, 멍청한 놈! 쉿, 바람둥이! 발정 난 사냥개 같은 놈! 끓어라! 끓어! 끓어!"

갑자기 그는 연료 화차에서 석탄을 한 줌 집어들더니 라우트를 향해 하나씩 집어던졌다.

"호럭스!" 라우트는 소리쳤다. "호럭스!"

그는 울부짖으며 사슬에 매달려 솔방울에서 벗어나려고 버둥거렸다. 호럭스가 던진 석탄이 하나씩 그를 때렸다. 그의 옷은 까맣게 타 들어가며 불이 붙었고, 그가 버둥거리는 동안 솔방울이 밑으로 떨어졌다. 숨 막히는 뜨거운 기체가 솟구쳤고, 불덩이의 가쁜 숨결이 그를 에워쌌다.

그는 사람의 모습을 잃어갔다. 한차례 붉은 빛이 일었다 사라진 후, 호럭스는 검게 그을린 몸뚱이와 피로 얼룩진 머리로 여전히 사슬을 더듬거리며 고통스럽게 몸부림치는, 타 들어가는 짐승, 인간이 아닌 괴물의 형체를 보았다. 간헐적인 비명 소리와 함께 흐느낌이 들려왔다.

돌연, 그 모습을 지켜보던 철기 제조업자의 분노가 사라졌다. 그는 지독한 욕지기를 느꼈다. 타는 살 냄새가 그의 코끝에 확 끼쳤다. 그는 퍼뜩 정신이 들었다.

"신이시여, 저를 용서하소서!" 그는 소리쳤다. "오, 신이시여! 제가 무슨 짓을 한 겁니까?"

여전히 움직이며 더듬거리는 것만 제외하면 그의 발밑에 있는 것은 이미 죽은 남자였다. 혈관까지 타들어가 버렸을 가여운 남자. 강렬한 고통이 호럭스의 다른 감정을 압도했다. 잠시 우물쭈물 서 있던 그는 다급히 화차를 기울여 그 내용물을 이제는 인간이 아닌 버둥거리는 물체를 향해 쏟아 부었다. 한 무더기의 석탄이 퍽 소리와 함께 떨어져서 솔방울 위에 흩어졌다. 퍽 소리와 함께 비명도 끝이 났으며, 부글거리는 연기와 먼지, 불꽃이 한꺼번에 그를 향해 솟구쳤다. 잠시 후, 솔방울이 또렷이 내려다보였다.

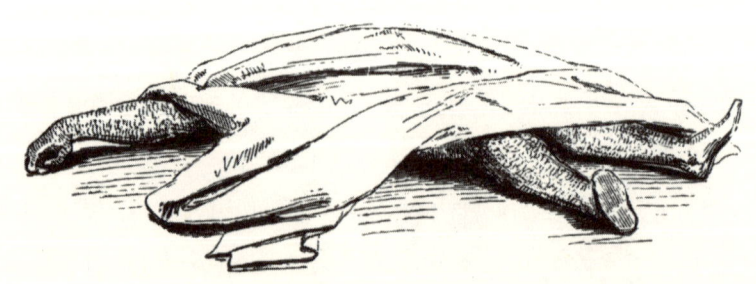

그는 뒤로 비틀거리다가 두 손으로 난간을 움켜잡고 온몸을 떨었다. 입술이 달싹거렸지만 아무 말도 나오지 않았다.

밑에서 웅성거림과 달려오는 발소리가 들려왔다. 압연기의 땡그렁거림이 뚝 멈추었다.

친구들의 친구들
The Friends of the Friends (1896)

헨리 제임스
Henry James

헨리 제임스 Henry James(1843~1916)는 훗날 저명한 심리학자가 된 그의 형 윌리엄 제임스의 곁에서 조용히 성장했던 수줍음 많은 독서광 소년이었다. 뉴욕에서 태어났으며, 십대 때 유럽에 나가 제네바, 파리, 런던에서 지낸 덕에 유럽의 언어와 지식을 습득하는 특혜를 누렸다. 열아홉에 하버드 대학 법학과에 입학했으나, 대학시절 법학보다는 문학에 빠져 지냈다. 스물한 살에는 익명으로 뉴욕의 《콘티넨털 먼슬리 Continental Monthly》지에 첫 소설을 발표했으며, 이후 친구 윌리엄 딘 하우얼스와 함께 미국의 사실주의 시대를 열고 이미 이십대 중반에 미국에서 가장 뛰어난 단편 소설 작가로 평가받았다. 유럽에 대한 동경을 억누를 수 없어 1875~1876년 파리로 건너간 뒤에 《뉴욕 트리뷴 New York Tribune》지에 기고하면서 장편 소설 《아메리칸 The American》을 썼다. 1876년부터는 런던에 거주했는데, 이때 로마에 온 미국인 바람둥이 여인의 이야기 《데이지 밀러 Daisy Miller》로 국제적인 명성을 얻었다. 특히 그의 대표작 《어느 부인의 초상 The Portrait of a Lady》은 영국 빅토리아 사회에서 단지 결혼의 대상으로 취급되기를 거부한 한 미국 출신 여성을 통해 전형적인 미국적 인물의 초상을 그려낸 바 있다. 1880년대에는 사회개혁가와 혁명가를 다룬 소설을 주로 썼으며, 20세기에 들어서는 희극 《사자(使者)들 The Ambassadors》, 멜로드라마 《비둘기의 날개 The Wings of the Dove》, 본격 희곡 《황금의 잔 The Golden Bowl》 등의 대작들을 통해 도덕적 통제를 통해서만 존속할 수 있는 결함투성이의 서구 문명을 묘사했다. 소설의 형식을 확대하고 개성적인 방법과 문제를 창조해낸 문학의 혁신가였으며, 20편의 장편, 112편의 단편, 12편의 희곡과 여러 권의 여행기와 평론집을 남긴 다작의 작가였다. 또한 문학의 범주를 넘어 대서양 횡단 문화의 형성에 주요한 기여를 한 인물로도 평가받고 있다.

예상하셨겠지만, 저는 그녀의 일기에 대해 큰 흥미를 느꼈음에도 불구하고 출간에 대한 세세한 문제에는 그리 도움을 얻지 못했습니다. 그녀의 일기는 기대했던 것만큼 체계적이지 못했습니다. 그녀는 오로지 이런저런 이야기를 벌려놓고 설명하는 데에만 뛰어납니다. 간단히 말할 때에는 괜찮지만, 훌륭한 이야기의 경우에는 가닥을 잡지 못하곤 했습니다. 나는 물론 그녀가 어디서 들었다고 하는 것보다 그녀가 직접 보고 느낀 것에 대해 말하고 있습니다. 그녀는 때로는 자기 자신에 대해, 때로는 다른 사람에 대해 말하고, 종종 그 둘을 섞어서 말하기도 합니다. 대체로 마지막 경우에 그녀는 가장 빛이 납니다. 그러나 이해하시겠지만 출간 가능성이 가장 큰 부분은 그녀가 빛을 발하는 경우가 아닙니다. 솔직히 말해 그녀는 지독하리만큼 경솔한데, 적어도 저와 관련된 내용은 다 그렇습니다. 제가 귀하의 편의를 위해 몇 개의 장으로 나누어 보내는 원고의 일부가 그 예일 것입니다.

보내드리는 원고는 제가 얇은 백지에 필사한 내용이며, 이해하기 쉬울 뿐만 아니라 한 편의 완성작으로 볼 수 있습니다. 일기의 날짜는 분명 몇 년 전으로 되어 있습니다. 저는 정황적인 날짜에 대해 특히 큰 의문을 품고 읽었으며, 그것이 암시하는 놀라움을 있는 그대로 받아들이려고 최선을 다했습니다. 누가 읽더라도 정말 놀랍지 않을까요? 하지만 그녀가 친구들의 이름이나 머릿글자를 공개하지 않는 편이 세상에 더 이로울 것이라고 여긴듯한 상황에서, 귀하는 제가 이 일기를 세상에 공개하는 것을 상상할 수 있겠습니까? 혹시 귀하는 그들이 누구인지 일말의 단서라도 잡을 수 있으신지요? 저는 그녀의 생각대로 놔두기로 했습니다만.

Ⅰ

그 일이 나 자신에게서 비롯됐음을 너무도 잘 알고 있지만, 그렇다고 달라지는 건 없다. 그에게 그녀에 대해 처음으로 말해준 사람이 바로 나이며, 그는 그때까지 한번도 그녀에 대해 들어본 일이 없었다. 그러나 설령 내가 말을 하지 않았더라도 누군가는 했을 것이다. 나중에 그런 생각을 하며 나는 위로를 얻고자 애썼지만, 그렇게 얻을 수 있는 위로는 보잘것없었다. 인생에서 기댈 만한 유일한 위로가 있다면, 바보로 살지 않았다는 것이다. 그것은 내가 가질 수 없는 최고의 행복이다. "만나서 얘기라도 해보라니까." 내가 다짜고짜 한 말이었다. "유유상종이잖아." 나는 그에게 그녀가 어떤 사람인지를 들려주었다. 그리고 그가 젊은 시절 기이한 일을 겪었던 바로 그 시점에서 그녀 역시 같은 경험을 했으므로 두 사람이 같은 과에 속한다고 말했다. 그 일은 그녀의 친구들 사이에 널리 알려진 이야기이며, 그녀는 그 이야기를 해보라는 채근을 끊임없이 받았다. 그녀는 매력적이고 영민했으며 아름답고 불행했다. 그럼에도 그녀의 명성은 애초부터 그 사건으로 인해 얻어진 것이었다.

외국 어딘가에서 이모와 함께 살고 있던 그녀는 열여덟 살 때 부모님 중 한 분이 임종을 맞이하는 환영을 보았다. 그녀의 부모님은 수백 킬로미터나 떨어진 영국에 계셨고, 그녀가 아는 한 두 분 모두 건강했으며 임종의 상황에 처해 있지도 않았다. 그 일은 외국의 어느 큰 마을에 있는 박물관에서 한낮에 벌어졌다. 그녀는 동행한 사람들보다 한발 앞서 유명한 예술품이 있는 작은 전시실로 들어갔는데, 그곳에는 이미 두 명의 관람객이 와 있었다. 그 중 한 사람은 나이든 관리인이었으며, 그보다 먼저 눈에 띈 다른 사람은 그녀가 보기에 외국인 관광객 같았다. 처음에는 그가 모자를 쓰지 않았으며 벤치에 앉아 있다는 것 정도만 눈에 들어왔다. 그러나 그녀의 시선이 그에게 닿는 순간 그 사람은 놀랍게도 그녀의 아버지로 변했으며, 마치 오랫동안 그녀를 기다린 데 대해 책망하듯 매우 절망적이고 성마른 표정으로 그녀를 바라보고 있었다. 어리둥절해진 그녀는 소리치며 그 사람에게 달려갔다. "아빠, 어떻게 된 거예요?" 그러나 그녀가 달려감과 동시에 그는 사라져버렸다. 관리인과 그녀를 뒤따라 들어온 친척들로 인해 전시실이 약간 부산해지고, 황망해하는 그녀 주변으로 사람들이 모여들었다. 관리인, 이모, 사촌들은 그 일을, 적어도 그녀가 어떤 인상을 받았는지를 목격한 셈이다. 다른 일행과 함께 왔다가 그 일 직후 그녀와 이야기를 나누었던 어느 의사의 증언도 있다. 그는 그녀에게 히스테리에 필요한 치료를 해주었지만, 개인적으로는 그녀의 이모에게 이렇게 말했다. "혹시 집에 무슨 일이 생겼는지 알아보세요." 정말 무슨 일이 생기고 말았다. 가여운 그녀의 아버지가 돌연 발작을 일으키다가 그날 아침 숨을 거두고 만 것이다. 이모는 하루 전 소인이 찍혀 있는 전보를 받았는데, 아버지의 상황을 알리면서 딸아이에게 준비를 시켜두라는 내용이었다. 물론 그녀는 이미 준비를 끝낸 상태였다. 그녀가 겪은 그 일은 당연히 쉽게 잊혀지지 않았다. 우리는 그녀의 친구로서 서로 그 이야기를 전했고, 다른 사람들에게도 오싹한 기분이 들 만큼 실감나게 전했다. 십이 년이 지나서 불행한 결혼으로 남편과 헤어지게 된 후에는, 다른 이유로 관심의 대상이 되었다. 그러나 지금은, 그녀가 사용하는 이름이 결혼 전의 것일 뿐만 아니라 법적인 이혼 상태도 남다른 것이 아니기 때문에, 그녀는 보통 '저 사람, 거 있잖아, 아버지의 유령을 봤다는 사람'으로 통했다.

내가 친애하는 그 사람의 경우는 어머니의 유령을 보았다. 그러니 같은 과라고 할 수밖에! 우리가 더 가깝고 유쾌한 관계가 되면서 자연스레 화제가 바뀌어 그가 자신의 경험을 말하고 내가 그와 같은 일을 겪은 경쟁자——그가 자신의 이야기와 비교하며 대화를 나눌 만한 상대——가 있다고 알려주고픈 충동이 일기 전까지, 나는 그 이야기를 듣지 못했다. 아마 내가 시도 때도 없이 이야기를 하고 다녔기 때문이겠지만, 그 일은 나중에 그를 알아보는 편리한 꼬리표 역할을 하게 되었다. 그러나 그녀와 마찬가지로 그에게도 다른 장점이 있다는 것을 알게 되는 데는 일 년이 채 걸리지 않았다. 나는 처음부터 그를 알아봤다고, 그가 내 장점을 발견한 직후에 나도 그의 장점을 발견했다고 솔직히 말하겠다. 내가 직접 경험하지 못한 그의 일화에서 비롯된 것이기는 하지만, 나에 대한 그의 감정이 그에 대한 내 감정에 맞게 무르익어갈 때조차 얼마나 강한 인상을 받았는지 나는 기억한다. 그 일화는 그녀와 마찬가지로 십이 년 전쯤에 생긴 것으로, 그가 옥스퍼드에서 이런저런 이유로 '장기 체류'를 하던 시기였다. 팔월의 어느 오후, 그는 강가에 있었다. 여전히 밝은 햇살 속에서 숙소로 돌아오는데, 문에 시선을 붙잡듯 서 있는 어머니를 발견했다. 그는 그날 아침 어머니와 아버지가 머물고 있는 웨일스에서 편지를 받았었다. 그를 본 어머니는 눈부신 함박웃음으로 두 팔을 펼쳤고, 곧바로 그도 기쁨에 겨워 두 팔을 벌린 채 뛰어갔지만 그녀는 순식간에 시야에서 사라져버렸다. 그는 그날 밤 무슨 일이 있냐고 어머니에게 편지를 썼고, 그 편지는 지금까지 조심스럽게 보관되어 있다. 다음 날 아침, 그에게 어머니의 부음이 전해졌다. 그 이야기를 들으면서 나는 조금도 놀라는 기색을 보이지 않았다. 그는 자신과 비슷한 경험을 한 사람을 한 번도 만나지 못했다고 했다. 그들, 내 친구와 그 사람은 꼭 만나야 했다. 그들은 분명 뭔가 공유점이 있을 것이다. 내가 그들의 만남을 주선해야 하지 않을까? 적어도 그녀가 괜찮다면, 그가 상관없다면 말이다. 나는 내 친구에게 그 일을 가능한 한 빨리 진행시켜보겠다고 약속했고, 일주일 안에 그렇게 할 수 있었다. 그녀는 그처럼 조금도 "개의치 않는다"고 말했다. 그녀는 그를 진심으로 만나고 싶어했다. 보통 사람들이 이해하는 만남의 의미로 본다면, 그들은 단 한 번도 만난 적이 없었다.

II

 이것의 반은, 기이하게 방해를 받았던 나 자신의 이야기이며, 우연히 벌어진 일련의 실수에 관한 이야기다. 몇 년 동안 지속되어온 그 일련의 사건들은 나와 다른 이에게 똑같이 즐거운 화제로 남았다. 그러나 처음에는 우스꽝스럽다고 느꼈지만 점점 식상해졌다. 이상한 것은 양쪽 모두 별다른 반응이 없었다는 점이다. 그들이 무관심하고 따분해할 만한 일은 아니었다. 기회는 변덕스럽게 찾아오는데다 그들의 상반된 관심과 습관도 한몫 거들었다. 그의 생활은 주로 사무실 위주로 돌아갔고, 언제나 검사관으로서 잠시의 짬마저 내기 어려운 상황에서 늘 불려 다니느라 약속을 취소하기 일쑤였다. 그는 사람들과의 교제를 좋아했으므로, 어디서든 누군가를 만나는 것이 가능하다고 생각했고 늘 급하게 그곳에 갔다. 그녀는 매번 그가 어디에 있는지 알 길이 없었고, 몇 달 동안 얼굴 한번 보지 못하는 경우가 적지 않았다. 그녀가 교외에 거주하는 것도 문제였다. 그녀는 리치몬드에 살고 있었으며, '외출'하는 일이 거의 없었다. 독특한 여성이었지만 유행과는 상관없었다. 사람들의 말처럼 그녀는 자신이 처한 상황에 신경을 썼다. 몹시 자부심이 강하고 약간은 변덕스러웠지만 그녀는 자신이 계획한 대로 살아왔다. 그녀와 할 수 있는 일은 많았지만, 그녀를 누군가의 파티에 초대할 수는 없었다. 그녀와 그녀의 친한 친구, 차

한 잔과 주변 경치에 관한 이야기라면 그녀와의 관계를 편한 것 이상까지 진전시킬 수 있었다. 차는 훌륭했다. 그러나 경치에 대한 익숙한 의견들은 그녀의 절친한 친구 ――박물관에서 함께 있었고 지금까지 그녀와 함께 살고 있는 눈에 거슬리는 늙은 하녀―― 처럼 지나치게 요란한 편이었다. 그녀가 신분이 낮은 사람과 관계를 맺는 것의 일부분은 경제적인 이유 ――하녀이자 친구가 기막힌 살림꾼이라는 그녀의 주장처럼―― 때문이며, 우리가 이해해주어야 할 그녀만의 사소한 외고집 중 하나였다. 그녀에 대한 또 다른 적절한 평가는 남편과의 불화에서 비롯됐다. 그것은 심각한 수준으로 많은 사람들이 병적이라고까지 말할 정도였다. 그러나 그녀는 그에 대해 별다른 대처를 하지 않았다. 끊임없이 망설이고만 있었다. 그런 경우 의심을 하거나, 아니면 별일 아니라고 생각한다고 말해야 할 것이다. 내가 아는 여자 중에는 그런 곤경에 빠졌을 때 대담해지기보다 신중해지는 사람은 거의 없었다. 사랑스러운 친구, 그녀는 얼마나 신중한 사람인지! 특히 그녀는 남자들로부터 받을 수 있는 관심의 한계를 정해놓았을 정도다. 남편이 꼬투리를 잡으려고 혈안이 되어 있다는 게 그녀의 한결같은 생각이었다. 노인이 아니라면 어떤 남자도 집 안에 들이지 않아야 안심을 했다. 신중에 신중을 거듭할 수밖에 없다고 그녀는 말했다.

 내가 처음 그녀에게 그녀처럼 기이한 방식으로 죽음을 알아본 친구가 있다고 말했을 때, 그녀는 "오, 나랑 만나게 해줘!"라고 아주 편하게 말했어야 했다. 그랬다면 나는 그를 데려왔을 것이고, 그 상황은 아주 순수하거나 상대적으로 단순하게 처리될 수 있었을 것이다. 그러나 그녀는 그런 말을 하지 않았다. 그저 이렇게 말했을 뿐이다. "한

번 만나보고 싶긴 해. 그래, 신경 써서 지켜봐야겠어!" 그 때문에 처음부터 지체되었고, 그동안 많은 일이 벌어졌다. 시간이 갈수록 그녀는 더욱 매력적이 되었고, 더 많은 친구를 사귀었으며, 그런 친구들 중에 그 사람의 친구도 있어서 자연스레 화제에 오를 때가 잦았다. 같은 세계에 속해 있지 않고도, 불쾌한 표현을 쓴다면 같은 패가 아님에도, 서로 어긋나던 두 친구가 똑같은 사람들에 둘러싸여 익살스러운 합창에 동참하고 있었으니 기이한 일이다. 그녀의 친구 중에서 서로 안면이 없는 사람들도 꼭 한 번 때를 맞춰 그 사람을 만나보라고 말하곤 했다. 그녀는 또한 본능적인 관심을 끄는 독특함을 지녔는데, 그로 인해 우리는 각자 그녀를 은밀한 자원으로 여겼으며 좀더 은밀하게 그녀를 놓고 질투심을 키웠다. 그녀는 사회에서 만나기 어려운 사람이며, 누구나 —— 특히 저속한 사람들은 —— 접근할 수 없어서 그녀와 친분을 맺는 것은 대단히 어렵고 또한 대단히 가치 있는 일이었다. 약속과 상황에 따라 우리는 그녀를 따로 만났지만, 서로 말한 적이 없음에도 똑같은 이야기를 공유했다. 누군가 다른 누군가에 앞서거니 뒤서거니 하면서 그녀로부터 같은 이야기를 듣고 있었다. 특혜를 누리지 못한 사람들 중에는 "일반적인 삶에서 벗어난 매우 현명한 여인"과 친분을 맺기 위해 오랜 기간을 기다려 리치몬드 저택을 단 세 번 방문하는 데 그친 미련한 여자들도 있었다.

    누구에게나 즐거운 생각을 공유하는 친구들이 있으며 누구나 자신만의 가장 즐거운 생각을 가지고 있지만, 그렇다고 친구들 사이에서 최고의 호응을 얻는 것은 아니다. 하지만 군중의 힘이 보태진 이야기가 호응을 얻는 데 실패한 경우가 단 한 번이라도 있었는지 의문이다.

그들의 경우가 군중의 힘을 가장 분명하게 보여주었다. 그녀와 그는 각각 나와 친구들에게 떠들썩한 소극의 화제를 제공했다. 맨 처음 전해진 소재는 그들을 안 보는 사이, 시간이 지나면서 오십 배는 더 화려하게 부풀려지곤 했다. 그들은 기막힐 정도로 서로 닮았다. 생각과 말투와 취향이 같았으며, 같은 편견과 미신, 이단적인 생각을 지녔다. 같은 말을 하고 같은 행동을 했다. 좋아하고 싫어하는 사람과 장소, 책, 작가와 문체도 같았다. 심지어 생김새와 특징까지 서로 닮았다. 그래서 그들이 똑같이 '훌륭하고' 거의 쌍둥이처럼 '수려하다'는 말이 나왔다. 그러나 '놀랍고 떠들썩한' 두 사람의 유사점은 유별나게 사진을 찍기 싫어한다는 데 있었다. 우리 중에서 유일하게 그들은 단 한 번도 사진을 '찍지' 않았으며 그것을 극도로 싫어했다. 그냥 싫어서라고 말했는데, 모든 사람에게 그럴듯한 이유로 들리지는 않았다. 나는 그 점을 크게 불평했다. 특히 본드 가에서 산 액자에 그의 사진을 넣어 응접실의 벽난로 선반에 올려놓고 싶었기 때문이다. 어쨌든 그것은 그들이 서로 만나야 할 가장 그럴듯한 이유이기도 했다. 서로의 면전에 문을 꽝 닫아버리고, 우물의 두레박처럼, 시소의 양끝에 앉아 있는 사람처럼, 두 개의 정당처럼 한쪽이 올라가면 다른 쪽은 내려가고 한쪽이 나가면 한쪽이 들어가는 식의 기묘한 법칙 때문에 그들이 만나야만 하는 절실한 이유들은 번번이 실패로 끝났다. 그들은 다른 한쪽이 떠난 후에 그곳에 들어갔고, 아주 가까운 거리에서도 서로를 알아보지 못하고 스쳐 지나기도 했다. 어느 한쪽이 포기하고 일어나면 다른 한쪽이 도착했다. 그들은 한마디로 서로 만날 수 없는 평행선이었다. 예정된 숙명이 아니고는 설명할 수 없을 정도로 그들의 만

남은 엇갈리기만 했다. 그러나 몇 년 후에 두 사람에게 찾아온 실망스럽고 괴로운 결말은 결코 숙명 때문이 아니었다. 서로에 대한 그들의 호기심이 그저 헛된 것으로 확인되고 말 것이었다고 생각하지는 않는다. 물론 그들을 도와주려는 멋진 계획도 있었지만, 그것마저 그들을 서로 엇갈리게 만들었다. 한 가지 예를 들자면, 내 기억에 그들은 제때 식사를 한 일이 한 번도 없었다. 한쪽이 적당한 시간일 경우 다른 한쪽은 그렇지 못했다. 적당하지 않은 시기에만 그들은 둘 다 시간을 정확히 지켰고, 언제나 시기는 적당하지 않았다. 음모에 가까운 자연재해와 인간사의 속성까지 그들의 만남을 어렵게 만들었다. 추위, 두통, 지인의 죽음, 폭풍, 안개, 지진, 홍수 따위가 절묘하게 방해했다. 정말이지 농담도 이런 농담이 없을 것이다.

  그 농담이 상황을 심각하게 만들었다고 해도, 여전히 농담으로서 그것은 각자에게 의식과 자각을, 아직 일어나지 않았지만 곧 그들을 만나게 할 마지막 사건에 대한 분명한 두려움을 일깨우고 있었다. 꼬리를 물고 벌어진 앞선 사건들의 결과가 그 본능을 자극해왔던 것이다. 그들은 무척 유감스럽게 생각했으며, 아마 상대방에 대해서 약간은 마음이 상했을지 모른다. 준비를 많이 한 만큼 실망도 컸다. 결말을 준비하기에 이미 충분할 정도가 아니었을까? 단순한 만남은 무미건조할 뿐이다. 사람들이 종종 물어왔듯이, 그들은 결말이 가까워질 때까지도 그저 지루하게 상황을 마주하고 있지 않았던가? 그들이 그 농담을 지루해했다면, 다른 것에는 훨씬 더 지루해했을 것이다. 그들은 똑같은 생각을 했고, 어떤 식으로든 상대방의 생각을 전해 들었을 것이다. 결국 그 상황을 통제한 것은 그런 독특한 망설임이었을 것이다. 다시 말해 처음 일이 년 동안 그들이 어쩔 수 없이 만나지 못했다면, 그 습관을 계속 유지한 것은 무엇 때문이라고 하면 좋을까? 그것은 바로 계속해서 신경을 썼기 때문이었다. 너무도 규칙적인 동시에 너무도 우스꽝스러운 상황을 설명하려면 숨은 의지가 필요했다.

III

우리의 오랜 친분에 유종의 미를 거두기 위해, 나는 만일 그가 사진을 선물하겠다면 청혼을 받아들이겠다는 다소 익살스러운 방식으로 거듭되는 그의 청혼을 받아들였다. 사실 그때까지 나는 그가 사진을 주지 않으면 나도 줄 수 없다고 거절해왔다. 어쨌든 나는 마침내 선명한 사진 속의 그를 벽난로 선반에 놓을 수 있었고, 그날 나를 축하해주기 위해 방문한 그녀는 그 어느 때보다 그에게 가까워져 있었다. 그는 본보기를 보여준 셈인데, 내가 그녀에게도 사진을 찍어보라고 권하는 계기가 되었다. 그가 고집을 꺾었으니, 그녀도 그럴 수 있지 않을까? 내 약혼 기념으로 뭔가, 그의 사진과 어울리는 그녀의 사진을 선물로 주지는 않을까? 그녀는 웃으며 고개를 저었다. 한 떨기 꽃을 살랑 흔드는 미풍처럼 그녀의 고갯짓은 아득한 떨림으로 전해졌다. 미래의 남편 사진과 어울리는 한 쌍은 미래의 아내 사진이라고 그녀는 말했다. 그녀는 단호했고, 별다른 설명 없이도 그 상황에서 벗어날 수 있었다. 그것은 편견이자 맹세였다. 앞으로도 사진을 찍지 않고 살다가 죽을 거라는. 이제는 그녀 혼자에게만 해당되는 상황이었다. 그것은 그녀가 바라는 것이기도 했다. 그 때문에 더욱 독보적인 존재가 된다는 것. 그녀는 뒤늦은 교제의 결말을 기뻐하며 그의 사진을 오랫동안 바라보았다. 사진을 뒤집어 뒷면까지 살펴보면서도 그녀는 딱히 아무 말도 하지 않았다. 우리의 약혼에 대해 그녀는 진심 어린 우정과 공감 속에서 매우 즐거워했다. "내가 모를 때부터 너는 그 사람과 알고 지냈잖아." 그녀는 말했다. "아주 오랜 세월처럼 느껴져." 우리가 언덕과 골짜기를 함께 터벅터벅 걸어왔으며, 이제 함께 휴식을 취하는 것이 당연한 일임을 그녀는 이해해주었다. 그때의 기분이 너무도 기묘해서 우리의 관계가 어느 때보다 자연스럽게 보일 만큼 안도감이 느껴졌으므로 나는 당시의 모든 상황을 또렷이 기억하고 있다. 돌연한 흥분 때문에 관계를 바꾸고 파괴한 이는 바로 나 자신이었다. 그녀는 아무런 구실도 제공하지 않았고, 본드 가의 액자 속에 담긴 잘생긴 얼굴을 바라보는 그녀의 시선에서 유일하게 그 구실을 찾아낸 사람이 바로 나 자신임을, 지금 나는 알고 있다. 그때는 무슨 마음으로 그녀에게 사진을 보여주었을까? 처음부터 내가 원한 것은 그녀가 그를 좋아하는 것이었다. 어쩌면 줄곧 두 사람을 엇갈리게 만든 우스운 마법을 깨도록 나를 도와주겠다고 그녀가 약속하는 순간까지, 나는 처음과 똑같은 바람을 지니고 있었는지도 모른다. 그녀가 자신만만하게 자신의 역할을 해준다면, 나는 그의 역할을 책임질 생각이었다. 나는 다른 위치에 놓여 있었다. 그를 대신해 대답하는 위치 말이다. 나는 다가오는 토요일 다섯 시에 그를 집으로 초대하겠다고 장담했다. 그는 급한 볼일이 있어 외지에 나가 있었지만, 그녀를 만나러 약속 시간보다 일찍 오겠다고 편지로 알려왔다. "정말 확실한 거야?' 진지한 표정으로 그녀가 물었던 것으로 기억한다. 나는 그녀의 안색이 약간 창백해졌다고 생각했다. 그녀는 지치고 병약해져 있었다. 결국 그가 그토록 초췌해진 그녀를 보게 되다니 유감이었다. 그가 오 년 전에 그녀를 만났더라면! 그러나 이번에는 만남의 성사 여부가 전적으로 그녀에게 달려 있다고 나는 대답했다. 그가 평소에 자주 앉는 의자를 가리키며 나는 토요일 다섯 시 정각에 그 의자에서──이 말은 하지 않았지만──, 즉 일주일 전 그가 우리의 장래 문제를 끄집어내며 나를 기쁘게 했던 그 자리에서 그를 만나게 될 거라고 말했다. 가장 소중한 친구를 허물없는 친구에게 소개시키는 일이 그처럼 어렵다니 정말 어처구니없다고 내가 똑같은 얘기를 스무 번째 하는 동안, 그녀는 사진을 대했을 때처럼 의자를 말없이 바라보고 있었다. "내가 너의 가장 소중한 친구니?" 그녀는 미소를 머금고 물었는데, 그 순간 그녀는 아름다운 모습으로 되돌아와 있었다. 나는 그녀를 껴안는 것으로 대답을 대신했다. 그녀는 말했다. "음, 꼭 올 거야. 이상할 정도로 두렵지만, 나를 믿어도 돼."

그녀와 헤어졌을 때, 그녀가 진심으로 말한 것 같다는 생각에 무엇이 그토록 두렵다는 것인지 나는 궁금해지기 시작했다. 다음 날 오후 늦게 나는 그녀로부터 세 줄의 서신을 받았다. 집에 돌아가니 남편이 죽었다는 소식이 도착해 있더라는 얘기였다. 그녀는 칠 년 동안 남편을 만난 적이 없지만, 내가 다른 사람한테 전해 듣기 전에 그 소식을 알려주고 싶었다고 했다. 이상하고 서글픈 말이지만, 그렇다고 그녀의 삶이 조금도 달라질 것이 없으므로 신중하게 약속을 지키겠다고 말이다. 나는 그녀를 위해 잘된 일이라고 기뻐했다. 적어도 그녀에게 좀더 많은 돈이 들어오는 변화는 있을 테니까. 그러나 그 뜻밖의 소식을 접하고도, 나는 그녀가 두렵다고 한 말을 잊지 못했고, 어렴풋이 그 이유를 알 것 같았다. 그녀의 두려움은 그날 저녁이 지나면서 내게 전염이 되었고, 전염된 두려움은 내 가슴속에 돌연한 공황 상태로 자리 잡았다. 그것은 질투가 아니라, 단지 질투에 대한 두려움이었다. 우리가 결혼할 때까지 잠자코 있지 못한 나 자신을 바보라고 자책했다. 결혼 후라면 꽤 안정감을 느꼈을 것이다. 한 달이라는 시간은 기다림의 문제일 뿐, 특히 오랫동안 기다려온 사람들에게는 분명히 사소한 것이었다. 그녀는 지금까지 꽤 신경을 써왔고, 앞으로도 덜하지 않을 신경과민에서 이제는 벗어나 있었다. 그렇다면 서늘한 예감에 불과한 것일까? 그녀가 지금까지는 방해의 희생양이었지만, 앞으로는 그 가해자가 되기라도 한다는 말인가? 그 경우에 희생자는 나 자신일 것이다. 지금까지 방해받아온 상황 자체가 신의 손가락으로 가리켜진 모종의 위험이었을까? 그 위험은 물론 불쌍한 내게 향해졌을 것이다. 전례 없이 자주 발생하던 일련의 사건을 통해 막다른 골목까지 다다른 느낌이었다. 그러나 사고와 우연의 영역은 이제 곧 끝날 것이었다. 두 사람이 계속 밀회를 가질 거라고 나는 확신했다. 그들이 점점 가까이 다가와 하나로 결합된다는 생각이 더욱더 나를 짓눌렀다. 그들은 눈을 가리고 숨겨진 물건을 찾는 게임을 하는 것 같았다. 하나는 이미 찾았고, 나머지 하나를 막 '찾기 직전'에 있었다. 우리는 마법을 깨는 이야기를 나눈 바 있다. 마법은 효과적으로 깨질 것이다. 그것이 다른 형태로 모습을 바꾸지 않는다면, 그래서 그들이 서로 벗어나려고 애쓸수록 더 많은 만남을 가지지만 않는다면 말이다. 가만히 앉아서 생각할 수 없는 문제였다. 나는 그런 생각을 하느라 한밤중에도 불안에 사로잡혀 잠을 이루지 못했다. 마침내 나는 귀신을 쫓아내기 위해서는 한 가지 방법밖에 없다고 생각했다. 사고와 우연의 영역이 끝났다면, 그 다음은 내가 직접 맡는 수밖에 없었다. 나는 자리에 앉아 그가 돌아오는 길에 받아볼 수 있도록 다급히 편지를 썼고, 하인들이 잠든 사이 모자도 쓰지 않고 돌풍이 이는 텅 빈 거리로 뛰어나와 가장 가까운 우체통에 편지를 넣었다. 편지에는, 약속한 오후 시간에 내가 집에 없을 것이니 저녁 식사 때까지 약속을 미뤄야겠다고 적었다. 다시 말해 그는 혼자 있는 나를 발견할 것이었다.

IV

약속대로 다섯 시에 그녀가 나타났을 때 나는 당연히 부정하고 비열하다는 생각이 들었다. 내 행동은 순간적인 광기 때문이었지만, 나는 적어도 끝까지 그것을 실천했다. 물론 그는 오지 않았다. 나는 그저 그의 불성실을 탓할 수밖에 없었다. 그녀를 집 안에 들이는 것이 최선이라고 생각했다. 그렇게 함으로써 지금처럼 독특하게 죄책감을 덜었던 것 같다. 그러나 남편의 죽음으로 드러난 온갖 감정에 짓눌려 눈에 띌 정도로 창백하고 지친 모습으로 그녀가 앉아 있는 동안, 연민과 회한에 사무치는 고통을 맛보았다. 내가 한 짓을 그 자리에서 그녀에게 솔직히 털어놓지 못한 것은 나 자신이 너무도 부끄러웠기 때문이다. 나는 놀란 척 가장했다. 그리고 마지막까지 그 상태를 유지했다. 지금 이 이야기를 하는 동안에도 얼굴이 달아오른다. 나는 참회하는 마음으로 글을 쓰고 있다. 그에 대해 분노를 꾸미지는 않았다. 나는 온갖 억측과 건망증을 꾸며냈다. 되돌릴 수 없는 행운의 시간을 좇아 시계 바늘이 움직이는 동안, 나는 망연자실해 있었다. 그녀는 '행운'이라는 말에 미소를 지었지만, 평소와는 달리 유난히 초조해 보였다. 이상하게 들릴지 모르지만 내가 끝까지 버틸 수 있었던 한 가지 이유는 그녀가 입고 있는 상복 때문이었다. 그렇게 색깔이 짙지 않은 크레이프 상복은 단순하면서도 차분한 검은색이었다. 모자는 세 개의 조그만 검정 깃털이 달린 보닛이었으며, 아스트라한 모직 머프를 하고 있었다. 꽤 모질게 생각하려고 애쓰는 가운데 그녀의 복장은 내게 조금은 정당한 생각을 갖게 했다. 그녀는 갑작스러운 남편의 죽음으로 달라질 것은 거의 없다고 편지를 보내왔지만, 내가 보기엔 꽤 커다란 변화가 있는 것 같았다. 평소와 다름없다면 상을 당한 지 하루나 이틀 정도는 외출을 삼가야 하지 않았을까? 남편이 땅에 묻힐 때까지 기다릴 수 없을 정도로 보고 싶은 사람이 있었던 것이다. 그녀의 열망이 고약한 속임수를 실천할 만큼 나를 무정하고 잔인하게 만들었다. 그러나 한편으로는 시간이 지남에 따라 실망감 외에 그녀가 제대로 숨기지 못한 더 깊은 뭔가가 있다는 생각이 들기도 했다. 안도감 이면의 생경한 무엇, 위험이 지나간 뒤 흘러나오는 낮고 부드러운 숨결이라고 할까. 그녀는 나와 헛된 시간을 보내면서 결국에는 그를 포기해 버렸다. 영원히 그를 놓아버린 것이다. 그녀는 내가 생전 처음 듣는 우아한 농담을 빌려 그런 마음을 전했다. 그럼에도 그녀의 삶에서 가장 근사한 데이트였다고. 그녀는 나머지 헛된 시간 동안 줄곧 온화한 흥겨움에 젖어 기나긴 술래잡기와 전례 없이 기묘했던 관계에 대해 말했다. 관계라고 할 수 있어서 지속되어 왔다면, 한편으로는 관계도 아니고 지속된 것도 없기 때문일까? 그것은 단지 그들의 관계에서 부조리한 일부에 불과하다고 그녀는 말했다. 그녀가 자리에서 일어났을 때 그것은 관계 이상이었다고 나는 말했지만, 또 기회가 있겠지 하는 말까지 아무렇지 않게 할 수는 없었다. 단 한 번의 유효한 기회가 우리의 결혼식 날임은 분명했다. 물론 결혼식에 오겠지? 그 사람도 원할 테니까.

"나라면 그 사람이 오는 걸 원치 않을 텐데!" 그녀의 웃음소리에서 나는 고음의 떨림과 약간의 혼란을 기억한다. 그 웃음 안에 뭔가 다른 의미가 있었을 것이다. 그래서 우선은 안전하게 결혼부터 하는 것이 중요했다.

"그런다고 달라질 건 없어! 아무것도 달라지지 않아!" 그녀는 내게 작별의 키스를 하며 말했다. "다시는, 다시는 그 사람을 안 볼 거야!" 그녀가 내게 남기고 간 말이었다.

내가 그것을 실망이라고 지칭할 수 있다면, 나는 그녀의 실망을 견딜 수 있었다. 그러나 한두 시간이 지나 저녁 식사 시간에 그를 맞았을 때, 나는 그의 실망을 견딜 수 없으리라는 것을 깨달았다. 그에게도 영향을 미쳤을 내 계략은 특히 내게는 쓸모가 없었다. 그러나 그 결과는 지금까지 한 번도 그의 입에서 나온 적이 없는 비난의 말이었다. 내가 '비난'이라는 표현을 쓴 이유는, 내가 다른 방법은 생각할 수 없었던 기묘한 상황에서 그가 놀라움을 전하는 말치고는 심한 말이 아니었기 때문이다. 나는 정말로 외출할 수도 없었고, 그들의 만남을 성사시킬 수도 없는 입장이었다고 말했다. 어쩌면 내가 모르는 사이 두 사람은 내 응접실에서 밀회를 가질 수도 있었을 거라고. 그래서 완전히 이성을 잃었다고, 나는 스스로 행한 속임수와 그래야 했던 비참한 이유를 털어놓았다. 나는 그녀에게 약속을 미루지도 않았고, 외출하지도 않았다. 그녀는 그곳에서 한 시간 동안 그를 기다리다가 그의 잘못으로 약속을 지키지 못했다고 생각하며 돌아갔다. 나는 사실을 모두 말했다.

"내가 몹시 무례한 놈이라고 생각할 거야!" 그는 소리쳤다. "나에 대해서." 그는 숨을 몰아쉬느라 말을 멈추었다. "나에 대해 뭐라고 한 말 없어?"

"아무 내색도 하지 않았으니까 걱정 마. 사진을 볼 때도, 당신 집 주소가 적혀 있는 사진 뒷면을 볼 때도 아무 말 없었어. 물론 아무 감정이 없었을 수도 있지. 다른 것에도 그렇게 신경 쓰는 친구가 아니야."

"그렇다면 당신은 왜 그녀를 두려워한 거지?"

"내가 두려워한 건 그녀가 아니야. 당신이지."

"내가 그녀와 사랑에 빠질 거라고 생각해? 전에는 그런 내색을 한 적이 한 번도 없었잖아." 내가 묵묵히 듣고 있는 동안 그는 말을 이었다. "당신은 그녀가 감탄할 만한 사람이라고 했지. 하지만 그녀를 나한테 소개해주려고 한 이유가 그 때문은 아니잖아."

"만약 그 때문이었으면 지금쯤 그녀를 훔쳐보기라고 했을 거라는 뜻이야? 그때는 두렵지 않았어." 나는 덧붙였다. "그때는 다른 이유가 있었단 말이야."

그 순간 그는 내게 키스를 했고, 한두 시간 전에 그녀도 그랬다는 사실을 떠올리며 나는 한순간 그의 입술 촉감이 그녀의 것과 똑같다는 생각이 들었다. 키스였음에도, 싸늘한 냉기가 엄습했고, 그가 나를 협잡꾼으로 보는 것 같아 몹시 고통스러웠다. 그는 솔직한 내 고백을 통해서만 상황을 알았지만, 내게는 지워야 할 얼룩이 남은 것처럼 꺼림칙한 기분이었다. 그가 오지 않았어도 그녀가 개의치 않았다는 말을 할 때 그가 나를 바라보던 시선을 견딜 수 없었다. 그를 알고 지낸 이후 처음으로 그는 내 말을 의심하는 것 같았다. 우리가 헤어지기 전, 나는 그녀에게 진실을 알려주겠다고 말했다. 날이 밝는 대로 리치몬드로 가서 그에게는 아무 잘못이 없다는 걸 그녀에게 말하겠다고. 그때 그는 내게 다시 키스했다. 속죄를 하겠다고 나는 말했다. 나 자신이 먼지처럼 초라해졌다고, 솔직히 말하고 용서를 구하겠다고 말했다. 그 순간 그는 또 한 번 내게 키스했다.

U

다음 날 아침 기차에서 그가 그렇게 하라고 동의한 것이 나는 무척 마음에 걸렸다. 그러나 포기하지 않을 만큼 내 의지는 확고했다. 새로운 풍경이 시작되는 기다란 언덕을 올라 그녀의 집 문을 두드렸다. 그녀의 방에는 블라인드가 쳐져 있어서, 아직 아무도 일어나지 않았는데 무례하게 일찍부터 찾아온 느낌이 들어 약간 어리둥절했다.

"집에 계시냐고요? 부인은 영원히 집을 떠나셨는데요."

나이든 하녀의 말에 나는 소스라치게 놀랐다. "떠났다고요?"

"돌아가셨어요." 나는 그 끔찍한 말에 숨이 막혔다. "간밤에 돌아가셨어요."

내 입에서 나온 커다란 외침조차 내 귀에는 시간의 거친 파괴처럼 들려왔다. 그 순간 내가 그녀를 죽였다는 기분이 들었다. 힘없이 돌아섰을 때 내게 손을 펼친 여자의 모습이 어렴풋이 보였다. 무슨 일이 벌어졌는지 생각이 나지 않지만, 잠시 후 내 친구의 초라하고 멍청한 사촌이 어두운 방에서 은근히 책망하는 투로 나를 향해 흐느꼈던 것으로 기억한다. 내가 미신처럼, 광기처럼 맨 처음 거의 완전히 깨달았던 쓰디쓴 책임을 엄청난 노력으로 억누르려고 애쓰기까지 얼마의 시간이 지났는지 모르겠다. 의사는 더없이 현명하고 명쾌한 입장을 보였다. 그는 결혼 생활의 불안과 공포로 인해 수 년 전부터 오랜 기간 잠복해 있었을 심장병을 사인으로 보았다. 당시 그녀는 남편에게 참담한 심정을 느끼고 있었고, 자신의 삶을 두려워했다. 그 이후 불안과 긴장의 온갖 감정들이 강하게 억눌린 상태였는데, 그녀는 특유의 조용한 생활을 영위해야 할 이유를 잘 알고 있었던 것이다. 하지만 '진정한 숙녀'였던 그녀가 사소한 감정적 충격을 매사 완벽히 극복해냈을 거라고 감히 누가 장담하겠는가? 그녀는 하루 이틀 전 남편이 죽었다는 소식을 접했다. 그것은 슬픔과 놀람을 포함하는 온갖 충격을 그녀에게 주었을 것이다. 해방감 비슷한 감정은 그녀로서는 꿈도 꿀 수 없었을 것이다. 그리고 저녁 때 시내에서 안 좋은 일을 겪은 것이 분명했다. 그곳에서 피할 수 없는 일이 벌어진 것이다. 그녀는 열한 시가 넘어 집에 돌아왔고, 응접실에서 몹시 걱정하며 기다리던 사촌에게 피곤해서 이층으로 올라가기 전에 잠시 쉬어야겠다고 말했다. 그들은 함께 식당으로 갔고, 사촌은 포도주 한 잔을 권하며 찬장으로 걸어갔다. 사촌의 말에 따르면 순식간에 벌어진 일로, 그녀가 돌아섰을 때 가련한 우리의 친구는 채 자리에 앉지도 않은 상황이었다고 한다. 느닷없이, 거의 들리지 않을 정도로 짧은 신음을 토한 후 그녀는 소파에 쓰러졌다. 그녀는 죽었다. 그녀에게 결정적인 마지막 타격을 가한 '사소한 충격'은 무엇이었을까? 대체 어떤 충격이 시내에서 그녀를 기다리고 있었던 것일까? 나는 곧바로 그 원인이 될 만한 사건, 그러니까 내 집에서 다섯 시 정각에 나의 약혼자이자 지금까지 늘 엇갈리기만 할 뿐 한 번도 안면이 없던 남자를 만나려다 끝내 실패했다는 이야기를 했다. 그 이야기는 곧 무시되었다. 그러나 다른 일이 벌어졌을 확률이 컸다. 특히 질주하는 마차 사고를 비롯해 무슨 일이건 벌어질 수 있는 곳이 런던 거리였다. 내 집에서 나간 뒤 그녀는 무엇을 했고 어디를 갔던 것일까? 나는 당연히 그녀가 집으로 곧장 갔으리라 생각했다. 그녀의 사촌과 나는 이따금씩 그녀가 볼일이 있을 때 기분 전환을 위해 한두 시간 정도 얌전한 숙녀들의 클럽 '젠틀위민'에 들르곤 했던 것을 떠올렸고, 나는 우선 그곳에 들러 사정을 알아보겠다고 약속했다. 그리고 우리는 그녀의 시신이 안치되어 있는 어둡고 음산한 방으로 들어갔다. 나는 잠시만 그녀와 단둘이 있게 해달라고 부탁했고, 삼십 분 정도 홀로 남았다. 그녀에게 드리워진 죽음에도 불구하고 그녀는 여전히 아름다웠다. 그러나 그녀 곁에 무릎을 꿇은 내게, 죽음이 그녀에게 찾아들었으며 그녀를 침묵케 했다는 느낌이 무엇보다 강했다. 그녀의 죽음은 내가 불안에 떨며 알고자 했던 비밀에 자물쇠를 잠갔다.

리치몬드에서 돌아와 이런저런 볼일을 마친 뒤, 그의 거처를 찾아갔다. 이번이 처음이었지만, 나는 종종 그곳을 찾아가고 싶어했다. 스무 개의 방이 있는 건물은 별다른 제지가 없어 누구나 들어갈 수 있었고, 나는 하인을 따라 방으로 안내되었다. 내 인기척에 그는 문간에 모습을 나타냈고, 잠시 후 우리 둘만 남겨지자 나는 그 소식을 전했다. "그녀가 죽었어!"

"죽어?" 그는 큰 충격을 받았다. 나는 다짜고짜 한 말이지만, 누가 죽었는지 굳이 설명할 필요가 없음을 알았다.

"지난밤에 죽었어. 나와 헤어진 직후."

그는 계략을 탐색하듯 몹시 이상한 눈빛으로 나를 응시했다. "지난밤에, 당신과 헤어진 후에?" 그는 멍하니 내 말을 되풀이했다. 곧이어 내 귀에 들려온 말도 멍한 것이었다. "그럴 리가 없어! 내가 그녀를 봤는걸."

"그녀를 봤다고?"

"바로 그 자리에서, 당신이 서 있는."

잠시 후 그의 말은 내가 상황을 정리하는 데 도움을 주는 손길처럼, 젊은 시절 그가 보았다는 경이로운 예지를 떠올리게 만들었다. "죽음의 순간에서, 무슨 말인지 알겠어, 당신의 어머니를 봤을 때처럼."

"아니, 어머니를 봤을 때와는 달라. 그런 게 아니야. 아니라고!" 그 소식에 그는 심하게 흔들리고 있었으며, 그 전날 보인 모습보다 훨씬 더 동요하고 있음이 분명했다. 내가 말했듯이 그들 사이에 실제로 관계라는 것이 있었고, 그가 직접 그녀와 대면했다는 생생한 느낌을 받았다. 그가 극구 다르다고 고집하지 않는다면, 그만의 비범한 특권은 갑자기 고통스러운 비정상의 모습으로 비쳐질지 모른다는 생각도 들었다. "살아 있는 그녀를 봤어. 살아 있어서 말을 걸 수도 있는 사람. 지금의 당신과 똑같이."

아주 짧은 순간이었지만 그 말은 내게 더욱 개인적이고 더욱 자연스러운 안도감을 주었다. 곧이어 나와 헤어진 뒤 그를 찾아온 그녀의 모습이 떠올랐고, 그것으로 그녀의 남은 시간을 설명할 수 있다는 생각이 들었지만 나는 그 깨달음을 거친 어투로 다그쳤다.

"대체 무슨 일로 찾아온 거지?"

그는 잠시 생각에 잠겨 마음을 정리하고 자신의 말이 어떤 결과를 가져올지 헤아린 뒤, 여전히 흥분으로 들뜬 눈동자와 눈에 띄는 격한 감정으로 자신의 말을 무마하려고 가당찮은 미소를 머금었다. "그냥 나를 보러 온 거야. 그냥, 당신 집에서 시간을 보낸 뒤, 나를 찾아온 거야. 결국에는 우리가 만나야 됐나봐. 그녀의 충동은 아주 절묘했어. 나도 똑같았으니까."

나는 그녀가 있었다는 방 안을 두리번거렸다. 그녀가 있었으며, 내가 지금까지 한 번도 와본 적이 없는 공간. "그녀와 똑같은 방식으로 당신도 그녀의 방문을 받아들였다고?"

"그녀는 그저 여기에 와서 나를 바라보았을 뿐이야. 그걸로 충분했다고!" 그는 기묘하게 웃으며 소리쳤다.

나는 점점 의구심이 더해졌다. "그녀가 당신한테 아무 말도 하지 않았다는 말이야?"

"아무 말도 하지 않았어. 내가 그녀를 바라보듯, 그저 나를 바라보기만 했어."

"당신도 그녀한테 아무 말 안 했어?"

그는 또다시 고통스러운 미소를 지었다. "당신을 생각했어. 아주 미묘한 상황이었잖아. 나름대로 가장 뛰어난 기지를 발휘한 거라고. 하지만 그녀는 자기 때문에 내가 기뻐하는 걸 알고 있더군." 그는 또 어울리지 않는 웃음을 흘렸다.

"그녀가 당신을 '기쁘게' 만든 게 분명하다!" 나는 잠시 생각에 잠겼다. "얼마나 있었지?"

"그걸 어떻게 알아? 이십 분, 하지만 그보다 짧았을 거야."

"이십 분 동안 아무 말도 없었다!" 그 광경이 또렷해지기 시작했고, 상황을 정확히 알 수 있었다. "지금 당신이 얼마나 기괴한 소리를 하고 있는 줄 알아?"

그때, 줄곧 벽난로를 등지고 서 있던 그가 애원하는 표정으로 내게 다가왔다. "제발 부탁이야. 너그럽게 받아들여줘."

나는 너그럽게 받아들였고, 그만큼 중요하게 생각했다. 그러나 그가 어색하게 두 팔을 벌렸을 때 나는 그의 손길을 받아들일 수 없었다. 우리 사이에 꽤 오랫동안 묵직한 침묵의 불편함이 가로놓였다.

VI

이윽고 그가 침묵을 깼다. "그녀가 죽었다는 게 확실해?"

"불행히도 그래. 그녀의 시신 옆에 있다가 오는 길이니까."

그는 바닥에 떨군 시선을 들어 나를 바라보았다. "어떤 모습이었어?"

"평온해 보였어."

내가 보는 앞에서 그는 뒤돌아섰다. 잠시 후 그는 말했다. "몇 시에……?"

"자정이 가까웠을 거야. 집에 오자마자 심장병으로 쓰러졌대. 그녀 자신과 의사는 알고 있었지만 꿋꿋이 내게는 한마디 말도 해주지 않았지."

그는 귀 기울여 듣고는 한동안 아무 말도 하지 못했다. 이윽고 거의 어린아이 같은 확신과 더없이 천진한 말소리가 침묵을 깼으며, 지금 글을 쓰고 있는 동안에도 그의 목소리가 귓가에 맴돌고 있다. "정말 대단한 여자였어!" 그때 나는 늘 그렇게 말하지 않았느냐고 맞장구를 칠 수 있었지만, 조금 지나자, 그는 자신의 말에 내가 어떤 기분일지 눈치 챈 것마냥 재빨리 말을 이었다. "이제 당신도 자정까지 그녀가 집에 돌아가지 않은 이유를 충분히 이해할 수……."

나는 그의 말꼬리를 잘랐다. "당신이 그녀를 만날 시간이 충분했다는 얘기야? 어떻게?" 나는 물었다. "당신은 내 집에 늦게까지 있었잖아? 경황이 없어서 정확한 시간은 모르겠지만. 어쨌든 당신은 저녁 식사 후에도 해야 할 일이 많다고 말했어. 그 친구는 저녁 내내 '젠틀위민'에 있었고, 방금 그곳에서 오는 길이니까 확실해. 거기서 차를 마셨대. 오랫동안 혼자서."

"그녀는 그렇게 오랫동안 거기서 뭘 했을까?"

나는 상황을 설명할 때마다 그가 일일이 반응하고 있음을 깨달았다. 그가 그러면 그럴수록, 나는 고집스레 기적과 불가사의를 더해주는 쪽으로만 받아들였다. 그렇지 않다면, 되살아난 내 질투심을 받아들여야 했을 테니까. 그의 솔직한 표정은 극한 절망에도 불구하고 살아 있는 그녀를 볼 수 있는 대단한 특혜를 누렸다고 내게 항변하는 것 같았다. 반면 오늘날까지 나는 강한 의혹을 품고, 지금도 마지막 재 속에서 타들어가고 있을 의혹으로, 그녀와 그의 어머니라는, 그녀의 편에서도 똑같이 기이하게 공유된 선물을 통해 젊은 시절의 기적이 그에게 다시 찾아왔고 똑같은 기적이 그녀에게 찾아왔다고밖에는 대답할 수 없었다. 그녀는 그를 찾아왔었다. 그랬다. 그의 마음에도 들었던 매혹적인 충동에 이끌려서 말이다. 그러나 그녀는 실제로 온 것이 아니었다! 그것은 명백한 사실이었다. 그녀가 아담한 클럽에서 대부분의 시간을 어떻게 지냈는지 나는 그곳에서 분명한 증언을 듣고 온 후였다. 클럽 안은 거의 사람이 없었지만, 종업원들은 그녀를 알아보았다. 그녀는 난롯가 푹신한 의자에 꼼짝하지 않고 앉아 있었다. 의자 등받이에 머리를 기대고 눈을 감은 채 나른한 선잠에 빠져 있는 모습이었다.

"알았어. 하지만 몇 시까지 그곳에 있었대?"

"그곳." 나는 답해줄 의무가 있었다. "종업원들이 알려준 건 별로 없어. 특히 여자 관리인은 클럽의 회원인 것 같은데도 기막힐 정도로 멍청하거든. 그녀는 교대도 하지 않고 손님의 출입을 확인해야 하는 관리실을 한동안 비웠던 모양이야. 당황해서 발뺌을 하려고 들더군. 관리인의 말만 듣고는 정확한 시간을 알 수 없어. 다만 우리의 가여운 친구가 열 시 반경에는 클럽에 없었다는 게 분명해."

내 말을 듣고 그는 확신이 선 것 같았다. "이리로 곧장 왔다가 이곳에서 집으로 가는 기차를 탄 거야."

"친구가 그렇게 허둥댔을 리 없어." 나는 단언했다. "그런 적이 한 번도 없으니까."

"허둥댈 필요가 없었어. 시간이 충분했으니까. 내가 당신 집에 늦게까지 있었다는 건 당신의 착각이야. 사실은 당신 집에서 평소보다 더 일찍 나왔으니까. 내가 늦게까지 있었다는 기분이 들었을 뿐, 실제로 내가 여기 도착한 시간은 열 시였어."

"당신은 실내화로 갈아 신고," 나는 맞장구를 쳤다. "의자에서 잠든 거야. 아침까지. 당신은 꿈에서 그녀를 본 거로군!" 그는 침울한 눈으로 묵묵히 나를 바라보았다. 그의 눈빛에서 억누를 수 없는 동요가 느껴졌다. 곧이어 나는 말을 이었다. "당신은 아주 늦은 시간에 여자의 방문을 받았어. 물론 당신 탓이 아니지만. 세상에서 늘 벌어지는 일이니까. 하지만 여자는 많아. 그녀가 아무 말도 하지 않았고, 게다가 당신은 그녀의 사진 한 장 본 적이 없는데 어떻게 지금 우리가 얘기하는 사람이라고 확신했지?"

"난 그녀에 관해서 질릴 만큼 들어왔잖아? 그녀가 어떻게 생겼는지 하나도 빠뜨리지 않고 당신한테 설명해볼게."

"됐어!" 나는 다짜고짜 소리를 질렀고, 그 때문에 그는 또 웃음을 터뜨렸다. 이번에는 그 웃음소리에 발끈하면서도 나는 말을 계속했다. "당신 하인이 그녀를 데려왔어?"

"하인은 없었어. 마음 내킬 때마다 자리를 비우거든. 이 커다란 건물의 특징 중 하나는 정문에서 어느 층이건 아무런 제지를 받지 않고 갈 수 있다는 거야. 내 하인은 저기 위층에 고용된 아가씨와 사랑에 빠져서 어젯밤에도 오랫동안 자리를 비웠어. 그때마다 소리 없이 돌아오려고 계단에 있는 문을 살짝 열어두거든. 그래서 문을 그냥 밀기만 하면 이곳으로 들어올 수 있지. 그녀는 문을 밀었어. 약간의 용기만 있으면 가능한 일이잖아."

"약간? 그건 엄청난 용기가 필요한 일이야! 게다가 온갖 복잡한 계산을 해야 가능한 일이라고."

"어쨌든, 그녀는 그렇게 했어. 그렇게 했다고. 이런 말하기 그렇지만, 솔직히 말하면," 그는 덧붙였다. "정말, 정말이지 대단했어!"

그의 말에서 느껴지는 어떤 것 때문에 나는 한동안 아무 말도 하지 못했다. 이윽고 나는 말했다. "당신이 여기 사는 걸 그녀가 어떻게 알았지?"

"상점에서 액자 뒤에 붙여놓은 라벨을 보고 내 주소를 알았겠지. 내 사진이 들어 있는 액자 말이야."

"어떤 옷을 입고 있었지?"

"상복. 짙은 색깔은 아니고, 간단하면서도 차분한 검정색 크레이프 상복. 조그만 깃털 장식 세 개가 달린 보닛을 쓰고 있었어. 아스트라한 모직 머프를 들고. 왼쪽 눈가에," 그는 계속 말했다. "수직으로 작은 흉터가……."

나는 그의 말을 막았다. "남편이 만든 흉터야." 나는 덧붙였다. "대체 얼마나 가까이서 봤길래!" 그는 그 말에는 아무 대꾸를 하지 않았고, 나는 그의 얼굴이 붉어졌다고 생각하며 곧장 가겠다고 말했다.

"조금 더 있지 않을래?" 그는 또 한 번 부드럽게 내게 다가왔고, 이번에는 나도 잠자코 있었다. "그녀의 방문은 그 나름대로 매력적이었어." 그는 나를 껴안으며 속삭였다. "하지만 당신의 방문은 훨씬 매력적이야."

나는 그의 키스를 받아들였다. 그러나 그 전날에도 그랬듯이, 나는 그녀의 작별 키스를 떠올리며 혹시 이 세상에서 그녀의 입술이 마지막으로 닿은 곳이 그의 입술이 아닐까 생각했다. "당신이 보듯, 나는 살아 있어." 나는 말했다. "당신이 어젯밤 본 사람은 죽은 사람이야."

"살아 있었어. 살아 있었다고!"

그는 약간 고집스레 말했다. 나는 그의 품에서 빠져나왔다. 우리는 굳은 표정으로 서로를 바라보았다. "당신이 지금 설명하고 있는 상황이라는 게, 설명이라고 할 수 있는지도 모르겠지만, 도저히 납득이 가지 않아. 당신이 알아차리기도 전에 이 방에 들어와 있었다고?"

"편지를 쓰고 있다가 고개를 들었어. 저기 탁자에서 등잔을 켜놓고 편지를 쓰는 데 정신이 팔려 있었거든. 그런데 그녀가 내 앞에 서 있었어."

"그래서 당신은 뭘 했어?"

"외마디 소리를 지르며 벌떡 일어섰지. 그녀는 아주 우아하면서도 위엄 있게 미소를 지으며 주의를 주듯 입가로 손가락을 들어올렸어. 조용히 하라는 의미인 걸 알았지. 하지만 이상한 일은, 금세 그녀의 행동이 완전히 납득이 가고 일리가 있다고 느껴졌다는 사실이야. 아까 말했듯이 정확히 얼마 동안인지는 모르겠지만, 한동안 얼굴을 마주보고 서 있었어. 지금 당신과 이렇게 서 있듯이 말이야."

"그냥 서로 노려보았다고?"

그는 답답하다는 듯이 고개를 저었다. "나 참! 노려본 게 아니라니까!"

"아니겠지, 하지만 우리는 지금 얘기를 하고 있잖아."

"흠, 아무튼, 우리는 이런 식으로 서 있었어." 그는 잃어버린 기억을 더듬었다. "지금처럼 친근하게." 나는 친근하다는 말에 대해 물으려다 그만두고 서로 놀라서 마주보고 있었다는 쪽으로 생각하기로 마음먹었다. 그가 그녀를 곧바로 알아보았는지 나는 물었다. "그렇지는 않아." 그는 대답했다. "그녀가 올 줄 전혀 몰랐으니까. 하지만 그녀가 이곳을 떠나기 전에 그녀가 누구인지는 알고 있었지."

나는 잠깐 생각했다. "여기서 나갈 때 어땠어?"

"왔을 때와 똑같았어. 열린 문으로 나갔으니까."

"서둘렀어, 아니면 천천히?"

"약간 서둘렀어. 하지만 나는 그녀의 뒷모습을 바라보면서." 그는 웃음 지으며 덧붙였다. "그냥 가도록 놔두었지. 왜냐하면 그녀가 그걸 원한다는 걸 분명히 알 수 있었으니까."

나는 뜻 모를 한숨을 나도 모르게 길게 내쉬고 있다는 것을 깨달았다. "그렇다면 이번에는 내가 원하는 걸 알아줘야겠어. 가봐야겠다고."

그는 또다시 내게 다가서며 정중하게 나와의 일은 전혀 별개의 문제라고 힘주어 말하고는 가지 말라고 설득했다. 그가 그녀를 만졌는지 물어볼 수 있는 기회였지만, 차마 입이 떨어지지 않았다. 그 말의 음절 하나하나가 얼마나 끔찍하고 저속하게 들릴지 알고 있었다. 나는 다른 말을 했지만, 지금은 정확히 기억이 나지 않는다. 아마도 그 질문을 직접 하지 않고도 그에게서 대답을 이끌어낼 만한, 약간은 비틀어지고 집요하며 꽤 비열한 내용이었을 것이다. 하지만 그는 말하지 않았다. 그저 나를 달래고 위로하는 말만 되풀이하며, 내가 늘 장담했듯이 그녀는 분명 아름다운 여자였지만, 그에게 '진정한' 친구이자 영원한 사람은 나라고 말했다. 조금 전에 감정이 상했음에도 불구하고, 나는 그의 말을 듣고 적어도 나는 살아 있다는 장점이 있지 않느냐고 말했다. 그러나 그 때문에 그는 곧이어 내가 두려워하던 말을 끄집어내고 말았다. "이런, 그녀는 살아 있었다니까! 살아 있었어. 살아 있었다고!"

"죽었어. 죽었다니까!" 나는 격분해서 말했고, 죽었다는, 그래야 한다는 말이 이제는 기괴하게 느껴졌다. 그러나 그 말은 갑작스러운 공포로 내 귓가를 울렸고, 다른 상황이었다면 죽음의 의미에서 자연스레 품었을 감정들이 그제야 한꺼번에 밀려들었다. 깊은 애정이 끝이 났으며, 내가 그녀를 얼마나 사랑하고 신뢰했던가. 그와 동시에 그녀의 마지막 모습에서 본 쓸쓸한 아름다움이 떠올랐다. "그녀는 떠났어. 우리 곁을 영원히 떠나버렸어!" 나는 흐느껴 울었다.

"나도 당신과 똑같은 심정이야." 그는 지극히 부드러운 목소리로 탄성을 자아내며 나를 껴안아 위로했다. "그녀는 떠났어. 우리 곁을 영원히 떠나버렸어. 하지만 지금은 아무 상관 없잖아?" 그의 얼굴이 나와 맞닿았을 때, 느껴지는 축축한 물기가 그의 눈물인지 아니면 내 것인지 알 수 없었다.

VIII

그들이 여전히 '만나지' 않았다는 것이 내 생각이자 확신이었으며, 말하자면, 나는 그런 식으로 내 태도를 결정한 것이었다. 그런 관점에서 나는 그녀의 무덤에 함께 서달라고 그에게 너그럽게 청할 수 있었다. 그는 아주 겸손하고 신중하게 그렇게 해주었으며 아무런 위기감을 느끼지 못하고 있었지만, 심각한 분위기는 두 사람을 잘 알고 그들의 관계를 오랜 농담처럼 생각해오던 많은 사람들에게 앞으로는 그가 가벼운 교제를 하지 않으리란 인상을 심어주기에 충분했다. 그녀가 죽던 날 밤에 무슨 일이 벌어졌는지, 그 의문은 우리 사이에서 조금은 희미해졌다. 나는 증거라는 두려움에 사로잡혀 있었다. 어떤 가정에서도 그것은 야비하고 은밀한 것이었다. 그의 입장에서도 내놓을 수 있는 확실한 증거는 없었다. 그의 말에 따르면 만사태평에다 종종 자리를 비운다는 건물 수위의 진술을 제외한다면 말이다. 열 시 정각에서 자정까지 검은 옷차림으로 그 건물을 드나든 여자가 세 명 이상이라고 수위는 말했다. 그것으로 충분했다. 우리는 세 명까지 거론할 필요도 없었으니까. 내가 그녀가 보낸 시간을 철저히 설명하려는 데 골몰해 있음을 그는 알고 있었고, 우리는 그 문제를 접어두기로 했다. 더 이상 그 문제를 입에 올리지 않았다. 그러나 그가 그 문제를 삼간 것은 내 추론을 인정해서가 아니라 나를 기쁘게 해주기 위함이었다. 그는 결코 인정하지 않았다. 너그러웠을 뿐이다. 그는 자신의 설명이 더 마음에 들었기 때문에 그것을 고집했다. 내 추론보다는 그 자신의 것이 그의 허영에 좀더 어울렸으니까. 그와 비슷한 입장이었지만, 나는 그 문제를 그처럼 받아들이지는 않았다. 그러나 개인적인 취향의 문제이지 다른 사람이 판단할 성질의 것은 아니었다. 스릴 만점의 책에 등장하는 불가사의한 사건 혹은 지식인들의 모임에서 이러쿵저러쿵 화제로 오르면 더 좋았을 일이라고 나는 생각했어야 했다. 그러나 끝없는 심연 속에 빠져 여전히 인간의 감정에 전율하는 한 사람으로서, 나는 권선징악이나 호기심의 동기보다 더 세련되고 순수하며 더 고원하고 존엄한 화제를 생각할 수 없었다. 나도 그의 입장이었다면, 그녀는 아름다웠고 그 때문에 좀더 특별하고 선택된 사람이었다고 생각했을지 모른다. 그는 이미 많은 사람들에게 알려져 있었으며, 앞으로도 오랫동안 그렇게 기억될 것이다. 그런 사실만큼 분명한 증거가 또 있을까? 매번의 기이한 방문으로 또 다른 것들이 확고해졌다. 그는 달리 느끼고 있었다. 하지만 서둘러 덧붙이자면, 그도 역시 문제를 일으키거나 성가신 일을 만들고 싶어하지 않았다. 나는 내가 좋아하는 방식대로 믿고자 했다. 그 모든 것이 내가 만들어낸 미스터리의 일부라고. 그것은 내 개인사의 일부이며 내 의식의 혼란이지, 그의 것은 아니었다. 그러므로 그는 나를 편하게 하는 방식이면 어떤 식으로든 그 문제를 받아들일 수 있었다. 어쨌든 우리는 다른 일거리를 만들지 않았다. 결혼 준비에만 몰두했다.

 내 입장에서 결혼은 분명 서둘러야 할 일이었지만, 나는 시간이 지날수록 내가 좋아하는 것을 믿는다는 의미가 최대한 확신이 서는 것을 믿다는 것임을 깨달았다. 또한 지금까지의 방식이 마음에 들지 않으며, 내 확신의 이유와는 전혀 무관한 즐거움도 싫어지는 것을 깨달았다. 내가 그렇게 칭하고 깨닫기 시작한 내 집착은 가장 신성한 의무를 앞두고 있는 사람의 소망대로 사라져주지 않았다. 해야 할 일과 여전히 생각할 것이 많았으며, 나 자신의 생각 때문에 심각한 위험을 초래할 순간이 다가왔던 것이다. 나는 지금 그걸 깨닫고 느끼며 이겨내고 있다. 그러나 즐거움이 없는 끔찍한 공백과 참담함으로 가득 차 있다. 게다가 여전히 나는 내가 아닌 사람이 될 수는 없었다고 나 스스로를 옹호하고 싶다. 그때와 똑같은 인상이 내게 또 찾아온다면, 똑같은 고통과 똑같이 날카로운 의심과 똑같지만 훨씬 더 분명한 확신을 감당해야 할 것이다. 아, 글로 쓰기보다 기억하기가 훨씬 쉬운 일이지만, 되짚어가는 매순간과 내가 찾아낸 불가해함과 추함, 고통이 곧 내 손끝에서 사라져주길 바란다.

그래서 보다 단순하고 간략하게, 결혼하기 일주일 전, 그녀가 죽은 지 삼 주가 지났을 때를 말하겠다. 그때 나는 뭔가 아주 심각한 일이 다가오고 있음을 온몸으로 깨달았고, 조치를 취해야 한다면 시간이 더 흐르기 전에 당장 해야 한다고 생각했다. 사

라지지 않는 내 질투는 메두사의 가면이나 다름없었다. 그것은 그녀의 죽음과 함께 죽지 않고 성난 생명으로 살아남아서 말 못할 의심을 먹고 자랐다. 오늘에야 말 못할 의심이라고 말하지만, 당시에는 그런 말을 할 필요를 느끼지 못했다. 당시 내게 시급한 요구는 내 운명으로부터 나를 구하는 것이었다. 일단 그런 마음이 들자 ——상황은 위급했고, 시간은 점점 촉박해졌다—— 나는 문제를 신속하고 솔직하게 받아들였다. 적어도 나는 잘못된 길에서 하루속히 그를 벗어나게 해줄 수 있었다. 적어도 내가 빠진 곤경을 구실로 삼을 수는 있었다. 그래서 어느 날 저녁, 아주 차분하면서도 갑작스럽고 섬뜩하게 나는 우리의 상황을 다시 생각하고 완전히 변해버린 우리의 관계를 인정해야 한다고 그에게 말했다.

그는 빤히 나를 바라보았다. "대체 어떻게 변했다는 거지?"

"우리 사이에 다른 사람이 있어."

그는 그 말을 인정하고 잠시 생각에 잠겼다. "당신이 말하는 사람이 누구인지 모른다고 하지는 않겠어." 그는 정도에서 벗어나버린 내게 연민의 미소를 머금었지만, 무례하지는 않았다. "죽어서 땅에 묻힌 여자인걸!"

"땅에 묻혔지만 그녀는 죽지 않았어. 세상에서 죽었고, 내게서 죽었지. 하지만 당신에게는 죽지 않았어."

"그날 밤 그녀가 어떻게 나타났는지 또 문제 삼자는 말이야?"

"아니," 나는 대답했다. "아무것도 문제 삼을 생각 없어. 그럴 필요가 없으니까. 내 눈앞에 있는 것으로도 충분해."

"이런, 제발, 대체 무슨 말이야?"

"당신은 완전히 변했어."

"그 엉뚱한 일 때문에?" 그는 웃었다.

"그 때문이 아니라 그 다음에 벌어진 엉뚱한 일 때문이지."

"그게 뭔데?"

우리는 피하지 않고 서로를 똑바로 응시했다. 그러나 흐릿하고 이상한 그의 눈빛과 눈에 띌 만큼 창백해진 그의 안색에서 나는 확신을 얻었다. "정말," 나는 물었다. "그게 뭔지 모른다는 거야?"

"귀여운 아가씨." 그는 대답했다. "당신이 너무 뭉뚱그려서 말하고 있잖아!"

나는 잠시 생각했다. "어느 한쪽에게는 어리둥절한 얘기일 수도 있지! 그러나 똑같은 관점에서, 시작부터 말하자면, 당신의 표현 방식보다 더 어리둥절한 게 또 있을까?"

그는 모호한 표정을 지었다. 언제나 그렇듯이 그 표정은 매혹적이었다. "내 표현 방식?"

"악명이 자자한 당신만의 독특한 매력 말이야."

그는 못 참겠다는 듯이 어깨를 으쓱하고 노골적인 경멸의 신음을 토했다. "오, 독특한 매력이라!"

"당신이 살아 있는 생물에게 접근하는 방법이지." 나는 차갑게 말을 이었다. "이해득실을 위해 당신이 우리에게 주는 인상과 외양, 접촉과 친밀함 말이야. 그 때문에 나는 당신에게 깊은 관심을 느꼈고, 당신을 알고 있다는 즐거움과 자부심을 맛보았으니까. 아주 훌륭한 특징이었고, 지금도 여전히 그래. 하지만 물론 그때는 지금과 같은 방식으로 당신의 특징이 작용할지 예상하지 못했어. 설령 알았다고 해도, 지금과 다른 영향을 받을 만한 방법이 있지도 않았겠지만."

"도대체," 그는 애원하듯 물었다. "무슨 말을 하고 싶은 거야?" 내가 아무 대꾸를 하지 않자, 그는 나를 비난하는 투로 말했다. "작용을 해?" 그는 계속했다. "당신에게 영향을 주었다고?"

"그녀는 오 년 동안이나 당신과 어긋났어." 나는 말했다. "하지만 지금은 어긋나지 않아. 당신이 그렇게 만들고 있으니까!"

"그렇게 만들었다고?" 하얗게 질렸던 그의 얼굴이 붉게 달아오르기 시작했다.

"당신은 그녀를 보고 있어. 그녀를 보고 있다고. 매일 밤!" 그는 비웃듯이 크게 웃었지만, 나는 꾸며낸 웃음이라고 생각했다. "그날 밤처럼 그녀는 매일 당신을 찾아오고 있잖아." 나는 분명히 말했다. "마음에 드는 그녀만의 방식으로!" 다행히도 나는 맹목적인 열정이나 저속한 폭언 없이 말을 할 수 있었다. 당시 내게는 조금도 '뭉뚱그린' 것이 아니라 아주 정확한 말이었다. 그는 웃으면서 내 우둔한 익살에 박수를 보냈지만, 곧바로 안색이 바뀌었다. "자신 있게 아니라고 할 수 있어?" 나는 물었다. "습관적으로 그녀를 보고 있지 않다고 말이야."

그는 응석을 받아주듯 비스듬히 나를 바라보며 기분을 달래주었다. 그런데 놀랍게도 그는 느닷없이 이렇게 말하는 것이었다. "흠, 만약 당신의 말이 맞다면?"

"그건 당신의 권리야. 썩 부러운 재능은 아니지만, 순전히 당신의 개성에 속한 일이라고. 하지만 우리가 헤어져야 한다는 건 당신도 쉽게 이해할 거야. 아무 조건 없이 당신을 놓아주겠어."

"나를 놓아준다고?"

"나와 그녀, 둘 중에 하나를 선택해야 해."

그는 매섭게 나를 노려보았다. "알겠어." 그는 내게서 약간 떨어지더니 내가 한 말을 곱씹고 최선의 방법을 궁리하는 것 같았다. 이윽고 정색하며 내게 돌아섰다. "대체 그렇게 개인적인 일을 어떻게 당신이 안다는 거지?"

"그토록 숨기려고 애썼는데 이상하다는 말이야? 아주 개인적인 일이니, 소문내지 않겠다고 약속하지. 당신은 최선을 다했고, 당신의 역할에 충실하게 감탄할 정도로 행동했으니까. 가여운 사람! 그래서 나도 내 역할을 하면서 조용히 당신을 지켜봐 왔어. 당신의 말투, 텅 빈 눈빛, 무심한 손길 하나하나를 놓치지 않았어. 철저히 확신이 서고, 내가 비참하리만큼 불행해질 때까지 기다렸을 뿐이야. 야비하게 그녀와 사랑에 빠져 있으면서, 그녀가 준 쾌락에 죽을 만큼 안달이 나 있으면서도 어떻게 그걸 숨길 수 있었지?" 나는 그가 항변하려는 것을 재빨리 제지했다. "당신은 그 누구보다, 그 어떤 열정보다 뜨겁게 그녀를 사랑했고, 그녀도 당신에게 똑같이 돌려주었잖아! 그녀는 당신을 지배하고, 당신을 붙잡고 당신의 모든 것을 차지했어! 나랑 똑같은 입장에 있는 여자라면 누구라도 알아채고 느낄 수 있어. 언제나 '믿게끔 달래주면' 되는 미련한 저능아가 아니라면 말이지. 당신은 삶의 찌꺼기를 가지고 기계적으로 양심의 가책을 덜기 위해 나를 찾았을 뿐이야. 당신을 포기할 수는 있어도 당신을 다른 사람과 공유할 수는 없어. 당신의 진심은 그녀의 것이니까. 그 의미를 잘 알기 때문에 영원히 당신을 그녀에게 양보하겠어!"

그는 거리낌 없이 반박했지만, 그렇다고 문제를 해결할 수는 없었다. 그는 거듭 부인했고, 자신이 인정했던 것까지 되돌리면서, 당치 않다고 나를 몰아세웠다. 나는 점점 심해지는 그의 장광설을 그냥 들어주었다. 나는 한순간도 우리가 공통의 관심사에 대해 말하고 있는 척 꾸미지 않았다. 나는 한순간도 그와 그녀가 보통 사람이라고 생각하지 않았다. 만약 그랬다면 내가 그토록 두 사람을 사랑했을까? 그들은 존재의 진기한 확장을 즐겼으며, 나를 그들만의 화려한 비행 속에 가두려고 했다. 그런 공기 속에서는 숨을 쉴 수 없으니 나를 내려달라고 한 것이다. 모든 것이 기괴했으며, 그 중에서도 특히 내 명료한 인식이 그랬다. 본성과 진실에 관련된 유일한 것이 있다면 내가 그 인식에 따라 행동했다는 것이다. 나중에 그런 생각에 따라 말했음을 떠올리며 나는 완전한 확신에 도달했다. 그 사람의 표정 외에 더 필요한 것은 없었다. 그는 실제로 그 표정을 모호하게 숨기려 했고, 괜한 비웃음으로 시간을 벌며 꽁무니를 빼려고 했다. 그는 내 진실성과 온전한 정신, 인간성까지 문제 삼았지만, 그럼으로써 우리의 틈은 더 넓어지고 파국은 확실해졌다. 그는 짧은 시간 동안 모든 것을 다 동원했지만, 나는 내가 틀렸다거나 그가 불행하다는 확신을 얻지 못했다. 우리는 헤어졌고, 나는 상상을 초월한 그만의 관계 속에 그를 남겨두었다.
　그는 나와 마찬가지로 결혼을 하지 않았다. 육 년이 지난 후, 고독과 침묵 속에서 나는 그의 사망 소식을 접했고 내 추측을 뒷받침하는 것이라고 환호했다. 그의 죽음은 갑작스럽고, 도저히 설명할 수 없는 상황에서 일어난 것으로 ──나는 하나하나 그의 죽음을 분석했잖은가! ── 나는 숨겨진 그의 손이 의도하는 것과 암시하는 것을 분명하게 읽었다. 오랜 필요의 결과이자 억누를 수 없는 욕망의 결과였다. 정확히 말하자면, 그의 죽음은 거부할 수 없는 부름에 대한 화답이었다.

* 이 작품은 발표 당시 〈그렇게 된 과정The Way It Came〉이라는 제목이었다. 헨리 제임스 본인이 좀더 좋은 제목을 생각하다 〈친구들의 친구들〉로 바꾸었다. 내용 중에 화자의 여자 친구가 약혼자의 사진을 보는 시간이 다르게 서술되어 있다. 약혼식 날과 마지막 약속한 날이 그것인데, 이는 작가의 단순한 실수 또는 화자의 신뢰성이라는 두 가지 측면에서 해석할 수 있다—옮긴이주

죽어야 하는 불멸
The Mortal Immortal(1833)

메리 셸리
Mary Shelley

메리 셸리Mary Shelley(1797~1851)는 런던에서 급진적 사상가로 무정부주의를 설파했던 윌리엄 고드윈과 초기 페미니스트 작가인 메리 울스턴크라프트의 딸로 태어났으나, 그 삶은 시작부터 순탄치 않았다. 태어난 지 며칠 만에 어머니를 잃었고, 아버지에게서 직접 교육을 받았다. 이로 인해 어린시절부터 문학과 학술 서적에 탐닉할 수 있었다. 열두 살에 처음 만났던 시인 퍼시 비시 셸리와 교제하다 1814년에 함께 도망쳤는데, 이때 프랑스, 스위스, 독일, 네덜란드를 떠돌았던 경험을 토대로 《6주간의 여행담History of a Six Weeks' Tour》을 집필했다. 또한 이 여행은 훗날 《프랑켄슈타인Frankenstein》의 소설 속 배경을 제공해주었다. 하지만 그녀는 퍼시 비시 셸리와 결혼한 뒤 1815~1819년 사이에 네 명의 자녀 중 셋을 잃었는데, 이러한 가족사적 불행이야말로 《프랑켄슈타인》이 실패한 가족에 대한 이야기로 씌어진 까닭일 것이다. 이 책에서 보여준 과학적 급진주의에 대한 열정은 당시 사회의 통념을 훨씬 뛰어넘는 것이어서, 결국 그녀 스스로 자신의 책에서 '불온한 부분'을 삭제해야만 했을 정도였다. 전염병으로 인해 인류가 단 한 사람만을 남기고 전멸하게 되는 이야기를 다룬 《마지막 사람The Last Man》은 특히 성공적이었으나, 이 책 역시 셸리의 작품 대부분과 마찬가지로 작가의 성별을 빌미로 조롱의 대상이 되었다. 먼 훗날이 되어서야 그녀의 남편, 아버지, 어머니와 대등했던 그녀의 천재성이 결국 인정되었으며, 현재는 SF 문학의 어머니로서 정당하게 평가받고 있다.

1833년 칠월 십육일, 내게는 기억할 만한 기념일이다. 삼백이십삼 년을 채운 날이니까!

방황하는 유대인? 분명 아니다. 그는 천팔백 년 이상을 보냈다. 그와 비교하면, 내 불멸은 아주 짧은 편이다.

그렇다면 나는 불멸의 존재인가? 내가 삼백삼 년 동안 밤낮으로 혼자 던져온 질문이지만 아직 답을 찾지 못했다. 오늘 갈색 머리카락 사이에서 발견한 한 올의 흰 머리카락은 분명 부패의 징조다. 하지만 삼백년 동안 숨겨져 있었는지도 모를 일이다. 어떤 이들은 스무 살도 채 되지 않아 머리가 온통 하얗게 새기도 하니까.

내 이야기를 들려줄 테니 독자들이 판단해주길 바란다. 내 이야기를 하는 것은 기나긴 영원에서 단 몇 시간을 애쓸 뿐인데도 내게는 너무도 지치는 일이다. 영원이라! 그것이 가능한가? 영원한 삶! 어떤 마법에 걸리면 깊은 잠에 빠지게 되고 백 년이 지나 깨어났을 때에는 그 어느 때보다 싱그러운 모습을 하고 있다는 말을 들은 적이 있다. '일곱 잠꾸러기'에 대한 얘기를 듣고 보니 불멸이 그리 괴로울 것 같지는 않다. 아니, 이런! 끝없는 시간의 무게, 여전히 이어지는 시간의 지루한 통로여! 전설의 널자헤드는 얼마나 행복했을까!(1767년 프랜시스 셰리든Frances Sheridan이 발표한 《널자헤드의 전설 The History of Nourjahad》에서 인용. 널자헤드는 이슬람의 스켐제딘Schemzeddin에게 속아 영원히 살 수 있다고 믿었다─옮긴이주) 그러나 내겐 고역이다.

코르넬리우스 아그리파는 세상에 널리 알려져 있었다. 그의 예술과 마찬가지로 영원한 기억이 나를 만들었다. 그가 없는 사이 부주의한 그의 제자가 악마를 불러냈지만, 그가 처치했다는 얘기도 잘 알려져 있다. 그 이야기가 사실이든 아니든 이 저명한 철학자를 퍽 곤란하게 만든 것은 확실했다. 모든 제자들이 즉시 그를 떠났으며, 하인들도 종적을 감추었다. 그가 잠을 자는 동안 끊임없이 불타는 난로에 석탄을 넣어줄 사람도, 연구를 하는 동안 약품의 색깔 변화를 확인해줄 사람도 없었다. 한 사람이 할 수 있는 일이 아니었으므로 실험은 번번이 실패했다. 단 한 사람의 도움도 받지 못하는 그를 어두운 영혼들이 비웃었다.

그때 나는 어렸고 가난했으며 지독히 깊은 사랑에 빠져 있었다. 그 사건이 벌어진 현장에는 없었지만, 당시 나는 코르넬리우스의 제자로 일 년 정도를 보낸 뒤였다. 내가 돌아왔을 때, 동료들은 그 연금술사의 거처로 가지 말라고 애원했다. 그들에게 무시무시한 사건을 전해 들은 나는 전율했다. 경고는 더 이상 필요하지 않았다. 코르넬리우스가 찾아와 자신의 집에 머물러준다면 황금 주머니를 주겠다고 제의했을 때, 나는 사탄의 유혹을 받는 느낌이었다. 이가 덜덜 떨렸고 머리칼이 쭈뼛 일어섰다. 후들거리는 다리로 나는 필사적으로 그의 집에서 도망쳤다.

흔들리는 내 발걸음은 이 년 동안 매일 저녁 걸었던 방향으로 향했다. 부드러운 거품이 이는 깨끗한 샘물, 그 옆에서 검은 머리카락의 소녀가 매일 밤 내게 빛나는 시선을 던지곤 했다. 내가 버사를 사랑하지 않은 순간이 있었는지 기억할 수 없다. 우리는 어렸을 때부터 이웃이자 소꿉친구였고 ──그녀의 부모는 내 부모처럼 소박하지만 훌륭한 삶을 살았다── 우리가 꼭 붙어 다니는 모습은 부모님들에게 즐거움을 주었다. 혹독한 시간이 찾아와, 그녀는 악성 열병으로 부모님을 잃고 고아가 되었다. 내 부모님은 기꺼이 그녀와 함께 살 생각을 하셨지만, 인근 성에서 자식 없이 홀로 살아가던 부유한 노부인이 그녀를 입양하겠다고 나섰다. 그때부터 버사는 비단옷을 입고 대리석 궁전에서 살았으며, 누구보다 행운아로 여겨졌다. 그러나 새로운 관계와 새로운 상황에서도 그녀는 가난했던 시절의 친구에게 한결같았다. 그녀는 내 아버지의 작은 집을 자주 찾아왔으며, 그것이 금지된 후에는 가까운 숲 가의 그늘진 연못에서 나를 만났다.

우리를 이어주는 거룩함에 비하면 새로운 후견인에 대한 의무는 아무것도 아니라고 그녀는 입버릇처럼 말했다. 그러나 나는 여전히 결혼하기에는 가난했고, 그녀는 그런 사정에 괴로워하며 조금씩 지쳐갔다. 오만했지만 인내심이 강했던 그녀도 우리를 가로막는 장애물에 점점 분노했다. 우리는 한동안 떨어져 있다가 만났는데, 내가 없는 동안 그녀는 몹시 힘겨워했다. 그녀는 내 가난을 처절하게, 거의 책망하듯 불평했다. 나는 경솔하게 대답했다. "가난하기 때문에 정직한 거야. 정직하지 않다면 얼마든지 부자가 될 수 있어!"

내 말은 숱한 의문을 낳았다. 진실을 말하면 그녀에게 충격을 줄까 두려워 말하기를 꺼렸지만, 그녀는 결국 내게서 진실을 끄집어냈다. 그리고 경멸의 표정을 지었다. "사랑하는 척하는 거군요. 나를 위해 악마와 맞서는 게 두려운 거야!"

그녀에게 상처를 줄까봐 두려웠을 뿐이라고 나는 항변했다. 그리고 내가 손에 쥘 수 있는 엄청난 보상을 그녀도 누릴 수 있을 거라고 말했다. 사랑과 희망에 ──그녀가 준 부끄러움에── 고무된 나는 빠른 발걸음과 가벼운 마음으로 뒤늦은 두려움을 웃어넘기고 연금술사의 제의를 받아들이기 위해 돌아갔으며 곧바로 일을 시작했다.

일 년이 지났다. 나는 막대한 돈을 손에 쥐었다. 세상의 관습은 내 두려움을 없애주었다. 가장 고통스러운 불면에 시달렸음에도 불구하고, 나는 조금도 흔들리지 않았다. 학구적인 침묵을 깨뜨리는 악마의 울부짖음에도 동요하지 않았다. 나는 남몰래 버사와의 만남을 지속했고, 희망의 싹을 키워 나갔다. 그러나 즐겁지만은 않았다. 사랑과 안정은 서로 적이라고 생각하며, 내 가슴속에서 그 둘을 분리해놓음으로써 기뻐한 버사 때문이었다. 진실한 마음을 소유했음에도 불구하고 그녀의 자태에는 요염함이 묻어 있었다. 그 때문에 나는 터키인처럼 질투를 느꼈다. 그녀는 오만 가지 방법으로 나를 무시했지만, 자신의 잘못을 한 번도 깨닫지 못했다. 그녀는 나를 격분하게 만들었고, 그것을 사과하도록 만들었다. 이따금씩 내가 고분고분하지 않다고 생각되면 후견인이 좋아하는 사람들과 염문을 뿌리기도 했다. 비단

옷을 입은 부유하고 쾌활한 젊은이들이 언제나 그녀를 에워싸고 있었다. 코르넬리우스의 제자로서 엄숙한 옷을 입고 있는 내가 그들과 비교나 될 수 있었겠는가?

한번은 철학자가 내게 시간이 많이 걸리는 일을 요구해서 그녀와의 약속을 지킬 수가 없었다. 그는 거대한 실험에 몰두해 있었으므로, 나는 어쩔 수 없이 밤낮으로 난로에 장작을 넣어야 했고 화학 약품의 변화를 주시해야 했다. 버사는 연못에서 헛되이 나를 기다렸다. 무시당했다는 생각이 그녀의 오만한 성격에 불을 붙였다. 잠시 눈을 붙일 수 있는 짬을 이용해 몰래 실험실에서 빠져나온 나는 그녀의 위로를 기대했지만, 그녀는 경멸에 찬 표정으로 매몰차게 나를 뿌리치며 맹세했다. 그녀를 위해 언제든지 올 수 없다면, 누구도 그녀의 손을 잡지 못할 거라고. 앙갚음을 해주겠노라고! 실제로 그렇게 되었다. 나는 음산한 숙소에서 앨버트 호퍼가 그녀를 차지했다는 소문을 들었다. 앨버트 호퍼는 그녀의 후견인이 아끼는 인물로, 그들은 화려한 마차를 타고 연기에 그을린 내 창가를 지나갔다. 그녀의 검은 눈동자가 경멸에 차 내 숙소를 스치는 동안, 비웃음 소리에 이어 내 이름이 불린 것 같았다.

독과 비탄을 품은 질투심이 내 가슴으로 들어왔다. 나는 하염없이 눈물을 흘리며 다시는 그녀를 내 여인이라고 부를 수 없는 현실을 떠올렸다. 이내 나는 변덕스럽게 온갖 저주를 그녀에게 퍼부었다. 그러나 여전히 연금술사의 난롯불을 지피고, 난해한 약품의 변화를 지켜보아야만 했다.

코르넬리우스는 사흘 밤낮으로 잠 한숨 자지 않았다. 증류기의 진전은 그의 예상보다 더뎠다. 초조감에도 불구하고, 잠기운이 그의 눈꺼풀을 무겁게 짓눌렀다. 초인적인 힘으로 그는 연거푸 잠을 쫓았지만, 잠은 계속해서 그의 감각을 빼앗았다. 그의 시선은 도가니에 못 박혀 있었다. "아직도 멀었군." 그는 중얼거렸다. "일을 끝내려면 또 얼마나 밤을 지새워야 할까? 윈지, 성실한 네가 불침번을 서야겠다. 어젯밤에 잠은 자두었겠지? 저 유리 용기를 지켜 보거라. 그 속의 액체는 연한 장밋빛이지. 색깔에 변화가 생기면 나를 깨워라. 그때까지 눈을 좀 붙여야겠다. 처음에는 흰색으로 변하다가 황금빛 섬광을 발할 거야. 하지만 그때까지 기다리진 말거라. 장밋빛이 묽어지면 바로 나를 깨워."  나는 잠결에 웅얼거리는 그의 마지막 말을 거의 알아들을 수 없었다. 그 순간에도 그는 자연의 섭리에 완전히 굴복하지는 않고 있었다. "윈지, 얘야." 그는 다시 말했다. "저 용기를 건드리지 마라. 마시지도 말고. 저건 미약이니까. 사랑을 치유하는 미약 말이다. 너는 언제까지나 버사를 사랑하겠지. 마시지 말거라!"

그러고는 잠들었다. 곧 그의 고귀한 머리가 아래로 숙여졌고, 그의 숨소리마저 거의 들을 수 없었다. 몇 분 동안 나는 색깔의 변화가 없는 장밋빛 용기를 바라보았다. 어느새 내 머릿속은 연못을 거닐며 다시는, 다시는 오지 않을 매혹적인 장면들을 떠올렸다. '다시는!' 이라는 말이 입 안에서 맴도는 동안 악마와 뱀이 내 가슴속에 자리를 잡았다. 못된 여자! 못되고 잔인한 것! 복수를 하지 않고는 견딜 수 없을 터였다. 그녀의 발밑에서 앨버트가 죽고, 그녀 역시 내 복수에 죽어야 하리라. 그녀는 득의양양하게 경멸의 미소를 머금었다. 내 열등감과 그녀 자신의 힘을 잘 알고 있기에. 그러나 그녀의 힘이 무엇이었지? 내 증오심과 모욕을 부추기고, 아, 어떤 것에도 무심할 수 있는 힘! 그 힘을 내가 얻을 수 있을까? 무심한 눈길로 그녀를 바라보고, 거절당한 사랑을 더 아름답고 진실한 것으로 바꿈으로써 진정한 승리를 얻을 수 있을까!

눈부신 섬광이 눈앞을 스쳤다. 스승의 약품을 까맣게 잊고 있었다. 나는 놀라움에 가득 차 그것을 바라보았다. 햇살에 비친 다이아몬드보다 더 눈부시고 아름다운 빛이 액체의 표면에서 번뜩이고 있었다. 더없이 달콤한 향기가 내 감각을 앗아갔다. 살아 있는 발광체처럼 보기에도 아름다운 그 액체는 마시고 싶은 충동을 불러일으켰다. 점점 강렬해지는 감각에 그것을 마시고 싶다는, 그래야 한다는 본능이 솟았다. 나는 유리 용기를 입가로 가져갔다. "사랑을, 고뇌를 치료해줄 거야!" 철학자가 뒤척였을 때, 나는 지상에서 누구도 맛보지 못했을 그 기막힌 액체를 이미 반이나 단숨에 들이켠 후였다. 나는 깜짝 놀라 유리 용기를 떨어뜨렸고, 쏟아진 액체가 바닥을 따라 흐르며 번뜩였다. 코르넬리우스가 내 목을 움켜잡고 고래고래 소리를 질렀다. "미친 놈! 내 필생의 실험을 망쳐놓았어!"

철학자는 내가 그의 약물 중 일부를 마셨다는 사실을 전혀 눈치 채지 못했다. 그는 내가 호기심에 유리 용기를 집어 들었다가 그 광채와 강렬한 섬광에 놀라 바닥에 떨어뜨렸을 뿐이라고 생각하고 있었다. 나는 굳이 아니라고 부인하지 않았다. 결코 그에게 사실을 말하지 않았다. 약품의 불꽃은 꺼졌고——향기도 사라졌고——조금씩 진정이 된 그는 고도의 실험을 다시 시작해야 했으므로 내게는 가서 쉬라고 말했다.

잊을 수 없는 그날 밤, 천국에서 영혼을 씻어내는 듯한 천상의 기쁨이나 더없는 행복과도 같았던 잠에 대해 감히 설명할 길이 없다. 잠에서 깨었을 때 느낀 가슴에 충만한 기쁨과 즐거움을 천박하지 않게 설명하기란 도저히 불가능한 일이었다. 천상에 있는 듯 나는 허공을 걸었다. 지상은 천국이 되었고, 내가 그곳에서 태어나 살아가고 있다는 사실은 황홀한 환희였다. "사랑이 치료되었군." 나는 생각했다. "오늘 버사를 만나야겠어. 냉담하고 무심해진 연인의 모습을 보여줘야지. 너무도 행복해서 경멸할 필요도 없겠지만!"

시간은 빠르게 흘러갔다. 한 번 성공을 거두었으므로, 다시 성공할 수 있을 것이라고 생각한 철학자는 또 한 차례 똑같은 약품을 혼합하기 시작했다. 그는 책과 약품에 파묻혀 있었으므로 내게는 그날이 휴일이었다. 나는 정성 들여 몸치장을 한 뒤, 낡았지만 광택이 나서 거울로 사용하고 있는 방패 앞에 모습을 비춰보았다. 얼굴이 몰라보게 좋아진 것 같았다. 기쁨에 겨워 서둘러 마을 근교로 향하는 동안, 세상은 온통 천상과 지상의 아름다움으로 가득했다. 성으로 발길을 돌렸을 때, 나는 사랑을 치유하고 난 가벼운 마음으로 높이 솟구친 성의 탑을 바라볼 수 있었다. 길을 올라가는 동안, 멀리서 나의 버사가 나를 지켜보고 있었다. 무엇이 갑작스레 그녀의 심경을 변화시켰는지는 모르겠지만, 그때 그녀는 새끼 사슴처럼 가볍게 대리석 계단을 내려와 내게 달려왔다. 그러나 그곳에는 그녀 말고 다른 사람도 있었다. 그녀의 입으로 고상한 할망구이자 폭군이라고 부르던 후견인도 나를 바라보고 있었던 것이다. 그녀의 후견인은 숨을 헐떡이며 계단을 뒤뚱뒤뚱 올라갔고, 그녀만큼 추하게 생긴 시동이 옆에서 그녀를 따라다니며 부산히 부채질을 해주었다. 그녀는 내 아름다운 버사를 불러 세웠다. "아니, 배짱이 두둑한 아가씨로구나. 어딜 그리 급히 가느냐? 어서 방으로 돌아가렴. 밖에는 불한당들이 득시글대고 있잖니!"

버사는 두 손을 꼭 쥐고, 다가서는 내게서 시선을 떼지 않았다. 나는 그들 사이에 다툼이 있음을 눈치 챘다. 버사의 상냥해진 마음에서 우러나오는 애정의 충동을 가로막다니, 정말이지 쪼그랑할멈이 가증스러웠다. 지금까지는 그 지위를 존중하여 가급적 성의 늙은 주인을 피해왔었다. 하지만 이제는 그런 하찮은 생각일랑 무시해버리기로 마음먹었다. 나는 사랑을 치유했으며, 인간의 모든 두려움을 초월한 사람이 아닌가! 발걸음을 재촉한 나는 이윽고 테라스에 도착했다. 버사는 얼마나 아름다운가! 뜨겁게 번뜩이는 눈빛, 초조와 분노로 달아오른 두 뺨, 그녀는 어느 때보다도 우아하고 아름다웠다. 나는 더 이상 그녀를 사랑하지 않았고, 아니, 결코! 흠모하지도, 우상으로 숭배하지도 않았다!

그날 아침, 그녀는 나의 연적과 결혼을 서두르라며 평소보다 더 심한 괴롭힘을 당한 터였다. 연적에게 명확한 입장을 밝히라는 채근과 질책에 이어 망신스럽고 수치스럽게 문 밖으로 내치겠다는 협박도 받았다. 그녀는 자부심으로 위협에 맞섰다. 그리고 그동안 내게 행한 숱한 경멸과 그로 인해 하나밖에 없는 친구를 어떻게 잃었는지를 떠올리면서 회한과 격분으로 흐느껴야 했다. 그 순간 내가 나타난 것이었다. "오, 윈지!" 그녀는 소리쳤다. "당신 부모님 댁으로 나를 데려가줘요. 여기 고상한 곳의 혐오스런 사치와 처참함에서 벗어나 가난과 행복으로 나를 속히 데려가줘요."

나는 기쁨에 취해 그녀를 꼭 껴안았다. 격노한 늙은 부인은 아무 말이 없다가, 우리가 멀리까지 왔을 때에야 비로소 독설을 퍼붓기 시작했다. 내 어머니는 죄악의 소굴에서 벗어나 자연과 자유를 찾아온 아름다운 도망자를 다정하게 맞아주었다. 그녀를 아꼈던 아버지도 진심으로 환영해주었다. 연금술사가 만든 천상의 액체에 젖어 환희를 탐할 필요가 없을 만큼 그날은 참으로 기쁜 날이었다.

그 중대한 사건이 있은 직후, 나는 버사의 남편이 되었다. 나는 코르넬리우스의 문하생 생활을 그만두었지만, 그와는 계속 친구로 남았다. 정작 본인은 모르고 있지만, 내게 신성한 묘약을 마시게 해주고 사랑을 치유하는 대신 (치유라니 말도 안 되지! 악마를 위한 쓸쓸하고 불쾌한 치료법일 뿐.) 용기와 결단을 불러냄으로써 버사의 안에 깃든 더 없는 보물을 얻게 해준 것에 대해 나는 늘 그에게 고마움을 느꼈다.

나는 종종 경이로움에 취했던 황홀한 순간을 떠올리곤 했다. 만반의 준비를 끝냈다는 코르넬리우스의 장담에도 불구하고, 내가 그 약을 마셔버린 탓에 실험은 성공하지 못했지만, 그 효과만은 말로 표현할 수 없을 만큼 강렬하고 은혜로웠다. 약의 효과는 조금씩 약해졌지만 여전히 내 안에 남아서 빛나는 색으로 내 삶을 채색해주고 있었다. 버시는 가끔씩 나의 쾌활함과 보기 드문 활력에 의아해하기도 했다. 예전에는 내가 꽤 심각하고 음울하기까지 한 성격이었기 때문이다. 그녀가 활달해진 내 성격을 더 좋아하게 된 가운데 기쁨의 나날이 빠르게 흘러갔다.

그렇게 오 년이 흐른 후, 나는 갑자기 임종을 앞둔 코르넬리우스의 병상으로 부름을 받았다. 그가 즉시 찾아와 달라고 다급히 사람을 보냈기 때문이다. 나는 초라한 침상에서 이미 죽은 듯이 쇠약해져 있는 그를 발견했다. 그러나 여전한 생기가 느껴지는 그의 예리한 눈빛만은 장밋빛 액체로 채워진 유리 용기에 못 박히듯 했다.

"보게." 그는 불안하고 낮은 목소리로 말했다. "인간의 욕망이 불러온 허영을! 두 번째 희망을 이루려는 순간, 또다시 무너지고 말았어. 저 액체를 보게. 오 년 전에 준비하고 성공했을 때와 똑같은 액체라는 걸 기억하겠지. 그때도 지금처럼 저 정체불명의 묘약을 맛보고 싶어 내 입술은 바짝 타들어갔었지. 그때 자네가 그걸 쏟았지 않았나! 그리고 지금은 너무 늦었어."

그는 힘겹게 말하고 베개에 깊숙이 기대었다. 나는 솔직히 말할 수밖에 없었다. "존경하는 스승님, 어떻게 사랑의 치료약으로 스승님의 생명을 되살릴 수 있다는 말씀입니까?" 거의 알아들을 수 없는 그의 목소리를 듣기 위해 나는 바짝 귀를 기울였다. 그의 얼굴에 희미한 미소가 떠올랐다.

"사랑의 치료약이자 만병통치약이지. 불멸의 묘약. 아! 지금 내가 저걸 마신다면, 영원히 살 수 있을 텐데!"

그가 말하는 동안, 액체에서 황금빛 섬광이 번뜩였다. 그리고 내게 너무도 익숙한 향기가 공기 중에 실려 왔다. 그가 극도로 쇠약해진 몸을 일으키고 ──기적적으로 다시 힘을 끌어 모은 듯── 손을 쭉 펼치자 돌연 요란한 폭발음과 함께 묘약에서 섬광이 솟구쳤다. 그리고 유리 용기에 담겨진 액체가 미립자가 되어 요동을 치는 것이 아닌가! 나는 철학자를 바라보았다. 흐릿해진 눈동자와 뻣뻣한 몸으로 그는 죽어 있었다!

그러나 나는 영원히 살아야 할 운명이라니! 불운한 연금술사가 그렇게 말했고, 나는 그 말을 믿었다. 몰래 묘약을 마신 후 찾아왔던 눈부신 황홀경이 떠올랐다. 육체와 영혼에 변화가 생겼다는 느낌도 떠올랐다. 둘 중에 한쪽이 쾌활하면 다른 한쪽은 공중에 떠 있듯 가벼웠다. 거울에 비친 내 모습에서는 지난 오 년 동안 딱히 눈에 띄는 변화를 찾아보지 못했다. 감미로운 음료의 찬연한 빛과 기분 좋은 향기를 기억했다. 내가 받은 소중한 선물, 그것은 불멸이었다!

며칠이 지나 나는 내 믿음을 비웃었다. '선지자는 제 고향에서 환영받지 못한다'는 속담은 나와 고인이 된 내 스승을 두고 하는 말이었다. 나는 그를 하나의 인간으로서 사랑했고, 현자로서 존경했지만 그가 어둠의 힘을 불러낼 수 있다는 생각을 조롱했고, 그가 보통 사람에게 느끼는 미신적인 두려움을 비웃었다. 그는 현명한 철학자였지만,

피와 살로 이루어진 생물 외에 다른 영혼을 알고 있지는 못했다. 그의 과학은 지극히 인간적이었으며, 내가 스스로 결론을 내렸듯이, 인간적인 과학은 육체에 영혼이 갇혀 있는 한 자연 법칙을 결코 정복할 수는 없었다. 코르넬리우스는 포도주보다 더 사람을 취하게 하고 어떤 과일보다 더 향기로운, 영혼이 거듭나는 묘약을 만들어냈다. 그것은 마음에 기쁨을, 사지에 활력을 선사하는 강렬한 약효를 지녔을지도 모른다. 그러나 그 효과는 점점 사라질 것이고, 이미 내 육체에서 약해지고 있었다. 나는 건강에 좋고 유쾌해지는 묘약을 들이켠 행운아이고, 스승의 덕을 입어 장수를 누릴지는 모르지만, 행운은 거기까지일 것이다. 장수와 불멸은 분명 다른 것이니까.

나는 수년 동안 계속 그런 생각을 은밀히 즐겨왔다. 연금술사가 정말 잘못된 생각을 한 것은 아닌가 하는 의문이 무심코 떠오를 때도 많았다. 그러나 조금은 늦춰질지 모르지만 정해진 시간에, 타고난 운대로 아담의 모든 자손들과 똑같은 운명을 맞게 될 거라는 것이 평소의 믿음이었다. 그러나 내가 놀라우리만큼 젊은 건 분명한 사실이었다. 자주 거울을 들여다보는 헛된 짓을 하고 있는 스스로를 비웃었지만, 그럼에도 거울 속의 주름 없는 이마와 뺨, 눈을 바라보며 스무 살의 모습 그대로인 육체에서 부질없이 늙음의 흔적을 찾곤 했다.

곤혹스러웠다. 나는 버사의 아름다움이 사그라지는 것을 보았다. 나는 이제 그녀의 아들처럼 보였다. 이웃들이 조금씩 그런 사실을 눈여겨보았고, 마침내 나는 마법에 걸린 그 학자의 이름을 듣게 되었다. 버사는 그녀대로 점점 불안해했다. 질투하고 화를 내는 일이 많아졌고, 결국에는 나를 추궁하기 시작했다. 우리에게는 자식이 없었다. 우리는 오롯이 서로에게 전부였다. 그녀가 늙어가고, 악한 성격이 조금씩 고개를 들고 아름다움이 처량히 사라져간다 해도, 나는 한때 숭배했던 연인이자 내가 원한 대로 완벽한 사랑으로 얻은 아내로서 그녀를 진심으로 사랑했다.

마침내 우리의 상황은 견딜 수 없는 지경에 이르렀다. 버사는 쉰 살, 나는 스무 살이었다. 나는 나이든 사람의 습관을 흉내 내며 부끄러움을 느꼈다. 젊은이들과 어우러져 더 이상 춤을 추지는 않았지만, 두 발을 꼭 억누르고 있는 동안에도 마음은 그들과 함께 설레었다. 그리고 나는 우리 마을 네스토르에서 고립된 서글픈 신세였다. 그러나 그 전에 이미 많은 변화가 일어났다. 사람들은 우리를 피해 다녔고, 우리가 ——적어도 내가—— 옛 스승의 지인 몇몇과 사악한 관계를 맺고 있다는 소문이 나돌았다. 가여운 버사는 동정을 받았지만 아무도 그녀를 찾지 않았다. 나는 공포와 혐오의 대상이 되었다.

어떻게 해야 했을까? 우리는 겨울 난롯가에 앉아 가난을 있는 그대로 느꼈을 뿐이다. 아무도 우리 농장에서 나온 농산물을 사려고 하지 않았기 때문이다. 가진 것을 처분하기 위해 나에 대해 모르는 마을을 찾아 삼십 킬로미터도 더 떨어진 곳까지 다녀올 때도 많았다. 어쩌면 우리는 앞으로 닥칠 불길한 날을 예감하며 준비를 하고 있었는지도 모른다.

마음이 늙은 젊은이와 그의 나이든 아내는 난롯가에 쓸쓸히 앉아 있었다. 또다시 버사가 진실을 알고 싶다고 고집을 부리기 시작했다. 나에 대해 전해들은 소문을 되풀이하여 말하면서 그녀는 자신의 의견을 보탰다. 마법을 벗어버리라고 애원하기도 했다. 밤색의 머리카락보다는 흰 머리카락이 훨씬 보기 좋다고, 젊은이에게 주는 가벼운 호감보다는 나이에 어울리는 존경과 위엄이 훨씬 낫다고 그녀는 말했다. 젊음과 보기 좋은 외양이라는 비속한 선물이 더 큰 불명예이고 혐오이며 조롱임을 아느냐고도 말했다. 아니, 결국에 나는 마법을 거래한 사람으로 화형에 처해질 것이며, 내가 누리는 행운을 조금도 나눠 갖지 못한 그녀는 공범죄로 돌을 맞을 것이라고 말했다. 마침내 그녀는 내 비밀을 공유하고 자신도 똑같은 혜택을 누리게 해달라고, 그렇지 않으면 나를 고발하겠다고 넌지시 말한 뒤 갑자기 울음을 터뜨렸다.

그처럼 곤란한 상황에 처하자, 나는 솔직히 털어놓는 것이 최선의 방법이라고 생각했다. 나는 가능한 부드럽게 사실을 밝혔고, 내가 생각하는 가장 이상적인 표현인 '불멸' 대신에 그저 '아주 긴 생명'이라고만 했다. 나는 말을 마치고 자리에서 일어났다.

"자, 버사, 당신의 젊었을 적 연인을 고발할 텐가? 그러지 않을 거라 믿어. 하지만 가여운 당신이 코르넬리우스의 저주받은 기술과 내 불운 때문에 고통을 받아야 하니 몹시 가혹한 일이지. 내가 당신을 떠나리다. 당신은 풍족한 부를 가질 것이고, 친구들도 내 공백을 대신해 당신에게 돌아올 거야. 나는 떠나겠어. 젊게 보이고 몸 또한 건강하니 얼마든지 걸을 수 있고, 의심을 받거나 정체를 들키지 않고도 낯선 사람들 사이에서 음식을 구할 수 있겠지. 젊은 시절에 나는 당신을 사랑했어. 나이가 들어서도 당신을 버리지 않으리라는 것은 하늘이 보증할 테지만, 당신의 안전과 행복을 위해서 나는 당신을 버려야 해."

나는 모자를 집어 들고 문으로 향했다. 그 순간 버사의 팔이 내 목을 껴안았고, 그녀의 입술이 다가왔다. "아니, 가지 말아요, 윈지." 그녀는 말했다. "혼자 떠나면 안 돼요. 나를 데려가요. 이곳을 떠나, 당신의 말대로, 낯선 이들 속에서 의심받지 않고 안전하게 살아요. 저는 당신을 부끄럽게 만들 정도로 늙진 않았어요, 윈지. 그리고 신의 축복으로 마법은 곧 사라질 것이고, 당신은 나이에 맞는 모습을 되찾을 거예요. 그러니 나를 떠나지 말아요."

나는 그 선한 영혼을 애틋이 껴안았다. "떠나지 않으리다, 버사. 당신을 위해서 그런 생각을 하지 않겠소. 당신이 나를 용서해주는 한, 나는 한결같이 충실한 당신의 남편으로서 죽는 날까지 내 본분을 다 하리다."

다음 날 우리는 비밀리에 이주를 준비했다. 막대한 금전상의 손해를 감수해야 했지만, 어쩔 수 없는 일이었다. 적어도 버사가 살아 있는 동안 먹고살 만큼 충분한 돈은 있었다. 아무에게도 작별 인사를 하지 않은 채, 우리는 고향 마을을 떠나 프랑스 서부의 어느 먼 곳으로 피난처를 찾아 나섰다.

가여운 버사가 고향 마을과 젊은 시절의 친구를 떠나 새로운 나라, 새로운 언어, 새로운 관습 안에 유배되어야 하다니, 그것은 가혹한 일이었다. 내 운명의 기이한 비밀에 비해 그때의 이주는 무의미한 것이었지만, 나는 그녀를 몹시 측은히 여겼고, 그녀가 별스럽지 않은 우스운 상황에서 불행을 보상받는 것을 발견하고 참으로 기뻤다. 남의 말 하기 좋아하는 사람들에게서 벗어난 그녀는 입술연지와 앳된 옷차림, 소녀 같은 행동을 비롯해 숱한 여성적인 기법을 동원함으로써 외모에서 드러나는 나와의 차이를 줄이려고 노력했다. 나는 화를 낼 수 없었다. 가면을 쓰고 있는 사람은 바로 나 자신이 아니었던가? 그녀의 노력이 소용없다고 해서 그녀와 싸울 필요가 있는가? 내가 그토록 사랑했으며 황홀해했던 여자 ──매혹적인 야릇한 미소를 머금고 새끼 사슴처럼 걸었던 검은 눈망울과 검은 머리카락의 소녀──가 이제는 종종걸음 치는 선웃음의 질시 어린 노파로 변해버린 모습을 떠올릴 때마다 나는 깊은 슬픔을 맛보아야 했다. 나는 그녀의 잿빛 머리카락과 시든 얼굴을 존중했어야 했다. 그런데 왜 이 모양인가! 내가 해야 할 일이었다. 그러나 나는 인간의 그런 나약함에 그리 비통해하지 않았다.

아내의 질투는 멈추지 않았다. 겉으로 드러난 외양에도 불구하고, 그녀는 내가 늙어가는 흔적을 찾아내기 위해 혈안이 되었다. 나는 맹세코 그 가여운 영혼이 진심으로 나를 사랑한다고 믿었지만, 좋아하는 감정을 그토록 모질게 표현하는 여자도 없었을 것이다. 내가 젊은 혈기에 넘치고 스무 살의 나이에서도 유독 앳된 모습을 하고 있는 동안, 그녀는 기어코 내 얼굴의 주름과 내 발걸음의 노쇠함을 찾아내려고 들었다. 나는 감히 다른 여인에게 말을 걸 엄두를 내지 않았다. 한번은, 마을의 한 미인이 내게 호감의 눈빛을 보낸다고 혼자 생각한 그녀가 내게 흰 가발을 사주기도 했다. 그녀는 주위 사람들에게 내가 무척 젊어 보이지만 사실은 큰 병이 있으며, 외견상 아주 건강해 보이는 모습 자체가 가장 위험한 증상이라고 끊임없이 말하고 다녔다. 내 젊음이 곧 질병이라고. 돌연하고 끔찍한 죽음을 맞지 않으려면, 적어도 어느 날 아침 하얗게 센 머리카락과 한꺼번에 돌아온 노년에 짓눌려 구부정한 허리로 잠을 깨어 놀라지 않으려면 내가 항상 마음의 준비를 해두어야 한다고 그녀는 말했다. 나는 그녀의 말을 막지 않았으며, 그녀의 억측을 거드는 경우도 많았다. 그러잖아도 내 상태에 대해 끝없이 근심하던 터에 그녀의 경고까지 한몫 거들어 나를 힘들게 했다. 그러나 나는 고통스러웠음에도 불구하고 그녀의 재치와 활달한 상상력에 귀를 기울이곤 했다.

왜 나는 이런 사소한 상황을 계속 말하는 것일까? 우리는 오랫동안 함께 살았다. 버사는 꼼짝도 못할 정도로 몸져눕고 말았다. 어머니가 아이에게 하듯, 나는 그녀를 보살폈다. 그녀는 점점 까다로워졌으며, 내가 그녀보다 얼마나 오래 살 것인가 하는 늘 똑같은 말만 되뇌었다. 성심껏 그녀에게 의무를 다할 수 있다는 사실이 어느 때보다 큰 위안이 되어주었다. 젊었을 때 그녀는 나의 것이었고, 늙어서도 나의 것이었다. 마침내 그녀의 시신에 흙을 덮었을 때, 진실로 나와 인간을 이어주던 끈을 모두 잃어버렸다는 느낌에 하염없이 흐느껴 울었다.

그날 이후, 근심과 고뇌가 얼마나 많았으며, 즐거움은 적어지고 얼마나 공허해졌던가! 나는 이쯤에서 내 이야기를 멈추고, 더 이상 들추지 않을 생각이다. 방향타나 나침반도 없이 거친 바다에 팽개쳐진 뱃사람, 표지판이나 길잡이 별 하나 없이 광활한 황야에서 헤매는 여행자, 내가 바로 그런 처지였다. 아니 그들보다 더 방황하고 더 절망했다. 가까이 지나가는 배 혹은 멀리 반짝이는 오두막의 불빛이 그들을 구할 수도 있지만, 내게는 죽는다는 희망 외에는 어떤 불빛도 없었다.

죽음! 불가사의하고 사악한 얼굴을 한 나약한 인간의 친구여! 그대의 피난처에서 왜 유독 나만 내치는가? 오, 무덤의 평화로움이여! 견고한 무덤의 깊은 침묵이여! 이제는 그런 생각도 내 머릿속에 떠오르지 않을 것이며, 깊은 슬픔에 의해 변화된 감정에도 내 심장은 더 이상 뛰지 않으리!

나는 불멸의 존재인가? 나는 처음의 질문을 곱씹는다. 우선, 연금술사의 묘약은 불멸의 삶이 아니라 장수에 불과한 사기극은 아닐까? 그것이 내 희망이다. 그 다음, 나는 그가 준비한 묘약의 반만 마셨을 뿐이다. 마법을 완성하려면 전부를 마셔야 했지 않을까? 악마의 묘약을 반만 들이켰으니, 절반의 불멸일 뿐이다. 그래서 내 불멸은 단축되고 무가치하다.

그러나 또 다른 의문, 불멸의 나머지 절반은 누구의 것인가? 나는 종종 영원을 나누는 법칙이 무엇일지 추측하려고 애쓴다. 때로는 내가 늙었다는 생각이 들기도 한다. 한 올의 흰 머리카락을 발견했으니까. 우둔한 놈! 나는 슬퍼하고 있는가? 그렇다, 늙음과 죽음의 두려움이 심장 속으로 싸늘하게 기어들곤 하니까. 살아 있음을 증오하면서도 나는 살아갈수록 더욱 죽음을 두려워한다. 주어진 자연의 섭리에 맞서 싸우다가 끝내 죽어야 할 운명으로 태어난 인간이야말로 불가사의한 존재다.

그런 관점에서 보면 나는 죽을지도 모른다. 연금술사의 묘약이 불과 칼, 숨 막히는 물속까지 견뎌내지는 못할 것이다. 나는 잔잔한 호수의 깊디깊은 푸른 물속을 숱하게 응시했고, 그 속의 평화를 떠올리며 거센 물줄기에 뛰어들고픈 충동을 느끼기도 했지만, 또 하루를 더 살기 위해 발길을 돌리곤 했다. 저승의 문을 여는 유일한 방법이 자살뿐인 사람에게 그것이 과연 죄악일지, 나는 스스로 물었다. 내 동료, 아니 동료라 할 수 없는 인간을 상대로 군인 혹은 결투자가 되어 파멸의 대상이 되는 것을 제외하고 나는 모든 것을 다했기에 의기소침해질 수밖에 없었다. 그들은 내 동료가 아니다. 내 육체에서 소멸되지 않는 생명력과 하루살이의 짧은 생을 사는 인간, 우리는 양극단처럼 멀리 떨어져 있다. 가장 비열하고 혹은 가장 힘센 인간에게조차 나는 싸움을 걸 수 없었다.

그렇게 나는 숱한 세월을 홀로 살았고, 나 자신에게 지쳐버렸다. 죽음을 갈망하고, 결코 죽지 않음을 확인하는 기나긴 불멸. 야망도 욕망도 없었으며, 심장을 갉는 열렬한 사랑도 다시 오지 않았다. 오로지 고통을 위해 살 뿐 늘어나는 생의 시간 외에 내가 찾을 수 있는 것은 없었다.

바로 오늘, 나는 모든 것을 끝낼지도 모르는 계획을 세웠다. 자살도 아니며, 또 다른 카인을 만들지도 않고, 내게 주어진 젊음과 힘을 다해도 유한한 인간이라면 도저히 살아남을 수 없는 여정을 떠날 것이다. 그래서 나는 내 불멸을 시험할 것이며 영원히 휴식을 취할 것이다. 아니면 인간이라는 경이롭고 축복받은 존재로 다시 돌아올지도.

여행을 떠나기에 앞서 참담한 공허를 못 이기고 이렇게 펜을 든 것이다. 죽지 않는다면 이름이 남지 않는다. 치명적인 묘약을 들이켠 지 삼백 년이 흘렀다. 또 한 해가 가기 전에 거대한 위험에 직면해야 한다. 위험 한복판에서 서릿발과 싸우고, 배고픔과 고단함과 폭풍우에 휩싸여, 자유를 갈망하는 영혼에게는 너무도 견고한 쇠창살이며 공기와 물의 파괴적인 힘에도 끄떡없는 이 육체를 버릴 생각이다. 혹시 내가 살아남는다면, 내 이름은 가장 유명한 인간 중 하나로 기록될 것이다. 살아서 여정을 마친다면 더욱 단호한 방법을 선택하여 이 육신을 구성하는 원자를 산산이 부수고 폐기할 것이다. 제 맘대로 생명을 가두고, 흐릿한 지상에서 불멸의 본질에 좀더 어울리는 세계로 비상할 수 없게 방해하는 너무도 잔인한 이 육체를.

사악한 목소리
A Wicked Voice (1890)

버넌 리
Vernon Lee

버넌 리Vernon Lee(1856~1935)는 바이얼릿 패깃Violet Paget의 필명으로, 영국인 부모 아래 프랑스의 불로뉴에서 태어났다. 어린 시절 부모를 따라 세계 각지를 돌아다니다가, 결국 이탈리아 피렌체에 정착했다. 스물네 살이던 1880년에 《18세기 이탈리아 연구Studies in the Eighteenth Century in Italy》를 출간했는데, 이 책은 그녀에게 비평가로서의 명성을 가져다주었다. 이후에도 르네상스 예술에 대한 철학적, 사회학적 연구를 계속했다. 또한 당대의 지식인들이 관심을 갖고 있던 지적이고 도덕적인 주제들에 대해 장르와 영역을 불문하고 상당히 활발하게 집필 활동을 펼쳤으며, 세기의 전환기에 벌어진 미학 논쟁의 주요한 참여자이기도 했다. 그러나 아름다움과 예술에 대한 깊은 열정에도 불구하고, 소설이란 아름다움의 창조보다 윤리적 의제 혹은 의견의 표출에 관심을 기울여야 한다고 주장했다. 이탈리아에 머물면서도 매년 영국을 방문하여 단편 소설, 장편 소설, 여행기, 이탈리아 미술과 음악 연구, 심리학적 미학, 논증법 등의 책을 출간했다. 재치와 상상력이 넘치는 《벨카로Belcaro》와 《유포리온Euphorion》은 그녀의 학문 세계를 잘 드러내고 있는 산문집이며, 《브라운 양Miss Brown》은 영국의 예술 동인들을 풍자적으로 묘사한 장편 소설이다. 또한 3부작 《파괴자 사탄Satan the Waster》은 평화주의에 대한 강한 신념을 보여준다. 비록 특정한 정치적 활동에 직접 참여한 바는 없지만 페미니즘과 사회개혁의 대변자였으며, 말년에는 파시즘의 등장에 대해 강한 우려를 표명했다.

우리 시대 최고의 작곡가가 되었다면서 사람들은 거듭 나를 축하해주었다. 귀청이 떨어질 듯한 오케스트라 효과와 시적인 치료 운운하는 요즘의 세태에서, 바그너의 터무니없는 새 유행을 경멸하고 헨델과 글루크(독일의 작곡가 — 옮긴이주), 하늘이 내린 모차르트의 전통으로 과감히 돌아와 최고의 멜로디를 지향하고 인간의 목소리를 존중한다고 말이다.

오, 저주받은 인간의 목소리, 섬세한 도구로 이루어진 육체의 바이올린이여, 악마의 교활한 손이여! 오, 형편없는 노래 기술이여, 그대들은 고귀한 천재들을 깎아내리고, 모차르트의 순수를 더럽혔으며, 헨델의 작품을 세련된 성악 연습곡으로 폄하하고, 오직 소포클레스와 에우리피데스와 위대한 시인 글루크의 시에 의해서만 고양될 수 있는 영감을 사취했다. 그럼으로써 그대들은 이미 지난 시절에 큰 실수를 저지르지 않았던가? 귀족들의 사랑이 유일한 재산일 뿐 재능은 천재의 발가락에도 못 미치는 요즘의 미천한 애송이 작곡가들을 엄하게 물리칠 생각은 않은 채, 사악하고 경멸스러운 성악가들만을 맹목적으로 숭배함으로써 백 년 동안 저지른 치욕이면 충분하지 않은가?

나아가 그들은 내가 죽은 대가들의 양식을 완벽히 재현했다고 찬사를 보냈다. 그들 가운데에는 내가 현대의 청중들을 고전 음악의 세계로 이끌 수 있을지에 대해 매우 진지하게 묻는 이도 있었다. 나는 그런 일에 적당한 성악가를 찾고 싶다고 말해주었다. 가끔씩 사람들이 요즘의 세태를 말하면서 내가 바그너의 추종자라고 호언하는 것에 대해 크게 웃을 때면, 나는 느닷없이 우둔하고 유치한 격분에 빠져 소리치곤 했다. "어디 두고 봅시다!"

물론 두고 보면 알 일이다! 언젠가는 이 기이하기 짝이 없는 질병에서 벗어날 수 있지 않을까? 이 모든 것이 그저 터무니없는 악몽으로 보일 날이 올 수도 있을 것이다. 오페라 〈오지에 드 단마르슈Ogier de Danemarche〉(프랑스의 중세 무훈시이며 오지에는 그 주인공 — 옮긴이 주)가 완성되는 날에는, 내가 시대를 앞서간 위대한 대가의 추종자였는지 아니면 과거의 비참한 성악 교사의 아류일 뿐이었는지 비로소 알게 될 것이다. 나를 옭아매고 있던 마법을 깨달은 뒤, 나는 반쯤 홀려 있었다. 멀리 노르웨이에 있는 내 어릴 적 보모는 옛날에는 평범한 남자와 여자의 반 정도가 늑대인간이었다고 종종 말했다. 그리고 만약 운명을 알려주는 도구를 찾아낸다면, 자신이 끔찍한 늑대인간으로 변할 것인지의 여부를 미리 알아낼 수 있다고도 했다. 나도 그런 경우는 아닐까? 예술적 영감은 구속되어 있지만, 내 이성은 아직 자유롭다. 그래서 나는 억지로 작곡해야 하는 음악과 나를 몰아붙이는 밉살스러운 힘을 경멸하고 혐오할 수 있는 것이다.

아니, 이 불가사의하고 기상천외한 복수심은 주제넘은 용기 때문에 가능한 것 아닐까? 부패한 과거의 음악을 집요한 증오심으로 연구하면서, 조금만 독특한 양식이면 뭐든 찾아내고, 사소한 타락의 사례까지 파고들기 때문이 아니냐 말이다.

한편 내 유일한 위안은 이러한 비참한 신세를 마음속으로 끝없이 떠올리는 것이다. 이번에도 이렇게 글을 써서, 아무도 읽지 않은 원고를 갈기갈기 찢어 불 속에 던져버릴 것이다. 그러나 누가 알겠는가? 검게 그은 마지막 원고가 타닥타닥 타들어가다 천천히 시뻘건 불씨 속으로 사라질 때, 혹시나 마법이 깨지고 내가 오래도록 갈망했던 자유와 사라진 천재성을 되찾게 될지.

더없이 밝은 보름달 아래 그 깊숙한 곳에서 꿈결 같은 광채가 절정에 오르고 바람 한 점 없던 어느 밤, 더위에 지친 베네치아는 강물 한복판에서 커다란 백합처럼 증기를 뿜고 있었다. 내 머리는 그 신비한 힘에 이끌려 어지러웠고 마음은 몽롱했다. 내가 찾아낸 케케묵은 백년 전 악보집에서 흘러나오는 소곤거리는 발성과 나른한 선율로 인해 마치 정신적 말라리아에 걸린 것 같았다. 그날 저녁의 달빛과 그 초라한 예술가들의 하숙집에 있던 동료들은 지금도 눈에 선하다. 그들이 모여 앉아 저녁을 먹은 탁자에는, 빵 부스러기며 돌돌 말린 냅킨이며 여기저기 떨어져 얼룩진 포도주 방울, 일정한 간격으로 놓인 후추통, 이쑤시개, 피사의 대리석처럼 크고 딱딱한 복숭아들이 흩어져 있었다. 하숙생 전부가 모여들어서, 미국인 동판 화가가 나를 위해 가져온 판화를 얼이 빠져라 살펴보고 있었다. 내가 십팔 세기 음악과 음악가들에게 미쳐 있음을 잘 아는 그 미국인 화가는 상 폴로 광장에서 싸구려 판화집을 넘기다가 옛날 성악가의 초상화를 발견했던 것이다.

기분 나쁜 성악가, 목소리의 사악한 노예이자 얼간이, 인간 아닌 다른 존재가 만들어낸 도구에 불과하지만 인간의 육체를 빌려 태어난 족속, 영혼을 감동시키기보다 인간 본성에 숨어 있는 쓰레기 같은 부분만을 선동하는 자! 그는 야수가 불러낸 목소리로 인간의 깊숙한 내면에 잠든 또 다른 야수를 깨울 뿐이다. 세상의 모든 위대한 예술이 대천사처럼 억누르려 했던 야수가 여자의 얼굴을 한 악마의 모습으로 낡은 그림 속에 나타난 것은 아닐까? 사람들이 그토록 열광했던 목소리, 아니 그 목소리의 소유자이자 노예였던 성악가는 만인의 마음을 사로잡은 진정 위대한 성악가였을까, 아니면 사악하고 비열한 자였을까? 어쨌든 내 이야기를 해보겠다.

그때 탁자에 기대 판화집을 살펴보던 하숙집 동료들이 눈에 선하다. 판화집에는 비둘기 날개 모양의 머리를 한, 나약하게 생긴 아름다운 남자가 으리으리한 아치 아래에서 우쭐해하는 큐피드들에게 둘러싸여 자수가 놓인 호주머니 사이에 칼을 비켜 찬 채 명예의 여신이 선사한 월계관을 쓰고 앉아 있었다. 그 성악가를 향한 무의미한 탄성과 질문이 귓가에 다시 들려온다. "어느 시대 사람이야? 아주 유명한 사람이었어? 매그너스, 정말 그 사람 초상화가 맞는 거야?" 등. 그리고 그들에게 온갖 정보를 알려주는 내 목소리도 아득히 먼 곳에서 들려온다. 나는 너덜거리는 작은 책에 나온 대로 성악가의 생애와 그에 대한 비평을 말해주었다. 그 책의 제목은 《음악 전성기의 극장: 혹은 저명한 성가 음악의 대가들과 세기적 거장에 대한 고찰》이었고, 저자는 프로스도치모 사바텔리 신부와 모데나 대학의 웅변학 교수인 바르날리테, 그리고 에반데르 릴리반이라는 목사 이름을 사용하던 아카디언 아카데미의 회원이었으며, 1785년 수도원장의 허가를 받아 베네치아에서 발행된 것이었다. 일설에 의하면 인간 음성의 위대한 지배자이자 악마로 알려진 복면의 이방인에게서 어느 날 밤 신비한 표식이 새겨진 사파이어를 선물 받고 차피리노라는 애칭을 사용했다는 그 성악가 발타사르 체사리에 대한 모든 것을 나는 동료들에게 말해주었다. 차피리노의 목소리는 고대와 현대를 통틀어 어떤 성악가보다 탁월했고, 그의 짧은 생애는 영광의 연속이었으며, 위대한 왕들의 총애를 한 몸에 받으며 가장 유명한 시인들의 시를 노래했다고 말해주었다. 그리고 마지막으로 프로스도치모 신부의 말을 덧붙였다. "(역사의 근엄한 뮤즈가 그 연애 사건에 귀를 기울였다면) 대부분의 아름다운 요정과 가장 고귀한 천상의 여성들까지 그를 사랑했노라는 기록을 남겼을 것이다."

친구들은 판화집을 힐끔거리며 더욱 마뜩찮은 말을 지껄인다. 나는 차피리노의 애창곡 하나를 연주하거나 불러보라는——특히 젊은 미국인 아가씨들에게서——요청을 받는다. "물론 독특한 음악에 대한 열정이 대단하신 우리의 거장 매그너스니까, 노래는 다 알고 있을 테지. 빼지 말고 피아노 앞에 좀 앉아보라니까." 나는 초상화를 손가락으로 돌돌 말면서 매우 무례하게 그들의 청을 거절한다. 두려우리만큼 저주스러운 열기, 저주스러운 달빛이 비추는 밤이었기 때문에 나는 매우 불안했다. 이 도시 베네치아는 결국 나를 죽이고 말 것이다! 형편없는 판화집에 있는 겉모습만 번지르르한 가수의 허명 때문에 내가 상사병에 걸린 풋내기 청년처럼 그토록 설레며 흐느적거렸단 말인가.

내가 퉁명스럽게 거절하자 친구들은 뿔뿔이 흩어지기 시작한다. 그들은 외출 준비를 하면서, 어떤 이는 석호에서 뱃놀이를 계획하고, 어떤 이는 성 마르코 성당 인근의 카페를 어슬렁거릴 생각을 하고 있다. 아버지의 투덜거림, 어머니의 넋두리, 어린 자녀들의 웃음소리, 그렇게 가족회의도 한창이다. 활짝 열린 창문마다 쏟아져 들어오는 달빛에 낡은 건물은 무도회장으로 바뀌고, 하숙집 식당은 저 멀리 뱃머리의 붉은 불빛에 모습을 감추고 곤돌라들이 물살을 헤치는 진짜 수면처럼 번쩍이며 물결치는 석호로 변한다. 마침내 모두 밖으로 나간다. 이제 내 방에 홀로 조용히 남을 수 있으니 오페라 〈오지에 드 단 마르슈〉 작업을 조금은 할 수 있을 것이다. 아니, 할 수 없다! 친구들과 주고받은 대화가 되살아나고, 그 중에서도 내가 손가락으로 짓이겨버린 우스꽝스러운 초상화의 성악가 차피리노에 대한 이야기가 유독 생생히 기억난다.

특히 말을 많이 한 사람은 알비세 백작인데, 그는 구레나룻을 염색한 베네치아 토박이로, 큼지막한 체크 무늬 타이를 핀 두 개와 체인으로 고정시키고 있다. 그는 약해빠진 자기 아들과 어여쁜 미국인 아가씨를 맺어주려고 안달한 시시한 귀족일 뿐이다. 그가 지난 시절 베네치아에서 누렸던 영광과 저명한 가문에 대해 살살거리며 쏟아놓은 사탕발림에 아가씨의 어머니는 완전히 넋이 나가 있다. 귀족 출신의 늙은 얼간이가 시답잖은 연애질을 위해 하필 차피리노를 끌어들이다니, 어찌된 영문인가?

"차피리노, 그래 맞아요! 차피리노라 불렸던 발타사르 체사리." 알비세 백작은 콧소리를 내며 언제나 모든 문장의 마지막을 적어도 세 번씩은 반복한다. "그래, 차피리노, 맞아요! 내 조상 시대의 유명한 성악가. 그래, 내 조상 시대 말이오, 어여쁜 아가씨!" 곧이어 지나간 베네치아의 위대함, 고전 음악의 영광, 예전의 예술 학교 따위가 그가 매우 잘 아는 체하는 로시니와 도니체티의 일화와 버무려져 줄줄이 이어진다. 그리고 결국에는 저명한 자신의 가문 이야기로 연결된다. "저희 종조모 벤드라민께서 브렌타에 있는 미스트라 땅을 제게 상속해 주셨는데." 구제 불능의 장광설은 분명 무수한 여담으로 빠졌지만, 성악가 차피리노는 시종일관 영웅으로 떠받들고 있다. 이야기는 조금씩 명료해졌는데, 어쩌면 나 자신이 이야기에 좀더 주의를 기울인 탓인지도 모른다.

"그러니까 말입니다." 백작이 말한다. "노래 중에 〈남편의 숨결L' Aria dei Mariti〉이라는 독특한 곡이 하나 있는 것 같아요. 왜냐하면 다른 노래에 비해 그리 인기를 얻지 못했는데요……. 행정장관 벤드라민과 결혼한 저희 종조모, 피사나 레니에르께서는 백 년 전에 이미 사라져가고 있던 고전학파의 든든한 후원자셨답니다. 종조모님의 미덕과 자부심은 누구도 따라갈 수 없었지요. 차피리노는 자신의 노래를 거절할 수 있는 여성은 없다고 공공연히 자랑하는 버릇이 있었어요. 그게 그 사람 노래의 특징이긴 하지만요. 이상적인 변화 말이오, 사랑하는 아가씨, 이상적인 변화가 두 세기에 걸쳐 일어난 겁니다! 차피리노의 첫 노래를 듣는 순간, 모든 여성은 창백하게 질려 시선을 떨어뜨리고, 두 번째 노래를 들으면 맹목적인 사랑에 빠져들었으며, 세 번째 노래는 그들을 그 자리에서 사랑 때문에 죽일 수도 있었지요. 그가 원한다면, 자신의 눈앞에서 말이지요. 저희 종조모님은 그런 이야기를 전해 듣고 크게 웃으시면서 그 건방진 강아지의 노래는 듣지 않겠다고 하셨지요. 그리고 〈젠틸돈나〉를 죽일 만한 마법과 지옥의 계약이라면 가능할지도 모르지만, 그런 천한 인간과 사랑에 빠지는 일은 절대 없을 거라고 덧붙이셨습니다. 절대! 당연히 저희 증조모의 말씀은 자신의 목소리에 대한 존경심이 부족한 사람을 어떻게 해서든 휘어잡는 데 혈안이 되어 있던 차피리노의 귀에 전해졌지요. 고대 로마인처럼, '로마인이여 기억하라. 그대는 뭇 백성들을 주권으로 통치하는 것이다. 평화로 법도를 부여하는 일, 이것이 그대의 예술이라' 뭐 그런 식이라고나 할까요. 학식이 높은 미국 숙녀분들은 제가 베르길리우스를 약간 인용한 것에 고마움을 느끼실 겁니다. 차피리노는 저희 종조모님을 피하는 척하면서 기회를 엿보던 중, 어느 날 저녁 그분이 참석한 대규모 회장에서 노래를 하게 됐습니다. 가여운 종조모님이 사랑에 빠져들 때까지 그는 노래를 부르고 또 불렀지요. 가여운 부인을 죽음으로 이끌었던 그 기묘한 병에 대해 당대 최고의 명의들도 설명을 하지 못했습니다. 그래서 행정장관 벤드라민은 부질없이 경배하는 성모님을 찾아가, 의술의 후원자인 성 코스마스와 성 다미아누스 앞에 커다란 금 촛대와 은 제단을 바치겠노라는 역시 부질없는 약속을 하게 되었지요. 행정관 벤드라민의 형님이자 아퀼레이아의 대주교로서 평생 거룩한 삶을 산 것으로 유명한 몬시뇨르(몬시뇨르 monsignor는 로마 가톨릭에서 성직자에게 붙이는 칭호이다 — 옮긴이주) 알모로 벤드라민은 성 후스티나의 예언을 보게 되었어요. 그리고 기이한 병마에 시달리는 그의 제수를 구할 수 있는 유일한 방법이 차피리노의 목소리라는 정보를 알아냈지요. 그것을 알고도 가여운 종조모께서는 그런 정보에 굴복하지 않으셨답니다.

  한편 행정관은 운 좋게 얻은 해결책에 마음을 빼앗겼지요. 대주교였던 그의 형은 차피리노를 따로 만나, 자신의 마차에 태워 동생이 머물고 있는 미스트라 저택으로 데려왔답니다. 무슨 영문인지 사정을 전해 들은 가엾은 종조모님은 격분하시다가 이내 격렬한 기쁨의 발작을 일으키셨다는군요. 그러나 그분은 자신의 고귀한 신분을 결코 잊지 않았답니다. 죽음을 앞둘 정도로 병이 깊었음에도 불구하고 가장 훌륭한 의복을 골라 입으시고 화장을 하셨으며 다이아몬드 장신구를 하나도 빠뜨리지 않으셨지요. 마치 그 성악가 앞에서 당신의 완벽한 위엄을 확인시키시려는 것 같았답니다. 그렇게 종조모님은 미스트라 저택의 커다란 무도장에서 기품 있는 차양 아래 놓인 소파에 몸을 기댄 채 차피리노를 맞았습니다. 벤드라민 가문은 신성로마 제국의 왕족이자 영지를 소유한 만투아 가문과 결혼했기 때문이지요. 차피리노는 지극한 존경심으로 종조모께 인사를 올렸지만 두 사람 사이에는 한마디 말도 오가지 않았답니다. 다만 성악가는 대주교에게 고귀한 부인이 성찬을 받았는지에 대해서만 물었지요. 그 말을 들은 종조모님은 대주교에게 아주버니께서 직접 병자 성사를 해달라고 청하셨지요. 차피리노는 어떤 명령이든 따를 준비가 되어 있다고 말한 뒤 곧장 하프시코드(하프시코드는 쳄발로라고도 하며 16~18세기에 사용한 피아노의 전신을 말한다—옮긴이주) 앞에 앉았습니다.

그의 노래는 더없이 거룩했습니다. 첫 번째 노래가 끝날 무렵, 종조모님은 이미 몰라볼 정도로 회복된 상태였습니다. 두 번째 노래가 끝났을 때, 그녀는 완전히 치유된 모습으로 아름답고 행복한 미소를 머금었지요. 그러나 세 번째 노래 ── 당연히 〈남편의 숨결〉이었지요 ── 를 들으면서 그녀는 겁에 질린 표정으로 바뀌기 시작했답니다. 섬뜩한 비명을 지르고 죽음의 경련을 일으켰어요. 그리고 십오 분 뒤 그녀는 죽었습니다! 차피리노는 그녀의 죽음을 지켜보지 않았습니다. 노래를 마치고 곧바로 집을 나와 역마차를 타고 뮌헨까지 밤낮으로 달려갔지요. 아는 사람 중에 상을 당한 사람은 없다고 말했지만, 미스트랄에서 상복을 입고 있는 그를 본 사람들이 있었습니다. 게다가 그는 권세가의 보복이 두려웠는지 미리부터 떠날 채비를 끝낸 상태였지요. 그런데 그가 노래를 시작하기 전에, 종조모님이 병자 성사를 받았는지 물은 것도 어찌 보면 기이한 일이지요……. 아니, 됐습니다, 부인. 궐련은 피우지 않아요. 부인과 아름다운 따님이 허락하신다면, 시가를 피웠으면 하는데 괜찮겠습니까?"

자신의 입담에 황홀해진 알비세 백작은 애정과 돈을 동원하면 모녀를 낚아챌 수 있으리라 자신하고 촛불을 켰다. 그리고 시가를 피우기 전에 소독을 하느라 기다랗고 검은 이탈리아 시가를 촛불에 갖다 댔다.

이런 상태가 계속된다면 의사를 찾아가야 할지도 모른다. 알비세 백작의 이야기를 듣는 동안, 내 심장은 점점 더 우스꽝스럽게 두근거리고 기분 나쁜 식은땀이 쏟아지고 있다. 멋쟁이 성악가와 허영심 강한 귀부인의 황당무계한 이야기에 온갖 얼뜬 설명이 보태지는 동안, 나는 태연한 척 판화집을 다시 펼쳐 한때 이름을 날렸지만 지금은 철저히 잊혀진 차피리노의 초상화를 멍하니 바라보기 시작한다. 큐피드에 둘러싸여 뚱보 식모가 선사하는 월계관을 쓴 채, 으리으리한 아치 아래 포즈를 취하고 있는 기막힌 얼치기 성악가. 얼마나 무의미하고 밋밋하고 저속한가, 정말이지 지긋지긋한 십팔 세기여!

그러나 한 사람으로만 대할 때, 그는 생각처럼 생기 없는 남자는 아니다. 이상하리만큼 뻔뻔하고 냉정한 미소를 머금은, 나약하고 통통한 얼굴은 빼어난 편이다. 스윈번과 보들레르를 읽던 소년 시절에 꿈속에서 보았던 복수에 찬 사악한 여인들의 얼굴이 그와 비슷했다. 아, 그렇다! 정녕 수려한 용모의 소유자였던 차피리노, 그의 목소리도 역시 사악한 아름다움과 표현을 지니고 있었으리라…….

"어서, 매그너스," 동료 하숙인들의 목소리가 들려온다. "이 친구야, 빼지 말고 저 늙은 성악가의 노래 한 곡만 불러달라니까. 불쌍한 귀부인을 죽였다는 걸 믿게 만들 노래라면 아무거나 괜찮다고."

"맞아요! 〈남편의 숨결〉." 검은 시가의 독한 연기 사이로 늙은 알비세가 중얼거린다. "가엾은 우리 종조모, 피사나 벤드라민. 그자가 우리 종조모님을 노래로 죽였고, 그 중에 〈남편의 숨결〉이 들어 있었소."

나는 까닭 모를 분노가 치솟는 것을 느낀다. 머릿속의 피가 솟구치고 미칠 지경으로 만드는 것이 이놈의 끔찍한 심장 박동 때문인가? (그러고 보니, 고향 친구인 노르웨이 의사가 지금 베네치아에 있기는 하다.) 피아노와 가구 주변으로 모여든 사람들, 그들의 모습이 한데 뒤엉켜 움직이는 얼룩으로 변하는 것 같다. 나는 노래를 준비한다. 내 눈에 또렷한 것이라고는, 하숙집 피아노 가장자리에 놓여 있는 차피리노의 초상화뿐이다. 통풍 장치 때문에 흔들리던 촛불에서 촛농이 떨어지고, 덩달아 초상화가 펄럭거릴 때마다 육감적이고 나약한 얼굴과 사악하고 냉소적인 미소가 사라졌다 나타나곤 한다. 나는 미친 듯이, 무슨 곡인지도 모른 채 노래를 부르기 시작한다. 그래 조금씩 무슨 노래인지 알 것 같다. 십팔 세기 노래 중에서 베네치아 사람들이 지금 유일하게 기억하고 있는 〈곤돌라의 금발 처녀〉에 떨림과 억양, 나른하게 높아졌다가 낮아지는 음, 온갖 익살스러운 몸짓까지 보태어 고전학파의 고상함을 한껏 흉내 내며 노래하고 있다. 깜짝 놀랐던 사람들이 정신을 차리고 폭소를 터뜨릴 때까지, 나 역시도 가사 중간 중간 미친 듯이 웃어대다가 마침내는 미련스럽고 야만적인 웃음 속에 목소리가 잠겨버릴 때까지……. 나는 멋들어진 마무리를 위해, 사악한 여인의 얼굴로, 얼빠진 조롱의 미소로 나를 바라보고 있는 오래전 죽은 성악가를 향해 주먹을 흔든다.

"아! 당신은 나한테도 복수를 하고 싶다는 건가!" 나는 소리친다. "당신을 위해, 멋진 룰라드(룰라드roulade는 장식음으로 삽입된 빠른 연속음을 말한다—옮긴이주)와 장식음으로 또 하나의 〈남편의 숨결〉을 작곡해 달라는 건가, 차피리노!"

그날 밤 나는 아주 기묘한 꿈을 꾸었다. 가구가 드문드문 놓인 커다란 방에서 열기와 냉기 때문에 숨이 막혔다. 공기는 온갖 종류의 흰 꽃이 뿜어내는 향으로 가득 찼고, 나는 참을 수 없는 향기의 감미로움에 정신이 아찔하고 무거웠다. 나는 월하향, 치자, 재스민 향기에 축 늘어졌지만 꽃병이 어디에 있는지도 알지 못했다. 대리석 바닥은 달빛에 번쩍이는 얕은 연못으로 변해 있었다. 침대는 무더위 때문에 유행 지난 옛날 비단처럼 작은 꽃다발과 어린 나뭇가지가 그려진 구식의 커다란 목재 소파로 바뀌어 있었다. 나는 거기에 누워 잠들 생각은 하지 않고, 가사를 붙이느라 오랫동안 공을 들인 오페라 〈오지에 드 단마르슈〉를 떠올리고 있었다. 과거라는 활기 잃은 석호에 떠 있는 기묘한 도시 베네치아에서 내가 찾고 있는 영감을 그 음악에 담고자 소망했던 것이다. 그러나 베네치아는 내 모든 생각을 절망적인 혼란 속에 내동댕이쳤을 뿐이다. 오래전에 죽은 멜로디의 독기가 얕은 물에서 솟아오르는 것 같았다. 내 영혼은 역겨우면서도 매혹적인 그 독기에 사로잡혔다. 나는 소파에 누워, 반짝이는 수면에 달빛이 떨어질 때마다 희끄무레한 빛이 점점 더 높게 솟구치다가 여기저기 흩어지는 모습을 지켜보았다. 거대한 그림자가 열려진 발코니의 통풍구 주변에서 이리저리 흔들렸다.

나는 노르웨이의 옛 이야기를 곱씹었다. 샤를마뉴 대제의 열두 기사 중 하나였으며, 카이사르 황제에게 붙잡혀 오베론 왕에게 아들로 넘겨졌던 오지에가 성지에서 고향으로 돌아오는 길에 요괴의 유혹을 받은 일, 단 하루를 그 섬에서 지체했을 뿐이지만 그가 고향에 돌아갔을 때는 모든 것이 변해 있었던 일. 친구는 죽고 가족은 왕위를 빼앗겼으며, 그를 알아보는 사람은 아무도 없었다. 마침내 그는 거지처럼 여기저기를 유랑하기에 이르렀고, 가난한 음유시인만이 그의 고통을 안타까이 여겨 오래전에 죽은 영웅의 무용담을 노래로 만들어 바쳤으니, 그것이 곧 용감한 기사 〈오지에 드 단마르슈〉였다.

깨어 있을 때처럼 생생하게 꿈속까지 줄달음친 오지에 이야기는 조금씩 흐릿해져 갔다. 나는 이제 스며든 빛과 흔들리는 그림자가 함께 펼쳐진 달빛 연못이 아니라 커다란 응접실의 프레스코 벽화를 보고 있다. 잠시 후 깨달은 것인데, 그곳은 지금 하숙집으로 바뀌었지만 예전에는 베네치아인의 궁전이었다. 예전에는 훨씬 커다란 무도회장이었을 그곳은 거의 팔각에 가까운 형태로 되어 있었고 벽토로 둘러싼 여덟 개의 거대한 흰색 문이 있었다. 높다란 둥근 천장 아래 있는 여덟 개의 갤러리 혹은 극장의 칸막이 좌석처럼 움푹 들어간 방들은 틀림없이 음악가와 관중을 위해 만들어진 공간이었다. 긴 줄에 매달린 커다란 거미처럼 천천히 회전하는 여덟 개의 샹들리에 중에서 오직 하나만 불이 들어와 있었기 때문에 그리 밝지는 않았다. 불빛이 닿는 곳은 반대편에 있는 벽토 장식과 웅장하게 펼쳐진 프레스코 벽화였는데, 거기에는 이피게네이아(이피게네이아Iphigeneia는 그리스 신화에서 미케네의 왕 아가멤논과 아내 클리템네스트라 사이에서 태어난 딸이다—

옮긴이주)의 희생, 로마식 투구를 쓴 아가멤논과 아킬레스가 그려져 있었다. 불빛은 지붕 쇠시리에 있는 유화를 비추었는데, 황색과 연한 자색의 옷을 입은 여신 하나가 커다란 초록빛 공작을 배경으로 해서 원근법으로 그려져 있었다. 불빛이 닿는 대로 방 안을 둘러보다가 으리으리한 황색 새틴 소파와 금박의 육중한 연주대를 발견했다. 한쪽 구석의 어둠 속에는 피아노 같은 것이 있었고, 좀더 멀리 떨어진 곳에는 로마 궁전의 대기실을 치장하는 거대한 닫집도 보였다. 그곳이 어디인지 의아해하며 나는 계속 두리번거렸다. 그곳을 채운 짙은 향기는 복숭아를 떠올리게 했다.

조금씩 소리가 들려왔다. 만돌린을 연주하듯 나지막하고 날카로운 금속성의 분방한 연주음, 그리고 속삭임처럼 아주 낮고 감미로운 목소리가 점점, 점점 더 크게 들려왔고, 기이하고 이국적이며 독특한 떨림은 공간을 완전히 채워버렸다. 음악은 계속되고, 더욱 커져 갔다. 돌연 찢어지는 비명과 누군가 바닥에 쓰러지는 소리에 이어 억눌린 외침이 들려왔다. 닫집에 가려졌던 불빛이 갑자기 나타났다. 방 안에 검은 형체들이 이리저리 움직이는 가운데, 한 여자가 바닥에 누워 다른 여자들에 둘러싸여 있었다. 그녀의 헝클어진 금발은 찬란한 다이아몬드 광택처럼 어스름한 방 안을 가르며 흩어졌다. 보석 달린 능라(綾羅)의 앞섶에서 하얀 가슴이 빛나고 있었다. 둘러선 여자 가운데 한 명이 그녀를 부축하려고 애썼지만, 그녀는 사지가 부러졌는지 부축하는 여자의 무릎 쪽으로 가늘고 흰 팔을 늘어뜨렸다. 갑자기 바닥에 물방울이 튀어 올랐고, 더욱 혼란스러운 외침과 거칠게 끊어지는 신음, 쿨럭 거리는 섬뜩한 소리가 들려왔……. 나는 깜짝 놀라 잠에서 깨어 창문으로 뛰어갔다.

푸르스름한 안개를 피우는 달빛 속에 교회와 성 게오르기우스 성당의 종루가 어렴풋이 나타났고, 그 앞에 커다란 증기선이 붉은빛의 삭구와 검은 선체를 드러낸 채 정박해 있었다. 석호에서 축축한 해풍이 일었다. 무엇이었을까? 아! 집히는 것이 있다. 늙은 알비세 백작의 이야기, 종조모 피사나 벤드라민의 죽음과 관련된 이야기 말이다. 그래, 내가 그 꿈을 꾸고 있었던 거야.

나는 방으로 돌아와 불을 켜고 책상 앞에 앉았다. 잠들기는 글렀다. 오페라를 완성하고 싶었다. 한두 번, 오랫동안 찾아온 주제를 포착한 기분……. 그러나 그 주제를 붙잡으려는 순간마다 마음속 아득한 곳에서 첼로처럼 긴 선율로 들릴 듯 말 듯 강렬하면서도 미묘하게 전해져 오는 목소리가 있었다.

예술가에게는 자신만의 영감을 포착하지 못하고 그 정체를 정확히 모를 때조차, 오래도록 갈망해온 그것에 바짝 다가섰음을 직감하는 순간이 있다. 환희와 공포가 뒤섞인 감정이 하루 전 혹은 한 시간 전쯤, 이제 곧 영감이 영혼의 문턱을 지나 환희로 충만할 거라 예고하는 것이다. 나는 하루 종일 홀로 조용히 남겨지기를 원했고, 어둠이 깔리자 석호의 가장 한적한 지점으로 향했다. 모든 것이 내가 곧 영감을 만나리라고 말해주는 것 같았고, 나는 사랑하는 이를 기다리는 연인처럼 그것이 나타나기만을 기다렸다.

잠시 곤돌라를 세우고, 달빛에 흠뻑 젖은 수면이 부드럽게 흔들리는 대로 몸을 맡기자 상상의 세계의 입구에 서 있는 기분이 들었다. 그 세계는 손에 잡힐 듯 푸르스름한 안개에 감싸여 있었다. 달빛과 잔

물결의 일렁임으로 적막함이 고조되는 바다 저편, 정박한 검은 배 같은 작은 섬들을 향해 달빛은 반짝이는 길을 잘라 만들어놓았다. 과수원에서 들려오는 벌레의 울음소리도 변함없는 침묵을 거들 뿐이었다. 용사 오지에는 바로 저 바다를 항해하며 이제 곧 요녀의 무릎에서 잠들게 될 것이고, 그동안 수백 년 후 영웅의 세계가 지고 산문의 시대가 도래할 것임을 예감했을지도 모른다.

곤돌라가 달빛 젖은 수면에 멈춰 서서 흔들리는 동안, 나는 사라져가는 영웅 세계의 황혼을 떠올리고 있었다. 위대한 용사의 타락한 후손들에게 선체에 부딪치는 물결의 찰랑거림은 이제는 잊혀진 갑옷 소리와 녹슨 성벽을 가르는 칼날 소리처럼 들려왔다. 내가 '오지에의 무용담'이라고 이름 붙인 주제를 찾아 오랫동안 헤매는 동안, 그것은 때때로 오페라의 작업 과정에 나타났고 마침내는 음유시인의 노래가 되어 영웅은 이미 오래전에 죽은 세계의 일부일 뿐임을 말해주었다. 그럴 때면 나는 주제를 붙잡은 느낌이 들었다. 그러나 느낌은 찰나에 지나지 않았으며, 어느새 영웅의 장례식을 알리는 야만적인 음악에 압도되는 일이 많았다.

석호 저편에서 갑자기 찢어질 듯 시끄러운 소리, 달빛마저 물결을 놀래켜 그 침묵을 흐트러뜨릴 만한 목소리가 음악의 물결처럼 운율과 떨림으로 쇄도하기 시작했다.

나는 의자 깊숙이 몸을 기댔다. 감겨진 눈앞에서 영웅의 시절은 사라지고, 느닷없는 목소리처럼 흩어졌다가 뒤엉키듯 무수한 별들이 춤을 추고 있었다.

"뭍으로! 어서요!" 나는 곤돌라 사공에게 소리쳤다.

그러나 소리가 멈추었다. 달빛에 물든 과수원의 뽕나무와 검은 그림자로 흔들리는 자두나무 가지에서 귀뚜라미의 단조롭고 어지러운 울음소리만이 들려왔다.

나는 주위를 둘러보았다. 집이나 교회 하나 없는 텅 빈 모래언덕과 과수원, 초원이 한쪽으로 스치고, 섬들이 검게 모여 있는 먼 수평선까지 푸른 안개 자욱한 바다가 거침없이 펼쳐져 있었다.

나는 달려드는 현기증에 정신을 잃을 것 같았다. 돌연, 나지막한 비웃음처럼 단음계의 발성이 또 한 차례 물결이 되어 석호를 휩쓸었다.

그리고 또다시 정적이 찾아왔다. 침묵이 길게 이어지는 동안 나는 다시 오페라 생각에 빠져들었다. 조금 전까지 잡힐 듯했던 주제가 다시 떠오르기를 기다렸다. 그러나 소용없었다. 내가 숨을 헐떡이며 지켜 서서 기다린 것은 그 주제가 아니었다. 귀데카 인근의 석호 한복판에서 달빛처럼 가늘어 거의 알아들을 수는 없었지만 아주 서서히 높아지며 형체를 띠게 된, 독특하면서도 완전하고 열정적인 그러나 미묘하고 부드러운 베일에 싸여 설명할 수 없는 웅성거림이 들려왔을 때, 나는 문득 망상에서 깨어났다. 소리는 점점 강렬해지고 더 따듯하고 더 열정적으로 변하다가 마침내 기이하고 매혹적인 베일을 뚫고 놀라운 떨림과 도도한 승리의 환희 속에서 또렷이 솟구쳤다.

숨 막히는 정적이 흘렀다.

"성 마르코 성당 쪽으로!" 나는 소리쳤다. "어서요!"

곤돌라는 길게 반짝이는 달빛을 헤치며 미끄러졌고, 거울의 이미지처럼 노란 불빛이 드리워진 성 마르코 성당의 둥근 천장, 그리고 푸르스름한 밤하늘을 향해 수면 위로 솟구친 첨탑과 분홍빛 종루의 그림자를 지나갔다.

두 개의 광장 가운데 넓은 쪽에서는, 군악대가 로시니의 크레센도의 끝부분을 힘차게 연주하고 있었다. 거대한 야외 무도회장 여기저기에 흩어져 있는 군중 사이에서 야외 음악에 걸맞은 시끄러운 소음이 들려왔다. 달그락거리는 스푼과 유리잔, 부스럭거리고 삐거덕거리는 프록코트와 의자, 보도에 부딪쳐 딸그락거리는 칼집 소리. 브랜드를 홀짝이는 숙녀들에게 은근한 눈길을 던지는 유행에 민감한 젊은이들, 명망 있는 가족 모임에 빼빼이 들어선 하얀 옷차림의 젊은 아가씨들이 서로 팔짱을 끼고 오가는 사이를 헤치며 걸어갔다. 자리를 잡고 앉은 플로리언 상점 앞에는 손님들이 기지개를 펴며 떠날 채비를 했고 종업원들이 빈 컵과 쟁반을 부딪치며 분주히 움직이고 있었다. 나폴리 사람처럼 차려입은 두 남자가 기타와 바이올린을 옆구리에 끼고 자리를 떠나려던 참이었다.

"잠깐!" 나는 그들에게 외쳤다. "아직 가지 마시오. 노래, 〈카메셀라〉 아니면 〈푸니쿨리 푸니쿨라〉 뭐든 상관없으니 떠들썩하게 노래를 한 곡 불러주시오." 그들이 찢어질 듯 귀에 거슬리는 노래를 시작했을 때, 나는 또 덧붙였다. "좀더 크게 부를 수 없겠소. 더 크게! 더 크게 불러주시오. 알겠소?"

나는 망령처럼 나를 따라다니는 목소리를 쫓아버릴 만큼 저속하고 끔찍한 고함과 불협화음이 필요했다.

낭만적인 아마추어 가수가 해안의 정원 혹은 석호의 눈에 띄지 않는 곳에 숨어들어 얼치기 장난을 치고 있는 것이라고, 흥분한 내 정신이 달빛과 바다 안개에 속아 평범한 룰라드를 보르도니 또는 크레센티니로 착각한 것이라고 몇 번이고 혼잣말로 중얼거렸다.

그럼에도 나는 그 목소리에서 벗어나지 못했다. 때때로 내 오페라는 가공의 목소리에 이끌렸고, 그때마다 스칸디나비아의 영웅적 하모니는 여전히 저주스러운 목소리에 실려 오는 관능적인 가사와 화려한 운율 속으로 기이하게 뒤섞여버렸다.

성악에 시달리게 되다니! 공공연히 성악을 경멸한다고 말해온 사람에게 참 우스운 일이었다. 그런데도 여전히 나는 어느 유치한 아마추어 가수가 달을 향해 노래하며 장난질을 하는 거라 믿고 싶었다.

어느 날, 수없이 똑같은 생각에 빠져 있던 나는 친구가 벽에 꽂아둔 차피리노의 초상화를 무심코 바라보았다. 나는 초상화를 떼어 갈가리 찢어버렸다. 그러나 금세 바보 같은 행동을 부끄러워하며 찢겨진 초상화 조각들이 창가 밑 수면에서 미풍에 따라 이리저리 흔들리는 것을 바라보았다. 너무도 부끄러웠다. 가슴이 터질 듯 뛰었다. 이 저주받은 베네치아에서, 오래된 폐가처럼 낡은 잠동사니와 화향(花香)으로 숨 막히는 밀실의 공기, 그리고 나른한 달빛 속에서, 나는 얼마나 비참하고 무기력한 벌레가 되어버렸는가!

그러나 그날 밤은 좀 나은 것 같았다. 오페라는 어느 정도 진전을 보았다. 중간 중간 나도 모르게 수면에서 일렁이던 찢겨진 초상화를 떠올릴 때면 즐겁기도 했다. 그런데 밤에 대운하의 호텔 아래 정박해 있는 어느 유람선에서 거친 목소리와 듣기 고약한 바이올린 소리가 들려오자, 피아노 앞에 있던 나는 다시 신경이 곤두섰다. 달은 이미 진 후였다. 발코니 아래로 물결이 검은빛으로 멀리까지 펼쳐져 있었고, 그 어둠은 유람선을 시중들기 위해 모여든 곤돌라 무리의 더 짙은 어둠에 닿아 있었다. 유람선의 불빛 아래 몇몇 가수의 얼굴, 형편없는 기타와 바이올린이 불그스름하게 빛났다.

"잠모, 잠모, 잠모, 자." 거칠고 시끄러운 목소리에 이어 고함 소리처럼 찢어지는 콧소리가 들려왔다. "푸니쿨리, 푸니쿨라, 푸니쿨리, 푸니쿨라, 잠모, 잠모, 잠모, 잠모, 자."

인근 호텔에서 "앙코르! 앙코르!" 하는 몇 명의 외침이 들려왔고, 박수 소리와 보트를 부르는 동전 소리, 몇 대의 곤돌라가 그쪽으로 방향을 틀어 노를 젓는 소리가 이어졌다.

"〈카메셀라〉를 불러주시오." 몇 사람이 외국인 억양으로 노래를 신청했다.

"아니야, 아냐! 〈산타 루치아〉."

"나는 〈카메셀라〉를 듣고 싶어."

"아니라니까! 〈산타 루치아〉. 이봐요! 〈산타 루치아〉로 해요. 알았죠?"

초록, 파랑, 빨강 불빛 아래서 음악가들은 엇갈린 신청곡을 놓고 서로 소곤소곤 의견을 나누었다. 잠깐의 망설임 끝에 바이올린이 지금도 베네치아에 잘 알려져 있는 선율의 서주를 연주하기 시작했다. 수백 년 전, 왕족 그리티가 가사를 붙이고 이름 모를 작곡가가 곡을 썼다는 〈곤돌라의 금발 처녀〉였다.

저주스러운 십팔 세기여! 그 짐승 같은 인간들이 나를 방해하려고 하필 그 곡을 택한 것은 치명적인 악의로밖에는 보이지 않았다.

마침내 긴 서주가 끝나고, 갈라진 기타 소리와 끽끽거리는 바이올린에 이어 들려온 것은 코맹맹이 합창일 거라는 예상과 달리 나지막한 목소리였다.

피가 솟구치는 기분이었다. 내가 너무도 잘 알고 있는 목소리! 방금 말했듯이 나지막했지만, 그 목소리는 뜻밖에 절묘하고 기이한 음색으로 운하 구석구석을 채우고 있었다.

강하면서도 더없이 달콤한 음으로 길게 늘어지는 목소리, 그것은 여성이 느끼는 남성의 소리였으며, 거세된 소년 성가대원의 목소리처럼 투명하고 순결했다. 목소리는 쏟아지는 눈물을 참듯 여전히 폭신폭신한 외피에 감싸인 채 싱그럽고 앳된 기운을 억누르고 있었다.

우레와 같은 박수 소리가 낡은 건물을 돌아 메아리쳤다. "브라보! 브라보! 고마워요. 잘 들었어요! 한 번 더 불러주세요. 누군데 그토록 잘 부르죠?"

선체가 서로 부딪치고 노가 첨벙거리는 소리에 이어 곤돌라 사공들이 뱃길을 잡기 위해 애쓰며 내뱉는 욕설이 들려왔다. 곤돌라의 뱃머리에 달린 붉은 램프 불빛이 유람선을 화려하게 비추었다.

그러나 유람선에서는 아무런 인기척이 없었다. 박수를 받아야 할 사람이 그곳에 없었던 것이다. 한편 사람들이 박수를 치며 큰 소리로 앙코르를 재촉하는 동안, 작은 배 한 척이 곤돌라 무리에서 빠져나와 멀어졌다. 그 곤돌라는 순식간에 시커먼 물결 저편으로 흘러갔다가 이내 어둠 속으로 사라졌다.

그 불가사의한 가수를 놓고 며칠 동안 화제가 만발했다. 유람선 사람들은 그들 외에 배에 오른 사람은 없다고 잘라 말했고, 목소리의 주인공에 대해서는 다른 사람과 마찬가지로 아는 바가 없었다. 곤돌라 사공들은 먼 옛날 공화국에서 스파이 활동을 하던 사람들의 후손이었지만 수수께끼를 풀지 못하기는 매한가지였다. 베네치아에는 금세 떠올릴 만큼 저명한 음악가가 없었다. 그래서 사람들은 다들 유럽의 유명한 가수였을 거라고 생각했다. 그 기이한 일 가운데서도 가장 기이한 점은 음악에 소양 있는 사람들 사이에서조차 목소리의 정체에 대해 서로 주장이 엇갈렸다는 것이다. 온갖 이름과 수식어가 중구난방 엇갈리는 가운데, 그 목소리가 여자의 것인지 남자의 것인지에 대해서도 다툼이 일었고, 저마다 의견이 분분했다.

그 요란한 음악 논쟁에서 유일하게 나만이 아무런 의견을 말하지 않았다. 그 목소리에 혐오감이 치솟아서 도저히 입에 올릴 자신이 없었기 때문이다. 친구들이 진부한 억측에 열을 올릴 때면, 나는 언제나 자리를 피해 방을 나와버리곤 했다.

한편 오페라 작업은 날이 갈수록 어려워졌고, 나는 극도의 무력감에서 벗어나자마자 까닭 모를 불안 상태로 빠져들었다. 매일 아침 훌륭한 타개책과 원대한 오페라 계획을 떠올리며 잠에서 깼지만, 아무런 진전 없이 잠자리에 들기 일쑤였다. 발코니에 기대 몇 시간을 흘려보내고, 푸른 하늘 아래 뒤얽힌 골목길을 배회하면서 그 목소리를 떨치려고 부질없이 애써 보기도 했지만, 어느새 기억 속에서 생생히 되살아나곤 했다. 목소리를 머릿속에서 떨쳐버리려고 애쓸수록, 부드러운 베일에 가려진 그 비범한 음색에 대한 갈증도 심해졌다. 오페라 작업에 집중해 보았지만 곧바로 잊혀진 십팔 세기의 너절한 곡조와 생기 없고 하찮은 가사에 사로잡힐 뿐이었다. 그러고는 쓰디쓴 심정으로 그 노래들을 그 목소리가 부른다면 어떤 음색이 나올까 궁금해했다.

사악한 목소리 A Wicked Voice 355

마침내 의사를 찾아가야 할 지경에 이르렀다. 그러나 나는 신중하게 질병의 기묘한 증상들은 의사에게 말하지 않았다. 의사는 석호의 공기와 무더위 때문에 약간 쇠약해진 것이라고 쾌활하게 말했다. 강장제를 먹고 시골에서 한 달 정도 푹 쉬면서 승마를 즐기면 건강이 회복될 거라고 했다. 의사에게 함께 가겠다며 억지로 따라온 늙은 게으름뱅이 알비세 백작은 내륙에서 옥수수 수확을 감독하느라 따분해 죽을 지경이라는 자신의 아들과 함께 지내는 것이 어떻겠냐고 즉석에서 제안했다. 맑은 공기, 지천으로 널린 말(馬), 평화롭기 그지없는 주변 환경에서 전원생활을 만끽할 수 있을 것이라고 그는 장담했다. "잘 생각해보게, 매그너스. 당장 미스트라로 가는 거야."

미스트라, 그 이름을 듣는 순간 나는 온몸에 전율을 느꼈다. 백작의 제의를 거절하려는 순간, 마음속에 정체 모를 생각이 느닷없이 떠올랐다.

"좋습니다. 백작님." 나는 대답했다. "즐겁고 감사한 마음으로 백작님의 초대를 받아들이겠습니다. 내일 미스트라로 떠나죠."

다음 날 나는 파도바에서 미스트라 저택을 향해 가고 있었다. 감당할 수 없었던 짐을 벗어놓고 온 기분이었다. 실로 오랜만에 마음이 가뿐했다. 구불구불 거친 길을 따라 음울하게 비어 있는 집, 건물 여기저기 닫히고 열려 있는 덧문과 벗겨진 회벽, 마른 나무와 억센 잡초로 채워진 한적한 광장, 질펀한 운하 속에서 무너져가는 옛 시절의 영광을 반추하는 베네치아의 정원 딸린 저택들, 대문 없는 정원과 정원 없는 대문들, 어딘지 모를 곳으로 줄달음치는 거리, 장님과 발 없는 거지와 교회지기의 넋두리, 이처럼 팔월의 맹렬한 태양 아래 판석과 쓰레기 더미, 잡초 사이에서 마법처럼 튀어나오는 그 모든 쓸쓸함에 나는 오히려 유쾌하고 기꺼워했다. 게다가 안토니우스 성당에서 우연히 들려온 음악 미사로 인해 내 기분은 더욱 고조되었다.

이탈리아에서는 신성한 음악의 형태로 온갖 진기한 것들을 제공하고 있지만, 나는 지금껏 성가와 견줄 만한 음악을 들어본 일이 없다. 비음 섞인 성직자의 웅숭깊은 영창으로 빠져들었다가 돌연 아이들의 합창이 어우러지는, 어떤 시대와 곡조와도 다른 노래였다. 째지는 소년들의 합창에 통명스럽게 화답하는 성직자, 의기양양한 오르간 소리와 뒤죽박죽 정신없이 뒤섞이는 고함 소리, 개와 고양이와 나귀의 울음소리는 그레고리안 성가의 느린 전조를 유쾌하게 방해하는데, 이 정도면 중세 시대 바보들의 향연이나 마녀의 회합에서나 느껴질 생기를 떠올릴 만했다. 음악의 기괴함을 호프만식의 환상적인 분위기로 만드는 요인 중에는 무수한 대리석 조각상과 번쩍이는 청동상, 흘러간 성 안토니우스 시절의 장대한 음악적 전통을 빼놓을 수 없다. 랄랑드와 버니 같은 옛 여행가들의 글을 통해서 나는 성 마르코 시절의 공화국이 묘비와 장식뿐 아니라 거대한 음악의 성당을 지상에 세우는 데도 막대한 돈을 썼음을 알고 있었다. 나는 믿기지 않는 목소리와 악기가 어우러진 공연의 한마당에서, 글루크가 〈나의 에우리디케를 돌려주오〉를 헌사했다는 소프라노 과다니의 목소리와 타르티니가 악마와 함께 음악을 만들 때 연주했다는 바이올린을 떠올리려 애썼다. 예기치 못한 장소에서 그처럼 완전하고 야성적이며 기괴하고 환상적인 음악을 접했다는 신성 모독의 느낌이 오히려 기쁨을 배가시켰다. 십팔 세기 탁월한 음악가들의 후손이건만 정작 그 시대를 증오하는 사람들이 만들어낸 음악 말이다!

　모든 것이 즐거웠고, 가장 완벽한 공연에서 맛볼 수 있는 것보다 훨씬 큰 즐거움을 느꼈으므로 나는 또다시 그 음악을 듣고 싶었다. 그래서 골든 스타 여인숙에서 두 명의 외판원과 기분 좋게 저녁을 먹고 담배를 피우며 타르티니를 위해 악마가 만들었다는 음악의 칸타타를 대충 떠올리다가, 저녁 예배 시간에 맞춰 안토니우스 성당으로 향했다.

　실수였다. 저녁 예배는 이미 오래전에 끝나 있었다. 향 냄새가 퀴퀴했고, 토굴 속 같은 습기가 입가를 적셨다. 거대한 성당은 이미 어둠에 잠겨 있었다. 어둠 속에서 봉헌 램프가 불그스름한 대리석 바닥과 금박이 입혀진 난간, 샹들리에, 노란색으로 조각된 장식용 인물상에 흔들리는 불빛을 드리웠다. 흰색 성가복을 입은 사제 한 명이 한쪽 구석에서 촛불이 드리워준 후광에 대머리를 번뜩이며 책을 펼쳐놓고 있었다. "아멘." 사제가 말했다. 책이 빠르게 덮이고 불빛이 후진 쪽으로 움직이자, 무릎을 꿇고 있던 여자 몇 명이 일어나 급히 문가로 향했다. 예배당 앞에서 기도하던 남자 하나도 자리에서 일어나 요란스럽게 지팡이를 끌었다.

　사람들이 떠난 성당에서 나는 이제 곧 성구 보관인이 순찰을 돌며 문을 잠그리라 생각했다. 내가 기둥에 기대어 어둠에 잠긴 거대한 궁륭 천장을 바라보고 있을 때, 갑자기 오르간 소리가 성당 안에 메아리치기 시작했다. 예배가 끝났음을 알리는 소리 같았다. 그런데 오르간의 선율을 넘어 솟구치는 목소리가 있었다. 자욱한 향연처럼 푹신한 것에 감싸인 높고 부드러운 목소리가 긴 운율의 미로를 따라 줄달음쳤다. 두 번의 우레 같은 오르간의 화음과 함께 목소리는 침묵에 잠겼다. 숨 막히는 침묵. 본당의 기둥에 기대선 나는 일순 머리칼이 얼어붙고 무릎이 휘청거리며 온몸에 탈진의 열기가 훑고 지나감을 느꼈다. 나는 크게 심호흡을 하며, 향이 자욱한 공기와 소리의 여운을 빨아들였다. 더없이 행복했지만 죽음의 직전에 와 있는 기분이었다. 돌연 내 안으로 냉기와 함께 모호한 공포가 스쳤다. 나는 돌아서서 서둘러 밖으로 나왔다.

들쭉날쭉한 지붕들의 윤곽을 따라 밤하늘은 청명하고 푸르렀다. 박쥐와 제비가 주변을 선회하며 지저귀고 있었다. 그때 안토니우스 성당의 깊은 종소리에 반쯤 잠긴 아베마리아의 선율이 종루에서 흘러나왔다.

"몸이 정말 안 좋은 것 같군요." 알비세 백작의 아들은 잡초 우거진 미스트라 저택의 뒷마당에서 농부가 받쳐 든 초롱을 앞세우고 나를 반겼다. 파도바에서 어둠을 뚫고 달려올 때 땡그랑거리던 말의 방울소리, 아카시아 울타리를 금빛으로 비추던 초롱의 휘영한 불빛, 자갈을 부딪치는 마차 바퀴의 덜커덕거림, 모기를 쫓기 위해 하나만 밝혀둔 석유 램프 아래에 차려진 저녁 식탁과 낡은 마차꾼 차림의 초라하고 늙은 하인, 양파 냄새 사이로 오가는 접시, 그 모든 것이 꿈만 같았다. 알비세 백작의 뚱뚱한 아내는 투우사가 그려진 부채를 쉼 없이 부치면서 인자하고 새된 목소리에 사투리가 섞인 빠른 말투로 이야기했다. 수염이 덥수룩한 목사는 끊임없이 유리잔과 발을 흔들어댔고 한쪽 어깨를 들썩거렸다. 그리고 오후가 된 지금, 나는 여기 기다랗고 기우뚱해서 금방이라도 쓰러질 듯한 미스트라 저택 ─저택의 사분의 삼은 곡물과 농기구 창고 아니면 생쥐와 전갈, 지네의 운동장으로 바뀐 ──에서 평생을 살아온 느낌이 들었다. 농사 관련 책과 계산서 뭉치, 곡물과 누에고치의 견본, 잉크병과 궐련에 둘러싸인 채, 나는 알비세 백작의 서재에 줄곧 앉아 있었던 것 같다. 이탈리아 농촌에서 재배하는 곡물에 대한 기초 지식, 옥수수의 병충해, 포도의 페로노소스포라 병원균, 황소의 종자, 농장 노동자의 불법 행위 외에는 아무것도 들어본 일이 없고, 창문 밖에서 반짝이고 있는 초원 부근 에우가니아 언덕의 파란 옥수수에만 관심이 있는 사람으로 지금까지 살아온 느낌이라고 할까.

늙고 뚱뚱한 백작 부인의 빠르고 새된 목소리, 수염이 덥수룩한 목사의 끝없는 손짓과 발짓과 어깻짓이 반복되는 가운데 이른 아침 식사를 하고서, 알비세 백작의 아들은 나를 마차에 태우고 끝없이 반짝이는 미루나무와 아카시아, 은행나무 사이로 먼지 구름을 일으키며 농장을 둘러보러 다녔다.

이글거리는 태양 아래 스무 명에서 서른 명쯤 되는 소녀들이 색 치마와 레이스 달린 조끼에 커다란 밀짚모자를 쓰고 붉은 벽돌로 둘러싸인 타작마당에서 옥수수를 타작하고 있었고, 한편에서는 커다란 체에 곡물을 까부르는 작업이 한창이었다. 알비세 3세는 (아버지는 알비세 2세, 그러나 누구나 알비세가 이름이었다. 가족 가운데 루이스라는 이름이 있어도 알비세로 통했으며, 집과 마차, 써레와 들통까지 알비세가 들어갔다.) 옥수수를 만져보고 맛을 보기도 하면서 소녀들이 자지러질 만한 농을 걸거나 심각한 말로 농장 책임자를 시무룩하게 만들었다. 곧이어 나는 커다란 축사로 안내되었는데, 스물에서 서른 마리쯤 되는 흰색 황소들이 발을 구르고 꼬리를 흔들다가 어두운 구석자리의 여물통을 들이받기도 했다. 알비세 3세는 한 마리씩 소의 이름을 부르며 등을 토닥였고, 소금이나 순무 뿌리를 주었다. 그는 이것은 만투아 종, 저것은 애풀리아 종, 로마뇰로 종이라며 소의 종자를 내게 설명해주었다. 그러고는 나를 다시 마차에 태우더니 울타리와 도랑 사이로 먼지를 일으키며 달려갔다. 이번에 도착한 벽돌 농장은 연분홍색 지붕에서 푸른 하늘을 향해 연기를 내뿜고 있었다. 여기저기서 아까보다 더 많은 아가씨들이 옥수수를 타작하고 까부르는 과정에서 뿌연 먼지가 일었다. 더 많은 황소들이 발을 구르며 시원한 응달에서 울고 있었고, 농담과 질책과 설명도 더 많아졌다. 그렇게 다섯 군데의 농장을 돌았고, 결국에는 눈을 감아도 덩실덩실 뜨거운 하늘로 솟았다가 떨어지는 도리깨와 황금빛 곡물, 키질을 할 때 벽돌담에 소용돌이치는 누런 먼지, 무수한 황소들의 들썩이는 꼬리와 치고 박는 뿔이며 반짝이는 널찍한 흰색 옆구리와 이마가 떠오를 지경이었다.

"일하기 딱 좋은 날입니다!" 알비세 3세는 착 달라붙는 바지와 웰링턴 부츠 차림으로 긴 다리를 성큼성큼 움직였다. "어머니, 식사 후에 아니스 시럽 좀 주세요. 이곳의 일사병을 예방하고 기력을 회복하는 데는 그만한 게 없잖아요."

"이런! 여기서도 일사병에 걸립니까? 댁의 아버님은 이곳의 공기가 최고라고 말씀하시던데요!"

"아니, 그런 말이 아니라우." 늙은 백작 부인이 타이르듯 말했다. "딱 하나 끔찍한 게 있다면 모기라우. 촛불을 켜기 전에 덧문을 꽉 잠그시구려."

"그럼요." 알비세 3세는 부러 맞장구를 쳤다. "물론 일사병에 걸릴 수도 있죠. 하지만 병이라고 할 정도는 아니에요. 다만, 조심하시려면 밤에는 정원에 나가지 마세요. 선생이 달밤에 산책을 즐긴다고 아버지께서 말씀하시더군요. 이런 날씨에는 곤란합니다. 친구 분, 곤란해요. 천재적 영감 때문에 밤중에 꼭 산책을 하고 싶으시면, 집 안을 돌아다니세요. 그 정도로도 운동은 충분할 겁니다."

식사를 마치자 아니스 시럽과 함께 브랜디, 시가가 곁들여 나왔다. 모두들 가구가 별로 없는 소박하고 비좁은 일층 방에 모여 앉아 있었다. 늙은 백작 부인은 어떤 모양인지, 어디에 쓸 것인지 짐작하기 어려운 뜨개질에 열중했고, 목사는 소리 내어 신문을 읽었다. 알비세 3세는 길게 구부러진 시가를 피우며 야윈 강아지의 귀를 잡아당겨 옴이 나거나 눈곱이 꼈는지 살피고 있었다. 어두운 바깥 정원에서 무수한 벌레의 울음과 날갯짓 소리가 들려왔고, 별이 빛나는 푸른 하늘 아래 시렁에 검게 매달린 포도송이에서는 짙은 향기가 뿜어졌다. 나는 발코니로 갔다. 어둠 속에 정원이 쭉 펼쳐졌고, 멀리 반짝이는 지평선에서 키 큰 미루나무가 도드라져 보였다. 어디선가 부엉이가 매섭게 울고, 개가 짖었다. 갑자기 후끈하고 나른해지는 향기, 복숭아의 맛을 떠올리게 하고 희고 두텁고 밀랍 같은 잎사귀를 암시하는 향기가 확 끼쳤다. 전에도 그 향기를 맡아본 것 같았다. 나는 그 향기에 나른해지고 거의 정신을 잃을 뻔했다.

"몹시 피곤하군요." 나는 알비세 3세에게 말했다. "도시 사람들은 이리도 약골이랍니다!"

그러나 피곤에도 불구하고 도저히 잠들 수 없었다. 숨 막히는 밤. 마치 베네치아에 있는 기분이었다. 백작 부인의 조언에도 불구하고,

나는 모기를 쫓기 위해 거의 밀봉하다시피 닫아놓은 나무 덧문을 열고 밖을 내다보았다.

달빛 아래 푸른 안개에 젖은 널따란 잔디와 둥그스름한 우듬지가 보였다. 나무마다 반짝이는 잎사귀는 가벼운 바다 바람 때문인지 연신 떨리고 있었다. 창문 아래 놓인 긴 시렁 밑으로 간간이 보도가 반짝였다. 빛이 하도 밝아서 포도의 파란 덩굴과 개오동나무의 붉은 꽃을 구별할 수 있을 정도였다. 공기 중에 살짝 스며들어 복숭아의 맛을 떠올리게 만드는 겨풀 냄새, 농익은 미국산 포도 냄새, 흰 꽃(흰 꽃일 것이다.) 냄새가 싱그러운 이슬 속에 녹아 있었다. 마을의 교회 시계가 한 시를 알렸다. 얼마나 오랫동안 내가 잠들려고 애썼는지는 하늘이 아실 것이다. 온몸에 전율이 일었고, 머릿속이 갑자기 미묘한 포도주 냄새로 채워졌다. 잡초 무성한 제방과 썩은 물이 괴어 있는 운하, 소작농의 누렇게 뜬 얼굴들이 생생히 떠올랐다. 말라리아라는 단어가 다시금 마음속에 자리를 잡았다. 상관없어! 나는 하늘 깊은 곳에 흩뿌려진 별들처럼 떨고 있을 푸른빛 달안개와 이슬과 향기와 침묵 속으로 뛰어들고픈 갈망에 사로잡힌 채 창가에 기대어 있었다……. 바그너의 음악도, 별밤에 울려 퍼지는 탁월한 성악가의 노래도, 성스러운 슈만의 음악도, 이처럼 인간의 영혼 속에 울려 퍼지는 무언의 노래와 위대한 침묵에 견줄 수 있을까!

그런 생각에 빠져 있을 때, 고음의 떨리는 달콤한 목소리가 침묵을 깨고 순식간에 다가왔다. 나는 터질 듯한 가슴으로 창문에 몸을 내밀었다. 잠시 후 목소리는 또 한 번 침묵의 틈을 가르고, 낙하하는 별과 불꽃처럼 천천히 솟구치는 반딧불이가 어둠의 틈을 갈랐다. 그러나 예상과 달리 그 목소리는 정원이 아니라 집 안에서, 스러져가는 낡은 미스트라 저택의 어느 구석에서 들려오는 것이 분명했다.

　미스트라, 미스트라! 그 이름이 귓가에 맴돌았고, 나는 지금까지 모르던 그 의미를 마침내 깨닫기 시작했다. "맞아." 나는 혼자 말했다. "극히 자연스러운 일이지." 문득 떠오른 기이한 인상은 이내 참을 수 없는 열띤 환희와 뒤섞였다. 내가 특별한 목적을 갖고 미스트라 저택을 찾아왔다는 생각이 들었고, 이제 곧 힘겹고 오랜 애탐의 대상을 만나게 될 것 같았다.

　나는 살며시 문을 열고, 녹색 덮개가 그을어 있는 램프를 움켜쥔 채 긴 복도와 커다란 빈방들을 지났다. 교회에서처럼 발소리가 울렸고, 램프 불빛은 박쥐 떼를 불안하게 만들었다. 저택의 주거지역에서 나는 점점 헤매고 있었다.

　침묵이 역겨웠다. 나는 돌연히 실망을 느끼며 숨을 헐떡였다.

　홀연히, 만돌린의 음색처럼 금속성의 예리한 화음이 내 귓가를 파고들었다. 정말이지 아주 가까웠다. 벽 하나를 사이에 두고 들려오는 소리였다. 나는 더듬더듬 문을 찾았지만, 주정뱅이의 걸음처럼 흔들거리는 램프 불빛은 별 도움이 되지 않았다. 간신히 빗장을 찾았고, 잠시 망설이다가 조심스레 빗장을 올리고 문을 밀었다. 처음에는 내가 어디에 들어와 있는지 알 수 없었다. 온통 어둠뿐이었고, 맞은편 벽에서 흘러나오는 밝은 불빛에 눈이 부셨다. 조명이 희미한 극장의 칸막이 좌석에 들어와 있는 느낌이었다. 실제로 내가 있는 곳은 높은 난간으로 둘러싸이고 커튼으로 반쯤 감춰진, 움푹 팬 공간이었다. 나는 그처럼 생긴 작은 화랑 혹은 어느 낡은 이탈리아 건물의 무도회장에 음악가나 관객을 위해 설치된 공간을 기억해냈다. 그런 장소가 틀림없었다. 맞은편에서 세월을 초월한 거대한 캔버스처럼 반짝이고 있던 쇠시리는 둥근 천장을 뒤덮고 있었다. 그 조금 아래로, 밑에서 솟아오르는 불빛 속에서 퇴색한 프레스코 벽화가 걸려 있는 벽면이 늘어서 있었다. 커다란 초록빛 공작을 배경으로 엷은 자색과 황색의 옷을 입은, 원근법으로 그려진 여신의 모습을 어디서 보았더라? 그녀의 모습도, 치장된 벽토로 반짝이는 꼬리로 그녀를 에워싸고 있는 트리톤(트리톤Triton, 그리스 신화에 나오는 반인반어(半人半魚)의 해신— 옮긴이주)의 모습도 눈에 익었기 때문이다. 그리고 로마의 갑옷과 청록색 옷차림의 용사들이 그려진 프레스코 벽화도 어디선가 보지 않았던가? 나는 조금도 놀라지 않고 그런 질문을 던지고 있었다. 게다가 독특한 꿈속에서처럼 나는 너무도 평온했다. 그렇다면 나는 꿈을 꾸고 있는 것인가?

    조심스레 발을 옮겨 난간에 몸을 기댔다. 가장 먼저 눈에 들어온 것은, 머리 위에서 커다란 거미처럼 천장에 매달린 채 천천히 회전하고 있는 샹들리에였다. 그 중에 하나만 불이 들어와 있었는데, 무라노 유리 장식, 카네이션과 장미 무늬가 흐늘거리는 촛불 속에서 뿌옇게 빛나고 있었다. 샹들리에는 맞은편 벽면을 밝히고 여신과 초록빛 공작이 그려진 천장을 비추었다. 불빛에 간신히 드러난 것은, 커다란 방의 한쪽 구석, 닫집 같은 그림자 속에서 벽을 따라 놓인 노란색 새틴 소파로 모여든 일단의 사람들이었다. 모여든 사람들 때문에 시야가 반쯤 가려진 소파에 한 여인이 늘어져 있었다. 그녀가 거북한 동작으로 움직일 때마다 수놓은 은빛 드레스와 다이아몬드의 광채가 번뜩였다. 곧이어 환해진 샹들리에 불빛 아래서, 한 남자가 노래를 부르기 전에 생각을 정리하듯 머리를 약간 숙인 채 하프시코드로 상체를 구부렸다.

그는 몇 개의 건반을 두드리며 목청을 가다듬었다. 그것으로 충분했다. 너무도 오랫동안 나를 괴롭혀 온 그 목소리였다! 표현할 길 없이 달콤하고, 섬세하고 관능적이며 기이하고도 절묘한, 그러나 젊음의 싱그러움과 투명함이 완전히 거세된 목소리를 나는 단번에 알아챌 수 있었다. 그 목소리는 석호에서 눈물 머금은 열정으로 내 머릿속을 헤집었고, 또다시 대운하에서 〈곤돌라의 금발 처녀〉를 불렀으며, 그것도 모자라 불과 이틀 전에는 파도바의 텅 빈 성당에 나타났었다. 그러나 지금에야 깨달았다. 이제껏 내게서 달아난 그 목소리야말로 내가 이 세상에서 그토록 찾아 헤매던 것이었다.

목소리는 길고 나른하게, 풍만하고 관능적인 음색으로 혼자 휘돌며 퍼지더니 단음계와 독특하게 물결치는 떨림을 화려한 장식으로 선보였다. 때때로 나른한 환희에 헐떡이듯 목소리가 중단되기도 했다. 나는 햇빛 속의 밀랍처럼 온몸이 녹아내리는 느낌이었다. 내 마음이 너무도 불안하고 공허한 탓에, 나는 달빛이 이슬과 섞이듯 그 목소리와 하나가 되지 못했다.

갑자기 닫집으로 희미하게 가려진 구석 자리에서 구슬픈 흐느낌이 나지막이 들려왔다. 곧이어 또 다른 흐느낌이 들려오다가 성악가의 목소리에 잠겨버렸다. 하프시코드가 긴 악구를 생생하게 연주하는 동안, 성악가는 연단 쪽으로 고개를 돌렸는데 그곳에서 애처로운 흐느낌이 들려왔다. 그러나 그는 연주를 멈추는 대신, 더 높은 음을 잡았다. 그리고 간신히 들릴 듯 숨죽인 목소리가 긴 카덴차(카덴차cadenza는 악곡이 끝나기 전에 독창자 혹은 독주자의 연주 기교가 충분히 발휘되는 무반주 부분을 말한다—옮긴이주)로 미끄러졌다. 그와 동시에 그가 고개를 뒤로 젖히자, 성악가 차피리노의 수려하고 유약한 얼굴과 창백한 피부, 그늘진 넓은 이마에 충만한 불빛이 드리워졌다. 관능적이고 음산한 얼굴과 사악한 여자처럼 조롱의 빛이 떠도는 잔인한 그 미소를 보는 순간, 나는 ——어떤 과정으로 깨달았는지는 알 수 없지만—— 이제 곧 노래가 중단되고 그 저주받은 악구는 두 번 다시 완성되지 못하리라는 것을 예감했다. 나는 지금 한 암살자를 보고 있으며, 그가 사악한 목소리로 저 여자를 죽이고 나까지 죽일 것임을 알았다.

나는 아주 조금씩 높아지는 비범한 목소리를 좇아 칸막이 좌석에서 이어진 비좁은 계단을 뛰어 내려갔다. 커다란 응접실의 문을 향해 돌진했다. 문은 굳게 닫혀 있었고, 문을 열려고 몸부림치는 동안, 점점 높아진 목소리는 베일을 찢고 내 심장 깊숙이 파고드는 칼날의 번쩍임처럼 선명하고 찬란하게 돌변하고 있었다. 그리고 또 한 번의 흐느낌과 죽음의 신음 소리가 들려온 데 이어, 극도의 혼란과 솟구치는 피로 숨이 막힌 듯 섬뜩한 헐떡임이 일었다. 길게 떨리는 목소리에 통렬하고 찬란한 승리감이 묻어나왔다.

계속 몸으로 밀어붙이자, 문이 반쯤 열렸다. 안으로 들어갔다. 강렬한 푸른 달빛에 눈을 뜰 수 없었다. 네 개의 커다란 창문으로 푸르스름한 달빛이 평화롭고 투명하게 쏟아져 들어왔으며, 커다란 방은 지하의 동굴 같은 곳으로 바뀌어 온통 빛으로 수놓아져 있었다. 대낮처럼 밝았지만 차갑고 우울하며 공허하고 초자연적 빛이었다. 커다란 마구간처럼 방 안은 텅 비어 있었다. 다만 샹들리에가 매달렸을 밧줄 몇 개가 천장에서 늘어져 있었다. 그리고 한쪽 구석의 인도산 옥수수와 목재 더미 사이에서 습한 곰팡이 냄새가 지독하게 풍겨 나왔고, 길고 가는 다리로 받쳐지고 뚜껑이 전부 갈라져버린 하프시코드가 놓여 있었다.

돌연, 나는 침착해졌다. 한 가지 문제는, 방금 전에 들려온 미완의 악장이 머릿속에서 계속 떠돈다는 것이었다. 나는 하프시코드의 뚜껑을 열었고, 내 손가락은 거침없이 건반 위를 달려갔다. 고장 난 악기의 비웃음과 섬뜩함이 묻어난 딸랑거림이 유일한 음답이었다.

그때 나는 기이한 공포에 사로잡혔다. 창문을 기어 넘었다. 정신없이 정원을 달렸고, 달이 지고 여명이 밝아올 때까지 부서진 선율에 끝없이 쫓기며 운하와 제방 사이의 들판을 헤맸다.

내가 회복된 것에 사람들은 크게 기뻐했다. 마치 열병에 걸려 죽을 운명을 넘긴 것처럼.

회복되었다고? 그러나 진정 회복되었는가? 나는 산책을 하고 먹고 마시며 이야기를 한다. 잠을 잘 수 있다. 다른 사람들과 똑같이 생활하고 있다. 그러나 이상하고도 소름끼치는 병마에 시들어가고 있다. 두 번 다시 영감을 얻을 수 없을 것이다. 내 머릿속을 채운 음악은 전에 들어본 일이 없으므로 분명 나의 것인 동시에, 혐오스럽고 넌덜머리 나는 그것은 내 음악이 아니다. 낮고 경쾌한 장식음과 나른한 악구, 길게 늘어지는 운율의 메아리 말이다.

아, 사악하기 짝이 없는 목소리여, 악마의 손으로 만든 육체의 바이올린이여, 마음껏 증오할 수도 없는 너, 목소리여. 그러나 내가 저주하는 순간에도 영혼의 타는 목마름으로 너를 다시 듣고자 원하니 어쩔 수 없는 노릇인가? 내가 너의 복수욕을 채워주었고, 내 삶과 내 재능은 시들었으니, 이제 내게 연민을 줄 수는 없는가? 단 하나의 음률이라도, 사악하고 비열한 너 성악가여, 네 노래의 한 소절만이라도 들려줄 수는 없겠는가?

손에 대한 고찰
Narrative of the Ghost of a Hand(1863)

조셉 셰리든 레퍼뉴
Joseph Sheridan Le Fanu

조셉 셰리든 레퍼뉴 Joseph Sheridan Le Fanu(1814~1873)는 아일랜드 더블린에서 태어났으며 유령 이야기, 미스터리 소설, 뱀파이어 이야기의 작가로 유명하다. 기이하고 초자연적인 것들을 주로 다룬 그의 소설은 호러 장르의 초기 사례들로 손꼽힌다. 아일랜드의 오래된 위그노 가문 출생으로, 할머니 엘리스 셰리든 레퍼뉴와 그녀의 남동생 리처드 브린슬리 셰리든은 유명한 극작가였고, 사촌인 로다 브로튼은 성공한 소설가였다. 더블린의 트리니티 대학에서 의학을 공부한 뒤 의사 시험에 통과했으나, 의사 직을 포기하고 언론계에 진출했다. 1840년 《워든Warden》지와 《프로테스탄트 가디언Protestant Guardian》지를 인수해 직접 편집을 맡았고, 《더블린 이브닝 메일Dublin Evening Mail》 등 몇 개의 신문사 주식을 소유하여 언론인으로서 성공적인 경력을 쌓았다. 최초의 소설이자 가장 널리 알려진 작품인 《퍼셀 페이퍼스The Purcell Papers》는 대학 시절에 씌어졌는데, 훗날 작가로서 명성을 얻은 뒤에야 세 권의 책으로 출간되었다. 1845년부터 1873년까지 열네 편의 소설을 썼으며, 그 중에 오늘날까지 읽혀지고 있는 《사일러스 아저씨Uncle Silas》, 《교회 묘지 옆의 집The House by the Churchyard》도 포함되어 있다. 그는 언론인이라는 직업 덕에 쉽게 다작의 작가가 될 수 있었다. 실제로 《퍼셀 페이퍼스》와 데뷔작 《유령과 접골사The Ghost and the Bonesetter》 등 다수의 작품들이 그의 소유였던 《더블린 유니버시티 매거진Dublin University Magazine》에서 발표되었다.

샐리 노파는 정직하기 때문에 자신이 한 말을 전부 사실로 알고 있다고 나는 자신한다. 그러나 그녀의 말은 일반적으로 기적이나 우화, 우리 조상들이 겨울 이야기라고 불렀던 것 등에 지나지 않아서 입에서 입으로 전해지는 과정에서 구체성을 띠고 첨언된 이야기 정도로서의 가치가 있을 뿐이다. 그럼에도 그 집에 유령이 출몰한다는 것은 그저 허튼소리가 아니었다. 연기처럼 어렴풋한 속에도 진실의 작은 불꽃으로 그을린 흔적은 있기 마련이다. 정작 나는 포기했지만 혹시 이 글을 읽는 독자 가운데는 믿을 만한 이 미스터리에 대해 적절한 단서를 제시해줄 만한 사람이 있을지도 모르겠다.

레베카 샤테스워스 양은 1753년 늦가을에 쓴 편지에서 타일드 하우스 사건에 대해 구체적이고 꼼꼼하게 설명했다. 서두에서 그녀는 사건의 모든 내용이 우매한 것이라고 주장했지만, 그녀가 유별난 호기심으로 그 이야기를 전해 듣고 특히 오싹한 감정을 담아 편지에 언급하고 있음은 분명했다.

나는 매우 독특하고 희귀한 이 편지 전문을 실제로 출간할 생각이었다. 그러나 출판 관계자가 찾아와 난색을 표했고, 나는 그럴 만하다고 생각했다. 노부인의 편지는 지나치게 긴 편이었다. 그래서 나는 흥미를 돋울 만한 문구로 내용을 손질해야 했다.

그 해 시월 이십사일경, 더블린 하이 가의 앨더먼 하퍼 씨와 어린 상속인의 어머니와 사촌간으로 타일드 하우스라는 작은 부동산의 관리자인 캐슬맬러드 경 사이에 색다른 논쟁이 벌어졌다.

앨더먼 하퍼는 프로서라는 신사와 결혼한 그의 딸을 위해 타일드 하우스를 빌리는 데 합의한 바 있었다. 그는 저택에 가구를 들이고 벽지를 새로 하는 등 꽤 많은 돈을 썼다. 프로서 부부는 유월에 종종 그 저택에서 묵었는데, 그동안 꽤 많은 하인들이 떠났다. 그리고 마침내 프로서 부인은 그 저택에서 살 수 없다고 마음을 굳혔다. 그녀의 아버지는 캐슬맬러드 경이 오기를 기다렸다가 저택에 설명할 수 없는 골칫거리들이 있어서 임대를 포기하겠다고 분명히 말했다. 그는 분명한 어조로 집에 유령이 출몰하고 하인들이 일주일 이상을 버티지 못한다고 말했다. 특히 사돈집 식구가 그곳에서 봉변을 당한 후로는 임대 계약을 취소하는 것뿐 아니라, 범죄자보다 악한 것이 끊임없이 출몰하는 혐오 시설인 저택 자체를 철거해야 한다고 말했다.

캐슬맬러드 경은 계약서대로 앨더먼 하퍼 씨에게 계약을 이행하도록 조치해달라고 재무부의 해당 부서에 소송을 제기했다. 그러나 앨더먼은 일곱 부의 긴 진술서와 귀족 신분을 입증하는 온갖 서류에다 자신이 원하는 결과를 첨부해 고소에 맞대응하고 나섰다. 송사에 휘말림으로써 귀족 신분에 타격을 받았으니 구제해달라는 취지였다.

적어도 레베카 양이 언급한, 근거가 분명하고 불가해한 이야기를 다룰 정도로 재판이 진행되지 않았음을 나는 유감으로 생각한다.

팔월 말까지는 앞에서 이야기된 골칫거리가 생기지 않았다. 문제가 발생한 것은 어느 날 저녁 프로서 부인이 혼자서 석양을 받으며 저택 뒤쪽에 있는 거실 창가에 앉아 있을 때였다. 열려 있는 창문으로 과수원이 내다보였고, 마치 누군가 창 밑에 있는 것처럼, 그녀의 바로 곁에서 창문으로 기어오를 태세로 바깥쪽 창틀에 슬그머니 손 하나가 올려져 있는 것이 똑똑히 보였다. 손뿐이었다. 작지만 보기 좋은, 희고 포동포동한 손 하나가 창틀가에 놓여 있었다. 아주 젊은 사람이 아니라 마흔 살가량 된 사람의 손이라고 그녀는 짐작했다. 끔찍한 클런댈킨 강도 사건이 벌어진 것이 고작 몇 주 전이었으므로, 부인은 타일드 하우스의 창문을 가늠해보는 어느 악한의 손이라고 생각했다. 겁에 질린 그녀가 크게 비명을 지르고 울부짖자, 손은 곧바로 조용히 사라졌다.

과수원을 수색했지만 창문 밑 혹은 커다란 화분대가 늘어서 있는 벽면 어디에도 사람이 있었다는 흔적은 없었으며, 누군가 접근하기도 불가능해 보였다.

같은 날 밤, 성급하게 주방 창가를 두드리는 소리가 간헐적으로 들려왔다. 여자들은 점점 겁에 질렸고, 용기를 낸 남자 하인이 무기를 들고 뒷문을 열었지만 아무도 없었다. 그런데 그가 문을 닫으려는 순간 "쿵 하는 느낌이 들었"고, 곧이어 누군가 강제로 안으로 밀고 들어오려는 것 같아서 그만 겁에 질려버렸다고 한다. 그래서 주방 창문을 두드리는 소리가 밤새 계속되었지만, 그 하인은 더 이상 살펴볼 엄두를 내지 못했다.

같은 주 토요일 저녁 여섯 시경, "정직하고 정신이 맑은 여성으로서 올해 예순 살에 접어든" 요리사가 주방에 홀로 있다가 이상한 낌새에 고개를 들어보니, 역시 포동포동한 귀족풍의 손 하나가 창가 유리창에 손바닥을 대고 있었다. 이번에는 유리 표면이 매끄러운지 아닌지를 꼼꼼히 살펴보기라도 하듯이 손바닥을 유리에 대고 위아래로 천천히 움직였다. 그녀는 비명을 지르고, 애원하듯 무슨 말인가를 했다. 그러나 그러고도 몇 초 동안 그 손은 사라지지 않았다.

그 후로 숱한 밤 동안, 처음에는 낮게 나중에는 격분한 듯 주먹으로 뒷문을 두드리는 소리가 들려왔다. 하인은 감히 문을 열지 못한 채 누구냐고 소리쳤다. 이번에는 손바닥을 문에 대고 있는 듯한 소리만 들려올 뿐 아무 대답이 없었고, 더듬거리듯 조금씩 옆으로 천천히 움직이는 것 같았다.

당시 뒤쪽 거실을 응접실로 사용하고 있던 프로서 부부는 때로는 비밀 신호처럼 아주 낮고 은밀하게, 때로는 창문을 부술 태세로 느닷없이 요란하게 두드리는 소리에 마음이 불안했다.

그때까지의 일은 모두 과수원을 바라보는 집 뒤쪽에서 벌어졌다. 그러나 화요일 밤 아홉 시 삼십 분경, 예전과 똑같이 두드리는 소리가 현관문 쪽에서 계속해서 들려왔으므로 거의 두 시간 동안 집주인은 격분하고 안주인은 공포에 떨어야 했다.

그 후 며칠 동안 골치 아픈 문제가 잠잠하기에 그들은 그 성가신 무엇인가가 제풀에 지친 거라고 생각하기 시작했다. 그러나 구월 십삼

일 밤, 영국인 하녀 제인 이스터브룩이 안주인에게 밀크주를 가져다주기 위해 작은 은사발을 찾아 식료품 저장실에 갔을 때였다. 네 개의 창문 중에서 무심코 올려다본 작은 창틀에는 덧문을 닫는 이중 걸쇠용으로 뚫어놓은 나사 구멍이 있었는데, 희고 통통한 손가락 하나가 처음에는 톡톡 두드리듯, 나중에는 손가락 두 개가 갈고리처럼 구부러진 채로, 옆으로 밀치도록 만들어진 죔쇠 부분을 더듬고 있었다. 주방으로 돌아온 하녀는 "그 자리에서 '기절' 해버렸고 다음 날에도 하루 종일 맥 빠진 모습"이었다고 알려져 있다.

내가 전해 듣기로, 됨됨이가 고지식하고 독선적인 프로서 씨는 유령이라는 말을 일축하고 식솔의 두려움을 비웃었다. 그는 내심 그 모든 일이 짓궂은 장난이거나 속임수라고 생각하며 사기꾼을 현장에서 붙잡겠다고 벼르고 있었다. 그는 그런 생각을 마음속에만 담아둔 것이 아니라 욕설과 으름장을 놓으며 공공연히 떠들고 다녔는데, 집안사람 중에 공모자가 있다고 믿었기 때문이다.

하인뿐 아니라 선량한 프로서 부인까지 점점 불만에 차고 불안해했으므로, 어떤 식으로든 조치를 취해야 할 시점이 되었다. 그들은 해질 무렵부터 집 안에 틀어박힌 채, 두 사람씩 짝을 이루지 않고서는 돌아다니지 않았다.

노크 소리는 일주일 동안 들려오지 않았다. 그러던 어느 날 밤, 프로서 부인이 아이 방에 있는 동안, 응접실에 있던 남편은 아주 조용하게 현관문 두드리는 소리를 들었다. 바람 한 점 없는 날이어서 그는 또렷하게 그 소리를 들었다. 그때가 집안에 소동이 일어난 최초의 날이며, 범인에 대한 추측도 바뀐 날이었다.

응접실 문을 열어둔 프로서 씨는 재빨리 현관으로 조심스럽게 다가갔다. 튼튼한 문 바깥 면을 '손바닥으로' 조용하고 규칙적으로 두드리는 소리가 났다. 그는 문을 획 열어젖히려다가 생각을 바꾸었다. 그는 숨을 죽이고 주방 계단의 상부까지 돌아왔는데, 그곳의 식료품 저장소 위쪽에는 평소 총기류와 칼, 지팡이를 넣어두는 '견고한 벽장'이 있었다.

그곳에서 그는 정직하다고 생각해오던 남자 하인을 불렀고, 장전한 권총 두 자루를 자신의 외투 주머니에 넣고, 하인에게도 두 자루의 총을 주었다. 손에 단단한 지팡이를 움켜쥔 그는 하인을 데리고 최대한 소리 없이 현관문으로 향했다.

모든 것이 프로서 씨가 바라는 대로 진행되고 있었다. 저택의 침입자는 그들의 접근에도 전혀 변함이 없었고, 점점 참을성을 잃어가는 중이었다. 그리고 맨 처음 그의 주의를 일깨웠던 두드림 소

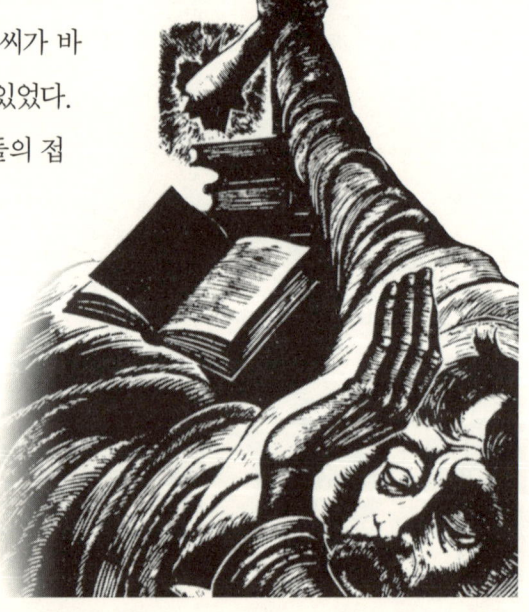

리는 두 주먹으로 만들어내는 리듬처럼 강하게 바뀌어 있었다.

분노한 프로서 씨는 지팡이를 쥔 오른손으로 문을 열었다. 아무것도 보이지 않았다. 그러나 어떤 손에 이끌리듯 그의 팔이 갑자기 획 위로 올려졌고, 그 아래로 뭔가 부드럽게 밀치듯 지나갔다. 하인은 보거나 느낀 것이 전혀 없었으므로, 집주인이 왜 지팡이를 휘두르며 그토록 허겁지겁 뒤를 돌아보았는지, 왜 갑자기 문을 쾅하고 닫았는지 영문을 알지 못했다.

그때부터 프로서 씨는 격앙된 말과 욕설을 삼갔으며, 나머지 집안 사람들처럼 그 화제를 입에 담는 것 자체를 싫어하는 기색이었다. 사실 그는 자신이 현관문을 열어줌으로써 침입자에게 집 안으로 들어와도 좋다고 허락한 것 같아서 점점 더 심기가 불편해졌다.

그는 아내에게는 아무 말도 하지 않았지만 일찍 잠자리에 들어 "잠시 성경을 읽고 기도를 했다"고 한다. 나는 지금 언급하고 있는 이런 상황이 지나치게 독특한 것으로 비춰지지 않기를 바라고 있다. 그가 한참 동안 잠들지 못할 때, 그것이 나타났다. 열두 시 십오 분쯤 침실 문을 부드럽게 손바닥으로 두드리는 소리가 들렸으며, 곧이어 문을 천천히 문지르는 소리로 바뀌었다.

극도로 겁에 질린 프로서 씨는 벌떡 일어나 문을 잠그고 소리쳤다. "누구요?" 아무런 대꾸도 없었고, 그저 방금 전처럼 부드럽게 문짝을 문지르는 소리만 들려왔다.

다음 날 아침, '작은 응접실' 탁자의 먼지에 찍힌 손자국을 보고 식모가 질겁하고 말았다. 모래사장에서 맨발 자국을 발견한 로빈슨 크루소도 그처럼 놀라지는 않았을 것이다. 이쯤에서 집안 사람들은 전부 불안감에 휩싸였고, 그 가운데 일부는 손 때문에 반쯤 실성할 정도였다.

  프로서 씨는 손자국을 살펴보고 그 정체를 밝히려고 했지만, 나중에 이야기했듯이, 마음의 안정을 되찾기는커녕 그저 하인들에게 말조심하라는 지시를 내렸을 뿐이다. 그러나 그는 하인들을 한 명씩 불러들여 탁자 위에 손바닥을 대보라고 했으며, 그 결과 자신과 아내를 포함해서 모든 집안 사람들의 손자국을 확보했다. 그리고 그가 작성한 '진술서'에는, 손의 형태가 집안의 식솔 누구와도 전혀 일치하지 않으며, 다만 프로서 부인과 요리사가 목격한 손과 일치하는 것으로 보인다고 적혀 있다.

  그 손의 주인이 누구든 혹은 무엇이든, 그 미묘한 진술서에서 사람들이 느낄 수 있었던 것은 이제 더 이상 프로서 씨가 집 밖에 나가지 않고 집 안에만 틀어박혀 있으리라는 사실이었다.

  이제 프로서 부인은 기이하고 오싹한 꿈에 시달리기 시작했다. 그녀의 이모 레베카가 쓴 장문의 편지를 보면 그 생생한 꿈의 일부는 너무도 소름끼치는 악몽이었다고 적혀 있다. 그러나 어느 날 밤, 프로서 씨는 침실에 들어왔다가 방 안의 철저한 침묵에 소스라치게 놀랐다. 아내가 있어야 할 침대에서 이상할 정도로 숨결 소리 한번 들려오지 않는 탓에 그는 귀를 쫑긋 세워야 했다.

  침대 머리맡에 있는 간이 탁자에서는 촛불이 타고 있었고, 그도 한쪽 손에 촛불을 들고 장인의 사업과 관련된 묵직한 회계 원장을 옆구리에 낀 상태였다. 침대 쪽에 있는 커튼을 걷자, 누워 있는 아내의 모습이 보였다. 잠시 동안 그가 극도의 공포에 사로잡힌 것은, 죽은 듯

무표정한 아내의 희디흰 얼굴에서 식은땀이 흐르고 있었기 때문이었다. 게다가 그녀의 머리 바로 곁에 놓인 베개와 커튼 위에 있는 것이 처음에는 두꺼비라고 생각했지만, 실제로는 통통한 손으로 베개에 팔목을 대고 그녀의 관자놀이를 향해 손가락을 펼치고 있었던 것이다.

발작적인 공포와 함께 프로서 씨는 손의 주인이 몸을 숨기고 서 있음이 분명한 커튼을 향해 회계 원장을 집어던졌다. 손은 곧바로 미끄러지듯 물러났고, 커튼이 크게 요동쳤다. 프로서 씨는 때를 놓치지 않고 침대 반대편으로 돌아가 희고 통통한 손이 빨려 들어간 벽장문을 살펴보았다.

그는 벽장문을 힘껏 열어젖히고 그 안을 노려보았지만 벽에 걸린 옷가지와 화장대, 창문 쪽으로 향해진 거울 외에는 아무것도 없었다. 그는 거칠게 문을 닫고 벽장을 잠근 뒤 그의 말에 따르면 "얼빠진 사람처럼" 일 분 정도 멍한 상태로 있었다. 이윽고 그는 벨을 눌러 하인들을 불러 모았고, 그들은 "혼수상태"에 빠진 듯한 프로서 부인의 의식을 돌려놓기 위해 큰 소동을 벌였다. 아내의 안색을 살핀 프로서 씨의 표현에 따르면, 그녀는 "죽음의 고통"에 시달리고 있는 듯했는데, 이모 레베카는 "조카가 직접 내게 해준 말을 들어보면 '지옥의 고통'도 덧붙여야 할 것"이라며 당시의 상황을 부연하고 있다.

그러나 결정적인 위기는 세 살이 채 안된 프로서 부부의 장남이 기묘한 병에 걸리는 사건에서 비롯되었다. 아이는 경기를 일으키듯 깨어났는데, 왕진 온 의사는 뇌막염 초기 증상이라고 진단했다. 프로서 부인이 아이 방 난롯가에서 밤을 새워 간병하는 일이 잦아졌다. 그녀는 아들의 상태에 대해 크게 상심했다.

아이의 침대는 꽉 닫히지 않는 붙박이 찬장 문에 침대 머리를 두고 벽면을 따라 놓여 있었다. 침대 끝에 삼십 센티미터 높이로 장식천이 쳐져 있는데, 베개와의 거리는 이십오 내지 삼십 센티미터 정도였다.

아이는 무릎에 앉혀 놓으면 조용해졌다. 그러나 깊고 평온한 잠에 빠진 것 같아 아이를 다시 침대에 누이면, 채 오 분도 되지 않아 극도의 공포 속에서 자지러지며 울기 시작했다. 간호사가 처음으로 뭔가를 눈치 챘고, 프로서 부인도 간호사의 눈길을 따라가다가 아이의 고통이 무엇 때문인지 그 이유를 분명히 알아낼 수 있었다.

찬장 문틈에서 튀어나와 장식천의 그림자에 가려져 있는 것, 그들은 손등을 위로 한 채 아이의 머리를 향해 있는 희고 통통한 손을 분명히 보았다. 아이 엄마는 단말마의 비명을 토하며 아이를 침대에서 낚아챘다. 그녀와 간호사는 프로서 씨가 잠들어 있는 부부 침실로 뛰어내려 왔고, 프로서 씨는 그들이 간신히 방에 들어오자마자 방문을 잠갔다. 그때 멀리서 침실을 향해 부드럽게 톡톡 두드리는 소리가 다가오고 있었다.

원래 이야기는 훨씬 더 길지만, 이것으로 충분할 것 같다. 내가 보기에 편지의 독특함은 그것을 손의 유령이라고만 묘사한 데 있다. 손의 주인은 두 번 다시 나타나지 않았다. 그것은 몸에서 떨어져 나온 손이 아니라 몸에 붙어 있는 보통의 손이 분명했지만 그 주인은 언제나 모종의 교묘한 방법을 이용해 모습을 감추고 있었다.

1819년 대학 교정에서 아침 식사를 하는 중에 나는 프로서 씨를 만났다. 그는 마르고 근엄한 인물이었지만 약간은 수다스러운 노신사로서 희디흰 머리칼을 뒤로 땋아 늘이고 있었다. 그는 사촌 제임스 프로서에 관한 이야기를 압축해서 우리에게 전부 말해주었다. 그의 사촌은 어렸을 때, 유령이 나타난다는 체페리저드 근교의 어느 낡은 집 육아실에 대해 어머니가 해주는 이야기를 들으며 잠들곤 했다고 한다. 그는 언제부터인지 모르겠지만, 아프거나 과로를 하거나 어떤 식으로든 열이 오를 때마다 뚱뚱하고 창백한 어떤 신사의 모습에 사로잡힌다고 했다. 그 곱슬거리는 가발하며 레이스 장식이 있는 옷가지의 단추와 주름 하나하나, 육감적이고 인자하면서도 꺼림칙한 얼굴의 특징과 선에 이르기까지 모든 면면이 식당에 걸려 있던 할아버지의 초상화처럼 그의 기억에 세세하게 각인되어 있다고 했다.

프로서 씨는 그 이야기야말로 유난히 단조롭고 개인적이며 집요한 악몽의 한 예라고 말하면서, 그가 과거 시제로 "가엾은 제미"라고 언급했던 사촌의 극단적인 공포와 불안은 언제든지 일어날 수 있다고 했다.

타일드 하우스에 대한 이야기를 너무 길게 끈 것에 대해 독자들의 용서를 바라지만, 이런 종류의 구전된 이야기는 내게 언제나 매력적임을 밝힌다. 특히 나이 든 사람들은 상대방의 입장보다는 자신에게 가장 흥미로운 것을 먼저 얘기하려고 한다는 점, 다들 이해하고 계시리라.